中国民间故事史

卷上

祁连休 ◎ 著

河北出版传媒集团
河北教育出版社

图书在版编目（CIP）数据

中国民间故事史 ：全3卷 / 祁连休著. -- 石家庄 ：河北教育出版社，2013.8
ISBN 978-7-5545-0223-5

Ⅰ. ①中… Ⅱ. ①祁… Ⅲ. ①民间故事－文学史－中国 Ⅳ. ①I207.7

中国版本图书馆CIP数据核字(2013)第194528号

书　　名　中国民间故事史
著　　者　祁连休
选题策划　郝建国
责任编辑　郝建国　袁淑萍
　　　　　马海霞　王福仓
装帧设计　郝　旭
责任印制　张　涛

出　　版　河北出版传媒集团
　　　　　河北教育出版社　http://www.hbep.com
　　　　　（石家庄市联盟路705号，050061）
印　　制　山东临沂新华印刷物流集团有限责任公司
开　　本　787×1092　1/16
印　　张　68.75
字　　数　1026 千字
版　　次　2015年1月第1版
印　　次　2015年1月第1次印刷
书　　号　ISBN 978-7-5545-0223-5
定　　价　139.00元

目　次

卷　上

卷　中

卷 下

导　　言

民间故事有广义与狭义之分。广义的民间故事指所有的散文体口头叙事文学，包含神话、民间传说和狭义的民间故事。狭义的民间故事则是除去神话、民间传说的散文体口头叙事文学，它通常分为幻想故事、写实故事（又称“生活故事”）、民间笑话、民间寓言四个门类。本书与《中国民间文学史》其他各卷一样，起讫时间为先秦至清末，并不涉及现代和当代。

中国民间文学史研究，是整个中国文学史研究的一个薄弱环节；而中国民间故事史研究，又是中国民间文学史研究的一个薄弱环节。对于中国故事学界的同人而言，加强中国民间故事史研究，可谓任重道远。

民间文学不同于作家文学，而有其特殊性。民间故事在民间文学的各种体裁中，也有其特殊性。如同编纂中国文学史、中国民间文学史一样，中国民间故事史可以有各种各样的写法，可以作各种各样的探索与尝试。笔者力图按中国民间故事本身的特点来撰写这一部民间故事史，以充分展示中国历代民间故事作品为主旨，希望读者见到的这部著作，不但能够尽量充分地揭示出中国古代民间故事多彩多姿的面貌，而且突出其不同于一般笔记小说、通俗小说的民间文学特征。为此：

1. 本书以展示见诸历代各种古籍文献的不同门类、不同题材的民间故事为主线来撰写这一部中国民间故事史，而不是以展示历代记载民间故事的古籍文献为主线。因为本书揭示的是中国民间故事的发展史，而不是以作家文学为主的中国文学史。

2. 本书在梳理中国民间故事发展史的时候，除了以大部分篇幅展示历代的民间故事作品之外，还用一定的篇幅来展示与其密切相关的民间故事类型的发展史以及展示民间故事的记录史、编选史等，让这部著作尽量具备民间故事史应有的内容和特点。

中国古代的民间故事浩如烟海，数量极大。可是，很难找到记载民间故事的专书。中国历代的民间故事大都分别收进各种古籍文献，尤其是各种笔记小说之中。长期以来，它们往往被研究者视为志怪小说、轶事小说、谐谑小说等。笔者在撰写本书的过程中，首先要解决一个作品的鉴别问题，自始至终都要不断从各种古籍文献中鉴别出被历代文人录写的比较本色的民间故事，以及虽有一定的艺术加工但仍然保存基本面貌的民间故事，以便进行梳理、分析和论述。对此，尽管学界已经作过不少探索和尝试，却仍然具有一定的挑战性。笔者认为，从古籍文献中分辨出民间故事，大致有两种鉴别方法：

1. 以符合民间故事的基本特征（包括思想内容、艺术风格、叙事特点、结构模式等）以及流传变异、故事类型的相关特征为准绳，这是最主要的鉴别方法。而在区分民间故事与民间传说方面，则可以有相当的灵活性，因为两者之间存在着一定的模糊带，要想将它们十分准确地区分开来，并不很容易。

2. 运用各种参照的方法进行鉴别。以各种已有定评的古代民间故事作为参照；以中国各民族现当代口传民间故事作为参照；以外国民间故事作为参照，等等。

在撰写本书的过程中，尚需解决一个作品的断代问题。笔者采取的方法是根据作品记录的年代来断定作品的年代。这种断代方法，是一种比较简便易行的方法，也是一种大致可靠的方法。何况很难找到一种可以取代它的更好的断代方法。一般来讲，以记录民间故事的时间来断定其年代，虽然不一定很准确，可能会有一些误差，但出入不会太大。正如我们将被记录下来的现代人所讲的民间故事视为现代民间故事，把被记录下来的当代人所讲的民间故事视为当代民间故事一样。

中国民间故事的发展史时间漫长，有文献数据可以稽考者，上自春秋末年，下迄清末民初，历时两千多载。根据中国民间故事发展史的实际情况，并且为了详细叙述的方便，本书共分为六编：

第一编先秦两汉时期（约前 519—220），跨度七百多年。这一个时期是中国民间故事的萌生时期。此时，各个门类的民间故事均已出现，并且有不同程度的发展。其中，以民间寓言最为耀眼，成为中国民间故事发展史上的一个不可企及的高峰。

第二编魏晋南北朝时期（220—589)，跨度三百六十多年。这是中国民间故事开始走向成熟的一个时期。此时，各种门类的民间故事都有了一定的发展，逐渐成熟。其中，幻想故事奇峰突起，出现许多名篇佳制，充分显示出中国民间故事的风采和魅力。

第三编隋唐五代时期（581—960)，跨度近四百年。这个时期的民间故事仍以幻想故事最为突出，成为魏晋南北朝之后中国民间故事的又一座丰碑。与此同时，写实故事也有较为显著的发展，是这个时期民间故事的另一个亮点。相比之下，这个时期的民间笑话与民间寓言的发展则较为缓慢。

第四编宋元时期（960—1368)，跨度四百余年，是中国民间故事发展史上的一个承上启下的重要时期。这个时期，幻想故事、写实故事、民间笑话、民间寓言的发展都比较均衡，成就卓著，为明、清时期中国民间故事的大发展奠定了坚实的基础。

第五编明代时期（1368—1644)，跨度二百七十多年。这个时期的幻想故事、写实故事、民间笑话均有较大的发展，民间笑话的发展尤其显著，成为中国民间笑话发展的顶峰，十分引人注目。

第六编清代时期（1616—1911)，跨度近三百年。这是中国民间故事全面繁荣的时期，各种门类的民间故事的发展均非常显著，幻想故事和写实故事的发展更为突出。清代又是中国民间故事由古代进入现当代的一个过渡时期。这个时期民间故事的全面繁荣，为中国现当代口传民间故事的大发展从多方面提供了可靠保障。

第一编

先秦两汉时期的民间故事

在中国的散文体民间叙事文学作品（包括神话、民间传说、民间故事）里面，民间故事产生较晚。民间故事是从神话、民间传说脱胎而来的，经过相当长的时期才逐渐发展成为一种独立的民间文学体裁。到了春秋、战国时期，中国民间故事才开始在社会各阶层中口耳相传，辗转流布，日益为广大平民百姓所喜爱，并且引起诸多有才学之士的注视，不断被他们录写成文字，因而得以传于后世。

先秦时期，在民众中已经涌现出一些民间故事的热心编创者和传承人。这无疑是中国民间故事走向独立的一个重要标志。对于他们编讲、传播民间故事的活动，先秦时期的古籍文献已屡见记载。试看：

> 齐谐[①]者，志怪者也。谐之言曰："鹏之徙于南冥也，水击三千里，抟扶摇而上者九万里，去以六月息者也。"
>
> ——《庄子·内篇·逍遥游》"齐谐者志怪者也"

> 任公子为大钩巨缁，五十犗以为饵，蹲乎会稽，投竿东海，旦旦而钓，期年不得鱼。已而大鱼食之，牵巨钩铅没而下，鹜扬而奋鬐，白波若山，海水震荡，声侔鬼神，惮赫千里。任公子得若鱼，离而腊之，自制河以东，苍梧以北，莫不厌若鱼者。已而后世辁才讽说[②]之徒，皆惊而相告也。
>
> ——《庄子·杂篇·外物》"任公子钓大鱼"

> 终发北之北有溟海者，天池也有鱼焉。其广数千里，其长称焉，其名为鲲。有鸟焉，其名为鹏，翼若垂天之云，其体称焉。世岂知有此物哉？大禹行而见之，伯益知而名之，夷坚闻而志之。
>
> ——《列子·汤问》"夷坚闻而志之"

---

① 齐谐：一作书名。《庄子》成玄英疏云："姓齐名谐，人姓名也；亦言书名也。齐国有此俳谐之书也。"

② 辁（quán 全）才讽说：品评人才，诵说往事。

以上引文中的"齐谐"、"轮才讽说之徒"、"夷坚"以及《孟子·万章》中提及的"齐东野人"等，无论是民间传说人物，还是无名氏，他们无一不是这个时期生活在人民群众里面的民间故事的编创者和传承人的代表。他们到了后世甚至成为民间故事的编创者和传承人，或者民间故事的代称。例如，南朝宋·东阳无疑撰《齐谐记》、南朝梁·吴均撰《续齐谐记》、宋·洪迈撰《夷坚志》、宋·周密撰《齐东野语》、金·元好问撰《续夷坚志》、元·无名氏撰《湖海新闻夷坚续志》、清·袁牧撰《新齐谐》（后改名为《子不语》）等的书名，均与此有关。经过长时间的冲刷，这些民间故事的编创者和传承人大都成为难以稽考的佚名氏。先秦时期以及其后历朝历代的民间故事，都是由他们这些既熟悉生活，又熟悉民间文学写作技巧，热爱民间故事的人编创和加工，或者经他们口传心授而得以广为流布的。

先秦时期的民间故事，因为尚处于萌生阶段，并不像后世的民间故事那样兴盛，那样丰富多彩，但已粗具规模，包含幻想故事、写实故事、民间笑话、民间寓言等各种门类，只是被录写成文字流传下来的作品数量不太多。如今能够见到的，主要是保存在先秦诸子著作当中的民间故事，其中大部分是民间寓言。这与先秦诸子著作采录民间故事的取向密切相关。因为儒、道、墨、法、名等各派学者的著作录写民间故事的目的，大都是藉以阐述自己的学术观点和政治主张，比较看中那些蕴含一定寓意的作品，他们的首选自然是民间寓言。

两汉时期的民间故事依旧处于萌生阶段，数量也比较少，甚至还不及先秦时期多，然而却出现了一些不同于先秦时期的变化：一是民间寓言大为减少，幻想故事的数量明显增加，民间故事各门类的比重有相当变化；一是录写民间故事的典籍渐趋多元化，除了西汉初年属诸子百家体系的著作韩婴撰《韩诗外传》、刘安及其门客苏非等撰《淮南子》、刘向撰《新序》和《说苑》外，尚有史书司马迁撰《史记》、班固撰《汉书》，理论著作陆贾撰《新语》、贾谊撰《新书》、桓谭撰《新论》、王充撰《论衡》、王符撰《潜夫论》、荀悦撰《申鉴》、牟融撰《牟子》以及其他著作如应劭撰《风俗通义》、陈寔撰《异闻记》等。

第一章　先秦两汉的民间寓言

第一节　先秦的民间寓言

先秦时期，主要是战国时期，被学界誉为中国寓言文学创作的黄金时代。先秦诸子著作，包括儒家的《论语》、《孟子》、《荀子》，道家的《庄子》、《列子》[①]，墨家的《墨子》，名家的《尹文子》[②]，法家的《韩非子》、《慎子》、《申子》，杂家的《吕氏春秋》、《尸子》，纵横家的《战国策》、《阙子》，杂糅儒家、墨家思想的《晏子春秋》以及史籍《左传》、兵书《孙子》等，均载有数量不等的寓言，其中的寓言大部分属民间寓言范畴——或者是从民众当中采录的民间寓言，或者是由民间寓言加工而成的作品，在不同程度上带有民间寓言的特色。只有较少的一部分作品是作者创作的，譬如《庄子·外篇·秋水》“鱼之乐”、《庄子·杂篇·外物》“诗礼发冢”、《墨子·耕柱》“为义”、《墨子·所染》“染丝”、《韩非子·内储说上》“慈枣之功”、《韩非子·说林下》“操弓”、《吕氏春秋·审应晓·不屈》“蝗螟”。

先秦时期的民间寓言，数量超过其后各个朝代的民间寓言，千姿百态，意味深长，堪称中国民间故事发展史上的第一座丰碑。这个时期的民

---

① 《列子》相传为战国·列御寇撰。早佚。今本《列子》八篇，系东晋·张湛辑录、增补，可能存有原书佚文。学界大都认为是魏晋时的作品，亦有人认为作于东汉。但也有人认为它并非伪书。由于聚讼纷纭，莫衷一是，本书暂将其放在先秦时期论析。

② 《尹文子》的作者为战国·尹文，属名家。其学说糅合了儒、墨、道、法各家的观点。此书残存两卷，学界有人疑为魏晋间人伪托，有人则以为无庸置疑。本书亦将此书放在先秦时期论析。

间寓言，大多为人事寓言。而在数量不多的拟人寓言里面，几乎都是动物寓言，其他的拟人寓言极少。这同现当代民间寓言的拟人寓言为主，人事寓言较少的格局截然相反。这或许与早期的民间故事由神话、民间传说脱胎而来，作者想象力尚欠发达，艺术虚构的运用尚不太熟练相关。

一、先秦民间寓言中的人事寓言

先秦时期民间寓言中的人事寓言，以题材来划分，有两大类：一类取材于神话，或者取材于历史故事与民间传说；一类取材于现实生活。前者的比重超过后者，而以取材于历史故事与民间传说的作品最为突出。取材于历史故事与民间传说的人事寓言，只有一小部分作品虚构成分较少，大体上接近于历史事实。诸如《左传·宣公二年》“桑下饿人”、《国语·周语上》“川壅必溃”、《韩非子·喻老》“唇亡齿寒”、《吕氏春秋·孟春记·去私》“祁黄羊举贤”、《吕氏春秋·不苟论·当赏》“不赏陶狐”、《战国策·魏策一》“知伯索地”，等等。其中的大部分作品则包含较多的虚构成分，民间传说的色彩较为浓郁，譬如，《庄子·外篇·田子方》“鲁少儒”：

> 庄子见鲁哀公①，哀公曰：“鲁多儒士，少为先生方者②。”庄子曰：“鲁少儒。”哀公曰：“举鲁国而儒服，何谓少乎？”庄子曰：“周闻之，儒者冠圜③冠者，知天时；履句屦④者，知地形；缓⑤佩玦者，事至而断，君子有其道者，未必为其服也。为其服者，未必知其道也。公固以为然，何不号于国中曰：‘无此道而为此服者，其罪死！’”
>
> 于是哀公号之五日，而鲁国无敢儒服者。独有一丈夫，儒服而立乎公门。公即召而问以国事，千转万变而不穷。庄子曰：“以鲁国而儒者一人耳，可谓多乎？”

① 鲁哀公：春秋时鲁国国君，前494—前477在位。他与庄子相去一百二十年光景。

② 少为先生方者：意为少有学习先生道术的人。

③ 圜（yuán元）：同“圆”。

④ 句屦（jù聚）：方麻鞋。

⑤ 缓：当是“緌”之误。即五色丝绳。

这则寓言说明，真正有学识、有道术的儒者是不露形迹的，世人不应该被假象所迷惑。这则寓言，不但故事情节出自虚构，而且人物关系也出自虚构，鲁哀公与庄周虽然都是历史人物，但前者比后者早一百多年，彼此相见乃是民间传说的构思。又如，《韩非子·喻老》“扁鹊见蔡桓公”，其故事情节与人物关系亦出自虚构，扁鹊乃春秋末战国初的名医，与蔡桓公（前714—前707在位）相距二百多年，两人是不可能聚在一起的。《新序·杂事二》“扁鹊见齐桓侯”，故事情节与此则相同，接受诊治的则是齐桓公（前711—前694在位）。这则故事的求医者，《昭明文选》的《七发》注、《养生论》注均引作晋桓公（前388—前369在位）。这些作品中的人物多次更替，更显示出民间传说流传变异的特征。

1. 先秦时期取材于神话、历史故事与传说的人事寓言

这个时期取材于神话的人事寓言，或者采用旧有的神话故事情节，或者凭借神话人物新编故事，各有不同，所涉及的神话人物仅有浑沌、夸父、羿、河伯等几位，作品的数量也比较少。试看：

> 南海之帝为儵①，北海之帝为忽，中央之帝为浑沌②。儵与忽时相遇于浑沌之地，浑沌待之甚善。儵与忽谋报浑沌之德，曰：“人皆有七窍，以视、听、食、息，此独无有，尝试凿之。”日凿一窍，七日而浑沌死。
>
> ——《庄子·内篇·应帝王》“浑沌之死”

这一则寓言说明，违背客观规律，盲目蛮干，好心办坏事，必定没有好的结果，甚至酿成悲剧。通篇作品文字简朴，其描写却颇为生动，在先秦时期的民间寓言当中具有一定的代表性。

此外尚有批评不善择人的《孟子·离娄下》“逄蒙杀羿”、讥笑盲目自大的《庄子·外篇·秋水》“望洋兴叹”、称颂矢志不移坚强毅力的《列

① 儵（shū书）与下面的“忽”均为虚构的帝王。两者均含有神速之意，暗喻有为。
② 浑沌：虚构的帝王。意为无孔窍。

子·汤问》“夸父逐日”、倡导相互配合相互支持的《胡非子》佚文“弓矢相济”等。

这个时期取材于历史故事与民间传说的人事寓言，数量相当大，视野十分开阔，涉及的人物众多，君王有商周时期的成汤、纣王、周武王、周幽王，春秋时期的齐庄公、秦襄公、郑武公、卫庄公、蔡桓侯、鲁庄公、齐桓公、卫文公、秦穆公、晋文公、楚庄王、燕昭公、卫献公、楚康王、卫灵公、宋元公、鲁哀公、吴王阖庐、越王勾践；战国时期有齐宣王、魏文侯、秦惠公、魏武侯、宋康王、魏惠王、齐威王、韩昭侯等。文臣武将有商周时期的伊尹、比干；春秋时期的齐相管仲，齐大臣鲍叔，齐将触子，楚大夫孙叔敖，楚将养由基，晋大夫祁奚、智伯、赵简子、赵襄子、弥子瑕，鲁相公孙仪、叔孙豹，鲁大夫郈成子，魏将吴起，郑相子产，郑大夫邓析，宋大臣子罕、高阳应，秦大夫百里奚、公孙枝，吴大夫伍子胥，越大夫范蠡；战国时期的齐相邹忌，魏相李悝，魏大臣庞恭、史起、魏敬，魏将乐羊，宋相唐鞅，韩大臣段乔，秦相张仪，秦大夫司马唐、许涫等。各派学者有老子、孔子、墨子、列子、庄子、尹文、杨朱以及各派弟子颜回、子贡、曾参、巫马期、子游、子牢、冶徒、县子硕等。贤人隐士有列精子高、温伯雪子、义莳、田邑、段于木等。艺术人才有师旷、俞伯牙、师襄、瓠巴、韩娥等。名医有扁鹊、医竘等。工匠能人有公输般、梓庆、欧冶、庖丁、匠石、轮扁、伯乐、九方皋、王良、东野稷等。作品的内容包括治国理政、为官处世、识才用人、治学态度、思想方法等许多方面，寓意大多较为深刻，往往能从不同的角度给人以启迪和鞭策。

有关治国理政的寓言，往往通过发生在君王身边的各种事件来阐述治国安邦的道理，从不同的角度向主政者提出忠告。试看：

> 昔者，楚灵王好士细腰。故灵王之臣，皆以一饭为节，胁息然后带，扶墙然后起。比期年，朝有黧黑之色。
>
> ——《墨子·兼爱中》“楚王好细腰”

昔者，纣为象箸而箕子怖。以为象箸必不加于土铏[1]，必将犀玉之杯；象箸、玉杯，必不羹菽藿，则必旄象、豹胎；旄象、胎，必不衣短褐而食于茅屋之下，则锦衣九重，广室高台。“吾其卒，故怖其始。”居五年，纣为肉圃，设炮烙，登糟丘，临酒池，纣遂以亡。——故箕子见象箸以知天下之祸。故曰：“见小曰明”。

——《韩非子·喻老》“纣为象箸”

前一则寓言说明，上有所好，下必甚焉，倘若君王的行为出现偏差，就可能出现意想不到的严重后果，值得格外警惕。后一则寓言说明，大灾难往往是由小贪欲一步步发展而来的。见微知著。太师箕子从使用象牙筷子的生活细节便窥见殷纣王的奢侈放纵、荒淫无度必然带来灭亡的结局。为政者不能不引以为戒。

此类寓言尚有讽刺喜欢奉承及贪图虚名的《尹文子·上篇》“宣王好射”；赞许开放言路，反对偏听诬陷的《韩非子·内储说下》“宰臣上炙”；责备听信谗言者不辨真伪与是非的《韩非子·内储说上》“三人言市有虎”；提倡君王应听取贤臣之言，从善如流的《韩非子·外储说左上》“齐桓公好紫服”，批判凭一时爱憎对臣属毁誉无常的《韩非子·说难》“弥子瑕失宠”；褒扬君王赏罚适度的《吕氏春秋·不苟论·当赏》、揭露居高位者玩忽法令以致失信于民，身败名裂的《吕氏春秋·慎行论·疑似》“幽王击鼓”；指责因贪心而轻信谎言，造成决策失误的《吕氏春秋·孝行览·必己》“竭池求珠”；称誉君王坚守信用，不轻慢臣僚的《战国策·魏一》“文侯期猎”；告诫为政不可听从似是而非的见解，否则后果堪忧的《战国策·秦二》“扁鹊见秦武王”等。

有关为官处世的寓言，大多从正反两个方面阐述当官从政和为人处世的各种准则，表达肃清官场积弊，净化社会风气的良好愿望。试看：

宋之鄙人，得璞玉而献之子罕，子罕不受。鄙人曰：“此宝也，宜为君子器，不宜为细人用。”子罕曰：“尔以玉为宝，我以不受子玉

① 土铏（xíng 刑）：古代用陶土制成的盛羹器。

为宝。”是鄙人欲玉，而子罕不欲玉。故曰：“欲不欲，而不贵难得之货。”

——《韩非子·喻老》“子罕不受玉”

墨者有巨子腹䵍居秦，其子杀人。

秦惠王曰：“先生之年长矣，非有他子也。寡人已令吏弗诛矣。先生之以此听寡人也。”

腹䵍对曰：“墨者之法曰：‘杀人者死，伤人者刑。’此所以禁杀伤人也。夫禁杀伤人者，天下大义也。王虽为之赐，而令吏弗诛，腹不可不行墨子之法。”

不许惠王，而遂杀之。

人之所私也，忍其所私以行大义，巨子可谓公矣。

——《吕氏春秋·孟春纪·去私》“腹䵍杀子”

前一则寓言出自《左传·襄公十五年》，文字较为简练。它通过宋相国子罕的行为表明，品德高洁的人不存任何贪念，而以廉洁自律为理念。《韩非子·外储说右下》“公孙仪不受鱼”的题旨与此则相似，它进一步说明为官应洁身自处，若贪图非分，必将自毁。后一则寓言以墨家学派大师腹䵍大义灭亲的行为表明，徇私势必枉法，执法必须大公无私。

此类寓言，尚有赞扬知过能改，因而大有作为的《晏子春秋·内篇杂上》“御者”；褒奖重视亲情与道义，轻视财物与利益的《庄子·外篇·山水》“林回弃璧”；谴责虚情假意之恶劣世风的《庄子·杂篇·外物》“庄周贷粟”；告诫人们不可骄傲自满，而应处处谦虚谨慎的《荀子·宥坐》“欹器”；劝人远离被亲信左右而反复无常者的《韩非子·说林上》“鲁丹去中山”；说明谗言可畏，提醒世人应有所防范的《韩非子·说林上》“乐羊食子”；主张远离阿谀奉承，以人为镜的《吕氏春秋·恃君览·达郁》“列精子高窥井”；批评不听忠告，自以为是的《吕氏春秋·顺论·别类》“高阳应为室”；提倡人贵有自知之明，切莫为谀辞蒙蔽的《战国策·齐策一》“邹忌比美”；揭露伪君子丑恶面目的《战国策·齐策四》“田骈不宦”等。

有关识才用人的寓言，反复阐述只有积极、慎重地发现人才，给以信任，放手使用，方能充分发挥人才的积极性，并且不让鱼目混珠者、嫉贤妒能者得逞。试看：

宋元君将画图，众史皆至，受揖而立；舐笔和墨，在外者半。有一史后至者，儃儃[①]然不趋，受揖不立，因之舍。公使人视之，则解衣般礴[②]，裸。君曰："可矣，是真画者也。"

——《庄子·外篇·田子方》

孔子穷乎陈、蔡之间，藜羹不斟，七日不尝粒，昼寝。颜回索米，得而爨之，几熟，孔子望见颜回攫其甑中而食之，选间食熟，谒孔子而进食。孔子佯为不见之。孔子起曰："今者梦见先君，食洁而后馈。"颜回对曰："不可！向者煤炱[③]入甑中，弃食不祥，回攫而饮之。"孔子叹曰："所信者目也，而目犹不可信；所恃者心也，而心犹不足恃。弟子记之，知人固不易矣！"故知非难也，孔子之所以知人难也。

——《吕氏春秋·审分览·任数》"颜回攫甑"

前一则寓言，以春秋时期宋元君不为那些装模作样的画工所欺瞒，发现了一个有真本领的画工的实例，说明识人绝非易事，只有独具慧眼，方能去伪存真，鉴别出有用的人才。后一则寓言，通过孔子对弟子颜渊的一次误会，阐明"知人固不易"，切不可主观臆断，被假象迷惑。

此类寓言，尚有说明善于发现并扶持有用之材，在关键时刻就会发挥大作用的《左传·宣公二年》"桑下饿人"；告诫世人遇事必须深入调查研究，轻信谣言则容易上当受骗的《孟子·万章上》"校人烹鱼"；提倡用人应当依据具体情况来作决定的《庄子·外篇·山木》"不材生死"；强调识

---

① 儃儃（tǎntǎn 坦坦）：舒闲貌。

② 般礴：伸开两腿坐，示不拘形迹。

③ 煤炱（tái 台）：煤灰。

宝不易，识人更难的《韩非子·和氏》“和氏璧”；称颂任人唯贤，外举不避仇，内举不避亲的《吕氏春秋·孟春纪·去私》“祁奚举贤”；主张用人应让其充分自主，切勿从旁牵制的《吕氏春秋·审应览·具备》“掣肘”；提醒当政者用人行事一开始就应慎重的《管子·小问》“傅马栈”；提示招贤纳士必得具有极大诚意的《战国策·燕策一》“千金求马”；提醒为官者须当访求贤士，远离奉迎之辈的《宓子》“阳桥与鲂”等。

有关治学之道的寓言，一再阐明为学应当刻苦努力，专心致志，方能精益求精，达到很高的境界，否则一事无成。试看：

> 弈秋，通国之善弈者也。使弈秋诲二人弈。其一人专心致志，惟弈秋之为听；一人虽听之，一心以为有鸿鹄将至，思援弓缴而射之。虽与之俱学，弗若之矣！为是其智弗若与？曰：非然也。
>
> ——《孟子·告子上》“学弈”

> 子列子常射中矣。请之于关尹子。关尹子曰：“知子之所以中乎？”答曰：“弗知也。”关尹子曰：“未可。”退而习之三年，又请。关尹子曰：“子知子之所以中乎？”子列子曰：“知之矣。”关尹子曰：“可矣，守而勿失。”
>
> ——《吕氏春秋·季秋纪·审己》“列子学射”

前一则寓言，通过两个学生不同的治学态度的对比，说明学习不聚精会神，专心致志，老师再高明也不会收到好效果。后一则寓言，借助列子学射的事例，说明治学不应当仅满足于感性认识，只有刻苦钻研，掌握规律，方能达到精深的境界。

此类寓言，尚有旨在讥嘲学习漫无目的，无所作为，提倡学以致用的《庄子·杂篇·列御寇》“屠龙术”；揭示学习不集中精神，患得患失，必然不会取得好成绩的《韩非子·喻老》“赵襄主学御”；赞赏为学孜孜不倦，不断探索，终于豁然贯通的《吕氏春秋·不苟论·博志》“尹儒学御”；强调学习必须练基本功，不断进取，方能获得成功的《列子·汤问》“纪昌学射”；告诫学子学无止境，须当胸怀大志，不懈努力，切莫半途而废的《列子·汤问》“薛谭学讴”等。

有关思想方法的寓言，大都从正面或反面阐述端正思想方法对于治国理政、为人处世的重要性，说明思想方法不正确往往会带来危害，造成损失。试看：

昔者海鸟止于鲁郊，鲁侯御而觞之于庙，奏《九韶》以为乐，具太牢以为膳。鸟乃眩视忧悲，不敢食一脔，不敢饮一杯，三日而死。此以己养养鸟也，非以鸟养养鸟也。

——《庄子·外篇·至乐》“鲁侯养鸟”

伯乐教二人相踶[①]马，相与之简子厩观马。一人举踶马，其一人从后而循之，三抚其尻而马不踶，此自以为失相。其一人曰：“子非失相也。此其为马也，踒[②]肩而肿膝。夫踶马也者，举后而任前；肿膝不可任也，故后不举。子巧于相踶马，而拙于任肿膝。”

——《韩非子·说林下》“相踶马”

前一则寓言，通过养鸟问题说明办事须当考虑对象，倘若不从实际出发，主观行事，尽管用心良苦也不会有好的结果。后一则寓言，由识别踢人的烈马说明忽视事物相互关联的特点，不全面观察和考虑问题，就可能出偏差。

此类寓言，尚有讥笑不顾自身条件而盲目模仿他人的《庄子·外篇·天运》“丑女效颦”；倡导善于分析和思索，不要被表面现象迷惑的《庄子·外篇·田子方》“鲁少儒”；说明采用以缓济急、舍近求远的办法与事无补的《韩非子·说林上》“远水不救近火”；主张遇见紧急事务必冷静处置，盲目冲动大多适得其反的《韩非子·外储说左上》“释车而走”；称赞善于吸取教训，及时改正过失的《战国策·楚策四》“亡羊补牢”；揭示倘若实际行动与主观愿望相悖，任何努力都达不到目标的《战国策·魏策

① 踶：同“踢”。

② 踒（wō倭）：肢体猛折而筋骨受伤。

四》“南辕北辙”等。

2. 先秦时期取材于日常生活的人事寓言

这个时期取材于日常生活的人事寓言，其数量显然不如取材于历史故事与民间传说的人事寓言多，其内容的丰富程度亦不及取材于历史故事与民间传说的人事寓言。但是，它们取材于当时的社会生活和家庭生活，生活气息浓厚，非常贴近普通民众，更富有民间故事的特色和韵味，值得珍视。就总体而言，这一部分人事寓言，以治国之道、为人处世、思想方法等内容较为常见。

有关治国之道的寓言，数量较少，大多没有直接牵涉治理国家的人和事，却可以由日常生活的各种故事引申出治国理政的道理，让主政者受到启迪。试看：

> 宋人有酤酒者，为器甚洁清，置表[①]甚长，而酒酸不售。问之里人其故。里人云：“公之狗猛，人挈器而入，且酤公酒，狗迎而噬之，此酒所以酸而不售也。”
>
> ——《晏子春秋·内篇·问上》“狗猛酒酸”

此则寓言，讽谕君王治国切勿让权臣当道，阻塞贤路。《晏子春秋》记述齐景公问相国晏婴治理国家害怕什么？晏婴就讲了“社鼠[②]”与“猛狗”两则寓言故事，说明国家里面也有社鼠和猛狗，那就是君王左右的小人与专权者，他们蔽善扬恶，蒙骗人主，欺压百姓，封堵贤能之士，国家怎会没有祸患？取材于日常生活的先秦人事寓言，由此可见一斑。

此类寓言，尚有倡导为政应当举贤事能，严密法纪，不让奸佞有机可乘的《墨子·尚贤上》“盗其无自出”；主张对付强暴之国不应顺从屈服的《荀子·富国》“处女遇盗”；提倡不但要有严刑峻法，而且必须使犯罪者

---

① 表：指酒幌子。

② 《晏子春秋·内篇·问上》“社鼠”说的是：社庙是将木料捆扎起来再涂上泥土修成的，老鼠躲在其中，用火熏怕烧坏社庙，用水灌又怕损坏社庙的泥墙。这些老鼠之所以无法杀死，是因为躲在社庙里的缘故。

去除侥幸心理的《韩非子·内储说上》“窃金难止”；讥笑大才小用，不得用人要义的《吕氏春秋·士容论·士容》“狗乃取鼠”；嘲讽昏君问政威压愈多，民众愈不为其所用的《吕氏春秋·离俗览·用民》“取道杀马”；揭示佞臣当道必然阻碍言路，使君王闭目塞听的《战国策·楚策一》“狗尝溺井”等。

有关为人处世的寓言，数量较多，大都通过发生在民众身边的大小趣事，阐发为人处世的道理，让人回味无穷。试看：

邻父有与人邻者，有枯梧树。其邻之父言梧树之不善也。邻人遽伐之。邻父因请而以为薪。其人不悦，曰：“邻者若此其险也，岂可为之邻哉？”此有所宥也。夫请以为薪与弗请，此不可以疑梧树之善与不善也。

——《吕氏春秋·先识览·去宥》“枯梧树”

齐有黄公者，好谦卑。有二女，皆国色。以其美也，常谦辞毁之，以为丑恶。丑恶之名远布，年过而一国无聘者。卫有鳏夫，时冒娶之，果国色。然后曰：“黄公好谦。故毁其子不姝美。”于是争礼之，亦国色也。国色实也，丑恶名也。此违名而得实矣。

——《尹文子·大道上》“黄公好谦卑”

前一则寓言说明，遇事无定见，思想上有偏颇，便难以作出正确的判断。后一则寓言说明，为人处世应当实事求是，过谦不符合实际，往往效果不佳，甚至造成误会，带来损失。

此类寓言，尚有强调不可忽视环境对人的影响的《孟子·滕文公下》“楚人学齐语”；指出判断行为的好坏应以客观效果为准绳的《庄子·外篇·骈拇》“与谷俱亡羊”；鞭挞满口仁义道德但行为卑鄙无耻之辈的《庄子·杂篇·外物》“诗礼发冢”；讽刺为学者望文生义，穿凿附会的《韩非子·外储说左上》“郢书燕说”；讥诮自私偏爱，不辨美丑的《吕氏春秋·有始览·去尤》“鲁有恶者”；揭示物以类聚，人以群分的《吕氏春秋·孝行览·遇合》“逐臭之夫”；反对轻信谣诼，提倡调查研究的《吕氏春秋·

慎行论·察传》“穿井得一人”；揭示名人效应，申说良才冀得名人推荐的《战国策·燕策二》“卖骏马”；讽刺庸人自扰的《列子·天瑞》“杞人忧天”；颂扬团结奋斗与矢志不移精神的《列子·汤问》“愚公移山”等。

有关思想方法的寓言，数量亦不少，往往借助日常生活中发生的故事，从正反两个方面来阐释提高认知能力和改善处事方法的重要性。试看：

> 齐人有好猎者，旷日持久而不得兽，入则愧其家室，出则愧对其知友州里。惟其所以不得之故，则狗恶也。欲得良狗，则家贫无以。于是还疾耕。疾耕则家富，家富则有以求良狗，狗良则数得兽矣，田猎之获常过人矣。非独猎也，百事也尽然。
>
> ——《吕氏春秋·不苟论·贵当》“好猎者”

> 楚有祠者，赐其舍人卮酒。舍人相谓曰：“数人饮之不足，一人饮之有余。请画地为蛇，先成者饮酒。”一人蛇先成，引酒且饮之，乃左手持卮，右手画蛇，曰：“吾能为之足！”未成，一人之蛇成，夺其卮，曰：“蛇固无足，子安能为之足？”遂饮其酒。为蛇足者，终亡其酒。
>
> ——《战国策·齐策二》“画蛇添足”

前一则寓言说明，世间许多事物彼此关联，相互制约，只要方法对头，便可以从根本上解决问题。后一则寓言说明，凡事须按规律处置，切不可自作聪明，弄巧反拙。

此类寓言，尚有讥讽违背自然规律，急于求成的《孟子·公孙丑上》“揠苗助长”；告诫世人切莫盲目模仿，否则非但学不到本领，甚至会丢掉一己之长的《庄子·外篇·秋水》“邯郸学步”；阐明不懂客观规律，轻举妄动，势必张惶失措，造成悲剧的《庄子·杂篇·渔父》“畏影恶迹”；批评因名失实，徒增烦恼，乃至带来不幸的《尹文子·大道上》“盗与殴”；提倡讲话办事应当实事求是，以免前后矛盾，传为笑柄的《韩非子·难一》“自相矛盾”；既嘲讽舍本逐末而本末倒置者，又嘲讽因过分追求形式而掩盖内容者的《韩非子·外储说左上》“买椟还珠”；倡导办事必须调查研究，反对主观臆断，盲目行动的《韩非子·说林上》“织屦者欲徙越”；指出思想僵化，墨守陈规者做事势必徒劳无益的《吕氏春秋·慎大览·察今》“刻舟求剑”；批评不知变通，凭经验办事，很容易导致失败的《吕氏春秋·慎大览·察今》“循表涉澭”；讥笑为非作歹之徒自欺欺人，愚蠢至极的《吕氏春秋·不苟论·自知》“掩耳盗钟”；嘲讽办事主观武断者脱离实际，荒唐可笑的《吕氏春秋·慎大览·察今》“引婴投江”等。

二、先秦民间寓言中的拟人寓言

拟人寓言指以生物和非生物作为拟人对象的各种寓言。此类寓言，包括动物寓言、植物寓言、非生物寓言等。在中国古代民间寓言里面，拟人寓言数量不太多，与现当代口头流传的民间寓言大部分为拟人寓言，蕴藏量甚多的情况大相径庭。在先秦时期的拟人寓言中，绝大多数为动物寓言，其他拟人寓言则甚为罕见。

先秦时期的动物寓言，拟人化的主角有：飞禽类如鹏、鸾凤（以上为传说中的飞禽）、蒙鸠、鸱、燕雀、尺鴳、鹓鶵鹑，走兽类如夔、蛩蛩、巨虚（以上为传说中的走兽）、虎、蹶（又作”蟨”）、麋、鹿、猿、狙（猕猴）、狐、兔、犬、豕，其他动物如鲲（传说中的鱼类）、鳖、鱼、蛙、蚌、蛇、螝（两头蛇）、蚿（百足虫）、虱，它们大都具有比较鲜明的个性特征。这些寓言通过各种动物角色的言行，生动地展示了现实生活中的人情世态，传达出作为故事编讲者和传承人的广大民众的感情和意愿，寓意往往比较深刻，给人以启迪和教益。试看：

> 埳井[①]之鼃（蛙）……谓东海之鳖曰：“吾乐与！出跳梁乎井干之上，入休乎缺甃之崖，赴水则接腋持颐，蹶泥则没足灭跗。还虷[②]、蟹与科斗，莫吾能若也！且夫擅一壑之水，而跨跱埳井之乐，此亦至矣。夫子奚不时来入观乎？”东海之鳖，左足未入，而右膝已絷矣。

① 埳（kǎn坎）井：浅井。

② 虷（hán寒）：蚊子的幼虫。或说为赤虫。

于是逡巡而却，告之海曰：“夫千里之远，不足以举其大；千仞之高，不足以极其深。禹之时，十年九潦，而水弗为加益；汤之时，八年七旱，而崖不为加损。夫不为顷久推移，不以多少进退者，此亦东海之大乐也。”于是埳井之鼃闻之，适适然惊，规规然自失也。

——《庄子·外篇·秋水》“埳井之蛙”

虎求百兽而食之，得狐。狐曰：“子无敢食我也！天帝使我长百兽。今子食我，是逆天帝命也。子以我为不信，吾为子先行，子随我后，观百兽之见我而敢不走乎？”虎以为然，故遂与之行。兽见之皆走。虎不知兽畏己而走也，以为畏狐也。

——《战国策·楚策一》“狐假虎威”

前一则寓言，通过浅井之蛙、东海之鳖的行为与对答，将坐井观天、孤陋寡闻者自鸣得意的情状作了生动的描绘和辛辣的嘲讽，命意隽永，发人深省。后一则寓言，通过狐狸蒙骗百兽之王的一次绝妙表演，颇为形象地揭示出假借他人权势招摇过市，恐吓弱小的卑劣行径，同时无情嘲讽了目空一切的强暴者被人利用却毫无觉察，愚蠢之至。

此类寓言，尚有说明众生各有所长，发挥各自的特点便可自立于世的《庄子·外篇·秋水》“夔、蚿蛇与风”；揭示有远大抱负者往往被龌龊小人所猜忌的《庄子·外篇·秋水》“鹓鸰与鸱”；讽刺鼠目寸光之辈无法理解他人远大志向的《庄子·内篇·逍遥游》“鲲鹏与斥鴳”；揭示喜欢卖弄小聪明者往往结局不妙的《庄子·外篇·徐无鬼》“一狙现巧”；阐明缺乏牢靠基础，一切辛苦往往徒劳的《荀子·劝学》“蒙鸠为巢”；揭示玩弄权术者当未被识破之时就能够得逞的《韩非子·说林上》“涸泽之蛇”；阐明吸血鬼你争我斗，有时又会相互勾结，狼狈为奸的《韩非子·说林下》“三虱食彘”；预言争权攘利者相互倾轧残杀，必将自取灭亡的《韩非子·说林下》“蜩虫自龁”；告诫世人当居安思危，切不可贪图一时安乐而处险不惊的《吕氏春秋·有始览·谕大》“燕雀处室”；倡导相互合作，取长补短，共度难关的《吕氏春秋·慎大览·不广》“蹶与蛩蛩、距虚”；赞颂勇猛果敢，一往无前精神的《尸子》“鹿”；主张对狡猾奸诈者必须以高明的手段将其制伏的《战国策·楚策三》“黠麋落网”；嘲讽互不相让，两败俱伤，让他人得利的《战国策·燕策二》“鹬蚌相争”；宣扬牺牲小我以保全大我精神的《战国策·赵策三》“虎怒决蹯”等。

先秦时期的动物寓言，乃是我国民间寓言中的动物寓言之滥觞，它在创作题材、思想内容、表现形式、艺术技巧等诸多方面都为后世的动物寓言积累了宝贵的经验。后世的民间动物寓言，尤其是现当代的民间动物寓言，正是继承了先秦动物寓言的传说，并且使之发扬光大，异彩纷呈。

先秦时期民间寓言中的其他拟人寓言，故事主角包括世人熟悉的土偶、木人、金属、树木、影子等，其数量虽然甚少，但想象奇特，构思巧妙，在先秦寓言中独树一帜，颇为引人注目。试看：

> 有国于蜗之左角者，曰触氏。有国于蜗之右角者，曰蛮氏。时相与争地而战，伏尸数万，逐北，旬有五日而后反。
>
> ——《庄子·杂篇·则阳》“触蛮之战”

此则寓言，借助对蜗角两个小之又小的国家间相厮杀的描写，以轻蔑口吻抨击了主政者为掠夺与兼并而挑起的一场战事如何凶暴残忍，给无辜军民带来惨重的损失。两个微型国家的战事显然出自艺术虚构，但却折射出战国时期战乱迭起，灾祸连年的严酷现实，针对性很强，鲜明地展示出民众的憎恶之情。

此类寓言，尚有嘲讽没有独立人格，完全依附他人的《庄子·内篇·齐物论》“罔两问景”；提倡顺乎自然，不可违拗天意的《庄子·内篇·大宗师》“大冶铸金”；阐明不要离开故土，以免失掉根基以致漂泊异乡的《战国策·齐策三》“土偶与桃梗”；叹息受制于人而不能掌握自己命运的《战国策·赵策一》“柱山两木”等。

先秦时期的民间寓言，大都蕴含着较为深刻的寓言，哲理性强，往往能够让人们从中领悟大到治理国家，处理国与国之间的关系，小到为人处世，解决家庭纠纷方面的许多道理，获得各种启示和教益。正因为如此，先秦的典籍，首先是先秦诸子的著作，大量录写了当时民间流布的寓言，用以阐述自己的学术观点和政治主张，藉以增强文章的感染力和说服力。

譬如，《韩非子·喻老》“扁鹊见蔡桓公”：

扁鹊见蔡桓公，立有间。扁鹊曰：“君有疾在腠理[①]，不治将恐深。”桓侯曰：“寡人无疾。”扁鹊出，桓侯曰：“医之好治不病以为功。”

居十日，扁鹊复见，曰：“君之病在肌肤，不治将益深。”桓侯不应。扁鹊出，桓侯又不悦。

居十日，扁鹊复见，曰：“君之病在肠胃，不治将益深。”桓侯又不应。扁鹊出，桓侯又不悦。

居十日，扁鹊望桓侯而还走。桓侯故使人问之。扁鹊曰：“疾在腠理，汤熨之所及也；在肌肤，针石之所及也；在肠胃，火齐之所及也；在骨髓，司命之所属，无奈何也。今在骨髓，臣是以无请也。”

居五日，桓侯体痛，使人索扁鹊，已逃秦矣。桓侯遂死。

此则寓言，意在说明为政应及早消除隐患，以免造成不可弥补的损失。作者在征引历史故事之前便写道：“有形之类，大必起于小；行久之物，族[②]必起于少。故曰：天下之难事，必作于易，天下之大事，必作于细。”并且指出：“图难于其易也，为大于其细也。千丈之堤，以蝼蚁之穴溃；百尺之室，以突隙之烟焚。”然后才正式讲述扁鹊治病的故事，用生动有趣的艺术形象阐发防微杜渐，避免祸害的要义。在讲完扁鹊治病的故事后接着引申道：“故良医之治病也，攻之于腠理。此皆争之于小者也。夫事之祸福亦有腠理之地，故曰，圣人蚤从事焉。”

又如，《吕氏春秋·士容论·务大》“燕雀处室”[③]：

燕爵（雀）争善处于一屋之下，母子相哺也，区区焉相乐也，自以为安矣。灶突决，上栋焚，燕爵（雀）颜色不变，是何也？不知祸

① 腠（còu凑）理：肌肉的纹理。
② 族：众也。
③ 见《太平广记》卷三一七。

之将及之也。不亦愚乎。

作者在阐述为臣之道时引用了这一则寓言，说明人臣须当首先致力于为国建功立业，切不可结党营私，贪图个人安乐而不知危险。在讲完这则寓言之后，作者紧接着阐明："夫为人臣者，进其爵禄富贵，父子兄弟相与比周于一国，区区焉相乐也，而以危其社稷，其为灶突近矣，而终不知也，其与燕爵（雀）之智不异。"

再如，《战国策·魏策四》"南辕北辙"：

魏王欲攻邯郸，季梁闻之，中道而反，衣焦[①]不申，头尘不去，往见王，曰："今者臣来，见人于大行，方北面而持其驾，告臣曰：'我欲之楚。'臣曰：'君之楚，将奚为北面？'曰：'吾马良。'臣曰：'马虽良，此非楚之路也。'曰：'吾用多。'臣曰：'用虽多，此非楚之路也。'曰：'吾御者善。'——此数者愈善，而离楚愈远耳！今王动欲成霸王，举欲信于天下。恃王国之大，兵之精锐，而攻邯郸，以广地尊名。王之动愈数，而离王愈远耳，犹至楚而北行也。"

此则寓言，记述魏国贤臣季梁听说魏惠王准备攻打赵国都邯郸时，由出使途中风尘仆仆地回去劝阻魏惠王，为其讲了这个故事，藉以说明魏惠王意欲成就霸业，可是"恃王国之大，兵之精锐，而攻邯郸，以广地尊名。王之动愈数，而离王愈远耳，犹至楚而北行也"。

先秦时期的民间寓言原本流布于民间，不断在民众之中产生影响，经过诸子百家和其他著作家的录写和征引之后，流传得越发广泛和久远，其在社会各阶层的影响也越发得以拓展，逐渐演化为成语和谚语，融入人们的社会生活。

由先秦时期的民间寓言演化而来的成语有"同舟共济"（出《孙子》）、"揠苗助长"（出《孟子》）、"蜗角虚名"、"屠龙之技"、"螳臂挡车"、"相濡以沫"、"邯郸学步"、"丑女效颦"（以上出《庄子》）、"滥竽充数"、"老

① 衣焦：衣服上的褶皱。

马识途”、“自相矛盾”、“守株待兔”（以上出《韩非子》）、“掩耳盗钟”、“网开三面”、“逐臭之夫”、“一鸣惊人”、“唇亡齿寒”（以上出《吕氏春秋》）、“画蛇添足”、“狐假虎威”、“南辕北辙”、“惊弓之鸟”、“百发百中”、“亡羊补牢”、“千金买首”、“坐山观虎斗”（以上出《战国策》）、“杞人忧天”、“余音绕梁”、“朝三暮四”（以上出《列子》）等；由先秦时期的民间寓言演化而来的谚语有“杀鸡焉用牛刀”（出《论语》）、“五十步笑百步”（出《孟子》）、“楚王好细腰，宫中多饿死”（出《墨子》）、“远水不救近火”、“画人物难，画鬼魅易”（以上出《韩非子》）、“鹬蚌相争，渔翁得利”（出《战国策》）等。这些成语和谚语，世代相传，直到如今仍在广泛使用，足见其影响之深远。

第二节　两汉的民间寓言

两汉时期的民间寓言，是在先秦寓言的基础上发展起来的，既有所继承，又有所创新，呈现出不同的发展态势。

在继承先秦寓言方面，两汉时期的民间寓言呈现出沿袭和发生较大变异两种情况。两汉时期的一部分民间寓言，大体上沿用了先秦寓言原有的作品而小有变化，其内容与形态均与先秦时间的民间寓言的差别并不明显。举例来讲，见于《淮南子》、《新序》的“宋人献璞”，出自《左传》、《韩非子》、《吕氏春秋》；见于《韩诗外传》、《淮南子》、《史记》、《说苑》的“失马饮盗”，出自《吕氏春秋》；见于《论衡》、《新论》、《风俗通义》的“夔一足”，出自《韩非子》、《吕氏春秋》；见于《史记》、《说苑》、《风俗通义》的“土偶与桃梗”，出自《战国策》；见于《汉书》的“邯郸学步”，出自《庄子》。

两汉时期的另一部分民间寓言，则是由先秦寓言衍化而来，其变异颇为显著。譬如，见于《韩诗外传》、《说苑》的“螳螂捕蝉”，是由《庄子》衍化而来，互相比照，前两则与后一则在故事情节、艺术形象诸方面都有较为明显的不同。

庄周游乎雕陵之樊，睹一异鹊，自南方来者，翼广七尺，目大运寸，感周之颡，而集于栗林。庄周曰："此何鸟哉？翼殷不逝，目大不睹。"蹇裳躩步，执弹而留之。睹一蝉，方得美荫，而忘其身；螳螂执翳而搏之，见得而忘其形；异鹊从而利之，见利而忘其真。庄周怵然曰："噫！物固相累，二类相召也。"捐弹而反走。虞人[①]逐而谇之。庄周反入，三月不庭。

——《庄子·外篇·山木》"游雕陵"

园中有榆，其上有蝉。蝉方奋翼悲鸣，欲饮清露，不知螳螂之在后，曲其颈，欲攫而食之也。螳螂方欲捕蝉，而不知黄雀在后，举其颈，欲啄而食之也。黄雀方欲食螳螂，不知童子挟弹丸在榆下，迎而欲弹之。童子方欲弹黄雀，不知前有深坑，后有掘株也。此皆见前之利，而不顾后害者也。

——《韩诗外传》卷十第二十一章"螳螂捕蝉"

园中有树，其上有蝉。蝉高居悲鸣饮露，不知螳螂在其后也；螳螂委身曲附欲取蝉，而不知黄雀在其傍也；黄雀延颈欲啄螳螂，而不知弹丸在其下也。此三者皆务欲得其前利，而不顾其后之有患也。

——《说苑·正谏》"螳螂捕蝉"

又如，见于《韩诗外传》、《淮南子》的"螳螂搏轮"，是由《庄子》衍化而来。《庄子·内篇·人间世》"螳臂当车"仅记一个故事梗概："汝不知夫螳螂乎？怒其臂以当车辙，不知其不胜任也，是其才之美者也。"《韩诗外传》卷八与《淮南子·人间训》所载的"螳螂搏轮"文字几乎完全相同。

齐庄公出猎，有一虫举足将搏其轮。问其御曰："此何虫也？"对曰："此谓螳螂者也。其为虫也，知进而不知却，不量力而轻敌。"庄

① 虞人：古代掌管山泽、苑囿、田猎的官。

公曰："此为人，必为天下勇武矣。"回车而避之。勇武闻之，知所尽死矣。

——《淮南子·人间训》"螳螂搏轮"

再如，《韩诗外传》"大泽之雉"是由《庄子》衍化而来，故事情节有所丰富，艺术形象更为鲜明。

泽雉十步一啄，百步一饮，不蕲①畜乎樊中。神虽王②，不善也。

——《庄子·内篇·养生主》"泽雉"

君不见大泽中雉乎？五步一啄，终日乃饱，羽毛悦泽，光照于日月，奋翼争鸣，声响于陵泽者何？彼乐其志也。援置之囷仓中，常啄粱粟，不旦时而饱，然犹羽毛憔悴，志气益下，低头不鸣，夫岂食不善哉？彼不得其志故也。

——《韩诗外传》卷九第二十二章"大泽之雉"

在两汉时期的民间寓言中，也有不少作品是当时采录的，并未见诸先秦时期的典籍。它们的出现使我国古代民间寓言进一步得到了充实，并且带来了新的气息和活力。譬如《韩诗外传》的"束蕴请火"、"屠牛吐"，《礼记》的"苛政猛于虎"、"嗟来之食"，《淮南子》的"塞翁失马"、"鹊巢扶枝"、《史记》的"指鹿为马"，《新序》的"曲突徙薪"、"中天台"，《说苑》的"枭东徙"、"追女失妻"，《论衡》的"周人不遇"、"鸡犬皆仙"，《潜夫论》的"随声逐响"，《申鉴》的"一目之罗"，《牟子》的"对牛弹琴"，《风俗通义》的"杯弓蛇影"、"城门失火"。

但是，总的讲来两汉时期的民间寓言数量不及先秦时期多，其丰富程度亦比先秦时期逊色。中国民间寓言的这种发展态势，从两汉时期开始，一直持继了一千多年，到了明、清时期才得以改观，由此而过渡到现当代

① 不蕲（qí其）：不祈求，不希望。
② 王：通"旺"，旺盛之意。

时期，出现民间寓言的新局面。

一、两汉民间寓言中的人事寓言

两汉时期民间寓言中的人事寓言，绝少取材于神话，大都取材于历史故事与传说，或者取材于日常生活。取材于历史故事与传说的人事寓言，通常都借用各种历史人物和相关的活动来展开故事，通过对国家、社会、人生的认知和思考，表达广大民众的见解和愿望。试看：

孔子过泰山侧，有妇人哭于墓者而哀，夫子式①而听之，使子路问之曰："子之哭也，一似重有忧者？"而曰："然。昔者吾舅②死于虎，吾夫又死焉，今吾子又死焉。"夫子曰："何为不去也？"曰："无苛政。"夫子曰："小子识之：苛政猛于虎也！"

——《礼记·檀弓下》"苛政猛于虎"

郴为汲令，以夏至日谒见主簿杜宣，赐酒。时北壁上有悬赤弩，照于杯，形如蛇。宣畏恶之，然不敢不饮。其日便得胸腹痛切，妨损饮食，大用羸露，攻治万端，不为愈。

后郴因事过至宣家，窥视问其变故。云："畏此蛇，蛇入腹中。"郴还听事，思维良久，顾视悬弩，必是也。则使门下史将铃下③侍徐扶辇载宣于故处，设酒。杯中故复有蛇。因谓宣："此壁上弩影耳，非有他怪。"宣遂解，甚夷怿，由是瘳平。

——《风俗通义·怪神》"杯弓蛇影"

前一则寓言，又见于《新序·杂事第五》。它通过一乡妇的哭诉，尖锐地揭露出暴政给民众带来的深重灾难，使人不寒而栗。后一则寓言，又见于《晋书·乐广传》。它通过一桩趣事让世人认识到，遇事应深入调查

① 式：通"轼"，古代车厢前用作扶手的横木。此处意为伏在车轼上。
② 舅：公爹。
③ 铃下：指随从护卫的兵士。

研究，不可被假象迷惑，以致自相惊扰，带来苦痛。

此类寓言，尚有倡导尊重人才，视贤能为国宝的《韩诗外传》卷十“以人为宝”；主张人君当贤明，不可亲谄谀，逐谏臣，以免危害国家的《新书·先醒》“虢君好谀”；告诫主政者倘若只看表面现象，武断行事，必然赏罚不当的《淮南子·人间训》“阳虎乱鲁”；揭露权臣颠倒黑白，镇压异己，为人不齿的《史记·秦始皇本纪》“指鹿为马”；指出君王不能知人善任，势必失去良臣，无法挽回损失的《新序·杂事第五》“田饶去鲁”；阐明对臣属应量才使用，不可求全责备的《说苑·杂言》“甘戊渡大河”；称颂活到老学到老精神的《说苑·建本》“炳烛而学”；嘲讽办事不问对象，主观盲动，行为可笑的《牟子》“对牛弹琴”等。

这个时期取材于日常生活的人事寓言，采用百姓熟悉的人物、事件来表述作品的题旨，更易为广大民众接受和认同。试看：

> 齐王厚送女，欲妻屠牛吐，屠牛吐辞以疾。其友曰：“子终死腥臭之肆而已乎？何为辞之？”吐应之曰：“其女丑。”其友曰：“子何以知之？”吐曰：“以吾屠知之。”其友曰：“何谓也？”吐曰：“吾肉善，如量而去，苦少耳；吾肉不善，虽以他附益之，尚犹贾不售。今厚送子，子丑故耳。”其友后见之，果丑。
>
> ——《韩诗外传》卷九第二十八章“屠牛吐”

> 近塞上之人，有善术者。马无故亡入胡，人皆吊之。其父曰：“此何遽不为福乎？”居数月，其马将胡骏马而归。人皆贺之。其父曰：“此何遽不能为祸乎？”家富良马，其子好骑，堕而折其髀。人皆吊之。其父曰：“此何遽不为福乎？”居一年，胡人大入塞，丁壮者引弦而战，近塞之人，死者十九。此独以跛之故，父子相保。
>
> ——《淮南子·人间训》“塞翁失马”

前一则寓言，以世人习见的嫁娶之事作譬喻，说明在情况不明时，采用类推法进行判断，亦可有所发现，这在观察、处理问题方面无疑会给世人以启迪。后一则寓言，以边民亲历的一系列变故阐述了休咎与祸福相互依存、相互转化的道理，颇富哲理性。

此类故事，尚有赞扬不忘旧，不忘本的《韩诗外传》卷九“不忘著簪”；称许宁肯饿死也不愿忍受屈辱的《礼记·檀弓下》“嗟来之食”；主张为人应有深谋远虑，遇事方可化险为夷的《淮南子·氾论训》“此楚任侠者”；阐明处世往往旁观者清，当局者迷，置身事外则可依据客观情况作出正确判断的《淮南子·诠言训》“三人同舍”；指出机遇往往关乎人之前程命运的《论衡·逢遇篇》“仕数不遇”；讥诮一味追求形式，办事不讲效果的《阙子》“桂铒金钩”；批判缺乏主见，轻举妄动者办事荒唐的《潜夫论·贤难》“随声逐响”；讽刺学习带有很大盲目性者愚蠢可笑的《孔丛子·陈士义》“学长生者”等。

二、两汉民间寓言中的拟人寓言

两汉时期民间寓言中的拟人寓言，数量明显少于先秦时期。而在这个时期的拟人寓言当中，绝大多数是动物寓言，几乎很难找到其他拟人寓言。这个时期的动物寓言，拟人化的主角有龙、凤、夔（以上为传说中的动物）、牛、羊、狐、枭、鸠、雉、鹊、雀、螳螂等，其数量亦远不及先秦动物寓言多。试看：

> 夫凤凰之初起也，翾翾十步，藩篱之雀，喔咿而笑之。及其升少阳，一诎一信，展羽云间，藩篱之雀超然自知不及远矣。
>
> ——《韩诗外传》卷九第二十七章“凤凰展羽”

> 枭逢鸠。鸠曰：“子将安之?”枭曰：“我将东徙。”鸠曰：“何故?”枭曰：“乡人皆恶我鸣，以故东徙。”鸠曰：“子能鸣，可矣。不能更鸣，东徙犹恶子之声。”
>
> ——《说苑·谈丛》“枭将东徙”

前一则寓言，运用对比、衬托的手法展示凤凰之伟丽、潇洒与麻雀之渺小、委琐，嘲讽目光短浅者不可与前程远大者同日而语，只能望洋兴叹，自惭形秽。后一则寓言，通过猫头鹰妄图以迁徙的办法改变被人厌恶的境遇，说明不找到症结，不从根本上解决问题，仅仅回避矛盾是无济于事的。

此类寓言，尚有劝告世人行事依托不牢靠则非常危险的《韩诗外传》卷九“巢于葭苇”；阐述任何物质享受都无法消除精神桎梏之苦的《韩诗外传》卷九“大泽之雉”；指明只有具备全域观念方可防止片面性，避凶趋吉的《淮南子·人间训》“鹊巢扶枝”；提醒人们凡事不可被假象所迷惑，以免上当受骗的《淮南子·人间训》“狐捕雉”；揭示弄虚作假最终将会原形毕露的《法言·吾子篇》“羊蒙虎皮”；赞扬全神贯注，一往无前精神的《新论》佚文“牛与夔”等。

两汉时期的人事寓言与拟人寓言亦有不少作品后世广为流布，逐渐演化出世人经常运用的成语和谚语，有关的成语如：“嗟来之食”、“苛政猛于虎”（出《礼记》）、“指鹿为马”（出《史记》）、“曲高和寡”（出《新序》）、“曲突徙薪”（出《汉书》）、“对牛弹琴”（出《牟子》）、“杯弓蛇影”、“吴牛喘月”（出《风俗通义》）、“燕雀处室”（出《孔丛子》）等。有关的谚语如：“塞翁失马，安知非福”（出《淮南子》）；“螳螂捕蝉，黄雀在后”（出《说苑》）；“一人得道，鸡犬升天”（出《论衡》）；“城门失火，殃及池鱼”（出《风俗通义》）等。

第二章　先秦两汉的其他民间故事

先秦两汉的民间故事，除民间寓言外，尚有幻想故事、写实故事、民间笑话等门类，与后世的民间故事的格局毫无二致。这些门类的民间故事虽然远不如同期的民间寓言发达，但它们都已粗具规模，为后世这几个门类的民间故事的发展，初步奠定了基础。中国古代的民间故事，有相当一部分作品都带有不同程度的民间传说的色彩。中国古代民间故事的这个特点，在先秦两汉的民间故事中都有较充分的体现，不仅民间寓言如此，幻想故事、写实故事、民间笑话等也不例外。在先秦两汉的其他门类的民间故事中，有的门类先秦时期较多，有的门类两汉时期较多，有的门类则先秦与两汉大体上相当。现分别论析如下。

第一节　先秦两汉的幻想故事

先秦两汉时期的幻想故事，包括动物故事、鬼魂故事、精怪故事、神异故事等几类，无论哪一类流传下来的作品数量都不太多，而先秦时期的作品尤为少见。先秦两汉时期的动物故事，尚未成为完全独立的幻想故事类别，它与这个时期的动物寓言颇为近似，两者之间显然存在着模糊带。譬如《战国策·齐策三》“疾犬与狡兔”：

韩子卢者，天下之疾犬也；东郭逡者，海内之狡兔也。韩子卢逐东郭逡，环山者三，腾山者五，兔极于前，犬废于后，犬兔俱罢，各死其处。田父见之，无劳倦之苦，而擅其功。

这一则动物故事，其命意与《战国策·燕策二》“鹬蚌相争”相似，亦可视为动物寓言。同样，像《庄子·杂篇·徐无鬼》“一狙现巧”、《韩非子·说林下》“三虱食彘”、《吕氏春秋·有始览·谕大》“燕雀处室”、《战国策·楚策一》“狐假虎威”、《淮南子·人间训》“狐捕雉”、《说苑·谈丛》“枭将东徙”等，也是具有一定寓意的动物故事，既可作为动物寓言看待，又可作为动物故事看待。

先秦两汉时期的鬼魂故事（俗称鬼故事），大致包含三个方面的内容，首先是鬼魂报冤复仇，伸张正义，计有《左传·庄公八年》“彭生索命”、《墨子·明鬼》“杜伯报冤”、《墨子·明鬼》“庄子仪复仇”、《风俗通义》佚文“周翁仲”[①] 等。例如：

> （鲁庄公八年）冬十二月，齐侯游于姑棼，遂田[②]于贝丘。见大豕，从者曰：“公子彭生也。”公怒曰：“彭生敢见！”射之，豕人立而啼。公惧，坠于车，伤足，丧屦。
>
> ——《左传·庄公八年》“彭生索命”

公子彭生，系齐襄公同姓的贵族。鲁桓公十八年四月，公子彭生受齐襄公的指使，害死了鲁桓公。后因受到鲁人指责，齐襄公为了推卸自己的责任，便归罪于公子彭生，并让齐人杀了彭生（事见《左传·桓公十八年》）。这个故事描述作为替罪羊而被杀的公子彭生的冤魂，变为野猪来向齐襄公索命。齐襄公虽然未死，却被吓得从车上跌了下来，撞伤了脚，丢失了鞋子，十分狼狈。又如：

> 周宣王杀其臣杜伯而不辜，杜伯曰：“吾君杀我而不辜，若以者为无知，则止矣；若死而有知，不出三年，必使吾君知之。”其三年，周宣王合诸侯而田于圃。田车数百乘，从数千，人满野。日中，杜伯

① 见《太平广记》卷三一七。
② 田：通“畋（tián 田）”。打猎。

> 乘白马素车，朱衣冠，执朱弓，挟朱矢，追周宣王，射之车上，中心折脊，殪[①]车中，伏弢[②]而死。
>
> ——《墨子·明鬼下》“杜伯报冤”

杜伯无辜被杀，系由周宣王偏听偏信所致。据《汲冢琐语》云：“宣王之妾女鸠欲通杜伯，杜伯不可。女鸠反诉之王，王囚杜伯于焦。杜伯之友儒丸谏而不听，并杀之。”如果说鬼魂报冤复仇在《左传·庄公八年》“彭生索命”中尚未完全达到目的的话，在这一则故事中，却完全达到了目的。杜伯的鬼魂紧追滥杀无辜的周宣王，将其射杀，让其倒在弓袋之上而丧命，可谓大快人心。这一则作品，故事情节完整，人物形象鲜明，颇为动人，在早期鬼魂故事中具有一定的代表性，在后世仍有流布。

应当指出的是，在这个时期的鬼魂复仇故事中，报冤的鬼魂既有上层社会含冤受诛的大臣，也有下层社会被夺去儿子饮恨而殁的屠人，他们报复的对象则多为帝王或者官宦人家。此类故事无疑蕴含着较强的社会意义。

在这个时期的鬼魂故事中，与鬼魂复仇有关联的尚有鬼魂报恩的作品。例如，《左传·宣公十五年》“魏颗得报”：

> 初，魏武子有嬖妾，无子。武子疾，命（魏）颗曰：“必嫁是。”疾病则曰：“必以为殉。”及卒，颗嫁之，曰：“疾病则乱，吾从其治也。”及辅氏之役，颗见老人结草以亢[③]杜回，杜回踬而颠，故获之。夜梦之曰：“余，而所嫁妇人之父也。尔用先人之治命，余是以报。”

此则故事写秦晋两国的辅氏（在今陕西大荔县东南）战役时，魏武子宠妾之父的鬼魂，用结草把秦国的大力士杜回绊倒，让晋国大臣魏颗将其俘获，得以击败秦军，从而报答魏颗不将其女殉葬之恩。这一则鬼魂报恩

① 殪（yì 意）：死。
② 弢（tāo 涛）：弓袋。
③ 亢：通“抗”。匹敌，当。

的故事，同这个时期的许多鬼魂故事一样，也带有一些传说色彩，无疑具有一定的普遍性。

鬼魅作祟，为害世人，是这个时期鬼魂故事的另一个内容。计有《吕氏春秋·慎行论·疑似》“黎丘奇鬼”、《风俗通义·怪神》“汝阳西门亭”等。试看：

> 汝南汝阳西门亭有鬼魅，宾客宿止有死亡，其厉魇者皆亡发失精。寻问其故，云：“先时颇已有怪物。其后郡侍奉掾宜禄郑奇来，去亭六七里，有一端正妇人，乞得寄载。奇初难之，然后上车。入亭，趋至楼下。（来）［亭］卒檄白：‘楼不可上。’奇曰：‘我不恶也。’时亦昏冥，遂上楼，与妇人栖宿。未明，发去。亭卒上楼扫除，见死妇，大惊，走白亭长。亭长击鼓会诸庐吏，共集诊之，乃亭西北八里吴氏妇新亡，以夜临殡，火灭；火至失之。家即持去。奇发行数里，腹痛，到（新）［南］顿利阳亭加剧，物故。楼遂无敢复上。
>
> ——《风俗通义·怪神》“汝阳西门亭”

在这个时期的鬼魂故事中，故事性强，描写最为细致生动的当推这一类作品。这类作品尽管为数不多，却很值得关注。它们的出现，无疑是中国古代民间流布的鬼魂故事走向成熟的一个标志。

鬼魂诉苦是这个时期鬼魂故事的又一个内容。譬如，《风俗通义·怪神》“张汉直”，它描述的是一个病死于陌上者诉说饥寒交迫的苦痛，让人哀伤不止。这类作品比较罕见，却揭示出中国古代鬼魂故事的一个不可忽视的方面。它们与前两类作品所构成的先秦两汉时期的鬼魂故事，使幻想色彩浓厚的鬼故事由此而引起世人关注。在中国古代民间故事中占有显著位置的鬼魂故事由此发端，逐渐蔚为大观，走向辉煌。

先秦两汉时期的精怪故事，登场的精怪并不多，大都叙写狗、狸（野猫）、白头公等精怪作祟为害之事，以狗精作祟的故事最为突出。最早的一则，是两汉交替之季桓谭撰《新论》“两狗怪”①：

① 引自《太平御览》卷八八五。又见该书卷九〇五，两则文字略有出入。

> 吕仲子婢死，育女四岁，数来为沐头浣濯。道士云其家青狗为之，杀之则止。阳仲文亦言，所知家妪死，忽起饮食，醉后而坐祭床上。如是三四，家益厌苦。其后醉行，坏垣得老狗，便打死杀之，推问乃里头沽家狗。

这一则故事，是由两个狗怪故事并联而成，都是描述狗怪假冒亡故之人（一为婢子，一为老妪），造成混乱，平添恐怖。如果说前一则狗怪的作为尚无恶意的话，后一则却是故意惊扰民众的正常生活，令人不堪其苦。《风俗通义·怪神》“来季德”乃是后面一个狗怪故事的异文，情节大致相同，只是描写得更为具体、生动，揭示了该故事在流传过程中出现的发展与变化。

> 司空南阳来季德停丧在殡，忽然坐祭床上，颜色、服饰、声气熟是也。孙儿妇女以次教诫，事有条贯，鞭挞奴婢，皆得其过。饮食饱满，辞诀而去。家人大哀剥，断绝。如是三四，家益厌苦。其后饮醉形坏，但得老狗，便朴杀之，推问里头沽酒家狗。

狗怪故事，尚有写狗怪污饮食、盗炊釜、烧衣物、偷镜子、藏小儿，百端捣乱，后被扑杀的《风俗通义·怪神》“臧仲英”和写狗怪人立而行，戴冠、蓄火，令家人惶惧不已，数日后自暴而死的《风俗通义·怪神》“李坚叔”。

除了狗怪故事，尚有写老狸精前来倾覆亭宿者，后被捉住，将其烧杀的《风俗通义·怪神》“郅伯夷”；写十余围的大树覆盖数亩，播不生谷，伐之鲜血流洒，飞出四只大白头公即被格杀的《风俗通义·怪神》“张叔高”等。这些精怪故事，在题材、情节、形象诸方面，对魏晋南北朝时期的精怪故事都有较大的影响。魏晋南北朝时期的此类故事，有的是由先秦两汉时期的作品衍化而来，譬如，晋·干宝撰《搜神记》卷十六《秦巨伯》乃是由《吕氏春秋·慎行论·疑似》“黎丘奇鬼”衍化来的；有的甚至抄自先秦两汉时期的有关著作，譬如，《搜神记》卷三《臧仲英》，卷十七《来季德》，卷十八《张叔高》、《沽酒家狗》、《李坚叔》均抄自《风俗通义》，文字小有变化。

先秦两汉时期的神异故事，作品甚少，然而都短小别致，颇具艺术魅力。譬如：

恒思有悍少年，请与（神）丛搏，曰："吾胜丛，丛借我神三日；不胜丛，丛困我。"乃左手为丛投，右手自为投。胜丛，丛借其神。三日，丛往求之，遂弗归。五日而丛枯，七日而丛亡。

——《战国策·秦策三》"恒思神丛"

此则故事，通过少年与神树博戏，将其制伏的趣事，展现了凡人特有的灵活、机智，以及征服神明的气概，令世人为之振奋。又如，《说苑·正谏》"白龙上诉"，写天帝的坐骑白龙化为一条鱼，被渔夫射瞎了一只眼。白龙上天宫控诉，天帝认为渔夫捉鱼合乎情理，并无过错。这一则故事表明，主宰万物的天帝也不能偏听偏信，只有主政者办事公道，方可国泰民安，展示出普通民众的美好期盼。

第二节　先秦两汉的写实故事与民间笑话

一、先秦两汉的写实故事

先秦两汉时期的写实故事，数量多于同期的幻想故事。它包括家庭故事、讽刺故事、案狱故事、呆子故事、骗子故事等，门类比较齐全，涉及家庭生活和社会生活的许多方面，生活气息浓郁，千姿百态，令人目不暇接。其中，家庭故事最为引人注目，作品大都围绕夫妻、婆媳、母子、父女、姐弟等关系来展开故事情节，以表现平民百姓的思想感情和生活追求见长，往往引起读者、听众的共鸣，因而得以广泛流布。

有关婚嫁、迎娶的故事，包括《韩非子·说林下》"卫人教女"、《吕氏春秋·孝行览·遇合》"教女外藏"、《吕氏春秋·审应览·不屈》"取新妇”、《战国策·宋卫策》“卫人迎新妇”等。前两则故事大同小异，写的都是指使女儿藏私房钱。其时女子过门后，深受旧礼教束缚，触犯家规动辄被离弃。故事主人公的父母唯恐她让夫家逐出，便叮嘱她积攒私蓄。谁知她这样做，竟促使婆母将其休掉。但是，她的父母并不自责，反以为女儿做得对，抑或认为给他们出主意的人对自己好，读来无不让人叹惋。后两则故事亦大致相似，都写新媳的言行举止不合时宜。故事主人公出嫁时和到夫家后的一些言语，尽管均无可厚非，然而却与她的身份不相符。由此足见为人处世必须看场合，不能随心所欲，否则会贻笑大方。

有关夫妻关系的故事，主要从相互忠诚的视角来展开的。《战国策·秦策一》“楚人有两妻”，写楚人两个妻子对待外人挑逗持不同的态度，引出不同的结果。故事表明，忠诚者可以信赖，轻佻者必遭唾弃。《说苑·正谏》“追女失妻”，写丈夫轻狂，与妻子同行时跑去追逐年轻女子，妻子一气之下离他而去，结果他竟变成旷夫（无妻室的成年男子）。它说明男子不忠诚同样没有好结局。此外，尚有写妻子与人私通，丈夫受愚弄的《韩非子·内储说下》“李季浴矢”；写原配有外遇之后欲谋害丈夫，小妾暗中施救反遭鞭笞的《战国策·燕策一》“主父笞妾”等。它们无论笔致诙谐还是沉郁，都往往能使读者、听众有所感悟。

有关母子关系的故事，作品较多。有的作品热情褒扬孝敬老母的事迹，譬如，写儿子对老母生事爱敬，死事哀戚的《风俗通义·愆礼》“夏甫孝母”；写儿子生不识母而将一老妇当亡母侍奉的《风俗通义·愆礼》“子威认母”。有的作品则无情揭露伪善者的丑恶面目，譬如，写狠心出卖老母，却虚情假意地让人善待的《淮南子·说山训》“郢人鬻母”；写盼望老母速死以便作悲痛表演的《淮南子·说山训》“何不速死”等。

有关婆媳、父女关系的故事，作品数量甚少，但颇为精彩，历来为研究者注目。写婆媳关系的故事，譬如：

里妇与里之诸母相善也。里妇夜亡肉，姑以为盗，怒而逐之。妇晨去过所善诸母，语以事而谢之。里母曰：“女安行，我今令而家追女矣。”即束缊[1]请火于亡肉家，曰：“昨暮夜犬得肉争斗杀，请火治之。”亡肉家遽追呼其妇。

——《汉书·蒯通传》“束缊请火”

此则故事，又见于《韩诗外传》卷七，文字略有出入，而此则描写较为细致。作品写邻里的老妈妈们用看似不经意的言行，使婆母立刻将逐出家门的儿媳追回来，从而化解了因误会引起的一场家庭危机。故事以白描的手法展现里母们的善心与机智，落墨不多，却跃然纸上，颇为感人。

写父女关系的故事，譬如：

郡人张广定者，遭乱常避地。有一女年四岁，不能步涉，又不可担负，计弃之。固当饿死，不欲令其骸骨之露。村口有古大冢，上巅先有穿穴，乃以器盛縋之，下此女于冢中，以数月许干饭及水浆与之，而舍去。候世平定，其间三年，广定得还乡里。欲收冢中所弃女骨，更殡埋之。广定往视，女故坐冢中，见其父母犹识之，甚喜。而父母犹初恐其鬼也，入就之，乃知其不死。问之从何得食，女言粮初尽时甚饥，见冢角有一物，伸颈吞气，试效之，转不复饥；日月为之，以至于今。父母去时所留衣被，自在冢中，不行往来，衣服不败，故不寒冻。广定乃索女所言物，乃是一大龟耳。女出，食谷初小腹痛，呕逆，久许乃习。

——《异闻记》“张广定女”

此则故事，又见南朝宋·刘义庆撰《幽明录》及《太平广记》卷四七二。作品系当时的一则社会传闻，带有一定的传奇色彩，是这个时期的写实故事中情节较为曲折、精彩的一篇。它从一个侧面具体生动地揭露了东汉末年社会动乱、民众颠沛流离时的遭遇。作品将灾祸临头，父女势不两全，不得不舍弃亲骨肉，而又不忍其骸骨暴露时，故事主人公格外揪心的

① 缊（yùn 运）：乱麻。

情状描写得淋漓尽致。虽说故事结局出现奇迹，但也无法抹去战乱给平民百姓带来的深切的痛苦和不幸。

这个时期的讽刺故事，数量不少，大多取材于世人的日常生活，其中最出彩的当推《孟子·离娄下》“墦间乞食”：

> 齐人有一妻一妾而处室者。其良人出，则必餍酒肉而后反。其妻问所与饮食者，则尽富贵也。其妻告其妾曰：“良人出，则必餍酒肉而后反，问其与饮食者，尽富贵也，而未尝有显者来。吾将瞷良人之所之也。”
>
> 蚤起，施[①]从良人之所之，遍国中无与立谈者。卒之东郭墦间，之祭者，乞其余；不足，又顾而之他。——此其为餍足之道也。
>
> 其妻归，告其妾，曰：“良人者，所仰望而终身也。今若此!”与其妾讪其良人，而相泣于中庭。而良人未之知也，施施从外来，骄其妻妾。

此则故事描述那个丈夫每日到坟地里乞食，回家后竟在妻妾面前摆阔；当其行径败露之后，却仍然洋洋得意，恬不知耻。作品对此等无耻之徒厌恶至极，给以无情的揭发和辛辣的嘲讽，将其钉在耻辱柱上让世人唾骂。

这个时期的讽刺故事，尚有奚落可怜虫以耻辱为荣耀的《韩非子·外储说左下》“二子夸父”，讪笑吹牛者夸夸其谈的《韩非子·外储说左上》“郑人争年”，讥诮财迷心窍者为非作歹、肆行无忌的《吕氏春秋·先识览·去宥》“攫金者”，讽刺损人利己者强词夺理的《吕氏春秋·审应览·淫辞》“亡淄衣”，抨击聚敛财富者精神空虚、不得安宁的《列子·周穆王》“尹氏治产”，鄙夷无真知灼见者人云亦云的《淮南子·修务训》“楚人烹猴”等。

这个时期的呆子故事，实际上也是一种讽刺故事，只不过被嘲笑的对象是智商不高的愚人。此类故事，大部分对被嘲笑者采取比较宽容的态度，语多诙谐，并无恶意。试看：

---

① 施（yí 夷）：通“迤”。斜行。

郑县人卜子妻之市，买鳖以归。过颍水，以为渴也，因纵而饮之，遂亡其鳖。

——《韩非子·外储说左上》“颍水纵鳖”

宋之愚人得燕石[1]梧台之东，归而藏之，以为大宝。周客闻而观之。主人父斋七日，端冕之衣，衅之以特牲，革匮十重，缇巾十袭。客见之，俯而掩口，卢胡而笑曰：“此燕石也，与瓦甓不殊。”主人父怒曰：“商贾之言，竖匠之心！”藏之愈固，守之弥谨。

——《阙子》“愚人得燕石”

以上两则揭示愚人干蠢事的故事，一为卜妻出于怜悯而放走了团鱼，一为郑人由于无知与固执将近似玉石的燕石当宝物珍藏起来，并且对他人的点拨嗤之以鼻。作品在取笑他们的同时，又为其感到惋惜，寄予一些同情。

此类故事，尚有叹惜呆子疑心生暗鬼，自己吓自己，失气而亡的《荀子·解蔽》“涓蜀染”；讥笑蠢妇误解丈夫的话语，故意将新裤弄得破烂不堪的《韩非子·外储说左上》“乙妻为裤”；嘲讽书呆子死读书的《韩非子·外储说左上》“重带自束”；挖苦蠢汉既无知又不虚心的《韩非子·外储说左上》“不识车轭”；耻笑愚人不劳而获，大做发财梦的《列子·说符》“得遗契”；嘲讽笨人做事不得法，只知蛮干的《论衡·非韩》“御马到马”；讽刺书呆子办事不讲方式方法，徒劳无功的《申鉴》“儒子驱鸡”等。

这个时期的骗子故事，大都见于先秦典籍，数量较少，却颇精彩。其中最耐人寻味的是《韩非子·外储说左上》“棘刺母猴”：

燕王好微巧。卫人曰：“请以棘刺之端为母猴。”燕王说之，养之以五乘之奉。王曰：“吾试观客为棘刺之母猴。”客曰：“人主欲观之，必半岁不入宫，不饮酒食肉，雨霁日出，视之晏阴之间，而棘刺之母猴乃可见也。”燕王因养卫人，不能观其母猴。

[1] 燕石：燕山所产之石。

> 郑有台下之冶者谓燕王曰："臣为削者也，诸微物必以削削之，而所削必大于削。今棘刺之端不容削锋，难以治棘刺之端。王试观客之削，能与不能可知也。"王曰："善。"谓卫人曰："客为棘削之母猴也，何以治之？"曰："以削。"王曰："吾欲观见之。"客曰："臣请之舍取之。"因逃。

此则故事构思巧妙，生动有趣，堪称先秦时期民间故事的佳作。故事中的骗子，骗术未必多么高明。他之所以能够得逞于一时，骗取以五乘之地税收作为俸禄，躲在宫中过着逍遥自在的日子，是由于他深知君主不可能半年不近美色，不可能每日不食酒肉，无法观看他的"绝技"，因而得以蒙混下去。当他的伎俩被一个细心的铁匠识破后，立刻逃之夭夭。这个谎称能够在棘刺尖上刻猕猴的骗子，很容易使人联想到安徒生笔下那两个骗子，即以制作谁也看不见的美丽新衣来骗取大量金银财物的"御聘织师"。而《韩非子》录写的这则故事，比安徒生的《皇帝的新装》早两千年光景。

此类故事尚有写将老农径尺美玉骗来献给君王，得到高官厚禄的《尹文子・大道上》"献玉"、写谎称大鱼为河神以骗取君王信任的《韩非子・内储说上》"此河伯"、写以学不死之道欺骗昏聩君王的《韩非子・外储说左上》"燕王学道"等。

这个时期的案狱故事，为数非常少，但作品都颇有艺术魅力。此类故事的出现，为日后古代案狱故事的兴盛初步奠定了基础。譬如：

> 颍川有富室，兄弟同居。两妇数月皆怀妊，长妇胎伤，因闭匿之。产期至，同到乳母舍。弟妇生男，夜因盗取之，争讼三年，州郡不能决。丞相黄霸出坐殿前，令卒抢儿，取两妇各十步，叱妇曰："自往取之。"长妇抱持甚急，儿大啼叫。弟妇恐伤害之，因乃放与，而心甚怆怆，长妇甚喜。霸曰："此弟子也。"责问乃伏。
>
> ——《风俗通义》佚文"二妇争子"[①]

① 该佚文见于唐・虞世南辑《北堂书钞》，又见于唐・马总编《意林》、宋・李昉等编《太平御览》。

这一则故事，运用心理分析的方法，通过观察两个妇女对幼儿的态度来找出生母，了结了州郡三年不能判决的一桩争子案，既简便易行，又准确无误，充分显示出断案者的睿智，因而传为千古佳话。

此类故事，尚有写通过妇女的哭声发现疑窦，进而侦破了一桩谋夫案的《韩非子·难三》“子产闻哭”；写官吏利用窃贼头目暗中以红土液污染众偷衣袖的特征，得以将其一网打尽的《汉书·张敞传》“偷长污赭捕盗”；写因舍身救助恩人而感动君王，使报恩者与系狱当死者均得宽宥的《风俗通义》佚文“齐人空车”等。

这个时期的破除迷信故事，主要见于西汉的典籍，作品往往因情节曲折风趣，富于传奇性，在民间不胫而走，颇受青睐。试看：

魏文侯时，西门豹为邺令。豹往到邺，会长老，问之民所疾苦。长老曰：“苦为河伯娶妇，以故贫。”豹问其故，对曰：“邺三老[①]、廷掾尝岁赋敛百姓，收取其钱得数百万，用其二三十万为河伯娶妇，与祝巫共分其余钱持归。当其时，巫行视小家女好者，云是当为河伯妇，即娉取。洗沐之，为治新缯绮縠衣[②]，闲居斋戒；为治斋宫河上，张缇绛帷，女居其中。为具牛酒饭食，行[③]十余日。共粉饰之，如嫁女床席，令女居其上，浮之河中。始浮，行数十里乃没。其人家有好女者，恐大巫祝为河伯取之，以故多持女远逃亡。以故城中益空无人，又困贫。所从来久远矣。民人俗语曰：‘即不为河伯娶妇，水来漂没，溺其人民’云。”西门豹曰：“至为河伯娶妇时，愿三老、巫祝、父老送女河上，幸来告语之，吾亦往送女。”皆曰：“诺。”

至其时，西门豹往会之河上。三老、官属、豪长者、里父老皆会，以人民往观之者三二千人。其巫，老女子也，已年七十。从弟子女十人所[④]，皆衣缯单衣，立大巫后。西门豹曰：“呼河伯妇来，视其

---

① 三老：古代掌教化的乡官。
② 为治新缯绮縠（qǐhú起斛）衣：替她缝制新的丝绢、薄罗衣裳。
③ 行：经过。
④ 十人所：十人许。

好丑。”即将女出帷中，来至前。豹视之，顾谓三老、巫祝、父老曰：“是女子不好，烦大巫妪为入报河伯，得更求好女，后日送之。”即使吏卒共抱大巫妪投之河中。有顷，曰：“巫妪何久也？弟子趣之！”复以弟子一人投河中。有顷，曰：“弟子何久也？复使一人趣之！”复投一弟子河中。凡投三弟子。西门豹曰：“巫妪、弟子是女子也，不能白事，烦三老为入白之。”复投三老河中。西门豹簪笔磬折[①]，向河立待良久。长老、吏、傍观者皆惊恐。西门豹顾曰：“巫妪、三老不来还，奈之何？”欲复使廷掾与豪长者一人入趣之。皆叩头。叩头且破，额血流地，色如死灰。西门豹曰：“诺。且留待之须臾。”须臾，豹曰：“廷掾起矣。状河伯留客之久，若皆罢去归矣。”邺吏民大惊恐，从是以后，不敢复言为河伯娶妇。

——《史记·滑稽列传》“河伯娶妇”

这一则著名的民间故事，不但具体描述了地方官吏、豪强与巫婆狼狈为奸，利用为河伯娶妇来搜刮钱财，使当地民众持女逃亡，人口日稀，陷于贫困惶恐之中，对迷信活动造成的深重灾难作了无情的控诉，而且生动展示了足智多谋的贤令沉着惩治歹徒，震摄邪恶，终于彻底禁绝了这个为害一方的迷信活动，为治邺扫清障碍，赢得广泛赞誉。这则故事，后世多有传诵，至今仍在河北一带流布。《风俗通义·怪神》“山神取公妪”，又见于《后汉书·宋均列传》，是由“河伯娶妇”衍生出来的，情节近似，描写较为简略。

此类故事，尚有《风俗通义·怪神》“鲍君神”、“李君神”、“石贤士神”等，它们后世都有流传，而以“鲍君神”的异文较多。《风俗通义·怪神》“鲍君神”写商车主人取走他人拴在田间的一头獐子，又放一枚鲍鱼在那里。獐主归来，见到獐子变成鲍鱼，以为是神灵现身，便盖庙供奉，号“鲍君神”。消息一传开，方圆数百里皆来治病求福，香火旺盛。数年后鲍鱼主又经此地，说道：“此我鱼也，当有何神？”上堂取之，从此再没人来拜神了。“李君神”、“石贤士神”也是误将李树或石人奉为神明

① 簪笔磬（qìng 庆）折：戴着笔，伛着腰，做出至恭极敬的样子。

的。一旦真相大白，便无人再去顶礼膜拜。应当指出的是，在近两千年前能出现这样一些具有朴素的唯物主义思想的故事，产生破除迷信的积极影响，实属难能可贵。

这个时期的友人、邻里故事，从不同的视角说明，人们处世经常要面对和自己交往的朋友、乡邻，只有处理好人际关系，方可和谐亲善，创造一个良好的生存环境。譬如：

> 客有过主人者，见灶直埃，傍有积薪。客谓主人曰："曲其埃，远其积薪。不者，将有火患。"主人默然不应。居无几何，家果失火。乡聚里中人哀而救之，火幸息。于是杀牛置酒，燔发灼烂者在上行，余各用功次坐，而反不录言曲突者。向使主人听客之言，不费牛酒，终无火患。
>
> ——《说苑·权谋》"曲突徙薪"

此则故事，又见《汉书·霍光传》，内容相同，文字略有出入。它由一场火灾引发的问题阐明应当听取朋友的忠告，防患于未然。如果不吸取教训，本末倒置，仍然与事无补。

此类故事，尚有告诫邻里之间不可做与自己身份不符之事的《墨子·鲁问》"击邻家之子"，揭示采取果断措施避开凶横邻居的《韩非子·说林下》"卖宅避悍"，褒奖众女伴以宽容态度对待贫女的《战国策·秦策三》"江上处女"，称颂朋友之间相互敬重、相互关心的《风俗通义·愆礼》"子敬侍榻"，赞扬哭祭故旧以报知遇之恩的《风俗通义·愆礼》"孺子哭坟"等。

这个时期的写实故事，还涉及其他一些内容，例如写残疾人乐天命，自食其力的《庄子·内篇·人间世》"支离疏"；写商贾善弄权谋以获取暴利的《韩非子·说林下》"宋贾买璞"；写勇士临危不惧，敢于斗凶猛动物使众人得救的《吕氏春秋·恃君览·知分》"次非斩蛟"；写有勇无谋者相互残害的《吕氏春秋·仲冬纪·当务》"割肉相啖"；写乞丐忍辱含垢以求生计的《列子·说符》"岂辱马医"等。

二、先秦两汉的民间笑话

中国古代的民间笑话，到了魏晋南北朝时期才逐渐走向成熟。而在先秦两汉时期，民间笑话尚处于萌生阶段，相当数量的一些作品，兼有民间寓言特征和民间笑话因素，而完全具有民间笑话特征的作品则数量并不多。

这个时期的民间笑话以及具有笑话因素的寓言，主要见于诸子著作。比较典型的民间笑话，往往相当精彩，广为人知。试看：

> 郑人有且置履者，先自度而置之其坐，至之市而忘操之。已得履，乃曰："吾忘持度。"反归取之。及反，市罢，遂不得履。人曰："何不试以足？"曰："宁信度，无自信也。"
>
> ——《韩非子·外储说左上》"郑人置履"

> 鲁人有公孙绰者，告人曰："我能起死人。"人问其故。对曰："我固能治偏枯，今吾倍所以为偏枯之药，则可以起死人矣。"
>
> ——《吕氏春秋·似顺论·别类》"起死人"

前一则笑话，对教条主义者严重脱离实际的可笑行为作了尖锐的嘲讽。作品后世仍有传播，人们至今耳熟能详。后一则笑话，对那种机械论者混淆量与质的区别，办事荒唐作了无情的揭露和讥诮。后世流传的治背者不管他人死活的笑话，很可能就是在这则作品启示下创作出来的。

此类笑话，尚有奚落知错不改，借故拖延时间的《孟子·滕文公下》"攘鸡者"；嘲讽夫妻俩做发财梦互不信任，丑态毕露的《韩非子·内储说下》"夫妻祷祝"；讥笑贪得无厌者什么好处都想占，令人鄙夷的《风俗通义》佚文"东食西宿"① 等。

这个时期具有笑话因素的寓言、故事数量不少，大都为人们所熟知。诸如《孟子·公孙丑上》"揠苗助长"、《韩非子·五蠹》"守株待兔"、《韩

① 引自唐·欧阳询等撰《艺文类聚》卷四十。

非子·外储说左上》“颍水纵鳖”、《吕氏春秋·不苟论·自知》“掩耳盗钟”、《吕氏春秋·慎大览·察今》“引婴儿投江”、《战国策·齐策二》“画蛇添足”等等。后世的笑话集，有不少就曾将先秦两汉时期的此类寓言、故事视为笑话选编进去的。譬如，三国魏·邯郸淳将“献山鸡”（出《尹文子》）选入其《笑林》。又如，清·铁舟寄庸撰《笑典》，收有“亦捧心膑其里”、“诗固有之曰”等（均出《庄子》），“甚智其子”、“不如释臣”、“自知其益富”、“子岂能毋怪哉”、“因曰此河伯”、“浴以兰汤”、“子将以买妾”、“与黄帝之兄同年”、“像吾故裤”、“今又曰车轭”、“以为濁也”、“宁信度”、“裘独有尾”等（均出《韩非子》），“遽契其舟”、“徒见金耳”、“子岂不得哉”、“此不下九石”、“遽掩其耳”等（均出《吕氏春秋》），“吾富可待矣”、“无似窃铁者”（均出《列子》），“虎以为然”、“梦见灶君”、“拊骖无答服”等（均出《战国策》），“贱人贵马”、“寇来不能上”等（均出《史记》），“一近妇人病数月”、“归遗细君”等（均出《汉书》）。

第三章　先秦两汉的民间故事类型①

中国是一个具有数千年文明史的古国。它与印度、埃及、希腊等文明古国一样，同为世界民间故事类型的发祥地之一，对于世界民间故事类型的形成、发展、演变，产生了积极的影响，有着巨大的贡献，值得进行全面、系统的梳理和深入、细致的研究。先秦两汉是中国民间故事的创始时期，也是民间故事类型的萌生时期，对于这个时期的民间故事类型进行认真的梳理与探究，对中国乃至世界民间故事类型，尤其是初始时段的民间故事类型的认知，无疑是必不可少的，具有重要意义。

第一节　先秦的民间故事类型

从现存的古籍文献数据来看，中国的民间故事类型，最初出现在两千四五百年前的春秋后期，至战国时期逐渐有所增加，主要见诸《墨子》、《孟子》、《庄子》、《韩非子》、《吕氏春秋》、《战国策》以及《列子》等书。其中以《墨子》记载的故事类型最早，以《韩非子》、《吕氏春秋》记载的故事类型最多。

在春秋后期至战国时期的三百年左右的时间内，总共出现了近二十个民间故事类型。对于中国民间故事类型刚刚形成的阶段而言，数量并不算少。这同当时百家争鸣的文化学术背景下先秦诸子及其学生、门客录写民

① 本章以及后面各编的民间故事类型的章节，参考拙著《中国古代民间故事类型研究》（修订本），河北教育出版社 2011 年 9 月版。

间故事，藉以阐述自己的学术见解和政治主张密切相关。其中有一些故事类型，在先秦时期以及两汉时期已不止见于一书。举例来讲，鬼魂报冤型故事见诸《墨子·明鬼》、《汲冢琐语》等；戏后误国型故事见诸《韩非子·外储说左上》、《吕氏春秋·慎行论·疑似》、《列女传》卷七、《史记·周本纪》等；不死药型故事见诸《韩非子·说林上》、《战国策·楚策四》等；射石饮羽型故事见诸《吕氏春秋·季秋纪·精通》、《韩诗外传》卷六、《新序·杂事四》、《史记·李将军传》、《汉书·李广苏建传》、《论衡·儒增》等；狐假虎威型故事见诸《战国策·楚策一》、《尹文子》佚文、《新序·杂事二》等。这些无不说明，先秦时期以及两汉时期已有一些民间故事类型流布较广，并且在流布过程中逐渐发生变异。

这个时期的民间故事类型、门类已比较齐备，包括幻想故事、写实故事、民间笑话、民间寓言等几个属于狭义民间故事范畴的类型以及民间传说的类型。但凡后世有的故事类型门类，在这个时期基本上都已经出现。这个时期出现的民间故事类型，为中国民间故事类型的发展奠定了一个良好的基础。

在这个时期的民间故事类型里面，数量最多的是民间寓言方面的故事类型。其中，最为引人注目的是人事寓言方面的故事类型，计有戏后误国型故事、射石饮羽型故事、不死药型故事、揠苗助长型故事、守株待兔型故事、刻舟求剑型故事、愚公移山型故事、射石饮羽型故事等。此外，还有动物寓言方面的狐假虎威型故事、黄雀伺蝉型故事、鹬蚌相争型故事等。从民间故事类型的角度，也不难窥见先秦时期民间寓言繁荣兴旺的态势。

在这个时期的民间故事类型里面，其他类别的故事类型数量都不大，幻想故事方面有鬼魂报冤型故事、鬼欺老翁型故事；写实故事方面有夸年高型故事、放鳖喝水型故事、哭夫不哀型故事；民间笑话方面有呆人买鞋型故事、夫妻祷祝型故事；民间传说方面有介子推型故事、机关木人型故事。

在这个时期的民间故事类型里，有部分故事类型后世还衍生出一个或多个次类型（又称“亚型”）。譬如，不死药型故事，到了两汉时期就衍生出不死酒型故事；鬼欺老翁型故事，到了魏晋南北朝时期就衍生出狐精为祟型故事；夫妻祷祝型故事，到了魏晋南北朝时期就衍生出贫人覓算型故事，到了明代时期又衍生出鸡卵梦型故事。

如同世间万物都会经历一个由萌生、发展到逐渐消亡的过程一样，民间故事类型也会经历这样一个过程，其中有的故事类型的这个过程比较迅速，有的故事类型的这个过程相当漫长，情况各有不同。在这个时期的民间故事类型中，有一些故事类型在古代虽然多有流布，影响不小，但却未能延续到现当代时期，属于在古代便已逐渐消亡，变为历史陈迹。试看，鬼欺老翁型故事最早出现的是《吕氏春秋·慎行论·疑似》“黎丘奇鬼”：

梁北有黎丘部，有奇鬼焉，喜效人之子侄昆弟之状。邑丈人有之市而醉归者，黎丘之鬼效其子之状，扶而道苦之。丈人归，酒醒，而诮其子曰：“吾为汝父也，岂谓不慈哉？我醉，汝道苦我，何故？”其子泣而触地曰：“孽矣！无此事也。昔也往责（债）于东邑人，可问也。”其父信之，曰：“嘻！是必夫奇鬼也，我固尝闻之矣。”

明日，端复饮于市，欲遇而刺杀之。明旦之市而醉，其真子恐其父之不能反也，遂逝迎之。丈人望其真子，拔剑而刺之。丈人智惑于似其子者，而杀其真子。

这一故事类型，在魏晋南北朝时期发生了明显的变异，出现了《搜神记》卷十六《秦巨伯》这则异文：

琅琊秦巨伯，年六十，尝夜行饮酒，道经蓬山庙。忽见其两孙迎之，扶持百余步，便捉伯颈着地，骂：“老奴汝某日捶我，我今当杀汝。”伯思惟某时信捶此孙。伯乃佯死，乃置伯去。

伯归家，欲治两孙。两孙惊惋，叩头言：“为子孙，宁可有此！恐是鬼魅，乞更试之。”伯意悟。数日，乃诈醉，行此庙间。复见两孙来，扶持伯。伯乃急持，鬼动作不得。达家，乃是两（疑脱“偶”字）人也。伯著火炙之，腹背俱焦坼。出著庭中，夜皆亡去。伯恨不得杀之。

后月余，又佯酒醉夜行，怀刃以去。家不知也。极夜不还。其孙恐又为此鬼所困，乃俱往迎伯，伯竟刺杀之。

唐代以来，这一故事类型得到了进一步的发展，出现了唐·张鷟撰《朝野佥载》佚文《张简》、五代·徐铉撰《稽神录》卷二“望江李令”、宋·欧阳玄撰《睽车志·黎丘鬼》等异文。但是，这一故事类型在宋以后便逐渐消亡，至现当代已基本上不复流布。

在这个时期的故事类型中，在古代已逐渐消亡的尚有鬼魂报冤型故事（流传至明代便逐渐消亡）、射石饮羽型故事（流传至明代便逐渐消亡）、哭夫不哀型故事（流传至明代便逐渐消亡）。另外一些故事类型则一直流布至现当代时期，至今仍然具有一定的生命活力，例如，介子推型故事、夸年高型故事、机关木人型故事、放鳖喝水型故事、刻舟求剑型故事、愚公移山型故事、狐假虎威型故事。

第二节　两汉的民间故事类型

两汉时期的时间跨度为四百多年，见诸古籍文献记载的民间故事并不太丰富，与之相应的民间故事类型的数量亦不多，仅有十五个，远不及先秦时期。这个时期的民间故事类型，多数见于《风俗通义》，此外尚见于《淮南子》及《淮南子注》、《史记》、《吴越春秋》、《汉书》、《汉武故事》、《汉武帝别国洞冥记》以及汉译佛经《旧杂譬喻经》等。

两汉时期的民间故事类型，除幻想故事类型（如鲛人泪型故事）、民间寓言类型（如塞翁失马型故事、众鸟举网型故事）、民间笑话类型（如东食西宿型故事）外，以写实故事类型和民间传说类型数量居多。首先要提及的是破除迷信方面的故事类型，计有河伯娶妇型故事、山神娶亲型故事、鲍君神型故事、桑中生李型故事、石贤士神型故事等，在这个时期的民间故事类型中比较突出。另外，案狱方面的故事类型尚有著名的二母争子型故事与凭污捉盗型故事。它们的出现，使案狱故事类型逐渐受到世人青睐。民间传说类型计有姜女型故事、烁身铸剑型故事、不死酒型故事，亦值得注意。孟姜女型故事是中国四大传说中出现最早的一个故事类型，知名度很高。

值得一提的是，在这个时期出现的城陷为湖型故事，十分引人注目。

它最早见于《淮南子·俶真训》，记载极为简略：

> 夫历阳之都，一夕反[①]而为湖。勇力圣知与罢怯不肖者同命。

东汉·高诱撰《淮南子注》释文所引的一则民间故事，对此作了详尽而生动的阐述：

> 历阳，淮南国之县名，今属江都。昔有老妪常行仁义。有二诸生过之，谓曰："此国当没为湖。"谓妪："视东城门阃有血，便走上北山，勿顾也。"自此妪便往视门阃，阍者问之，妪对曰如是。其暮，门吏故杀鸡，血涂门阃。明旦，老妪早往视门，见血便上北山。国没不湖。与门吏言其事，适一宿耳。一夕旦而为湖也。

此则故事，后世异文极多，三国魏·曹丕撰《列异记》、晋·干宝撰《搜神记》、南朝齐·祖冲之撰《述异记》、南朝梁·任昉撰《述异记》、南朝梁·刘之遴撰《神录》、唐·李亢撰《独异志》、唐·焦璐撰《穷神秘览》、宋·李昉等编纂《太平广记》、宋·刘斧撰辑《青琐高议》、元·盛如梓撰《庶斋老学丛谈》、明·张岱撰《夜航船》、清·袁枚撰《子不语》、清·毛祥麟撰《墨余录》、清·宣鼎撰《夜雨秋灯录》、近人曹绣君编《水经注异闻录》等均有记载，现当代时期仍在上海、山东、江苏、福建、湖北、四川、西藏等地的汉族和某些少数民族聚居区广为流布。这无疑与两千年间此类地质灾害在我国各地时有发生直接相关。

在中国古代民间故事类型里面，两汉时期首次出现原类型与次类型（又称"亚型"）共生的奇特现象。这便是原类型鲍君神型故事与它的次类型桑中生李型故事和石贤士神型故事同时出现在《风俗通义》之中。顺便指出，将两个或两个以上的情节近似而又相对独立的故事类型，区分出哪个为原类型，哪些为次类型只是相对而言的，并无绝对的准确性。因为在通常的情况下，学界总是将先出现的故事类型定为原类型，而将后出现的

① 汉·许慎撰《说文解字·第三下》："反，覆也。"此字《太平御览》作"化"。

故事类型定为次类型。由于古籍文献存在散佚的现象，或者录写方面存在疏漏的现象，现存较早的故事类型未必一定比现存较晚的故事类型产生得早，加之还有某些故事类型同时出现在一书之中，譬如此处提及的鲍君神型故事等三个故事类型，同见于《风俗通义·怪神》，很难确定孰先孰后。因此，原类型与次类型的划分，不可能很准确。我们之所以将鲍君神型故事定为原类型，一则是它在《风俗通义·怪神》中排在最前面，一则是它在后世流布更广，影响比另外两个故事类型更大。

中国古代民间故事和民间故事类型在萌生、发展、演变过程中，曾经受到过境外民间故事的影响。在大约四五百年甚至更长的一个历史阶段中，这种影响主要是通过汉文以及一些少数民族文字翻译的佛教文学经典等途径而产生的。而这种影响，开始于教佛传入我国不久的东汉末年。在两汉时期新出现的民间故事类型里面，有一个故事类型——众鸟举网型故事，最初见诸东汉末年的汉译佛经《杂譬喻经》[①]。

> 昔有捕鸟师，张罗网于泽上，以鸟所食物著其中。众鸟命侣，竞来食之。鸟师引其网，众鸟尽堕网中。时有一鸟，大而多力，身举此网，与众鸟俱飞而去。鸟师视影，随而逐之。有人谓鸟师曰："鸟飞虚空，而汝步逐，何其愚哉。"鸟师答曰："不如是告。彼鸟日暮，要求栖宿，进趣不同，如是当堕。"其人故逐不止，日以转暮，仰观众鸟，翻飞争竞，或欲趣东，或欲趣西，或望长林，或欲赴渊。如是不已，须臾便堕。鸟师遂得次而杀之。
>
> ——《杂譬喻经》卷二十六"捕鸟师"

晋代比丘道略集，一说十六国时鸠摩罗什译《众经撰杂譬喻经》卷下"网鸟"，文字与此则大同小异。由翻译成我国文字的佛教文学经典中的故事演化而来的民间故事类型的，虽然在两汉时期仅此一个，却开风气之先，代表着后世中国古代民间故事类型形成、发展、演变的一个不可忽视的方面。到了魏晋南北朝时期，此种故事类型不断涌现，展现出我国民间

① 东汉末年汉译的《杂譬喻经》，又称《旧杂譬喻经》，译者一为娄迦谶，一为佚名。

故事类型的一个新发展走向。

中国古代民间故事类型，以其在民众中广为传播，影响深远而引起后世文艺创作的关注。自唐宋以来，尤其是元明以后的通俗小说、戏曲、曲艺创作，往往从古代民间故事类型中汲取创作题材。而最早被作为创作题材的，是两汉时期的民间故事类型。元·李行道撰杂剧《灰阑记》（又名《包待制智勘灰阑记》），乃是以首见于《风俗通义》的二母争子型故事为题材编写而成的。

第四章　先秦两汉的民间故事采录

撰写中国民间文学史，包括撰写中国故事史在内，主要是以历代古籍文献的相关资料为依据的。因此，对于历代古籍文献在民间文学作品，包括民间故事在内的采录状况的关注，是撰写此类著作的一个不可忽视的重要内容。

先秦两汉时期民间故事的采录，是由这个时期的诸子百家和史学家以及其他学术著作的作者完成的。他们对于采录民间故事的兴趣和热情，无论是以传达学术见解和政治主张为目的，还是将其作为史料来运用，无不出于自身的特定需要，而不是像现代民间文艺学家、民俗学家那样，将其作为科学研究的对象来录写的，并且以一定的科学规范为准绳。尽管如此，他们对当时流传的民间故事的录写，仍然是相当认真的。他们录写民间故事时，往往能够尊重人民群众的创造性，并且在不同程度上注意保存民间故事的基本面貌，而不作任意改动；有的著作在录写民间故事时，甚至同时收入不止一种异文，态度颇为严谨。因此，他们不仅为后世留下这个时期的珍贵的民间故事研究资料，而且为历代的民间故事采录提供了有益的经验。

第一节　先秦民间故事的异文

先秦时期民间故事的采录，起步较民间歌谣晚，刚刚处于初始阶段，无前人的经验可资借鉴，基本上是在一种自发的状态下进行的。但是，由于采录者大都是在文学史、学术史上具有相当地位的名家，眼界不凡，水平甚高，从而确保了采集到的民间故事的质量和价值。他们所采录的民间故事，既突出了重点，又带有一定的广泛性，即所采集的民间故事以寓言为主兼及其他门类，使后世从中得以窥见先秦时期民间故事的大致面貌。

民间文学作品的生命在于流传。民间故事绝不可能一成不变。它总是在流传的过程中产生变异，保持活力，发挥影响。只有捕捉到民间故事在流传过程中的各种生存形态和变化，才能真正认识民间故事，发现民间故事的特征和价值。先秦时期的采录者在采录民间故事时，对各种作品流传变异形态的重视和录写，使我国的民间故事采录在初始阶段便有了一个较高的起点。下面将就先秦时期不同典籍录写同一民间故事异文和同一典籍录写同一民间故事异文的状况作具体的论析。

先秦时期不同典籍收录同样一则民间故事的例证较为多见。其中既有各书分别采自民间的，又有转录自他书，经过一定的改动的，后者亦可视为一种变异。

有的民间故事，同见于五书，如“楚王好细腰”分别见诸《墨子》、《晏子春秋》、《荀子》、《韩非子》、《管子》，此外尚见诸两汉时期的《淮南子》。

有的民间故事，同见于四书，如“直躬告父”分别见诸《论语》、《庄子》、《韩非子》、《吕氏春秋》；“越王好勇”分别见诸《墨子》、《晏子春秋》、《韩非子》、《管子》，此外尚见诸《淮南子》。

有的民间故事，同见于三书，如“庖丁解牛”分别见诸《庄子》、《吕氏春秋》、《管子》；“子罕不受玉”分别见诸《左传》、《韩非子》、《吕氏春秋》，此外尚见诸两汉时期的《新序》、《淮南子》；“大忠与小忠”分别见诸《左传》、《韩非子》、《吕氏春秋》，此外尚见诸两汉时期的《韩诗外传》、《淮南子》、《说苑》。

有的民间故事，同见于两书，如“桑下饿人”分别见诸《左传》、《吕氏春秋》，此外尚见诸两汉时期的《史记》、《说苑》；“夔一足”分别见诸《韩非子》、《吕氏春秋》，此外尚见诸两汉时期的《论衡》、《新论》、《风俗通义》；“咎犯荐仇”分别见诸《韩非子》、《吕氏春秋》，此外尚见诸《韩诗外传》、《新序》、《说苑》。

兹举数例以见各书录写的异文的变化。

“直躬告父”的故事，各书的记载分别为：

叶公语孔子曰：“吾党有直躬者，其父攘羊，而子证之。”孔子曰：“吾党之直者异于是：父为子隐，子为父隐。——直在其中[①]矣。”

——《论语·子路篇》

直躬证父，尾生溺死[②]，信之患也。……此上世之所传，下世之所语，以为士者正其言，必其行，故服其殃，离[③]其患也。

——《庄子·杂篇·盗跖》

楚之有直躬，其父窃羊而谒之吏。令尹曰：“杀之！”以为直于君而曲于父，报而罪之。以是观之，夫君之直臣，父之暴子也。

——《韩非子·五蠹》

楚有直躬者，其父窃羊而谒之上。上执而将诛之。直躬者请代之。将诛矣，告吏曰：“父窃羊而谒之，不亦信乎？父诛而代之，不亦孝乎？信且孝而诛之，国将有不诛者乎？”荆王闻之，乃不诛也。孔子闻之曰：“异哉！直躬之为信也。一父而载取名焉。”故直躬之信，不若无信。

——《吕氏春秋·仲冬纪·当务》

以上四则异文，不但繁简有别，而且故事情节多有变化，题旨亦不一致。《论语》、《庄子》记载的两则极其简约，仅仅提到直躬者告发其父偷羊之事，仅为以后的故事发展提供了粗略的梗概。《韩非子》的一则故事情节稍有拓展，指出直躬者对君主虽然忠心，却于父亲大逆不道，应当将其治罪。《吕氏春秋》的一则变化最大，题旨与以上三则都不相同，着重

① 此句意为父子相互隐瞒，直率就在这当中。

② 尾生溺死：尾生与情人约会被水淹死。

③ 离：通“罹”。遭到。

谴责直躬者利用其父偷羊之事两次为自己捞取名声，认为此等欺世盗名的“诚信”不如没有。

“其马将败”的故事，各书的记载分别为：

东野稷以御见庄公，进退中绳，左右旋中规。庄公以为文①弗过也，使之钩②百而反。颜阖遇之，入见曰：“稷之马将败。”公密而不应。少焉，果败而反。公曰：“子何以知之？”曰：“其马力竭矣，而犹求③焉，故曰败。”

——《庄子·外篇·达生》

定公问于颜渊曰：“东野子之善驭乎？”颜渊对曰：“善则善矣，虽然，其马将失。”定公不悦，入谓左右曰：“君子固谗人乎？”三日而校来谒，曰：“东野毕之马失，两骖列，两服入厩④。”定公越席而起曰：“趋驾召颜渊。”颜渊至。定公曰：“前日寡人问吾子，吾子曰：‘东野毕之驭，善则善矣。虽然，其马将失。’不识吾子何以知之？”颜渊对曰：“臣以政知之。昔舜巧于使民，而造父巧于使马。舜不穷其民，造父不穷其马，是以舜无失民，造父无失马也。今东野毕之驭，上车执辔，衔体正矣；步骤驰骋，朝礼毕矣；历险致远，马力尽矣。然犹求马不已，是以知之也。”定公曰：“善！可得少进乎？”颜渊对曰：“臣闻之，鸟穷则啄，兽穷则攫，人穷则诈。自古及今，未有穷其下而能无危者也。”

——《荀子·哀公》

东野稷以御见庄公，进退中绳，左右旋中规。庄公曰：“善。”以

---

① 吴汝纶《庄子点勘》指出，“文”系“造父”之误。《太平御览》卷七四六引亦作“造父”。造父，古代善御者。

② 钩：让马车打转。

③ 求：指驱赶。

④ 两骖（cān 参）列，两服入厩：指车两旁的两匹马在外，故得自绝而去，于是止存两匹服马还入厩中。

为造父不过也。使之钩百而少及焉。颜阖入见，庄公曰：“子遇东野稷乎?”对曰：“然，臣遇之。其马必败。”庄曰：“将何败?”少顷，东野之马败而至。庄公召颜阖而问之，曰：“子何以知其败也?”颜阖对曰：“夫进退中绳，左右旋中规，造父之御无以过焉。乡臣遇之，犹求其马，臣是以知其败也。”

——《吕氏春秋·离俗览·适威》

以上三则异文，虽然故事情节大体上相同，但具体描写存在差异，并且出场的虚构人物亦多有出入。《庄子》与《吕氏春秋》的两则比较接近。其中的君王均为春秋时期的鲁庄公（前693—前665在位），而指出驭马必败者均为战国时期鲁国贤人颜阖。但是《吕氏春秋》的一则描写较《庄子》的一则细致。这三则异文，以《荀子》的一则变化最大。不但善驭者作东野毕，与另两则有出入，而且君王作春秋时期的鲁定公（前509—前495在位），而指出驭马必败者为孔子的学生、春秋末期的颜渊（前521—前490）。不仅如此，其情节描写更为具体生动，并有较多的阐述和发挥。将此三则异文进行对比，其变化、差别是显而易见的。

先秦时期同一典籍收录同一则民间故事的不同异文，既有载于同一篇者，也有载于不同篇者，多见于《庄子》、《韩非子》、《吕氏春秋》等书，以《韩非子》最为突出。

这个时期载于一书之同篇异文，数量不等，以两则最为常见，如《韩非子·内储说上》的“鲁哀公问治国之道”、“南郭吹竽”，《韩非子·内储说下》的“汤中有砾”、“李季矢浴”，《韩非子·外储说左上》的“棘刺母猴”、“桓公听计”，《韩非子·外储说左下》的“夔一足”、“解狐荐仇”，《韩非子·外储说右上》的“太公望杀贤者”、“卫君与薄疑”，《韩非子·外储说右下》的“杀牛塞祷”、“苏代使燕”。三则的如《韩非子·外储说左上》的“少者饮酒”、《韩非子·外储说右下》的“潘寿进言”。四则的如《韩非子·外储说右下》的“淖齿与李兑”。五则的如《韩非子·外储说右下》的“造父与王良”。兹举例论析如下。

在《韩非子·外储说右下》中“桓公听计”的两则异文为：

齐桓公微服以巡民家，人有年老而自养者，桓公问其故。对曰："臣有子三人，家贫，无以妻之，佣未及反。"桓公归以告管仲。管仲曰："畜积有腐弃之财，则人饥饿；宫中有怨女，则民无妻。"桓公曰："善。"乃谕宫中有妇人而嫁之。下令于民曰："丈夫二十而室，妇人十五而嫁。"

一曰：桓公微服而行于民间，有鹿门稷者，行年七十而无妻。桓公问管仲曰："有民老而无妻者乎?"管仲曰："有鹿门稷者，行年七十矣而无妻。"桓公曰："何以令之有妻?"管仲曰："臣闻之：上有积财，则民臣必匮乏于下；宫中有怨女，则有老而无妻者。"桓公曰："善。"令于宫中："女子未尝御，出嫁之。"乃令男子年二十而室，女年十五而嫁。则内无怨女，外无旷夫。

以上两则异文都写桓公微服私访发现老百姓娶不起妻子，并且听从宰相管仲进言，及时解决了民众难心之事。但具体情节变异颇大，无财物娶者一为老者的三个儿子，由桓公自己打听出来的；一为叫鹿门稷的七十老翁，由管仲向桓公转述的。两相比较，彼此的差异就一目了然了。

在《韩非子·外储说右下》中记载的"造父与王良"异文，达四则之多，分别为：

造父御四马，驰骤周旋而恣欲于马。恣欲于马者，擅辔策之制也。然马惊于出彘，而造父不能禁制者，非辔策之严不足也，威分于出彘也。王子于期为驸驾，辔策不用，而择欲于马，擅刍水之利也。然马过于圃池，而驸马败者，非刍水之利不足也，德分于圃池也。故王良、造父，天下之善御者也，然而使王良操左革而叱咤之，使造父操右革而鞭笞之，马不能行十里，共故也。田连、成窍，天下善鼓琴者也，然而田连鼓上、成窍擪[①]下，而不能成曲，亦共故也。夫以王良、造父之巧，共辔而御，不能使马，人主安能与其臣共权以为治？以

① 擪（yè 夜）：用手指按捺。

田连、成窍之巧，共琴而不能成曲，人主又安能与其臣共势以成功乎！

一曰：造父为齐王驸驾，渴马服成，效驾圃中。渴马见圃池，去车走池，驾败。王子于期为赵简子取道，争千里之表，其始发也，彘伏沟中，王子于期齐辔策而进之，彘突出于沟中，马惊驾败。

一曰：造父为齐王驸驾，以渴服马，百日而服成。服成请效驾齐王，王曰："效驾于圃中。"造父驱车入圃，马见圃池而走，造父不能禁。造父以渴服马久矣，今马见池，骭①而走，虽造父不能治。今简公之法，禁其众久矣，而田成恒利之，是田成恒倾圃池而示渴民也。

一曰：王子于期为宋君为千里之逐。已驾，察手吻文。且发矣，驱而前之，轮中绳。引而却之，马掩迹。拊而发之，彘逸出于窦中。马退而却，策不能进前也；马骭而走，辔不能止也。

《韩非子·外储说右下》"造父与王良"是该书，也是先秦时期记载异文最多的一则民间故事。它们有着明显的相似之处：造父、王良二人均为驾车驭马的能手，同时或交替出现；驯马的两种基本手段——以绳、鞭调教和用草、水控制相似；被干扰的情状——猪窜道上和出现菜园水池相似。这无疑是四则故事互为异文的基本点。然而，四则异文又有许多不同之处：造父的车主有的未作交代，有的为齐王；王良的车主有的未作交代，有的为赵简子或宋君，都有所变化。而二人的出场情况亦不相同：前两则二人是同时出现，第一则造父驾四马，以缰绳和马鞭掌控，王良为副驾，用草料和水掌控；第二则造父为副驾，以控制饮水来驯马，王良驾马竞赛，用缰绳和马鞭驱赶。后两则均仅出现其中一人，第三则只出现造父，他为副驾，以控制饮水来驯马；第四则只出现王良，以缰绳和马鞭掌控。在四则异文里面，第一则显然是最基本的故事形态，《韩非子·外储说右下》首先录写它，是很有道理的，而后面三则的各种变异，无疑是在

① 骭（hàn 汗）：马凶悍貌。

流布过程中产生的。该书不厌其烦地将异文一一引出，这在当时无疑十分难能可贵，足见录写者是别具慧眼的。

这个时期载于一书之不同篇章的异文，数量较前一种略少一些，计有见于《庄子·内篇·齐物论》与《庄子·杂篇·寓言》的“罔两问景”、见于《庄子·外篇·山木》与《庄子·杂篇·让王》的“孔子困于陈蔡”、见于《庄子·外篇·至乐》与《庄子·外篇·达生》的“鲁侯养鸟”、见于《韩非子·说林下》与《韩非子·说难》的“疑邻为盗”、见于《韩非子·难一》与《韩非子·难势》的“自相矛盾”、见于《吕氏春秋·有始览·谕大》与《吕氏春秋·士容论·务大》的“燕雀处室”、见于《吕氏春秋·审应览·重言》与《吕氏春秋·审应览·精谕》的“桓伐邻国”。另外，尚有介乎以上两者的一种记载异文的情况，这就是“子罕专罚”，《韩非子·外储说右下》有二则异文，《韩非子·二柄》有一则异文。兹举例论析如下。

《庄子》中“鲁侯养鸟”的两则异文为：

> 昔者海鸟止于鲁郊，鲁侯御而觞之于庙，奏《九韶》以为乐，具太牢以为膳。鸟乃眩视忧悲，不敢食一脔，不敢饮一杯，三日而死。此以己养养鸟也，非以鸟养养鸟也。夫以鸟养养鸟者，宜栖之深林，游之坛陆，浮之江湖，食之鳅鲦[①]，随行列而止，委蛇而处。彼唯人言之恶闻，奚以夫譊譊[②]为乎？
>
> ——《庄子·外篇·至乐》

> 昔者有鸟，止于鲁郊。鲁君说之，为具太牢以飨之，奏《九韶》以乐之。鸟乃始忧悲眩视，不敢饮食。此之谓以己养养鸟也。若夫以鸟养养鸟者，宜栖之深林，浮之江湖，食之以委蛇，则平陆而已矣。
>
> ——《庄子·外篇·达生》

① 鲦（tiáo 条）：白条鱼。

② 譊譊（náonáo 挠挠）：喧闹嘈杂。此处指《九韶》的乐声喧闹嘈杂不入耳。

以上两则异文，一详一略。前一则多细节描述，写鲁侯为欢迎海鸟，特意在宗庙内给它饮酒，为它奏舜时的《九韶》乐曲，用帝王祭祀时使用的牛、羊、猪三牲作为膳食，鸟却眼花心悲，不敢吃、喝，三天便死去。故事进而说明鲁侯不应以自己的生活方式来养鸟，而应按鸟的生活方式养鸟。后一则显然是由前则缩写而成。这组异文在先秦时期的诸多异文中，有一定的代表性。

《吕氏春秋》中“桓公伐邻国”的两则异文为：

齐桓公与管仲谋伐莒，谋未发而闻于国。桓公怪之曰：“与仲父谋伐莒，谋未发而闻于国，其故何也?”管仲曰：“国必有圣人也。”桓公曰：“嘻！日之役者，有执跖痛①而上视者，意者其是邪!”乃令复役，无得相代。少顷，东郭牙至。管仲曰：“此必是已。”乃令宾者延之而上，分级而立。管子曰：“子邪言伐莒者?”对曰：“然。”管仲曰：“我不言伐莒，子何故言伐莒?”对曰：“臣闻君子善谋，小人善意。臣窃意之也。”管仲曰：“我不言伐莒，子何以意之?”对曰：“臣闻君子有三色：显然喜乐者，钟鼓之色也；湫然清静者，衰绖之色也；艴然充盈手足矜者，兵革之色也。日者臣望君之在台上也，艴然充盈手足矜者，此兵革之色也。君呿②而不唫③，所言者‘莒’也；君举臂而指，所当者‘莒’也。臣窃以虑，诸侯之不服者，其惟莒乎！臣故言之。”凡耳之闻以声也。今不闻其声而以其容与臂，是东郭牙不以耳听而闻也。桓公、管仲虽善匿，弗能隐矣。故圣人听于无声，视于无形。詹何④、田子方⑤、老耽⑥是也。

——《吕氏春秋·审应览·重言》“东郭牙知伐莒”

① 痛：字无可。疑为“枱（sì似）”的异文。枱：同“耜”，古代翻土的工具。
② 呿（qū区）：张口。
③ 唫（jìn尽）：闭口。
④ 詹何：战国时道家人物，善术数。
⑤ 田子方：战国魏人，魏文侯以为师，崇尚礼义。
⑥ 老耽：即老子。

齐桓公合诸侯，卫人后至。公朝而与管仲谋伐卫，退朝而入。卫姬望见君，下堂再拜，请卫君之罪。公曰："吾于卫无故，子曷为请?"对曰："妾望君之入也，足高气强，有伐国之志也。见妾而有动色，伐卫也。"明日君朝，揖管仲而进之。管仲曰："君舍卫乎?"公曰："仲父安识之?"管仲曰："君之揖朝也恭，而言也徐，见臣而有惭色，臣是以知之。"君曰："善。仲父治外，夫人治内，寡人知终不为诸侯笑矣。"桓公之所以匿者不言也，今管子乃以容貌音声，夫人乃以行步气志。桓公虽不言，若暗夜而烛燎也。

——《吕氏春秋·审应览·精谕》"齐桓公欲伐卫"

以上两则异文，虽说都是讲齐桓公与管仲一起谋划攻打邻国被人发觉之事，并且觉察者都是因善于观察主事者的言行、举止而作出准确的判断，但差别很大。两则异文不但觉察者及其身份不同，意欲攻打的国家不同，而且具体情节亦不大相同，充分展示出民间故事在流布过程中发生明显变异的特征。它们在先秦时期的诸多异文中亦具有一定的代表性。

第二节　两汉民间故事的异文

两汉时期的民间故事录写活动，是在继承先秦时期优良传统的基础上发展起来的。这个时期收录民间故事的著作更趋多元化，除了汉初属于诸子百家系统、反映儒家思想的《韩诗外传》、《说苑》、《新序》和反映道家思想的《淮南子》等外，尚有史学巨著《史记》、《汉书》以及各种理论著作，包括陆贾撰《新语》、贾谊撰《新书》、桓谭撰《新论》、王充撰《论衡》、王符撰《潜夫论》、荀悦撰《申鉴》、应劭撰《风俗义》等。但是，这个时期所录写的民间故事，数量却不如先秦时期录写的民间故事多，而且有不少民间故事与先秦时期录写的民间故事大体上相似——其中有的是由先秦时期的各种著作中迻录的，文字有所改动，有的则是直接录写的有关异文。譬如，"小忠与大忠"，先秦时期见诸《左传》、《韩非子》、《吕氏春秋》，两汉时期见诸《韩诗外传》、《淮南子》、《说苑》；"众贺独吊"，先秦时期见诸《荀子》、《列子》、《尹文子》，两汉时期见诸《韩诗外传》、《淮南子》、《说苑》；“和氏璧”，先秦时期见诸《韩非子》，两汉时期见诸《淮南子》、《新序》、《论衡》；“咎犯荐仇”，先秦时期见诸《韩非子》、《吕氏春秋》，两汉时期见诸《韩诗外传》、《说苑》、《新序》；“夔一足”，先秦时期见诸《韩非子》、《吕氏春秋》，两汉时期见诸《论衡》、《新论》、《风俗通义》；“高赫受上赏”，先秦时期见诸《韩非子》、《吕氏春秋》，两汉时期见诸《淮南子》、《史记》、《说苑》。兹举两例以见一斑。

“失马饮盗”的故事，先秦与两汉的记载分别为：

> 昔者秦缪公乘马而车为败，右服[①]失而野人取之。缪公自往求之，见野人方将食之于岐山之阳，缪公叹曰：“食骏马之肉而不还饮酒，余恐其伤女也。”于是遍饮而去。处一年，为韩原之战[②]，晋人已环缪公之车矣。晋梁由靡[③]已扣缪公之左骖矣，晋惠公之右路石[④]奋投而击缪公之甲，中之者已六札[⑤]矣。野人之尝食马肉于岐山之阳者三百有余人，毕力为缪公疾斗于车下，遂大克晋，反获惠公以归。
>
> ——《吕氏春秋·仲秋纪·爱士》

> 秦缪公将田，而丧其马，求三日而得之于茎山之阳，有鄙夫乃相与食之。缪公曰：“此驳马[⑥]之肉，不得酒者死。”缪公乃求酒，遍饮之然后去。明年，晋师与缪公战，晋之右路石者围缪公而击之，甲已堕者六札矣。食马者三百余人，皆曰：“吾君仁而爱人，不可不死[⑦]。”还击晋之右路石，免缪公之死。
>
> ——《韩诗外传》卷十第十二章

---

① 服：古代一车驾四马，居中的两匹叫“服”。

② 韩原之战：秦晋韩原之战发生在公元前645年。韩原，春秋时晋地，在今山西芮城。

③ 梁由靡：晋大夫。

④ 路石：人名。

⑤ 六札：六层革甲。

⑥ 驳马：毛色不纯的马。

⑦ 不可不死：不可不为（仁君）牺牲。

秦穆公出游而车败，右服失马，野人得之。穆公追而及之岐山之阳，野人方屠而食之。穆公曰："夫食骏马之肉，而不还饮酒者，伤人。吾恐其伤汝等。"遍饮而去之。处一年，与晋惠公为韩之战。晋师围穆公之车，梁由靡扣穆公之骖，获之。食马肉者三百余人，皆出死为穆公战于车下，遂克晋，虏惠公以归。

——《淮南子·氾论训》

初，缪公亡善马，岐下野人共得而食之者三百余人。吏亟得，欲法之。缪公曰："君子不以畜产害人。吾闻食善马肉，不饮酒伤人。"乃皆赐酒而赦之。三百人者闻秦击晋，皆求从。从而见缪公窘，亦皆推锋争死，以报食马之德。

——《史记·秦始皇本纪》

秦缪公尝出而亡其骏马，自往求之，见人已杀其马，方食其肉。缪公谓曰："是吾骏马也。"诸人皆惧而起，缪公曰："吾闻食骏马肉，不饮酒者杀人。"即以次饮之酒，杀马者皆惭而去。居三年，晋攻秦缪公，围之。往时食马肉者相谓曰："可以出死，报食马得酒之恩矣。"遂溃围，缪公卒得以解难，胜晋，获惠公以归。

——《说苑·复恩》

以上四则两汉时期的异文，均由先秦时期《吕氏春秋》的一则故事衍化而来。这五则异文的基本情节相同，都是写春秋时期秦穆公[①]饮盗食马肉者，秦晋之战时盗马者以死相救的故事，但是繁简有别，而且具体描写的许多细节，包括穆公失马的因由、盗马地点、盗马者的人数、秦晋之战距盗马的时间、穆公失利的状况、盗马者出击的结果等，彼此都有一定的差异。

"巧救亡鸟者"的故事，先秦与两汉的记载分别为：

景公好弋，使烛邹主鸟而亡之。公怒，诏吏杀之。晏子曰："烛

① 多数异文作"秦缪公"。"缪"通"穆"。

邹有罪三，请数之以其罪而杀之。”公曰：“可。”于是召而数之公前，曰：“烛邹！汝为吾君主鸟而亡之，是罪一也；使吾君以鸟之故杀人，是罪二也；使诸侯闻之，以吾君重鸟以轻士，是罪三也。”数烛邹罪已毕，请杀之。公曰：“勿杀！寡人闻命矣。”

——《晏子春秋·外篇》，“烛邹亡鸟”

齐景公出弋昭华之池，使颜斫聚主鸟而亡之。景公怒而欲杀之。晏子曰：“夫斫聚有死罪四，请数而诛之。”景公曰：“诺。”晏子曰：“斫聚！汝为吾君主鸟而亡之，是罪一也。使吾君以鸟之故而杀人，是罪二也。使四国诸侯闻之，以吾君重鸟而轻士，是罪三也。天子闻之，必将贬绌吾君，危其社稷，绝其宗庙，是罪四也。此四罪者，故当杀无赦，臣请加诛焉。”景公曰：“止！此吾过矣。愿夫子为寡人敬谢焉。”

——《韩诗外传》卷九第十章“颜斫聚亡鸟”

景公好弋，使烛雏主鸟而亡之，景公怒而欲杀之。晏子曰：“烛雏有罪，请数之以其罪，乃杀之。”景公曰：“可。”于是乃召烛雏数之景公前曰：“汝为吾君主鸟而亡之，是一罪也；使吾君以鸟之故杀人，是二罪也；使诸侯闻之以吾君重鸟而轻士，是三罪也。”数烛雏罪已毕，请杀之。景公曰：“止。”勿杀而谢之。

——《说苑·正谏》“烛雏亡鸟”

以上两则两汉时期的异文，由先秦时期的一则衍化而来。三则的基本情节相同，都是写晏子巧谏齐景公，使亡鸟者避免了杀身之祸。《说苑》的一则更接近《晏子春秋》的一则，只是文字略有出入，而《韩诗外传》的一则变化较大，其一为亡鸟者的姓名有所不同，颜斫聚由颜烛趋[①]衍化而来；其二为晏子在齐景公面前列数亡鸟者的罪状，由《晏子春秋》中的三条变为四条，新增加了：“天子闻之，必将贬绌吾君，危其社稷，绝其

① 烛邹，亦作烛雏，即颜烛趋。

宗庙，是罪四也。”其出入比较明显。

两汉时期的民间故事采录，也发掘出不少新的作品，如《韩诗外传》中的“束蕴请火”、“凤凰展翅”、“弓人之妻”，《礼记》中的“苛政猛于虎”，《淮南子》中的“塞翁失马”、“哭母不哀”、“楚人烹猴”、“鹊巢扶枝”，《史记》中的“指鹿为马”、“河伯娶妇”，《说苑》中的“追女失妻”、“祠少求多”、“白龙上诉”、“枭东徒”，《新序》中的“曲突徙薪”，《汉书》中的“污豬捕盗”，《论衡》中的“仕数不遇”、“御马到马”，《新论》中的“两狗怪”，《申鉴》中的“儒人驱鸡”，《异闻记》中的“张广定女”，《风俗通义》中的“二母争子”、“杯弓蛇影”、“山神娶公妪”、“来季德”、“郅伯夷”、“张叔高”。其中不乏名篇佳作，在中国民间故事史上颇有影响。不过就总的数量而言，这个时期新采录的民间故事不如先秦时期所采录的民间故事多。

这个时期在民间故事采录中对异文的关注，使先奏时期的优良传统得到了延续和发展。这个时期对异文的关注既包含不同典籍录写同一作品的不同异文，也包含同一典籍录写同一作品的不同异文。前者如“起死回生”见诸《韩诗外传》、《史记》、《说苑》，“浮西河”见诸《韩诗外传》、《新序》、《说苑》，“束蕴请火”见诸《韩诗外传》、《汉书》，“学远射”见诸《淮南子》、《说苑》，“指鹿为马”见诸《新语》、《史记》，“曲突徙薪”见诸《说苑》、《汉书》、《新论》。兹举例说明于后。

“起死回生”故事的记载分别为：

> 扁鹊过虢侯，世子暴病而死。扁鹊造宫门，曰：“吾闻国中卒有壤土之事，得无有急乎?”曰：“世子暴病而死。”扁鹊曰：“人言郑医秦越人能活之。”中庶子[①]之好方者出应之，曰：“吾闻上古医曰茅父。茅父之为医也，以莞为席，以刍为狗，北面而祝之，发十言耳，诸扶舆而来者皆平复如故。子之方岂能若是乎?”扁鹊曰：“不能。”又曰：“吾闻中古之为医者曰逾跗。逾跗之为医也，搦脑髓，爪荒莫，吹区九窍，定脑脱，死者复生。子之方岂能若是乎?”扁鹊曰：“不能。”

① 中庶子：官名。掌管诸侯、卿、大夫之庶子的教育管理。

中庶子曰："苟如子之方，譬如以管窥天，以锥刺地，所窥者大，所见者小，所刺者巨，所中者少。如子之方，岂足以变骇童子哉?"扁鹊曰："不然。事故有昧投而中蟁头，掩目而别白黑者，夫世子病所谓尸蹶者。以为不然，试入珍世子股阴当温，耳焦焦如有啼者声。若此者，皆可活也。"

中庶子遂入珍世子，以病报虢侯。虢侯闻之，足跣而起，至门曰："先生远辱，幸临寡人。先生幸而治之，则粪土之息，得蒙天载地长为人。先生弗治之，则先犬马填沟壑矣。"言未卒而涕泣沾襟。扁鹊入，砥针砺石，取三阳五输，为轩光之灶，八减之汤，子同捣药，子明灸阳，子游按摩，子仪反神，子越扶形，于是世子复生。天下闻之，皆以扁鹊能起死人也。扁鹊曰："吾不能起死人，直使夫当生者起耳。"

——《韩诗外传》卷十第九章

其后扁鹊过虢。虢太子死，扁鹊至虢宫门下，问中庶子喜方者曰："太子何病，国中治穰过于众事?"中庶子曰："太子病血气不时，交错而不得泄，暴发于外，则为中害。精神不能止邪气，邪气蓄积而不得泄，是以阳缓而阴急，故暴蹷而死。"扁鹊曰："其死何如时?"曰："鸡鸣至今。"曰："收乎?"曰"未也，其死未能半日也。""言臣齐勃海秦越人也，家在于郑，未尝得望精光侍谒于前也。闻太子不幸而死，臣能生之。"中庶子曰："先生得无诞之乎?何以言太子可生也！臣闻上古之时，医有俞跗，治病不以汤液醴洒，镵石桥引，案杌毒熨，一拨见病之应，因五藏之输，乃割皮解肌，诀脉结筋，搦髓脑，揲荒爪幕，湔浣肠胃，漱涤五藏，练精易形。先生之方能若是，则太子可生也；不能若是而欲生之，曾不可以告咳婴之儿。"终日，扁鹊仰天叹曰："夫子之为方也，若以管窥天，以郄视文。越人之为方也，不待切脉望色听声写形，言病之所在。闻病之阳，论得其阴；闻病之阴，论得其阳。病应见于大表，不出千里，决者至众，不可曲止也。子以吾言为不诚，试入诊太子，当闻其耳鸣而鼻张，循其两股以至于阴，当尚温也。"中庶子闻扁鹊言，目眩然而不瞚，舌挢然而不下，乃以扁鹊言入报虢君。虢君闻之大惊，出见扁鹊于中阙，曰："窃闻高义之日久矣，然未尝得拜谒于前也。先生过小国，幸而举之，偏国寡臣幸甚。有先生则活，无先生则弃捐填沟壑，长终而不得反。"言未卒，因嘘唏服臆，魂精泄横，流涕长潸，忽忽承睫，悲不能自止，容貌变更。扁鹊曰："若太子病，所谓'尸蹷'者也。夫以阳入阴中，动胃缠缘，中经维络，别下于三焦、膀胱，是以阳脉下遂，阴脉上争，会气闭而不通，阴上而阳内行，下内鼓而不起，上外绝而不为使，上有绝阳之络，下有破阴之纽，破阳绝阳，色废脉乱，故形静如死状。太子未死也。夫以阳入阴支兰藏者生，以阴入阳支兰者死。凡此数事，皆五藏蹷中之时暴作也。良工取之，拙者疑殆。"扁鹊乃使弟子子阳厉针砥石，以取外三阳五会。有间，太子苏。乃使子豹为五分之熨，以八减之齐和煮之，以更熨两胁下。太子起坐。更适阴阳，但服汤二旬而复故。故天下尽以扁鹊为能生死人。扁鹊曰："越人非能生死人也，此自当生者，越人能使之起耳。"

——《史记·扁鹊列传》

扁鹊过赵王，王太子暴疾而死。鹊造宫门曰："吾闻国中卒有壤土之事，得无有急乎?"中庶子之好方者，应之曰："然。王太子暴疾而死。"扁鹊曰："入言郑医秦越人能活太子。"中庶子难之曰："吾闻上古之为医者曰苗父。苗父之为医也，以菅为席，以刍为狗，北面而祝，发十言耳，诸扶而来者，舆而来者，皆平复如故。子之方能如此乎?"扁鹊曰："不能。"又曰："吾闻中古之为医者曰俞柎。俞柎之为医也，搦脑髓，束肓莫，炊灼九窍而定经络，死人复为生人，故曰俞柎。子之方能若是乎?"扁鹊曰："不能。"中庶子曰："子之方如此，譬若以管窥天，以锥刺地，所窥者甚大，所见者甚少。钧若子之方，岂足以变骇童子哉?"扁鹊曰："不然，物故有昧揥而中蚊头，掩目而别白黑者。太子之疾，所谓尸厥者也。以为不然，入诊之，太子股阴当温，耳中焦焦，如有啸者声然者，皆可治也。"

中庶子入报赵王，赵王跣而趋，出门曰："先生远辱，幸临寡人。先生幸而有之，则粪土之息，得蒙天履地而长为人矣。先生不有之，则先犬马填沟壑矣。”言未已，涕泣沾襟。扁鹊遂诊之，先造轩光之灶，八成之汤，砥针砺石，取三阳五输，子容捣药，子明吹耳，阳仪反神，子越扶形，子游矫摩，太子遂得复生。天下闻之皆曰：“扁鹊能生死人。”鹊辞曰：“予非能生死人也，特使夫当生者活耳。夫死者犹不可药而生也。”

——《说苑·辨物》

以上三则作品的基本情节相同，写的都是被誉为扁鹊的战国名医秦越人救活暴病而死者的传奇故事。后面的两则均由《韩诗外传》的一则衍化而来，后一则更为接近《韩诗外传》的文本。相互比较后不难发现，三则作品除了文字有不同程度的差异外，具体细节亦有变化，包括被救者有的作世子，有的作太子；被救者的父王有的作虢侯，有的作赵王；中庶子称赞的名医有的为上古的茅（亦作“苗”）父，中古的踰跗（亦作“俞柎”），有的则为上古的俞跗；另外，协助秦越人治病的诸子弟的名字以及其操作的项目，出入也相当大。

“指鹿为马”故事的记载分别为：

秦二世之时，赵高驾鹿而从行。王曰：“悉相何为驾鹿?”高曰：“马也。”王曰：“丞相误也，以鹿为马。”高曰：“陛下以臣言不然，愿问群臣。”臣半言鹿，半言马。当此之时，秦王不能自信其目，而从邪臣之说。

——《新语·辨惑》

赵高欲为乱，恐群臣不听，乃先设验。持鹿献于二世，曰：“马也。”二世笑曰：“丞相误耶？谓鹿为马。”问左右。左右或默；或言马，以阿顺赵高；或言鹿者。高因阴中诸言鹿者以法。

——《史记·秦始皇本纪》

以上两则异文的基本情节相同，都是写丞相赵高为了篡权乱政，故意颠倒黑白以检验群臣的态度。西汉初年陆贾撰《新语》中的文本与司马迁撰《史记》的文本存在好几处差异：第一，后者点明赵高此举之目的，前者却未点明；第二，前者写赵高驾鹿从行，后者写赵高献鹿于秦二世；第三，群臣的态度前者半言鹿、半言马，后者或沉默、或言马、或言鹿；第四，结果前者写二世竟从邪臣之说，后者写赵高暗中对言鹿者施以报复。

这个时期同一典籍录写同一作品的不同异文者，如《说苑·杂言》记有“渡大何”的三则异文，《说苑·正谏》与《说苑·权谋》各记有“桑中追女”的一则异文，《风俗通义》佚文录有“城门失火”的两则异文。兹举例说明如下。

“桑中追女”的记载分别为：

> 赵简子举兵而攻齐，令军中有敢谏者，罪至死。被甲之士名曰公卢，望见简子大笑。简子曰：“子何笑?”对曰：“臣有宿笑。”简子曰：“有以解之则可，无以解之则死。”对曰：“当桑之时，臣邻家夫与妻俱之田，见桑中女，因往追之，不能得，还，其妻怒而去之。臣笑其旷[①]也。”简子曰：“今吾伐国失国，是吾旷也。”于是罢师而归。
>
> ——《说苑·正谏》“公卢谏赵简子”

> 晋文公伐卫入郭，坐士令食曰：“今日必得大垣。”公子虑俯而笑之。文公曰：“奚笑?”对曰：“臣之妻归，臣送之。反见桑者而助之，顾臣之妻则亦有送之者矣。”文公惧，还师而归，至国而貉人攻其地。
>
> ——《说苑·权谋》“公子虑谏晋文公”

以上两则异文的基本情节相同，讲述的都是以见异思迁者追逐采桑女导致发妻离去之事，来规劝王侯，因而阻止了一场进攻邻国之战的故事。但具体描写却有好些差异：第一，故事背景不同，一为赵攻齐时，一为晋攻卫时；第二，进谏者不同，一为公卢，一为公子虑；第三，追桑女者不同，一为邻人，一为公子虑本人；第四，失去发妻状况不同，一为已经发生，一为可能发生。两则异文出现的变化是显而易见的。

① 笑其旷：笑他成为旷夫（无妻的成年男子）。

值得提及的是，在《风俗通义·怪神》中，接连录写的“鲍君神”、“李君神”、“石贤士神”三篇异文，具有原类型与次类型的特征，十分罕见。对此，本编第三章第二节已作过论述，不赘。

第三节　先秦两汉民间故事的结构模式

先秦两汉是中国古代民间故事的创始时期。这个时期的民间故事从思想内容到表现形式的各个方面，都为后世的民间故事创作积累了艺术经验。它们在民间故事结构模式方面的经验，对后世民间故事的发展、繁荣亦颇有贡献。

首先要提及的是民间故事最为常见的两种结构模式——两段式和三段式。这两种基本结构模式，在先秦两汉时期的民间故事中，已经得到了较为普遍的应用。

两段式包括一般两段式和对比式两种。一般两段式为同一角色连续做大体相似的两件事，或者是两个角色相继做大体相似的一件事，从而构成两次重复的结构模式。譬如：《吕氏春秋·孟春纪·去私》“祁奚荐贤”，故事由祁奚向晋平公举荐自己的仇家解狐去任县令和祁奚向晋平公举荐自己的儿子祁午去任军事官吏组成。采用此类结构模式的尚有《晏子春秋·内篇杂下》“晏子使楚”、《韩非子·说难》“弥子瑕失宠”、《韩非子·外储说左下》“西门豹纳玺”、《吕氏春秋·慎行论·疑似》“黎丘奇鬼”、《吕氏春秋·季秋纪·审己》“列子学射”、《列子·黄帝》“朝三暮四”、《韩诗外传》“起死回生”等。

对比式为同一角色连续做大体相似的两件事，或者是两个角色相继做大体相似的一件事，其结果形成鲜明的对比。譬如，《韩非子·内储说上》“南郭吹竽”，写齐宣王使三百人吹竽，南郭处士混迹其中，与众吹竽者一样享受薪俸；齐愍王使人吹竽，喜欢令吹竽者一一独奏，南郭处士无法蒙混，只得溜之大吉。又如，《新序·杂事四》“熊渠子射石”，写熊渠子误以寝石为伏虎，弯弓一射，竟连箭尾羽毛都射进去了；当他发现那是一块寝石时，弯弓再射，不但折断了箭，而且石头上连一点痕迹都没留下。采用此类结构模式的先秦两汉民间故事，较前一类多，尚有《孟子·告子上》“学弈”、《庄子·外篇·秋水》“埳井之蛙”、《韩非子·外储说左上》“齐桓公好服紫”、《韩非子·外储说左上》“楚王击鼓”、《吕氏春秋·孝行览·必己》“孔子马逸”、《吕氏春秋·恃君览·达郁》“列精子高窥井”、《列子·说符》“两个兰子”、《列子·周穆王》“尹氏治产”、《战国策·燕策二》“卖骏马”、《韩诗外传》卷九“凤凰展翅”、《淮南子·修务训》“楚人烹猴”、《风俗通义·怪神》“杯弓蛇影”等。

三段式为同一角色连续做大体相似的三件事，或者三个角色相继做大体相似的一件事，构成三次重复的结构模式。先秦两汉时期的民间故事，采用此种结构模式的较多。譬如，《韩非子·和氏》“和氏璧”，写和氏献玉璞于楚厉王，厉王以为诳，刖其左足；楚武王即位后，和氏又去献玉璞，武王亦以为诳，刖其右足；楚文王即位，和氏抱玉璞哭于楚山之下，文王使玉匠治其璞而得宝，命名“和氏璧”。又如，《战国策·宋卫策》“迎新妇”，写新妇上花车时叮嘱仆人照看好在左右两边拉车的骖马，不好鞭打在中间拉车的辕马；花车到婆家，人们刚扶新妇下来，她就叫伴娘把灶膛里的火灭了，以免失火；进屋后新妇看见一个石臼，又说把它搬到窗户下，在这儿妨碍走路，主人笑之。再如，《淮南子·人间训》“塞翁失马”，写塞翁丢马之后皆往吊，翁以为焉知非福？数月后其马带骏马归来；人皆贺之，塞翁以为焉知非祸？其子好骑，堕而折髀；人皆吊之，塞翁以为焉知非福？一年后胡人入塞，丁壮应战，死者十九，塞翁之子因跛，父子得以保全。采用此类结构模式的作品，尚有《庄子·内篇·养生主》“庖丁解牛”、《韩非子·内储说上》“三人言市有虎”、《吕氏春秋·离俗览·用民》“取道杀马”、《战国策·秦策二》“曾参杀人”、《战国策·齐策一》“邹忌比美”、《战国策·魏策四》“南辕北辙”、《淮南子·道应训》“楚有善为偷者”、《论衡·非韩》“御马到马”、《论衡·逢遇》“仕数不遇”等。

先秦两汉时期的民间故事，尚有四段式、连环式等其他结构模式。四段式主要为同一角色连续做大体相似的四件事，构成四次重复的结构模式。譬如，《庄子·外篇·达生》“纪渻子养斗鸡”，由以下四段组成：纪渻子为周宣王养斗鸡，过十日王问：养成否？纪说：不行，它正虚骄傲气；过十日王又问：养成否？纪说：不行，它闻声、见影都不冷静；过十日王又问：养成否？纪说：不行，它见到旁的鸡便怒目而视，气焰很盛；过十日王又问：养成否？纪说：差不多了，它听见旁的鸡打鸣再也不变化无常。斗鸡时旁的鸡见了它掉头便跑。采用四段式的故事，尚有《韩非子·喻老》“扁鹊见蔡桓公”、《列子·周穆王》“燕人返国”、《史记·滑稽列传》“河伯娶妇”等。

连环式为故事情节中若干个母题彼此勾连，形成环环相扣的结构模式。譬如，《吕氏春秋·不苟论·贵赏》“齐人有好猎者”，写好猎者发现打不到野兽的原因后，便奋力耕种；奋力耕种后，家里就富裕起来；家里富裕起来后，也就有钱购买狗；猎狗精良，就不断捕得野兽，打猎的收获经常超过别人。采用连环式的尚有《韩诗外传》卷十“螳螂捕蝉”等。

第 二 编

魏晋南北朝时期的民间故事

中国民间故事在经过先秦两汉数百年的创始期之后，步入了魏晋南北朝走向成熟的时期。这个时期为时三百多年，其民间故事有了显著的发展，日趋成熟。这首先是中国民间故事自身演变的结果。中国民间故事在先秦两汉时期的发展过程中，逐渐为广大民众所熟悉，参与编讲和传承民间故事的平民百姓日益增多，在艺术上有了较多的积累，为民间故事各个门类的进一步发展打下了较为坚实的基础，为中国民间故事在这个时期的初步繁荣创造了有利条件。不仅如此，由于这个时期文学创作，尤其是小说创作的异常活跃，对于民间故事的发展产生了一定的推动作用，而且还受到当时知识阶层的谈风——包括清谈与戏谈（亦称剧谈、话谈、戏语）风气盛行的影响，以及通过佛经文学翻译等渠道传入大量印度民间故事的影响。

这个时期民间故事的初步繁荣，最主要体现在幻想故事的奇峰突起，异彩纷呈，显现出空前兴旺发达的态势，成为中国民间故事发展史上的一座丰碑。这个时期不但有众多的典籍记载了大量的各种门类的幻想故事，而且艺术表现手段日臻娴熟，艺术形象鲜明动人，名篇佳制迭出，不但出现不少传世之作，而且形成不少故事类型，对后世的幻想故事产生深远的影响。这个时期的幻想故事，大体上由鬼魂故事、精怪故事和神异故事组成，其中以鬼魂故事的数量最大，内容最丰富，艺术成就最突出，格外耀眼。

这个时期的民间故事，主要见诸三国魏·邯郸淳撰《笑林》、旧题三国魏·曹丕撰《列异传》、晋·张华撰《博物志》、晋·郭璞撰《玄中记》、晋·葛洪撰《抱朴子》、晋·束皙撰《发蒙记》、晋·干宝撰《搜神记》、晋·裴启撰《语林》、晋·王嘉撰《拾遗记》、晋·郭澄之撰《郭子》、晋·陆氏撰《异林》、晋·王浮撰《神异记》、晋·戴祚撰《甄异传》、旧题东晋·陶潜撰《搜神后记》、东晋·祖台之撰《志怪》、东晋·荀氏撰《灵鬼志》、东晋·孔约撰《孔氏志怪》、东晋·佚名撰《录异传》、南朝宋·刘义庆撰《幽明录》和《世说新语》以及《宣验记》、南朝宋·刘敬叔撰《异苑》、南朝宋·郭季产撰《集异记》、南朝宋·东阳无疑撰《齐谐记》、南朝宋·虞通之撰《妒记》、南朝齐·王琰撰《冥祥记》、南朝齐·祖冲之撰《述异记》、南朝齐梁间·沈约撰《俗说》、南朝梁·陶弘景撰

《冥通记》、南朝梁·吴均撰《续齐谐记》、南朝梁·任昉撰《述异记》、南朝梁·殷芸撰《殷芸小说》、南朝梁·刘之遴撰《神录》、南朝梁陈间·佚名撰《续异记》、北魏·郦道元撰《水经注》、北齐·颜之推撰《冤魂志》和《集灵记》以及《颜氏家训》等。其中，《笑林》、《列异传》、《搜神记》、《搜神后记》、《幽明录》、《异苑》、《述异记》（祖冲之撰）等书录写的民间故事尤多，在中国民间故事史上的地位颇为重要。

中国是一个具有悠久历史的文明古国，文化发展和传承呈现出千姿百态的景象。中国的民间文学在发展、演变的历程中，既曾经不断影响邻近国家的民间文学，又曾经不断接受邻近国家民间文学的影响。这种民间文学的相互影响，在民间叙事文学，首先是民间故事领域内表现得尤为明显。

中国各民族民间故事接受外来影响，最早也是最突出的当数古代印度民间故事的影响。古代印度民间故事传到中国各地，除了通过民间渠道（包括来华商贾、僧人、旅行者以及其他人员）以口头形式传播外，最主要是通过佛经文学译本（汉文和藏、蒙古、傣等少数民族文字的译本）不断地、反复地传播。许多见于印度古籍的著名民间故事，最初并不是通过其译本直接传入中国的。例如大约成书于公元前一世纪的古代印度故事集《五卷书》、大约成书于公元前几世纪的印度巴利文故事集《佛本生故事》，直至二十世纪中、后期才有汉文译本在我国刊行。但是，它们所收采的许多古代印度民间故事，却早在一千几百年前就开始通过各种佛教经典的译本陆续传入中国。

我国最初一大批佛经译本都是汉文本，翻译的时间由东汉末一直延续到宋代，时间跨度将近一千年之久。而在这些汉译佛经当中，包含古代印度民间故事的经典，主要有东汉末年至十六国的几种《杂譬喻经》、东汉末·康孟祥译《佛说兴起行经》、三国吴·康僧会译撰《六度集经》、三国吴·支谦译《佛说义足经》与《佛说九色鹿经》、西晋·竺法护译《生经》、西晋·法矩与法立译《大楼炭经》、东晋·法显译《涅槃经》、东晋·佚名译《天尊说阿育王譬喻经》、东晋·昙无兰译《佛说大鱼事经》、十六国后秦·竺佛念译《出曜经》、十六国后秦·鸠摩罗什译《大庄严论经》、南朝宋·求那跋陀译《佛说大意经》、南朝齐·求那毗地译《百喻经》(或称《百句譬喻经》、《痴华鬘》)、北魏·吉迦夜与昙曜译撰《杂宝藏经》、北魏·慧觉等译撰《贤愚经》(全称《贤愚因缘经》)、隋·阇那崛多译《佛本行集经》、唐·义净译《根本说一切有部毗奈耶破僧事》等。

中国民间故事接受外来影响，有一个吸收、消化的阶段。到了魏晋南北朝时期，随着汉译佛经的数量不断增加，影响日盛，通过佛经传入我国的印度民间故事逐渐流布到全国各地，并且在流布的过程中逐渐本土化，从而为我国的民间叙事文学增添了新鲜的血液。

第一章　魏晋南北朝的幻想故事

在中国民间故事里面，鬼魂故事的蕴藏异常丰厚，从古至今，鬼魂故事在我国民间口耳相传，历久不衰，一直为各民族民众津津乐道，是中国民间故事的一大特点和亮点。此类故事同远古先民的万物有灵、灵魂不灭的鬼魂观念直接相关，并且与从汉代佛教传入中国以后带来的因果报应、生死轮回等观念多有关联。系统、深入地揭示中国鬼魂故事的发展历程，不但有助于了解中国民间故事的全貌和特色，而且对于了解中国各民族的鬼神文化和民俗文化亦颇有裨益。

中国的鬼魂故事在经过先秦两汉时期的孕育之后，到了魏晋南北朝时期，数量急遽增多，蔚为大观。这个时期的鬼魂故事题材相当广泛，主要包含人鬼恋情、人鬼交谊、还阳复生、魂归故里、冤魂复仇、鬼魅作祟、斗鬼驱鬼以及鬼魂求助、善恶有报，等等。后世有关鬼魂故事的题材，在这个时期几乎都已出现。数量众多的涉及幽冥世界的各种鬼魂故事，曲折生动地反映了当时社会生活、家庭生活的许多方面，并且表达了广大民众的真情实感和对美好未来的憧憬。这个时期鬼魂故事出现的形形色色的鬼魂，包括不同性别、不同年龄、不同职业、不同社会地位的鬼魂。既有善良的鬼，又有邪恶的鬼；既有老鬼，又有新鬼。此外还出现了特殊衣着、长相的鬼魂，如赤鬼、黑衣白袷鬼、白布裤鬼、一足鬼、八尺鬼、三丈鬼；出现了不同死因、不同使命、不同个性、不同状态的鬼魂，如溢鬼、溺鬼、产鬼、疫鬼、疟鬼、鬼卒、冥吏、厕鬼、厉鬼、妒鬼、傻鬼、病鬼、饿鬼、馋鬼、醉鬼、跛鬼。

这个时期的鬼魂故事，经历了前期即魏晋时期与后期即南北朝时期两个发展阶段。两个发展阶段的鬼魂故事既有许多共同之处，又有一些不同之处。从中可以窥见这个时期鬼魂故事的发展、演变历程。

第一节 魏晋的鬼魂故事

魏晋时期的鬼魂故事，数量甚多，除少量作品是由先秦两汉时期的作品发展、衍化而来的①外，绝大多数作品是这个时期新出现的，其中某些作品虽经采录者做了一定程度的润饰，但仍然保存了民间故事的基本结构和特征，而大部分作品则展现出口传形态，民间故事韵味相当浓郁。魏晋时期的鬼魂故事，以《列异传》、《搜神记》、《搜神后记》、《甄异传》、《灵鬼志》等书记载比较多。其中，最为引人注目的是人鬼恋情、人鬼交谊、还阳复生、斗鬼驱鬼四类，冤魂复仇、鬼魂作祟、魂归故里几类也不少。此外，尚有一些其他内容的鬼魂故事。

魏晋时期的人鬼恋情故事，大多写未婚男子日暮投宿时与年轻情纯女鬼的一段短暂而难忘的情缘。故事往往发生在郊外的家中。年轻女鬼有的为名门望族之后，有的出身于一般家庭，有的甚至是贫陋人家之女，无不端庄清丽，一往情深。临别时刻，年轻女鬼大都以各种可心之物相赠，寄托了一片深厚的情意。此类作品突现出男女之间的真挚恋情有时足以超越生死障碍，无比温馨，无比感人，回味隽永，从而为鬼魂故事拓展了一个前所未有的美好天地。譬如，《列异传》“谈生”：

> 谈生者，年四十，无妇，常感激读《诗经》。夜半，有女子年可十五六，姿颜服饰，天下无双，来就生，为夫妇之言：“我与人不同，勿以火照我也。三年之后方可照。”为夫妻，生一儿，已二岁；不能忍，夜伺其寝后，盗照视之。其腰已上生肉如人，腰下但有枯骨。妇觉，遂言曰：“君负我。我垂生矣，何不能忍一岁而竟相照也?”生辞

① 例如《搜神记》卷十六《秦巨伯》，由《吕氏春秋·慎行论·疑似》“黎丘奇鬼”衍化而来；《搜神记》卷十六《汝阳鬼魂》，抄自《风俗通义·怪神·汝阳西门亭》；《搜神记》卷十八《张叔高》。抄自《风俗通义·怪神·张叔高》。文字均稍有改动。

谢，涕泣不可复止，云：“与君虽大义永离，然顾念我儿。若贫不能自偕活者，暂随我去，方遗君物。”生随之去，入华堂，室宇器物不凡。以一珠袍与之，曰：“可以自给。”裂取生衣裾，留之而去。

后生持袍诣市，睢阳王家买之，得钱千万。王识之曰：“是我女袍，此必发墓。”乃取考之。生具以实对，王犹不信。乃视女冢，冢完如故。发视之，果棺盖下得衣裾。呼其儿，正类王女。王乃信之。即召谈生，复赐遗衣，以为主婿。表其儿以为侍中。

这则作品出现的时间较早，其故事情节曲折而完整，故事主人公的形象鲜活动人，十分富于人情味。难能可贵的是，它通过一个中年书生与睢阳王亡女的深挚恋情，表现了普通民众无视魏晋时期重视门第的一种婚姻观念，在当时无疑具有进步意义。这则故事与其后的同类作品有几处明显的差异：一是双方结为夫妻的地点在男主人公家中，直至行将永诀时，女方才将男方带至墓中，取物相赠。二是女主人公一开始便暗示自己是鬼类，并且申明三年后方可照视，以期复生。不幸垂生之时竟出了变故。三是这桩幽婚其后得到王府承认，乃与谈生叙翁婿之礼。这则故事，不但具有较好的思想意义，而且具有较高的艺术价值，是魏晋时期鬼魂故事中的一篇很有代表性的佳作。

又如，《搜神后记》卷六《张姑子》：

汉时诸暨县吏吴详者，惮役委顿，将投窜深山。行至一溪，日欲暮，见年少女子来，衣甚端正。女曰：“我一身独居，又无邻里，唯有一孤妪，相去十余步尔。”详闻甚悦，便即随去。行一里余，即至女家，家甚贫陋。为详设食。至一更竟，忽闻一妪唤云：“张姑子。”女应曰：“喏。”详问是谁，答云：“向所道孤独妪也。”二人共寝息。至晓鸡鸣，详去，二情相恋，女以紫手巾赠详，详以布手巾报之。行至昨所应处，过溪。其夜大水暴溢，深不可涉。乃回向女家，都不见昨处，但有一冢尔。

此则作品写某县吏在深山荒岭独行时，偶遇一少女鬼魂，两情相悦，迎至其家中，共寝息，分别时互赠手巾。作品以质朴无华的文字刻画的女主人公，乃是一位出身寒素的清纯女子幽魂，她常年与一老妪的孤魂为邻，家居贫陋，与亲门贵胄有天壤之差。她以诚待人，情深意笃，给人留下难忘的印象，是中国古代鬼魂故事中别有风致的艺术形象。

魏晋时期的人鬼恋情故事，尚有写青年男女门第悬殊，生不能婚配，死后方得团聚的《搜神记·紫玉》；写男女幽婚，别后又得重逢的《搜神记·崔少府墓》；写某男子投宿时与墓中弱女鬼魂一夕寝止，晨起别离时得到一双指环的《甄异传》"秦树夜宿"；写假葬于郡外之太守女儿的鬼魂与代太守之子爱恋，常来寝息，后因其父发冢而断送复生希望的《搜神后记·李仲文女》；写未婚男子与少女鬼魂幽会并得到可心赠物的《搜神后记·何参军女》；写未殡亡女到船中与还乡的心上人团聚，其人到家方知变故的《祖台之志怪》"郭氏女"等。

魏晋时期的人鬼交谊故事，大都描写世人善待各种鬼魂，抑或鬼魂善待世人，充满友善与温馨，揭示超越生死界限的人鬼交谊无比珍贵。在这个时期的鬼魂故事里面，此类称颂友情的故事，与上述人鬼恋情中称颂爱情的故事以及魂归故里中称颂亲情的故事相互补充，彼此呼应，使赞美世间真情的主题得以延伸、拓展和发扬光大，为身处战乱繁兴，社会动荡时期的民众带来心灵的慰藉。此类故事，惯常出现求载、寄宿、接待、安葬等母题，这也正好是社会动荡不安，百姓流离颠沛的时期，世人十分关心的问题，带有一定的普遍性。例如，《搜神记》卷五《周式》：

> 汉下邳周式尝至东海，道逢一吏，持一卷书求寄载。行十余里，谓式曰："吾暂有所过，留书寄君船中，慎勿发之。"去后，式盗发视书，皆诸死人录，下条有式名。须臾，吏还，式犹视书。吏怒曰："故以相告，而忽视之！"式叩头流血。良久，吏曰："感卿远相载，此书不可除卿名。今日已去，还家，三年勿出门，可得度也。勿道见吾书。"
>
> 式还不出，已二年余，家皆怪之。邻人卒亡，父怒，使往吊之。式不得已，适出门，便见此吏。吏曰："吾令汝三年勿出，而今出门，知复奈何！吾求不见，连累为鞭杖。今已见汝，无可奈何。后三日日

中，当相取也。”式还，涕泣具道如此。父故不信，母昼夜与相守。至三日日中时，果见来取，便死。

此则作品借助较为曲折的故事情节来赞颂人鬼之间的友情。那个求寄载的勾魂冥吏为了答谢故事主人公，冒着被处罚的风险为其指出了躲过厄运的办法。谁知三年即将过去时，老父强令其人出门吊丧，冥吏无可奈何，只得对其人下手。在将其取走之前，冥吏还故意留下三天时间让他与家人诀别，关怀、体贴之情溢于言表，真可谓仁至义尽。这则作品着力塑造的是冥吏形象，通过叮嘱、发怒、指点、诉苦、待宽、勾魂等一系列细节，将其在公干与友情之间感到两难的心态刻画得活灵活现，颇为成功。

又如，《录异传》“邹览寄宿”：

谢邈之为吴兴郡，帐下给使邹览，乘樵船在部伍后。至平望亭，夜雨，前部伍顿住。览露船无所庇宿，顾见塘下有人家灯火，便往投之。至，有一茅屋，中有一男子，年可五十，夜织薄。别床有小儿，年十岁。览求寄宿，此人欣然相许。小儿啼泣歔欷，此人喻止之，不住啼，遂至晓。览问何意，曰：“是仆儿。其母当嫁，悲恋故啼耳。”将晓，览去，顾视不见向屋，唯有两冢，草莽湛深。行逢一女子乘船，谓览曰：“此中非人所行，君何故从中出？”览具以所见告之。女子曰：“此是我儿，实欲改适，故来辞墓。”因哽咽至家，号咷，不复嫁。

此则作品最动人之处在于，它从一个投宿者的视角，平实无华地叙写了一个贫寒农户的遭遇，从而揭示出连年战乱和社会动荡给普通百姓，尤其是广大村民带来的莫大痛苦和不幸，并且寄予了深切的同情。这个乡村里的三口之家，原本可以凭借自己的劳作过上安稳的日子，可是突如其来的变故夺走了两个男性——当家人和小儿的生命，使这个家庭遭到了极其沉重的打击。其家的未亡人不得已动了改嫁的念头，却又难以割舍亲情，备受熬煎。她最终决意“不再嫁”，——可以逆料，等待她的将是更加凄楚的生活。在这个时期的鬼魂故事中，它无疑是一则催人泪下的优秀作品，相当难得。

魏晋时期的人鬼交谊故事，尚有写鬼魂托梦，请求迁葬渍水棺木，文某乃将其迁至高燥处的《搜神记·文颖》；写池某拿出自家所酿之酒让三鬼畅饮，三鬼居然醉倒于树林中的《搜神记·鬼酣醉》；写张某善待求载勾魂鬼卒，鬼卒不忍相取，竟以他人替代的《甄异传》"张闿遇鬼"；写鬼魂帮助一贫寒人家致富的《甄异传》"鬼助张牧"；写周某日暮寄宿时受到一村女幽魂热情接待的《搜神后记·监贺太守》；写某人暮夜投宿时，少女幽魂为其弹奏箜篌的《搜神后记·陈阿登》；写鬼魂托梦求葬其在江中飘流之棺木，殷某将其安葬并以酒食祭奠的《搜神后记·上虞人》；写唐某欢宴二冥吏，然而仍难免一死的《灵鬼志》"唐间剿"等。

还阳复生题材的作品，在中国鬼魂故事中比较常见，数量不少。此类作品自魏晋时期日渐增多，首次引起世人的注目。魏晋时期的还阳复生故事，往往围绕社会、家庭、婚恋三条线展开。它们借助发生在前朝或者当时的具有传奇色彩的故事，从不同的侧面反映社会生活和家庭生活，涉及诸多矛盾、问题，赞美真挚感人的爱情、亲情和友情，暴露世间的各种丑恶现象。其中，不乏思想性、艺术性俱佳的名篇。例如，《搜神记》卷十五《河间郡男女》：

> 晋武帝世，河间郡有男女私悦，许相配适。寻而男从军，积年不归，女家更欲适之。女不愿行，父母逼之，不得已而去。寻病死。其男戍还，问女所在，其家具说之。乃至冢，欲哭之尽哀，而不胜其情。遂发冢开棺，女即苏活，因负还家。将养数日，平复如初。
>
> 后夫闻，乃往求之。其人不还，曰："卿妇已死，天下岂闻死人可复活耶？此天赐我，非卿妇也。"于是相讼。郡县不能决，以谳廷尉。秘书郎王导奏："以精诚之至，感于天地，故死而更生。此非常事，不得以常礼断之。请还开冢者。"朝廷从其议。

此则作品与《搜神记》卷十五《王道平》颇为相似。这两则均写男子从军征伐，多年后还乡时，其被迫出嫁的意中人早已悒郁而死。男子绕墓悲号，发冢开棺，女即复苏，便随其还家。夫家兴讼，官府感其精诚，乃断归开冢者。所不同的是，前一则发生在西晋初年，后一则发生在秦朝，故事背景有了变化。这样的作品，热忱赞美恋人之间的深挚感情无不具有超凡的力量，能使亡故已久的女子得以再生，真可谓“精诚贯于天地”。但是，透过动人的婚恋故事，便不难窥见战事给普通民众带来的不幸遭遇和心灵创伤。这样的作品，无疑能够唤起读者、听众的思考，甚至引发世人对连年战乱乃至古代包办婚姻的控诉和谴责。

魏晋时期的还阳复生故事，尚有写病殁之前口称将得复生，七日后家人掘坟果见其平复如故的《列异传》“史均”；写鬼神暗中使人盗墓，让误捉当还阳者得以破棺而出的《搜神记·李娥》；写一对在冥界相识之被误召青年男女，还阳后配为夫妻的《搜神记·贾文含》；写因有感于丈夫恸哭无子，亡妻死后复苏，怀孕十月，产讫而死的《搜神记》佚文“冯稷妻”；写章某被在阴曹主事之表兄放还，与托表兄放还之女子结为伉俪的《甄异传》“章沉”；写太守之子开棺救出被枉杀之前太守爱女，遂为夫妻的《搜神后记·徐玄方女》；写被同伴谋害之商贾死而复苏，诉官让杀人者伏罪的《搜神后记·陈良》；写冥吏向亡灵索取金钏后竟将其人放还的《搜神后记·李除》；写亡故后三日复苏，言上天见官府取剑乃还的《录异传》“贺瑀”等。

魏晋时期的鬼魂作祟故事，大都写时而隐身变幻、时而原形毕露的诸多鬼魅，或者登堂入室，或者到荒郊野外，以各种方式胡作非为，惊怖世人，甚至夺走无辜者的性命，较为曲折生动地揭示出在社会动荡不安之时，民众经常受到骚扰、惊吓，无法过上正常生活的情状。其中的恶鬼形象，是由先秦两汉时期的鬼魅故事发展而来，又对后世的鬼魅故事产生较大的影响。譬如《搜神记》卷十七《顿丘鬼魅》：

> 魏黄初中，顿丘界有人骑马夜行，见道中有一物，大如兔，两眼如镜，跳跃马前，令不得前。人遂惊惧，堕马。魅便就地捉之，惊怖暴死。良久得苏，苏已失魅，不知所在。乃更上马，前行数里，逢一人，相问讯已，因说：“向者事变如此，今相得为伴，甚欢。”人曰：“我独行，得君为伴，快不可言。君马行疾，且前，我在后相随也。”遂共行。语曰：“向者物何如，乃令君怖惧耶?”对曰：“其身如兔，两眼如镜，形甚可恶。”伴曰：“试顾视我耶?”人顾视之，犹复是也。

魅便跳上马，人遂堕地，怖死。家人怪马独归，即行推索，乃于道边得之。宿昔乃苏，说状如是。

此则鬼魅作祟故事以三国魏初年为背景，叙述鬼魅先后变为兔子与人，对素不相识的骑马者一再进行惊扰、恐吓，让其人从马上摔下来，昏死在地，过一宿才得以苏醒，生动具体地揭示出鬼魅作祟给世人带来的严重危害。

魏晋时期的此类故事，尚有写鬼魅不但逐走请神驱鬼的道士，而且变本加厉地在房梁上胡作非为的《搜神记·倪彦思》；写鬼魅变儿孙捉弄老翁，竟让老翁误刺儿孙的《搜神记·秦巨伯》；写鬼魅使无意中击中其脚之小儿大病殆死的《搜神后记·误中鬼脚》；写持琵琶少鬼与击鼓老鬼先后求寄载，均吐舌张目使赶车人惊怖几死的《录异传》“夜行遇二鬼”；写行船人以杖竿击求载鬼魅，不久便死去的《灵鬼志》“陈皋遇赤鬼”等。

魏晋时期的斗鬼驱鬼故事，数量较多，且不乏精彩篇什。此类故事，锋芒所向大多是为害善良的各种恶鬼，比较鲜明地展现了世人（包括在家人与出家人）善于斗争的智慧、才干和敢于蔑视邪恶的大无畏气概，往往十分富有情趣。譬如，《列异传》“宗定伯”：

南阳宗定伯，年少时，夜行逢鬼。问曰：“谁?”鬼曰：“鬼也。”鬼曰：“卿复谁?”定伯欺之，言：“我亦鬼也。”鬼问：“欲至何所?”答曰：“欲至宛市。”鬼言：“我亦欲至宛市。”共行数里。鬼言：“步行太亟，可共迭相担也。”定伯曰：“大善。”鬼便先担定伯数里。鬼言：“卿太重，将非鬼也?”定伯言：“我新死，故重耳。”定伯因复担鬼，鬼略无重。如是再三。定伯复言：“我新死，不知鬼悉何所畏忌?”鬼曰：“唯不喜人唾。”于是共道遇水，定伯因命鬼先渡，听之，了无声。定伯自渡，漕漼作声。鬼复言：“何以作声?”定伯曰：“新死不习渡水耳，勿怪!”行欲至宛市，定伯便担鬼至头上，急持之。鬼大呼，声咋咋，索下。不复听之。径至宛市中，著地化为一羊，便卖之。恐其便化，乃唾之。得钱千五百，乃去。于时言：“定伯卖鬼，得钱千五百。”

此则作品，又见《搜神记》卷十六（故事主人公作“宋定伯”），文字略有出入。其最成功之处在于刻画出一个既胆识过人，又异常机敏，并且很幽默风趣的不怕鬼的人物。故事主人公夜行时遇鬼不惊，善于应对，谎称自己是新鬼，一再对自己的行为进行掩饰，在交谈中有意打听对方的禁忌，最后竟将其卖掉。这在一千七八百年前流传的鬼魂故事中，是一个相当突出的艺术形象，对后世的民间故事多有影响。

又如，《搜神后记》卷六《白布裤鬼》：

乐安刘池苟家在夏口，忽有一鬼来住刘家。初因暗，仿佛见形如人，著白布裤。自尔后，数日一来，不复隐形，便不去。喜偷食，不以为患，然且难之。初不敢呵骂。吉翼子者，强梁不信鬼，至刘家，谓主人曰：“卿家鬼何在？唤来，今为卿骂之！”即闻屋梁作声。时大有客，共仰视，便纷纭掷一物下，正著翼子面，视之，乃主人家妇女亵衣，恶犹著焉。众共大笑为乐。吉大惭，洗面而去。

有人语刘：“此鬼偷食，乃食尽，必有形之物，可以毒药中之。”刘即于他家煮野葛，取二升汁，密赍还家。向夜，举家作粥糜，食余一瓯，因泻葛汁著中，置于几上，以盆覆之。入定后，闻鬼从外来，发盆啖糜。既讫，便掷破瓯走去。须臾间，在屋头吐，嗔怒非常，便棒打窗户。刘先已防备，与斗。亦不敢入。至四更中，然后遂绝。

这是一则比较平实的作品，艺术性不及前则。其可贵之处在于，它一方面暴露了鬼魅扰民，肆无忌惮，可恨之至；一方面展现出世人与鬼魅抗争的艰巨性和顽强精神，说明无论鬼魅何等猖狂，毕竟邪不敌正，终归被勇敢多智的人们制伏，悄然绝迹。

这个时期的驱鬼斗鬼故事，尚有写聚众发弓弩射杀从四面而来之鬼魅，使其应声一一倒入土中的《搜神记·王昭》；写挥刀砍伤入户勾引世人之鬼妇的《搜神记·锺繇》；写以八毒丸对付鬼病，让重病者痊愈的《搜神后记·腹中鬼》；写放牧小儿窃取鬼用以捕人之网，将其缚获的《搜神后记·鬼设网》等。

随着佛教的进一步传播，佛教的影响在我国民间故事中逐渐显现出来。这种影响，在魏晋时期的鬼魂故事里面有所反映。这个时期的斗鬼驱鬼故事，有不少制伏鬼魅的故事主人公是以胡道人①、沙门②或者佛家弟子形象出现的，无不体现出佛教的影响。例如，《搜神后记》卷二《胡道人咒术》中以咒誓呼鬼王，迫使恶鬼还驴的便是胡道人。又如《灵鬼志》“驱鬼治病”中读经驱赶群鬼，使骨消肉尽的病人得以痊愈的也是佛教僧侣。再如，《灵鬼志》“周子长”中敢于同鬼魅进行较量的也是佛家弟子。

魏晋时期的冤魂复仇故事，大都涉及各式各样的社会问题，现实性较强。它们往往通过对亡灵伸冤复仇事件的描述，揭露官场黑暗和社会上的各种丑恶现象，表现出民众的愤慨，以及惩恶锄凶的强烈愿望。其中的蒙冤受害之鬼魂，大多属于社会上的弱势群体。他们有冤无处伸，含恨离开人世，或者死后亦不免受到侵扰，儿女受人虐待，于是其鬼魂不得不以各种方式倾诉苦情，讨回公道，使作恶为害者难逃法网。譬如，《搜神记》卷十六《苏娥》：

> 汉九江何敞，为交州刺史，行部到苍梧郡高安县，暮宿鹄奔亭。夜犹未半，有一女从楼下出，呼曰：“妾姓苏，名娥，字始珠，本居广信县，修里人。早失父母，又无兄弟，嫁与同县施氏。薄命夫死，有杂缯帛百二十匹，及婢一人，名致富。妾孤穷羸弱，不能自振，欲之旁县卖缯。从同县男子王伯赁车牛一乘，直钱万二千，载妾并缯，令致富执辔，乃以前年四月十日，到此亭外。于时日已向暮，行人断绝，不敢复进，因即留止。致富暴得腹痛，妾之亭长舍乞浆取火。亭长龚寿操戈持戟，来至车旁，问妾曰：‘夫人从何所来？车上所载何物？丈夫安在？何故独行？’妾应曰：‘何劳问之？’寿因持妾臂曰：‘少年爱有色，冀可乐也。’妾惧怖不从。寿即持刀刺胁下，一创立死。又刺致富，亦死。寿掘楼下合埋，妾在下，婢在上，取财物去。杀牛烧车，车钎及牛骨，贮亭东空井中。妾既冤死，痛感皇天，无所

① 胡道人：指来华传教的印度僧人。

② 沙门：佛教专指依照戒律出家修道的僧侣。

告诉，故来自归于明使君。”敞曰：“今欲发出汝尸，以何为验?”女曰：“妾上下着白衣，青丝履，犹未朽也。愿访乡里，以骸骨归死夫。”掘之果然。敞乃驰还，遣吏捕捉，拷问具服。下广信县验问，与娥语合。寿父母兄弟，悉捕系狱。敞表寿：“常律杀人，不至族诛。然寿为恶首，隐密数年，王法自所不免。令鬼神诉者，千载无一。请皆斩之，以明鬼神，以助阴诛。”上报听之。

此则作品以汉代为背景，写一孤穷羸弱的年轻寡妇出外卖丝织品，途中夜宿时为前来调戏的亭长杀害，财物被夺。凶犯直到冤魂向一清官控告后方被缉捕归案，才得到惩处。作品所刻画的受害无助的鬼魂和凶残淫恶的乡间小吏，在魏晋时期的同类作品中都具有一定的典型性。

这个时期的冤魂复仇故事，尚有写一太守死后被诬而受到冤屈，其鬼魂上表申诉乃得诏归还田宅的《列异传》“鲜于冀”；写太守怒杀一欲强娶不从女子，被砍下之头颅竟作声进行谴责的《搜神记·头语》；写鬼魂向县令控告盗墓贼，使两个盗墓贼被擒获的《搜神后记·承俭》；写鬼魂怒斥妇弟昧利忘义，未能善待所托孤女的《搜神后记·盛道儿》；写鬼魂揭露巨贪栽赃诬蔑亡故官吏之劣迹的《搜神后记·朱弼》等。

魏晋时期的魂归故里故事，一般均围绕家庭生活展开故事情节，涉及诸多日常习见的内容。作品大都描述亡灵对尘世多有眷顾，死后竟还家与妻子、父母、亲友团聚，或者给家人以各种关照、叮嘱，洋溢着人间最可宝贵的亲情、友情，给生活在苦痛中的世人带来些须温暖。譬如，《甄异传》“夏侯文规”：

谯郡夏侯文规居京，亡后一年，见形还家，乘犊车，宾从数十人，自云北海太守。家设馔，见所饮食，当时皆尽，去后器满如故。家人号泣，文规曰：“勿哭，寻便来。”或一月，或四五十日辄来，或停半日，其所将赤衣驺导，形皆短小，坐息篱间及厢屋中，不知。文规当去时，家人每呼令起，玩习不为异物。文规有数岁孙，念之，抱来，左右鬼神抱取以进，此儿不堪鬼气，便绝，不复识人；文规索水噀之，乃醒。见庭中桃树，乃曰：“此桃我昔所种，子甚美好。”其妇曰："人言亡者畏桃，君何为不畏?"答曰："桃东南枝长二尺八寸向日者憎之，或亦不畏。"见地有蒜壳，令拾去之，观其意似憎蒜而畏桃也。

此则作品，叙事朴实无华，比较忠实地保存了口传形态的原貌。它通过饮食、抱孙、观挑等生活细节，具体描摹了亡灵返家时的情状，展示出此等特殊团聚带来的温存。

这个时期的魂归故里故事，尚有写郡人借助道人的引领，与亡故数载之爱妻相见的《列异传》"见亡妻"；写死后还家宴饮诸亲故，重叙交谊的《搜神记》佚文"苏诏"；写游学亡魂返家迎接父母去作最后诀别的《搜神后记·魂车木马》；写亡灵带数十人还家为贫妻幼子修缮宅舍的《甄异传》"刘沙门"；写殁后七年还家教育二子的《甄异传》"华逸"等。

魏晋时期其他内容的鬼魂故事，尚有一些作品比较精彩，值得关注。譬如，《列异传》"蒋济亡儿"，描述蒋济之子生时为卿相子孙，死后当了泰山役卒，憔悴困辱，苦不堪言。于是一再给父母托梦求助。其父乃去疏通即将死去作泰山令的熟人，后来果然为儿子求得录事（掌管文书的史）之职。这则作品，揭露官场托人情、走后门，为儿孙谋取权势之风古已有之，它不但在阳世盛行，而且蔓延到了冥界，足见其严重到何等地步。

第二节　南北朝的鬼魂故事

南北朝时期，鬼魂故事仍然处于发展阶段，呈现出兴旺繁茂的态势。与魏晋时期相比较，这个时期的鬼魂故事有两个不同之处：其一是作品更加丰富，但内容有所变化。这个时期的鬼魅作祟、驱鬼斗鬼、还阳复生、魂归故事、鬼魂复仇等类作品非常多，不乏精彩篇什，人鬼交谊等类作品亦不少，但人鬼恋情故事颇为罕见，同时又涌现了好些善恶有报、鬼魂求助等方面的作品，使这个时期的鬼魂故事的内容更趋异彩纷呈。其二是佛教影响在这个时期的鬼魂故事中表现得愈加明显。与佛教有关的人物、情节，乃至佛教的佛陀、菩萨等神灵以及佛家事项、佛教观念等，常常在这个时期的鬼魂故事中出现，使不少鬼魂故事带有相当的佛教色彩。在《冥祥记》、《宣验记》等书录写的鬼魂故事中，佛教色彩尤为显著。这同南北朝时期佛教在我国民间的进一步渗透，汉译佛经的大量翻译和不断传播密切关相。

鬼魅作祟故事是南北朝时期鬼魂故事中比较突出的一类。其内容与魏晋时期的同类故事相似，又而增添了一些新题材，诸如鬼魅奸淫民女、撕坏书卷、捣毁器物、摄人魂魄等，揭示的生活面更为广阔。试看：

隆安初，陈郡殷氏为临湘令。县中一鬼，长三丈余，跂上屋，犹垂脚至地。殷入便来，命之。每摇屏风，动窗户，病转甚。其弟观亦见，恒拔刀在侧，与言争。鬼语云："勿为骂我，当打汝口破！"鬼忽隐形，打口流血。后遂㖞偏，成残废人。

——《幽明录》"县中一鬼"

庐陵人郭庆之，有家生婢，名采薇，年少，有美色。宋孝建年中，忽有一人，自称山灵，如人裸身，形长丈余，胸臂皆有黄色，肤貌端洁，言音周正，呼为"黄父鬼"，来通此婢。婢云："意事如人。"鬼遂数来，常隐其身，时或露形。形变无常，乍大乍小。或似烟气，或为石，或为小鬼，或为妇人，或如鸟兽足迹，或如人，长二尺许；或似鹅，迹掌大如盘。开户闭牖，其入如神。与婢戏笑，如人也。

——《异苑》卷六《山灵》

以上两则作品，一则记东晋末年之事，一记南朝宋前期之事，都属于当代民间故事。前一则描述恶鬼为患，不但让县令沉屙缠身，而且将骂鬼者打成歪嘴，充分暴露恶鬼的狠毒与刁蛮。后一则亦见于祖冲之撰《述异记》，描述黄父鬼形变无常，任意出入民宅，调戏、奸淫民女，勾画出恶鬼好色成性的丑恶嘴脸。

这个时期的鬼魅作祟故事，尚有写鬼魅夤夜入室吐舌至膝，恐吓读书人的《幽明录》"八尺鬼"；写商贾暮夜投宿，鬼魅现形惊怖呵斥其人的《幽明录》"陈仙"；写主人刀斫讨食鬼魅，鬼魅乃将其梓船破为碎片的《幽明录》"顾某"；写一足鸟爪及背有鳞甲之鬼使人恍惚如狂，裂毁书卷，折断弹弓的《异苑·一足鬼》；写鬼魅夜作笑语，歌哭无常，毁人灵车，任意胡为的《异苑·许氏鬼祟》；写一鬼负马皮囊在民宅中轮转，使主人得疾而亡的祖冲之撰《述异记》“索方兴”；写两鬼入人耳推出魂魄，令其人耳肿丧命的祖冲之撰《述异记》“两鬼入耳”；写墙壁上忽现众多眼睛，床前土中冒出一头，让主人因惊怖而重病不起的《续异记》“刘兴道”等。

南北朝时期的斗鬼驱鬼故事，作品较魏晋时期多，内容更迭出彩。不少故事幽默风趣，带有喜剧色彩，为魏晋时期所罕见。与鬼魅进行较量的既有各种世俗人物（多为下层民众），又有佛教僧侣和佛家弟子。他们所应对的，既有凶狠残暴的恶鬼、毁物奔命的厉鬼，又有愚钝顽劣的傻鬼、贪吃无能的馋鬼。它们从不同的生活侧面进一步揭示了人类能够制伏作祟鬼魅和一切邪恶势力的题旨。试看：

晋升平末，故章县老公有一女，居深山，余杭广求为妇，不许。公后病死，女上县买棺，行半道，逢广。女具道情事。女因曰：“穷逼，君若能往家守父尸，须吾还者，便为君妻。”广许之。女曰：“我栏中有猪，可为杀以饴作儿。”广至女家，但闻屋中有抃掌欣舞之声。广披离，见众鬼在堂，共捧弄公尸。广把杖大呼入门，群鬼尽走。广守尸，取猪杀。至夜，见尸边有老鬼，伸手乞肉，广因捉其臂，鬼不得去，持之愈坚。但闻户外有诸鬼共呼云：“老奴贪食至此，甚快！”广语老鬼：“杀公者必是汝。可速还精神，我当放汝；汝若不还者，终不置也。”老鬼曰：“我儿等杀公。”比即唤鬼子：“可还之。”公渐活，因放老鬼。女载棺至，相见惊悲，因取女为妇。

——《幽明录》“余杭广”

王瑶，宋大明三年在都病亡。瑶亡后，有一鬼细长黑色，袒着犊鼻裈，恒来其家；或歌啸，或学人语，常以粪秽投人食中。又于东邻庾家犯触人，不异王家时。庾语鬼：“以土石投我，了非所畏。若以钱见掷，此真见困。”鬼便以新钱数十，正掷庾额。庾复言：“新钱不能令痛，唯畏乌钱耳！”鬼以乌钱掷之，前后六七过，合得百余钱。

——祖冲之撰《述异记》“鬼掷乌钱”

前一则作品描述故事主人公先是大胆挥杖，赶走了在堂上胡闹的群鬼，进而见机行事，捉住乞肉的老鬼，命其唤鬼子放还老翁。结果救活已死老翁，娶其女为妻，把丧事变为喜事，笑逐颜开。后一则作品描述作祟鬼魅既无赖又蠢笨，竟为世人捉弄，让其一再投钱，令人忍俊不禁。

这个时期的驱鬼斗鬼故事，尚有写用笑语嘲讽为鬼，使之羞愧而退的《幽明录》“阮德如嘲鬼”；写以刀斫断担上绳索，赶走缢鬼使女子复苏的《幽明录》“救缢女”；写壮勇儒生在亭中过夜时拔剑砍杀作祟鬼怪的《幽明录》“亭宿斫鬼”；写放牧小儿窃得野鬼用以捕人之网将其捕获的《幽明录》“伧小儿缚鬼”；写向道士请符，驱赶冒充先人之恶鬼的《异苑·鬼避徐叔宝》；写煮葛作糜使窃食鬼呕吐，将其赶走的《述异记》“鬼窃食”；写勇斗胡作非为之各色鬼魅的祖冲之撰《述异记》“薄绍之”；写佛家弟子习经持戒，摒绝鬼魅的祖冲之撰《述异记》“胡庇之”；写素有膂力之僧人以杖击恶鬼，使其绝迹的祖冲之撰《述异记》“法力鞭鬼”等。

南北朝时期的还阳复生故事，内容与魏晋时期的同类作品大致相同，数量也比较多。其中，有些魏晋时期已出现的作品继续流布，譬如，《幽明录》“马子开棺救女”与《异苑》卷八《徐女复生》由《搜神后记》卷四《徐玄方女》演化而来，《异苑》卷八《乐安章沉》由《甄异传》“章沉”演化而来。而在这个时期的还阳复生故事中，还增加了一些佛教色彩浓郁的作品，譬如，《幽明录》“赵泰还阳”与《冥祥记》“赵泰”这两则大同小异的作品，叙写赵泰阳寿未尽而横为恶鬼所取，停尸十日而复苏。其中详述神游阴曹地府时的所见所闻，对地狱中种种恐怖骇人情状，一一加以介绍，藉以劝诫世人，弘明佛法。赵泰还阳后，其家大小一心一意奉佛。时人互来访问，莫不惧然，皆即奉佛。又如，《幽明录》“康阿得”叙写康某家起佛图塔寺，供养僧人，有大福得。他被冥吏误取后，由冥界府君放还阳世。行前府君让其巡察地狱，凡见十狱，各有楚毒。未事佛者皆着杻械，身体脓血。而诸佛弟子，福多者上生天，福少者住入名为“福舍”的瓦屋，待遇殊异。

南北朝时期的还阳复生故事，亦不乏佳作，最有名的当数《幽明录》“卖胡粉女子”：

有人家甚富，止有一男，宠恣过常。游市，见一女子美丽，卖胡粉，爱之，无由自达，乃托买粉，日往市，得粉便去，初无所言。积渐久，女深疑之。明日复来，问曰："君买此粉，将欲何施?"答曰："意相爱乐，不敢自达。然恒欲相见，故假此以观姿耳!"女怅然有感，遂相许以私，克以明夕。其夜，安寝堂屋，以俟女来。薄暮，果到，男不胜其悦，把臂曰："宿愿始伸于此!"欢踊遂死。女惶惧，不知所以。因遁去，明还粉店。至食时，父母怪男不起，往视，已死矣，当就殡敛。发箧笥中，见百余裹胡粉，大小一积。其母曰："杀我儿者，必此粉也。"入市遍买胡粉，次此女，比之，手迹如先，遂执问女曰："何杀我儿?"女闻呜咽，具以实陈。父母不信，遂以诉官。女曰："妾岂复吝死?乞一临尸尽哀!"县令许焉。径往，抚之恸哭，曰："不幸致此，若死魂而灵，复何恨哉?"男豁然更生，具说情状，遂为夫妇，子孙繁茂。

此则作品，比较细致地描述一富家男子与卖胡粉（化妆用铅粉）女子由相悦而恋爱，因受到古代礼教的桎梏，不得不偷偷幽会。谁知乐极生悲，以至闹出人命。在男方家长追查时，卖胡粉女子并不回避，当即"具实以陈"。告官后她毫无畏惧，抚尸恸哭。奇迹突然出现，富家男子竟得复苏，于是两位有情人终成夫妻。这是一则现实性比较强的作品，它着重展示一对门第不相当的痴情男女之间曲折感人的恋爱过程，虽有复生的母题，却无冥界的描写，幻想色彩并不浓郁。它在这个时期的还阳复生故事中，别具一格，对后世的民间故事创作产生过一定影响。

这个时期的还阳复生故事，多数包括冥界的情节，诸如写司命见枉取者为痛无法还阳，乃让其人换上另一死者之脚的《幽明录》"某甲易脚"；写某人死后哭诉两个孤儿无人抚育，冥王便准其回到人世的《幽明录》"还阳育儿"；写一人食死牛肉病亡，冥界贵人不以为罪，命其还阳的《幽明录》"食死牛者更生"；写某人寿限未尽而亡，先父在天上让其补雷公缺，某人不能胜任而求先父将他遣还尘世的《幽明录》"病死苏活"；写一人旦亡晡苏，自说冥府见闻的祖冲之撰《述异记》"曹宗之"；写某人被误捉复生，只得与所悦冥界女子泣别的祖冲之撰《述异记》“庾某”等。

南北朝时期的魂归故里故事，数量较魏晋时期多，大都与家庭成员相关，以讴歌亲情为基调，贴近百姓生活，颇能引起广大听众、读者的共鸣。试看：

近世有人得一小给使，频求还家，未遂。后日久，此吏在南窗下眠。此人见门中有一妇人，年五六十，肥大，行步艰难。吏眠失覆，妇人至床边取被以覆之，回复出门去。吏转侧衣落，妇人复如初。此人心怪。明问吏以何事求归。吏云：“母病。”次问状貌及年，皆如所见，唯云形瘦不同。又问：“母何患?”答云：“病肿。”而即与吏假，使出，便得家信云母丧。追计所见之肥，乃是其肿状也。

——《幽明录》“母魂覆被”

晋时会稽严猛妇出采薪，为虎所害。后一年，猛行至蒿中，忽见妇云：“君今日行，必遭不善。我当相免也。”既而俱前，忽逢一虎，跳踉向猛。猛妇举手指扐，状如遮护。须臾，有一胡人荷戟而过。妇因指之，虎即击胡。婿乃得免。

——《异苑》卷六《亡妇免夫》

王诩，琅邪人也，仕梁为南康王记室。亡后数年，妻子困于衣食。岁暮，诩见形谓妇曰：“卿困乏衣食?”妻因与之酒，别而去。诩曰：“我若得财物，当以相寄。”后月，小女探得金指环一双。

——《集灵记》“王诩”

以上三则作品，都是围绕亡灵与家人之间的亲情来展开的。第一则表现的是母子之情，第二则表现的是夫妇之情，第三则表现的是夫妇、父女之情。它们虽然人物身份、故事情节各不相同，但无不短小平实，新颖别致，读来都颇为感人。

南北朝时期的魂归故里故事，尚有写一妇死而无子，其亡灵后返回家中与丈夫交接，遂生下一男的《幽明录》“李氏”；写亡故老母忽现形，嘱子远行以免灾祸的《幽明录》“母言免灾”；写亡魂返乡给妻子报丧的《幽明录》“秦嘉”；写一少年死后埋群冢间，旬日由百余名击鼓偶乐鬼魂相伴回家的《幽明录》“甘录事儿”；写一人死经一载思睹桑梓，乃现形还家招亲友叙旧的《幽明录》“王明儿”；写一儿溺死后在河伯左右侍奉，获假暂还省亲的《异苑·形见尉母》；写一妇死后返家，指责其夫违背诺言而更娶的《异苑·妒鬼》；写一妇死后未葬夫家墓地而假瘗他乡，亡魂怒斥丈夫及其小妾薄情的《异苑·鬼作嗔声》；写某女幽魂现形，向其情郎哭诉返家时被强人逼奸致死之不幸遭遇的祖冲之撰《述异记》“郭凝”；写一女暴病而殁，其亡灵夜会情郎，以绢相赠的祖冲之撰《述异记》“朱氏女”；写亡魂入室每夕与其妻寝息，与生前无异的《幽明录》“周义”；写一人病亡来殡，忽现形慰勉其母，并言殡殓务必从俭的《幽明录》“朱泰”；写一妇死后现形，不与家人为善的祖冲之撰《述异记》“王文明妻”；写亡兄不忍心取走其弟快骑，让骢马死而复苏的祖冲之撰《述异记》“毕众宝”等。

南北朝时期的人鬼交谊故事，数量亦不少，内容除与魏晋时期的作品相似外，又增加了保媒、排险、娱乐、相助、谢恩等母题，更加多样化，更富人情味。其中与世人友善的鬼魂，既有久已相识之故旧亡灵，又有偶然相遇之冥界新友。譬如，《幽明录》“王志都娶妻”：

> 马仲叔、王志都并辽东人也，相知至厚。叔先亡，后年，忽形见，谓曰：“吾不幸早亡，心恒相念。念卿无妇，当为卿得妇。期至十一月二十日送诣卿家，但扫除设床席待之。”至日，都密扫除施设。天忽大风，白日昼昏。向暮，风止。寝室中忽有红帐自施，发视其中，床上有一妇，花媚庄严，卧床上，才能气息。中表内外惊怖，无敢近者。唯都得往。须臾，便苏起坐，都问：“卿是谁?”妇曰：“我河南人，父为清河太守，临当见嫁，不知何由，忽然在此。”都具语其意，妇曰：“天应令我为君妻。”遂成夫妇。往诣其家，大喜，亦以为天相与也。遂与之生一男，后为南郡太守。

此则作品，描述故交虽早已离开尘世，却一直牵挂着挚友的婚姻大事，乃以特殊方式为其送来佳偶，让其配成伉俪。透过具有传奇色彩的故事情节，人们不难感受到好朋友之间至深至厚的情意。

这个时期的人鬼交谊故事，尚有写某人少孤贫，姐夫鬼魂暂住其家，给以各种帮助的《幽明录》“阮瑜”；写一长鬼主动助人，使欲砍杀某人之醉汉屹然不动，酒醒后方去的《幽明录》“鬼救李经”；写一人因款待鬼卒而暂放还阳的《幽明录》“吉礐石”；写邹某安葬舍西土瓦中死者，亡灵后来向其致谢的《异苑·土瓦中人》；写避雨鬼魂为夜间纺绩之老姥寻找失物的《异苑·户外应声》；写善琵琶者夜间弹奏时一鬼来窗外歌唱，渐入佳境的《异苑·鬼唱佳声》；写好交友者设肴酒与鬼席地共饮的祖冲之撰《述异记》“梁清宴鬼”；写将女鬼渍水棺木改葬于高燥处的《杂鬼神志怪》“袁天忌”等。

南北朝时期的冤魂复仇故事，内容与魏晋时期的作品基本上相同，但更具战斗性和叛逆精神。其中以《还冤志》中的有关作品尤为突出。试看：

宋下邳张稗者，家世冠族，末叶衰微。有孙女殊好美色，邻人求聘为妾，稗以旧门之后，耻而不与。邻人愤之，乃焚其屋，稗遂烧死。其息[①]邦先行不知，后还，亦知情状，而畏邻人之势，又贪其财，而不言，嫁女与之。

后经一年，邦梦见稗曰：“汝为儿子，逆天不孝，弃亲，就同凶党！”捉邦头以手中桃杖刺之。邦因病，两宿呕血。而邦死之日，邻人见稗排门直入，张目攘袂，曰：“君恃势纵恶，酷暴之甚，枉见杀害。我已上诉，事获申雪，后数日，令君知之。”邻人得病，寻亦殂殁。

——《还冤志》“张稗”[②]

梁武帝欲为文皇帝陵上起寺，未有佳材，宣意有司，使加采访。先有曲阿人姓弘，家甚富厚，乃共亲族，多赍财货，往湘州治生。经年营得一筏，可长千步，材木壮丽，世所稀有。还至南津，南津校尉

① 息：即子息，儿女之意。

② 《太平广记》卷一二〇引作《张裨》，文字略有出入。

孟少卿希朝廷旨，乃加绳墨。弘氏所卖衣裳缯彩，犹有残余，诬以涉道劫掠所得；并造作过制，非商贾所宜。结正处死，没入其财充寺用。奏遂施行。

弘氏临刑之日，敕其妻子，可以黄纸笔墨置棺中，死而有知，必当陈诉。又书少卿姓名数十，吞之。经月，少卿端坐，便见弘来。初犹避捍，后乃款服。但言乞恩，呕血而死。凡诸狱官及主书舍人，随此狱事署奏者，以次殂殁，未及一年，零落皆尽。其寺营构始讫，天火烧之，略无纤芥。所埋柱木，亦入地成灰。

——《还冤志》佚文“弘氏”[①]

以上两则作品与《搜神记·苏娥》有所不同，其中蒙冤受害亡灵报仇雪恨均亲自实施，深化了复仇者的抗争性。前则作品，叙写复仇亡灵首先惩罚了懦弱贪财、弃亲就怨的不肖子，继而除掉了仗势为恶、残暴凶狠的富豪。后则作品叙写蒙冤受害亡灵不但处死了兴冤狱杀人，藉以没收其所有资财的主谋及一干帮凶，而且焚毁了用佳木营造的皇陵上的寺庙。如果说前则作品的影响仅仅局限于一个较小范围内的话，后则作品则造成了广泛的社会影响，意义更为重大。值得特别指出的是，这两则作品都塑造出一个至死不屈、执着顽强的蒙冤复仇者的鲜活形象，后者尤为成功。后则作品的故事主人公临刑时叮嘱妻子以黄纸笔墨置棺内，还吞服了制造冤案的数十官吏的名单，此类富有表现力的情节[②]，常为后世同类作品所借鉴。譬如，五代·徐铉撰《稽神录》卷五《刘璠》写故事主人公被诬谋叛，临死时谓监刑者曰：“与我白诸妻儿，多置纸笔于棺中，予将讼之!”

南北朝时期的冤魂复仇故事，尚有写鬼魂现形，迫使某妇将更换来之男儿退还本家的《幽明录》“陈素妇还男”；写鬼魂求人助其惩处通奸杀人者的《幽明录》“李健家奴”；写冤魂击鼓，使杀人夺财之贪官惊恐病殁的

① 引自《太平广记》卷一二〇。今本《还冤志》无此则。

② 这个时期的某些作品，亦有类似描写。譬如，《还冤志》“乐盖卿”写故事主人公含恨被斩时，就曾“语人以纸笔随殓”，但描写不及《还冤志》“弘氏”生动。

《异苑·打鼓称冤》；写无辜亡灵向射杀者讨还血债的《异苑·长人入梦》；写被枉杀之大东伎幽魂跳入主谋者之口，使之未几而卒的祖冲之撰《述异记》“大东伎鬼复仇”；写亡妇鬼魂持刀刺杀虐待其子女之小妾的《杂鬼神志怪·惩承贵》；写被后母虐待，冻饿病杖而死之少年冤魂报仇雪恨的《还冤志》“徐铁臼”；写冤死者向听信诬告、枉杀无辜者讨命的《还冤志》“王济”；写被谤而死之冤魂杀死主事者并一干恶人的《还冤志》“孙元弼”等。

南北朝时期的善恶有报故事，大部分作品写善待亡灵或亡灵之家人，亡灵感恩，使其人终得好报。亦有少部分作品写糟践亡灵者，引起亡灵忿懑，竟得恶报。这些作品可能在某种程度上受到佛教因果报应观念的影响，但它们以生动的故事情节提示扬善惩恶的题旨，能够警省世人，在当时无疑具有一定的积极意义。试看：

项县民姚牛，年十余岁。父为乡人所杀，牛常卖衣物市刀戟，图欲报仇。后在县署前相遇，手刃之于众中。吏捕得，官长深矜孝节，为推迁其事，会赦得免。又为州郡论救，遂得无他。令后出猎，逐鹿入草中，有古深阱数处，马将趣之。忽见一公，举杖击马，马惊避，不得及鹿。令怒，引弓将射之。公曰：“此中有阱，恐君堕耳!”令曰：“汝为何人?”翁跪曰：“民姚牛父也，感君活牛，故来谢恩。”因灭不见。令身感冥事，在官数年，多惠于民。

——《幽明录》“姚牛父”

剡县陈务妻，少与二子寡居，好饮茶茗。宅中先有古冢，每日作茗饮，先辄祀之。二子患之，曰：“古冢何知，徒以劳祀。”欲掘去之。母苦禁而止。及夜，母梦一人曰：“吾止此冢二百余年，谬蒙惠泽。卿二子恒欲见毁，赖相保护。又飨吾佳茗。虽泉壤朽骨，岂忘翳桑之报?”遂觉。明日晨兴，乃于庭内获钱十万，似久埋者而贯皆新。提还告其儿，儿并有惭色。从是祷酹愈至。

——《异苑》卷七《茗饮获报》

前一则叙写一官吏因赦免替父报仇者，其父亡灵前来报答，使其免于堕阱，躲过一劫。该官吏深有感悟，便多为百姓办好事。这则故事人情味甚浓，与《左传·宣公十五年》“魏颗得报”有些相似，读来亦颇感人。后一则叙写一寡妇用自己喜饮的茶茗祭祀古冢，并保护古冢，使之免被不懂事的孩子毁坏，后来竟得到古冢幽魂的厚报。这则故事清新质朴，饶有情致，在同类作品中别具一格。

这个时期的同类故事，尚有写周某曾以百斛米解人之难，大旱时其人亡魂前来助周某车水浇瓜的《幽明录》“鬼浇瓜”；写某吏常以饭食祭献古墓朽棺，亡灵感恩，乃助其升迁的《幽明录》“投食得报”；写某妇为获重赏竟断死尸之头与病家，该妇与病者先后得报而卒的《幽明录》“杨氏恶报”；写某人在髑髅上便溺，受到亡灵谴责，后被猛虎咬断阳具遂身亡的《幽明录》“溺髑髅得报”；写一人将海岸崩坏后露出之漆棺移葬高阜，棺中老妪幽魂乃托梦致谢的《异苑·漆棺老姥》；写某人迁葬起新屋时掘出棺木，为之设祭，亡灵以三枚金镜相赠的《异苑·金镜助赠》；写某人为髑髅拔去目中野草因得厚赠的祖冲之撰《述异记》“周氏婢”等。

第三节　魏晋南北朝的精怪故事

经过先秦两汉时期的长期孕育之后，精怪故事在魏晋南北朝时期也有了很大的发展。这个时期的精怪故事，尽管数量略少于同期的鬼魂故事，但艺术水平较高，名篇佳作颇多，就整体而言并不比同期的鬼魂故事逊色，无疑是这个时期民间故事的另一个亮点。

魏晋南北朝时期的精怪故事，其中出现的精怪以动物居多，常见的有蛇精、狐精、狸精、龟精、獭精、鼠精、狗精，此外尚有虎、猴、狼、鹿、麞、狶、山魈、蟒、蛟、鼋、鼍、土龙、鳖、鲤鱼、蝎、白鹭、白鹄、鸠、鹤、鸺鹠、黄鷁、黄雀、燕、田螺、蝼蛄、蚱蜢、蝉、蚁、蚯蚓、蛛、阜螽、牛、羊、鸭以及梓、桐、桃、苋、金银、钱、针、屐、枕、杵、帚、勺、饭臿、缶、玉、虹等精怪。这些精怪既有邪恶、凶残者，又有善良、钟情者，具有多种拟人化的性格特征。后世幻想故事中的精怪，大多已在这个时期出现。

从内容、题材来审视，魏晋南北朝时期的精怪故事包含有妖孽作祟、降妖除怪、人精恋情与婚嫁、精怪报恩与复仇、精怪吉凶兆、人精交谊等，涉及的社会生活面宽阔，比较丰富多彩。在这个时期的幻想故事中，精怪故事是受佛教影响很少的一个门类。

魏晋南北朝时期的精怪故事，前期以《搜神记》、《搜神后记》所收的作品比较多，后期以《幽明录》、《异苑》所收的作品比较多。

一、魏晋的精怪故事

魏晋时期的精怪故事，少部分在两汉时期已见诸文字记载，大部分则是在这个时期新录写的作品。魏晋时期的精怪故事，作品较多的有精怪作祟、降妖除怪、精怪报恩等几类，而人精恋情与婚嫁、精怪征兆、精怪复仇等几类则数量较少。

魏晋时期的精怪作祟故事，大多描述精怪变成人形暮夜杀人，或者肆虐扰民、进入人家胡作非为、调戏与奸淫妇女，使世人不堪其苦。试看：

彭城有男子娶妇，不悦之，在外宿。月余日，妇曰："何故不复入？"男曰："汝夜辄出，我故不入。"妇曰："我初不出。"婿惊，妇云："君自有异志，当为他所惑耳！后有至者，君便抱留之；索火照视之为何物。"后所愿还至，故作其妇，前为未入，有一人从后推令前。既上床，婿捉之曰："夜夜出何为？"妇曰："君与东舍女往来，而惊欲托鬼魅，以前约相掩耳！"婿放之，与共卧。夜半心悟，乃计曰："魅迷人，非是我妇也。"乃向前揽捉，大呼求火，稍稍缩小，发而视之，得一鲤鱼，长二尺。

——《列异传》"彭城男子"

宋襄城李颐，其父为人不信妖邪。有一宅，由来凶不可居，居则辄死。父便买居之。多年安吉，子孙昌炽。为二千石，当徙家之官。临去，请会内外亲戚。酒食既行，父乃言曰："天下竟有吉凶否？此宅由来言凶，自吾居之，多年安吉，乃得迁官，鬼为何在？自今以后，便为吉宅。居者住止，心无所嫌也。”语讫如厕，须臾，见壁中有一物，如卷席大，高五尺许，正白。便还，取刀中之，中断，化为两人；复横斫之，又成四人。便夺取刀，反斫杀李。持至坐上，斫杀其子弟，凡姓李者必死，惟异姓无他。颐尚幼，在抱。家内知变，乳母抱出后门，藏他家，止其一身获免。颐字景真，位至湘东太守。

——《搜神后记》卷七《壁中一物》

前一则作品，描述鲤精利用他人的家庭矛盾，入室求欢。后经妻子提醒，夫婿顿有所悟，乃捉住鲤精，让其现出原形。这则作品落墨不多，却勾勒出三个鲜活的艺术形象：贤惠的妻子、狡诈的精怪、明智的夫婿。后则作品，通过李氏一家遭到壁中怪物血腥杀戮的不幸惨剧，提醒世人，应当居安思危，不能因多年的安泰而麻痹大意，以为万事大吉。对于邪恶凶残的势力，无论何时都不能掉以轻心，否则后果不堪设想。

魏晋时期的精怪作祟故事，尚有写鼠精衣冠而出，一再言人某时当死而人不应，乃颠蹶死的《列异传》“王周南”；写老鳖常作太守服到府中为患的《列异传》“汝南鳖妖”；写一少年在树上与某妇言笑，其夫射之乃化为鸣蝉的《搜神记·朱诞给使》；写大苍獭化为少妇，衣伞皆荷叶，冒雨数媚少年的《搜神记·苍獭》；写争山地二蛇变为老翁入府兴讼，被呵击遂原形毕露的《搜神记·扬州二蛇》；写鼍化美妇入船避雨，与舟子共调笑，三更乃现原形的《搜神后记·鼍妇》；写老狸化田父为祟，竟酿成二子误杀真父悲剧的《搜神后记·吴兴老狸》；写白鹭精化为女子到船中与人调戏，后现形飞去，其人遂痛死的《搜神后记·素衣女子》；写虎化人偕从者求卜，经卜者指点而去，于是虎患非常的《搜神记·虎卜吉》；写老狐精奸淫成性，受害女达百数名之多的《搜神后记·古冢老狐》；写号称“高天大将军”之精怪常至农家，将小女吞入腹中又出下部，令小女渐瘦的《灵鬼志》“高天大将军”等。

魏晋时期的降妖除怪故事，数量颇多，既有写世人以大无畏的气概与各种嗜血成性、祸及一方的妖孽进行较量，最终将其制伏、铲除的作品，又有写世人以其聪明智慧应对各种扰民患众、糟践民女的精怪，以保居家和顺、生活安宁的作品，充分展示出与邪恶势力斗争的艰巨性、复杂性和多样性，并且塑造出敢于斗争的各种有血有肉的故事主人公的艺术形象。此类故事在这个时期精怪故事中，是艺术水平较高的一类。试看：

魏郡张奋者，家巨富。后暴衰，遂卖宅与黎阳程家。程入居，死病相继；转卖与邺人何文。文日暮，乃持刀上北堂中梁上坐。至二更，忽见一人，长丈余，高冠黄衣，升堂呼问："细腰，舍中何以有生人气也？"答曰："无之。"须臾，有一高冠青衣者，次之，又有高冠白衣者，问答并如前。及将曙，文乃下堂中，如向法呼之。问曰："黄衣者谁也？"曰："金也，在堂西壁下。""青衣者谁也？"曰："钱也，在堂前井边五步。""白衣者谁也？"曰："银也，在墙东北角柱下。""汝谁也？"曰："我，杵也，在灶下。"及晓，文按次掘之，得金银各五百斤，钱千余万。仍取杵焚之，宅遂清安。

——《列异传》"何文"

南阳西郊有一亭，人不可止，止则有祸。邑人宋大贤，以正道自处，尝宿亭楼，夜坐鼓琴，不设兵仗。至夜半时，忽有鬼来，登梯与大贤语，眝目磋齿，形貌可恶。大贤鼓琴如故，鬼乃去。于市中取死人头来，还语大贤曰："宁可少睡耶？"因以死人头投大贤前。大贤曰："甚佳，吾暮卧无枕，正欲得此。"鬼复去。良久乃还，曰："宁可共手搏耶？"大贤曰："善。"语未竟，鬼在前，大贤便逆捉其腰。鬼但急言："死！"大贤遂杀之。明日视之，乃老狐也。自是亭舍更无妖怪。

——《搜神记》卷十八《宋大贤》

前一则与《搜神记》卷十八作《细腰》文字稍有出入。它描述故事主人公暮夜进住凶宅，持刀坐北堂中梁上，在作好与精怪拼搏的准备之后，见机而作，兵不血刃便将精怪一一除掉，而且多有收获，充分显示出其人有勇有谋，胆大心细，为常人所不及。后一则未见他书，描述故事主人公夜宿一亭，坐而鼓琴，不备兵器。当常在此亭作恶的老狐所变的厉鬼前来恐吓时，其人镇定自若，毫无惧色，最后竟将老狐捉杀，为民除掉一害，十分生动地刻画出故事主人公的果敢、风趣和机捷，给人留下很深的印象。

这个时期的降妖除怪故事，尚有写狗精变为白衣吏常诣县衙作祟，县尉发觉后将其消灭的《搜神记·白衣吏》；写羊精假作神灵常受人祭祀，败露后被杀掉的《搜神记·高山君》；写鹿精常去亭中杀人，谢某深夜牵脱其臂，次日寻血将其捕获的《搜神记·谢鲲》；写田某守孝处庐，白狗精变为田某上妇床竟被打杀的《搜神记·田琰》；写入亭止宿者持大刀追杀前来寻衅之狶、猩二怪，最后将其擒拿的《搜神记·汤应》；写黄狗精变为主人，昼夜与美妇饮食寝息，败露后即被打杀的《搜神后记·老黄狗》；写某人卧病在床，捉住伏于被上怪物后登时痊愈的《甄异传》“捉鸺鹠”；写一怪如人倒立，两眼垂血，齐声喝斥乃灭而不见的《祖台之志怪》“丁祚”；写桐精变为着黄练单衣白帢者，常来与一女共眠，某人将其砍伤的《祖台之志怪》“桐郎”；写化为小儿之黄鹢被捉逃逸后，其人疟疾便痊愈的《录异传》“宏老”等。

魏晋时期精怪报恩故事，作品不少，其中报恩的因由涉及抚育、喂养、治疗、解救、搭载、支持等，报答的方式多种多样，富于变化，情趣盎然。它们曲折地反映出世间自有真情在，盛赞人与人之间的美好情意，给遭遇不幸、生活在苦难中的人们带来些许温存和希望。其中，有的作品影响颇大。譬如：

> 后汉定襄太守窦奉妻生子武，并生一蛇。奉送蛇于野中。及武长大，有海内俊名。母死将葬，未窆①，宾客聚集。有大蛇从林草中出，径来棺下，委地俯仰，以头击棺，血涕并流，状若哀恸。有顷而去。时人知为窦氏之祥。
>
> ——《搜神记》卷十四《窦氏蛇》

> 吴富阳县董昭之，尝乘船过钱塘江，中央见有一蚁，着一短芦，走一头回，复向一头，甚惶遽。昭之曰：“此畏死也。”欲取着船。船

① 窆（biǎn扁）：落葬。

中人骂："此是毒螫物，不可长。我当踏杀之！"昭意甚怜此蚁，因以绳系芦着船。船至岸，蚁得出。其夜，梦一人乌衣，从百许人来谢云："仆是蚁中之王。不慎堕江，惭君济活。若有急难，当见告语。"

历十余年，时所在劫盗，昭之被横录为劫主，系狱余杭。昭之忽思蚁王梦，缓急当告，"今何处告之？"结念之际，同被禁者问之，昭之具以实告。其人曰："但取两三蚁着掌中，语之。"昭之如其言。夜果梦乌衣人云："可急投余杭山中，天下既乱，赦令不久也。"于是便觉。蚁啮械已尽，因得出狱，过江投余杭山。旋遇赦，得免。

——《搜神记》卷二十《董昭之》

以上两则弘扬传统美德的故事，均首见于《搜神记》。前一则，后来又见诸南朝宋·范晔撰《后汉书·窦武传》等。这则带有浓厚幻想色彩的短故事，从一个特殊的角度颂称母爱与孝道，描述亡母尚未落葬时，她所为之蛇从林草中赶来哀悼，与慈母诀别，血涕并流，格外感人。这则作品对后世的影响非常之大，逐渐演化为一个著名的民间故事类型——龙子祭母型故事。后一则，其后又见诸《齐谐记》。它描述一极富爱心者不顾他人责怪，从江中救起面临灭顶之灾的一个蚂蚁。后被诬系狱时，竟为此蚁救出，旋遇赦得免。它通过曲折的故事情节，揭示了知恩图报和好人有好报的题旨。此则对后世的影响尽管不及前则，但亦发展为一个民间故事类型——动物感恩型故事。

魏晋时期的精怪报恩故事，尚有写某人治愈被弋人射伤之鹤，随即放飞，鹤乃衔明珠以报的《搜神记·鹤衔珠》；写某人收养坠树黄雀，一夜有黄衣童子奉赠四枚白环以报拯救之恩，并为其祝福的《搜神记·黄衣童子》；写某人被诬临刑时，被其在狱中喂养之蝼蛄掘壁救出的《搜神记·蝼蛄神》；写某太守释放所捉之千岁狐，随后此狐常为他通报贼情，并救其于危难之时的《搜神后记·放伯裘》；写蛟精变为骑白马者与随从进农家寄息，大水暴出时即往护掘家舍，使其免难的《搜神后记·蛟庇舍》；写战乱时某人被投江中，其所放生的一只白龟赶来搭救，因得生还的《搜神后记·放龟》；写曾为贼军虏掠者被诬入狱，他所解救之老虎即来相助，并获赠三丸神药的《甄异传》"谢允"等。

魏晋时期的人精恋情与婚嫁故事，数量较少，然而不乏在古代民间故事发展史上具有相当影响的作品和艺术性较高的篇什。试看：

> 晋太元中，有士人嫁女于近村者，至时，夫家遣人来迎。女家好遣发，又令女乳母送之。既至，重门累阁，拟于王侯。廊柱下有灯火，一婢子严妆直守。后房帷帐甚美。至夜，女抱乳母涕泣，而口不得言。乳母密于帐中以手潜摸之，得一蛇，如数围柱，缠其女，从足至头。乳母惊走出外，柱下守灯婢子悉是小蛇，灯火乃是蛇眼。
>
> ——《搜神后记》卷十《女嫁蛇》

> 会稽吏谢宗赴假吴中，独在船；忽有女子，姿性妖婉，来入船。问宗："有佳丝否？欲市之。"宗因与戏，女渐相容，留在船宿欢宴。既晓，因求宗寄载，宗便许之。自尔船人恒夕但闻言笑，兼芬馥气。至一年，往来同宿；密伺之，不见有人，方知是邪魅，遂共掩之。良久得一物，大如枕；须臾得二物，并小如拳。以火视之，乃是三龟。宗悲思数日方悟，自说："此女子一岁生二男，大者名道愍，小者名道兴。"既为龟，送之于江。
>
> ——《孔氏志怪·谢宗》

前一则乃是最早见诸文字记载的蛇郎娶亲型故事。尽管它尚处于雏形阶段，有关女嫁蛇的情节相当简略，主要敷陈夫婿家庭之豪富和描摩新妇入洞房后之惊骇。这与后世在全国各地汉族和少数民族地区广为流布的口传作品显然有比较大的差异。但有两个基本情节是一脉相承的：一是女子嫁到蛇郎家中为妻，一是蛇郎家庭富有。这无疑是后世口传作品的故事情节发展、演变的基础。后一则描写一男子与化为妩媚女子龟精的一段恋情。彼此由相悦而同宿经年，并生下二子。后知其为妖，仍恋恋不舍，悲思数日，最终将其送入江中。此篇刻画细腻，婉转动人，写得相当精巧而有情致，不失为人精恋情故事之佳作。

魏晋时期的人精恋情与婚嫁故事，尚有写狐精化美妇招某男至空冢中欢好，后被救回的《搜神记·阿紫》；写彩虹化为仪容端正之男子与州吏妇幽会数年，寝处而不相接，让妇饮水后产子，即以金瓶与州吏换得小儿乃去的《搜神后记·虹化丈夫》；写杨某在湖中拔蒲时，獭变女子来与其戏笑、寝处，察觉有异后即跳入水中的《甄异传》“杨丑奴”等。

魏晋时期的精怪征兆故事，叙写各种精灵呈现出奇形怪状，以预示即将来临的吉凶祸福。其中，以预示危难、凶险的作品甚多。有的精灵预示为祸，不一定与人交恶，甚至出自善意。此类作品，往往与当时的迷信观念密切相关，自不足取。然而亦能曲折地反映出在社会动荡之时，世人生活困苦的情状和惶恐不安的心态。试看：

太安中，江夏功曹张骋所乘牛忽言曰：“天下方乱，吾甚极焉，乘我何之?”骋及从者数人皆惊怖，因绐之曰：“令汝还，勿复言。”乃中道还。至家，未释驾，又言曰：“归何早也?”骋益忧惧，秘而不言。安陆县有善卜者，骋从之卜。卜者曰：“大凶。非一家之祸，天下将有兵起，一郡之内，皆破亡乎!”骋还家，牛又人立而行。百姓聚观。

其秋，张昌贼起，先略江夏，诳曜百姓，以汉祚复兴，有凤凰之瑞，圣人当世。从军者皆绛抹头，以彰火德之祥。百姓波荡，从乱如归，骋兄弟并为将军都尉，未几而败。于是一郡破残，死伤过半，而骋家族矣。京房《易妖》曰：“牛能言，如其言，占吉凶。”

——《搜神记》卷七《牛能言》

京兆长安有张氏，独处一室。有鸠自外入，止于床。张氏祝曰：“鸠来，为我祸也，飞上承尘；为我福也，即入我怀。”鸠飞入怀。以手探之，则不知鸠之所在，而得一金钩，遂宝之。自是子孙渐富，资财万倍。蜀贾至长安，闻之，乃厚赂婢。婢窃钩与贾。张氏既失钩，渐渐衰耗。而蜀贾亦数罹穷厄，不为己利。或告之曰：“天命也，不可力求。”于是赍钩以反张氏，张氏复昌。故关西称“张氏传钩”云。

——《搜神记》卷九《张氏钩》

前一则以西晋中叶为故事背景，描述故事主人公所乘之牛作人语和人立而行，出现凶兆不久，其人即因讨贼战败被灭族，藉以揭示出当时天下兵起时“一郡破残，死伤过半”的残酷现实，让人不寒而栗。后一则通过因飞鸠送来之金钩得而复失，失而复得，家道几起几落，折射出社会动荡之时，民众生活变幻无常的状态。

魏晋时期的精怪征兆故事，尚有写一狐当门嗥叫，家人扶病母外奔，得免于房舍崩塌之难的《搜神记·淳于智》；写黄鼠衔尾舞于王宫端门中，预示燕王谋反将死的《搜神记·鼠舞门》；写一白头翁自某家釜中出，预示将有灭门之祸，其家乃闭门得免，而他处同姓者一家皆死的《搜神记·釜中白头翁》；写长人从竹中出后，某家乃失火而大贫的《搜神记·竹中长人》；写某人夜行见白狗变人形，目赤吐舌，其人随即伏地而死的《搜神后记·狗变形》；写白玉精化白头公出厩中，拄杖光辉照屋，其家父子不久被杀的《搜神后记·白头公》；写吴某出征时杀鸡求福，鸡头忽长鸣，后乃破贼立功拜太守的《甄异传》“鸡头忽鸣”等。

魏晋时期的精怪复仇故事，数量并不多。精怪复仇之举均事出有因，大都是由于存在性命之忧而引起的。复仇者大多是无辜的受害者，往往值得同情。但冤冤相报的思想则不足为训。在此类作品中，《搜神后记》卷十《乌衣人》颇为引人注目。

吴末，临海人入山射猎，为舍住。夜中，有一人，长一丈，着黄衣，白带，径来谓射人曰：“我有仇，克明日当战。君可见助，当厚相报。”射人曰：“自可助君耳，何用谢为！”答曰：“明日食时，君可出溪边。敌从北来，我南往应。白带者我，黄带者彼。”射人许之。明出，果闻岸北有声，状如风雨，草木四靡。视南亦尔。唯见二大蛇，长十余丈，于溪中相遇，便相盘绕。白蛇势弱，射人因引弩射之，黄蛇即死。日将暮，复见昨人来，辞谢云：“住此一年猎，明年以去，慎勿复来，来必为祸。”射人曰：“善。”遂停一年猎，所获甚多，家至巨富。数年后，忽忆先所获多，乃忘前言，复更往猎。见先白带人告曰：“我语君勿复更来，不能见用。仇子已大，今必报君。非我所知。”射人闻之，甚怖，便欲走，乃见三乌衣人，皆长八尺，俱张口向之。射人即死。

此则作品，情节较为曲折，描述猎人帮助弱势的白蛇除掉仇敌后，在该地狩猎一年。因得白蛇护佑，收获甚丰，家至巨富。但其人却忘记白蛇忠告，数年后又去该地打猎。黄蛇之子寻其复仇，以至身亡。其思想内涵远超过一般的此类作品。故事主人公扶弱抗暴，本是义举，值得称道。但其人致富后竟贪心不足，因此丧命，发人深省。

魏晋时期的精怪复仇故事，尚有写士人打猎时射杀一大蛇，三年后梦乌衣黑帻人见责，随即腹痛而卒的《搜神记·华亭大蛇》；写一老姥喂养之蛇吸食县令骏马后，老姥被杀，蛇乃使方圆四十里与城俱陷为湖的《搜神记·邛都大蛇》；写村妇养蚕连年损耗，便偷偷焚烧妯娌一囊蚕茧，于是背上长出瘤子重如负囊的《搜神记·建业妇人》；写某人击杀从山中擒获之猿子，猿母悲唤而死，不久某家皆病故的《搜神记·猿母猿子》；写三人伐木时煮食石窠中二枚大蛇卵，巨蛇径来将卵衔走，三人不久皆死的《搜神后记·蛇衔卵》；写县民入山迷路后赖大龟引领而出，此民却让人捕龟，不久即病殁的《搜神后记》佚文“大龟报复”等。

二、南北朝的精怪故事

南北朝时期的精怪故事，少部分魏晋时期已见诸文字记载，大部分则是这个时期新录写的。这个时期的精怪故事的内容与魏晋时期大致相同，其中精怪作祟、除妖降怪、人精恋情等几类较为丰富，而精怪报恩与复仇、吉凶与凶兆等几类则较少。这个时期还出现一些先前未曾见过的精怪，如动物方面的鸺鹠、蜘蛛、蝙蝠、蚯蚓、阜螽、鸠，植物方面的桃、皂荚、苋，其他方面的板、枕、屐、碓栅等，使精怪形象更趋多样化。

南北朝时期的精怪作祟故事，涉及惊扰、偷窃、奸淫、夺命、食人等诸多方面，题材更趋多样化，但艺术水平并未超过魏晋时期的同类作品。譬如，祖冲之撰《述异记》“狗怪吊丧”：

南康县营民区敬之，宋元嘉元年与息共乘舫，自县溯流。深入小溪，幽荒险绝，人迹所未尝至。夕登岸，停止舍中，敬之中恶猝死。其子燃火守尸，忽闻远哭声呼阿舅，孝子惊疑，俯仰间哭者已至。如人长大，被发至足，发多被面，不见七窍，因呼孝子姓名，慰唁之。孝子恐惧，因悉薪以然火。此物言："故来相慰，当何所畏，将须然火?"此物坐亡人头边哭。孝子于火光中窃窥之，见此物以面掩亡人面，亡人面须臾裂剥露骨。孝子惧，欲击之，无兵杖。须臾，其父尸见白骨连续而皮肉都尽。竟不测此物是何鬼神。

此则作品，描述精怪冒充中表前往丧家吊唁，乘机吃尽亡人尸体的皮肉，充分暴露为害社会的妖魅异常狡诈与凶残，读来令人毛骨悚然。它从一个特定的视角反映出当时无助的百姓所处的环境何等险恶，所蒙受的灾难何等深重。

南北朝时期的精怪作祟故事，尚有写兄弟二人甚为贫困，可家中谷米常被妖魅窃光的《幽明录》"葛氏兄弟"；写一自称"陈都尉"之狸精令人设床帐于斋中，常受跪拜的《幽明录》"陈都尉"；写为共乘一来历不明之长板入湖，刀斫之血出而沉，淹死数人的《幽明录》"板怪"；写奴仆斫皂荚树枝堕地殆死，精怪怒人伐其家居，常掷瓦石进行报复的《幽明录》"虞晚"；写某人伐山桃树见血，后忽闻空中有歌哭声，以取其子相威胁的《异苑·代桃致怪》；写赤苋精变赤衣人祟女，将其铲除后女乃号泣，经宿遂殒的《异苑·赤苋魅》；写蜘蛛精化为男子使相悦之婢来就，随即心绪昏错的《异苑·蜘蛛魅》；写鲛精五日一化，或为美妇，或为男子，不断兴乱扰民的祖冲之撰《述异记》"鲛精"等。

南北朝时期的降妖除怪故事，大都描述世人勇斗妖魅，将其逐走、降伏乃至消灭，数量比魏晋时期的同类故事多一些。比较有代表性的作品，譬如：

晋海西公时，有一人母终，家贫，无以葬。因移柩深山，于其侧志孝结坟，昼夜不休。将暮，有一妇人抱儿来寄宿。转夜，孝子未作竟，妇人每求眠，而于火边睡，乃是一狸抱一乌鸡。孝子因打杀，掷后坑中。明日，有男子来问："细小昨行，遇夜寄宿，今为何在?"孝子云："止有一狸，即已杀之。"男子曰："君枉杀吾妇，何得言狸?狸今何在?"因共至坑视，狸已成妇人，死在坑中。男子因缚孝子付官，应偿死。孝子乃谓令曰："此实妖魅，但出猎犬，则可知魅。"令因问猎事："能别犬否?"答云："性畏犬，亦不别也。"因放犬，便化为老狸，则射杀。视之，妇人已还成狸。

——《幽明录》"老狸寻妇"

宋元嘉初，富阳人姓王，于穷渎中作蟹断，旦往视之，见一材长二尺许在断中，而断裂开，蟹出都尽。乃修治断，出材岸上。明往视之，见材复在断中，败如前。王又治断出村。明晨往视，所见如初。王疑此材妖异，乃取内蟹笼中，系担头归，云至家当斧破然之。未至家三里，闻中倅倅动，转顾见向材头变成一物，人面猴身，一手一足，语王曰："我性嗜蟹，比日实入水破君蟹断，入断食蟹，相负已尔，望君见恕，开笼出我。我是山神，当相佑助，并令断大得蟹。"王曰："汝犯暴人，前后非一，罪自应死。"此物种类专（此三字《太平广记》引作"转顿"）请乞放，王回头不应，物曰："君何姓何名?我欲知之。"频问不已，王遂不答。去家转近，物曰："既不放我，又不告我姓名，当复何计？但应就死耳。"王至家炽火焚之，后寂然无复异。土俗谓之山魈，云知人姓名，则能中伤人，所以勤勤问王，正欲害人自免。

——祖冲之撰《述异记》"山魈"

以上两则作品，都比较成功地塑造了故事主人公有胆有识、敢于与妖魅争斗的人物形象。前一则以东晋后期为背景，描述在深山为母守坟的孝子除掉狸精夫妇的故事。他首先能识破前来勾搭的狸妇，未等狸妇作祟便将其打杀。接着又与前来挑衅的老狸抗争，见官时以放犬识妖的举措，让现出原形的老狸当场被射杀。后一则以南朝宋为背景，描述一乡民消灭祸害一方之山魈的故事。乡民事出有因：那个嗜蟹成性的精怪再三毁坏乡民所设的蟹断，其人忍无可忍才进行还击。这位乡民富有智谋，善于应对。他首先扬言要斧劈山魈所变的木材，迫使其现身。对着这个猴面人身的怪物，他既不为威胁、利诱所动，又不上怪物的当，讲出自己的姓名，进而果断地将其焚毁，永绝后患。

南北朝时期的降妖除怪故事，尚有写白鹭精变为着丧服女子来商船求载，盗走十四绢，缚之现原形后被烹食的《幽明录》“白鹭精”；写鸡怪变成为母守孝者还家登妇床，败露后被斩杀的《幽明录》“老白雄鸡”；写某女出嫁时失性殴人，请巫师除作祟之蛇、龟、鼍三精怪后，女病渐愈的《幽明录》“武昌三魅”；写老黄狗变亡夫与妇共寝处，酒醉而形露即被打杀的《幽明录》“邻舍狗怪”；写奉道者一心至念，令出来怖人之两目如升、掌似簸箕之怪逃逸的《幽明录》“郭氏至念”；写一寄宿客夜骑惊马走，怪物穷追不舍，射之遂变为碓栅的《幽明录》“碓栅精”；写一群大蝙蝠精常掠取人发，太守以木胶涂壁乃将其捉杀的《幽明录》“蝙蝠精”；写帚怪从壁角出来登婢床，将其焚烧后，日渐羸黄之婢随即平复的《异苑·扫帚怪》；写妖魅为患官舍，人皆惊怖，府尹使人掘墙得狸而杀之，妖魅遂绝的《异苑·乐广治狸怪》；写鼍精冒充华督去护军府与一寡妇交好，暴露后即被除掉的《异苑·鼍魅》；写獭精变为远行夫婿与少妇寝处，使少妇昏惑失常，请人逐走獭精乃愈的《异苑·王纂针魅》；写将变为白头老公之雄鸭精赶走以后，某寺庙乃得平安的祖冲之撰《述异记》“周访擒妖”；写将出来怖人之怪面无七孔妖怪执缚数斫，此怪当即化为一枕的《集异记》“斫枕怪”；写某人砍死一着赤裤褶怪，良久此怪乃变为木屐的《集异记》“灭屐怪”等。

南北朝时期的人精恋情与婚嫁故事，除少量在魏晋时期已有文字记载外，大多为新采录的作品，数量比魏晋时期的同类故事多。作品中的精怪，大都为雌性，它们化为少女、少妇与所悦男子相爱，甚至结婚生子，往往出自真情，一般均无恶意。但是，后来几乎都突生变故，结局带有悲剧色彩。此类故事，曲折地反映出当时的人们在婚恋方面遭遇不幸的现实状况，能够引起民众的共鸣。试看：

> 陈留董逸少时，有邻女梁莹，年稚色艳，逸爱慕倾魂，贻椒献宝，莹亦纳而未获果。后逸邻人郑充在逸所宿。二更中，门前有叩掌声，充卧望之，亦识莹，语逸曰：“梁莹今来。”逸惊跃出迎，把臂入舍，遂与莹寝。莹仍求去，逸揽持不置，申款达旦。逸欲留之，云：“为汝蒸豚作食，食竟去。”逸起闭户施帐，莹因变形为狸，从梁上

走去。

——祖冲之撰《述异记》“狸变邻女”

此则作品，描述在邻舍的年轻男女相爱尚待进一步发展时，狸精变为邻女二更中入室与其人寝处，一夜欢好，次晨因不得不现形而离去，不免令人怅然若失。透过精怪变形为女子的幻想色彩浓厚的故事情节，人们可以窥见在当时的社会环境和家庭的约束之下，年轻男女的自由恋爱受到较大的压力，难以如愿以偿。正因为如此，这种恋情才更加值得珍惜。哪怕在如梦幻景中得叙年轻男女之间的情爱，也使人感到无比温馨。

南北朝时期的人精恋情与婚嫁故事，尚有写一男子与美女交好并结为伉俪，养二子，后有猎狗突入咬妇及儿，皆化为狸的《幽明录》“狸妇”；写一男子邀与之相恋丽女还家时，其弟突入以杖击女，女即化为白鹄飞去的《幽明录》“白鹄”；写某男亭宿时一化为美妇之妖魅前来与之饮酒、弹唱，共展情好，天晓竟不见其人的《幽明录》“亭中女妖”；写某男与美女交好，女忽变虎背其入深山，旬日后乃送至家门的《异苑·美女变虎》；写某男与母猴所变女子相恋，往来数载，身渐瘦瘠，其弟扑杀猴精，某病即愈的《异苑·北猴入箦》；写乌龟精化为端丽女子数至某家共眠寝，一晓裙开露龟尾及龟脚，朱欲执之，寻失所在的《续异记》“朱法公”等。

南北朝时期的精怪报恩、精怪复仇、精怪征兆等几类故事，数量都比较少，然而亦不乏引人注目的篇什。在精怪报恩故事的中，任昉撰《述异记》卷上“玄鹤报恩”有一定的代表性：

哙参养母至孝，曾有玄鹤为戈人所射，穷而归参。参收养疗治，疮愈放之。后鹤夜到门外，参秉烛视鹤，雌雄双至，各衔明月珠，以置参家。

此则作品，以极为朴实的表现手法叙述一个平常而又深情的故事，将故事主人公——“养母至孝”者真挚的爱心和被搭救者——不会言语的玄鹤之报恩情愫，表现得那样真切，那样动人，颇为耐人回味。

这个时期的精怪报恩故事，尚有写射师射蛇搭救即将被吞噬之双鸟，雷电袭来时二鸟相救，使射师免难的《幽明录》“射师救鸟”；写蛇之生母亡故后，此蛇入户造灵座，祭母时以头打柩，血泪俱出的《幽明录》“谢祖妇生蛇”；写水灾时奴子以余饭喂浮水来之大鼠，水退后大鼠捧三寸珠以报的《异苑·囊珠得报》；写船家载黄衣人渡江后，其人唾金见赠的任昉撰《述异记》“黄衣人唾金”等。

在南北朝时期的精怪复仇故事中，《异苑》卷三《射蛟暴死》颇有意蕴：

> 永阳人李增行经大溪，见二蛟浮于水上，发矢射之，一蛟中焉。增归，因复出，市有女子素服衔泪，持所射箭。增怪而问焉，女答曰：“何用问焉？为暴若是。”便以相还，授矢而灭。增恶而骤走，未达家，暴死于路。

此则作品通过蛟精子女替父报仇，使无故射蛟者暴死的故事，劝导世人应当心存善念，切不可任意滥杀无辜，否则会引火烧身，自食恶果。这在当时以及后世都具有积极的警示意义。

这个时期的精怪复仇故事，尚有写老翁钓大鱼时船人俱没，家人见大鱼腹下有丹字称老翁食鲤得报的《幽明录》“钓翁得报”；写一伐樵人将为其指路大龟之子杀做肉羹，食后丧命的《异苑·叩龟得路》；写某人燃犀角照深潭中水族，未几而卒的《异苑·燃犀照诸》；写某人无端射杀水际精灵，后梦一长人责诮，少时腹痛而亡的《异苑·长人入梦》；写一农夫数载以食饷蛇，遂为业加厚，其妇密杀此蛇，随即殒命的《异苑·田饷异报》等。

南北朝时期的精怪征兆故事，以凶兆较多，吉兆较少。譬如，祖冲之撰《述异记》“狗歌”：

> 嘉兴县圣陶屯朱休之有弟朱元。元嘉二十五年十月清旦，兄弟对坐家中，有一犬来，向休蹲，遍视二人而笑，遂摇头歌曰：“言我不能歌，听我歌梅花，今年故复可，奈汝明年何？”其家惊惧，斩犬榜首路侧。至岁末梅花时，兄弟相斗，弟奋戟伤兄，官收治，并被囚系，经岁得免。至夏，举家时疾，母及兄弟皆卒。

这一则凶兆故事，以南朝宋初为背景，描述狗精人言而歌，预示该家将有凶祸。后来果然应验，其人举家皆殁。透过其中迷信色彩的薄雾，我们得以看到生活在当时社会的人们多灾多难，变化无常，安全得不到保障的状态。

此类故事，尚有写太守出行时天忽昏暗，一玄冠白衣长人以鞭击御者使其失迷于榛莽中，后五十日其人即被诛杀的《幽明录》“奉誊被诛”；写某道人卧斋中，鼠从坎出言其祸福，后一一应验的《幽明录》“鼠言应验”；写群蚁变骑马披铠小人至某家，其人以沸汤浇蚁穴，后其家以门衅同灭的《异苑·桓谦灭门兆》；写数十条张口吞舌之白蚯蚓至某家，三月后其家叔侄被诛的祖冲之撰《述异记》“刘德愿”等。

第四节　魏晋南北朝的神异故事

在先秦两汉时期的幻想故事中，神异故事刚刚萌生，存世的作品极少，不足引人注目。到了魏晋南北朝时期，神异故事有了明显的发展，作品急遽增多，呈现出初步兴旺发达的态势。当然，这个时期的神异故事，尚不如同期的鬼魂故事和精怪故事那样多，但其中不乏比较精彩的作品，有的甚至是中国古代民间故事的名篇，广为人知。

魏晋南北朝时期的神异故事，内容较为丰富，广泛涉及人神恋情、幸会神仙、奇事异闻、神佑获宝、善恶有报以及占卜、蛊毒、巫觋等题材。它们从不同的角度描述人与神灵、仙人的关系，探幽索隐，表达各阶层民众追求美好事物的意愿和对于幸福生活的憧憬。它们对于后世民间故事的发展和文艺创作的繁荣，有着不可忽视的影响。

这个时期记载神异故事的典籍众多，其中以魏晋时期的《搜神记》、《搜神后记》，南北朝时期的《幽明录》、《异苑》、《齐谐记》及祖冲之撰《述异记》较为突出。

一、魏晋的神异故事

魏晋时期的神异故事以人神恋情与婚嫁、幸会神仙、奇事异闻几类作品较有分量，此外尚有一些神奇宝物、善恶有报以及野人、蛊毒等方面的作品。

魏晋时期的人神恋情与婚嫁故事，大都富有人情味。它们多数描述世间青年男子与天女、仙女的恋情，个别作品则描述世间年轻女子与神灵的恋情。而与凡人相恋的天女、仙女，往往都清丽可人，温婉贤淑，是世人理想中的年轻女子的化身。此类作品，通过人神恋情与婚配，反映出当时的广大民众对于美满爱情的向往和对于幸福生活的渴求。《玄中记》“毛衣女”与《搜神后记》卷五《白水素女》是此类作品中的名篇，极具代表性。

> 昔豫章男子，见田中有六七女人，皆衣毛衣，不知是鸟；匍匐往，先得其毛衣，取藏之，即往就诸鸟。诸鸟各去就毛衣，衣之飞去。一鸟独不得去，男子取以为妇，生三女。其母后使女问父，知衣在积稻下，得之，衣而飞去。后以衣迎三女，三女儿得衣，亦飞去。
>
> ——《玄中记》“毛衣女”

> 晋安帝时，侯官人谢端，少丧父母，无有亲属，为邻人所养。至年十七八，恭谨自守，不履非法。始出居，未有妻，邻人共悯念之，规为娶妇，未得。
>
> 端夜卧早起，躬耕力作，不舍昼夜。后于邑下得一大螺，如三升壶。以为异物，取以归，贮瓮中，畜之十数日。端每早至野还，见其户中有饭饮汤火，如有人为者；端谓邻人为之惠也。数日如此，便往谢邻人。邻人曰：“吾初不为是，何见谢也?”端又以邻人不喻其意。然数尔如此，后更实问，邻人笑曰：“卿已自娶妇，密着室中炊爨，而言吾为之炊耶?”端默然心疑，不知其故。
>
> 后以鸡鸣出去，平早潜归，于篱外窃窥其家中，见一少女从瓮中出，至灶下燃火。端便入门，径至瓮所视螺，但见壳，乃到灶下问之

曰："新妇从何所来，而相为炊？"女大惶惑，欲还瓮中，不能得去，答曰："我天汉中白水素女也。天帝哀卿少孤，恭慎自守，故使我权为守舍炊烹。十年之中，使卿居富得妇，自当还去。而卿无故窃相窥掩。吾形已见，不宜复留，当相委去。虽然，尔后自当少差，勤于田作，渔采治生。留此壳去，以贮米谷，常可不乏。"端请留，终不肯。时天忽风雨，翕然而去。端为立神座，时节祭祀。居常饶足，不致大富耳。于是乡人以女妻之。后仕至令长云。今道中素女祠是也。

——《搜神后记》卷五《白水素女》

前一则又见于《搜神记》。《搜神记》卷十四《毛衣女》系据此则加工而成，文字更为严密。这则故事，情节简略，以质朴的叙事手法，描述年轻农夫因藏匿仙女的羽衣而得到配偶，这实际上是残存的古代抢婚风俗的艺术再现，展现了青年男子渴求娶妻生子，过上美满家庭生活的强烈愿望。结尾处写仙女找到羽衣后便飞去，并且带走了所生的孩子，大约是通过这一特定的情节，来揭示世人面对家庭发生变故却无可奈何的现实。后一则在晋·束皙撰《发蒙记》中已粗陈梗概："侯官谢端，曾于海中得一大螺，中有美女，云我天汉中白水素女，天为卿贫，令我为卿妻。"① 此则多有演化，成为这个时期涌现的不多几篇长故事②之一。其故事情节颇为曲折，文笔细腻生动，具有很高的艺术性。它叙写故事主角"少丧父母"，"恭谨自守"，天帝派遣白水素女为其"守舍炊烹"，使其人得以领略家庭生活的温馨。然而，这种家庭温馨竟如此短暂，由于故事主人公的窥视，让他俩刚刚相见，就不得不永诀。尽管故事主人公后来得以完婚，有了好的归宿，但是，它跟前则故事一样，结尾处所带有的悲剧色彩依然无法抹去。还须指出，这两则故事对后世的影响很大，不断有异文出现，都演化为著名的民间故事类型——"羽衣仙女型故事"与"田螺女型故事"。

这个时期的人神恋情故事，尚有写蒋山庙神蒋侯与一少女相恋，数次

① 引自唐·徐坚等辑《初学记》第一册，中华书局 1962 年版。

② 这个时期涌现的掌故，尚有《列异传》"蒋济亡儿"、《列异传》"宗定伯"、《搜神记·崔少府墓》、《搜神记·紫玉》、《搜神记·苏娥》、《搜神记·李寄》等。

见形，遂隆情好，以女所思之物见赠的《搜神记·蒋山祠·吴望子》、写二猎者入仙乡与二仙女交好，结为伉俪，后思归去，二女追而赠以腕囊的《搜神后记·剡县赤城》、写采药人入洞庭山灵洞，为仙女饮以琼浆玉液，奏以箫管丝桐，赠以丹醴之诀，虽怀慕恋，仍思家还乡的《拾遗记·洞庭山》等。

魏晋时期的幸会神仙故事，大都写世人偶然得见神祇、仙家，受到善待，甚至给予各种帮助，使其人多有所获。《搜神后记》卷一《仙馆玉浆》颇具代表性：

> 嵩高山北有大穴，莫测其深，百姓岁时游观。晋初，尝有一人误堕穴中。同辈冀其傥不死，投食于穴中。坠者得之，为寻穴而行。计可十余日，忽然见明。又有草屋，中有二人对坐围棋。局下有一杯白饮。坠者告以饥渴，棋者曰："可饮此。"遂饮之，气力十倍。棋者曰："汝欲停此否?"坠者不愿停。棋者曰："从此西行，有天井，其中多蛟龙。但投身入井，自当出。若饿，取井中物食。"坠者如言，半年许，乃出蜀中。归洛下，问张华，华曰："此仙馆大夫，所饮者玉浆也，所食者龙穴石髓也。"

此则作品所刻画的两位对弈的仙馆大夫，乃是和蔼可亲的仁厚长者。他们不但给堕穴饥渴者饮用玉浆，使其气力大增，而且还征询其人是否愿意留下。当那人表示不愿停留时，便耐心指引出路，让其顺利回到家乡，令人倍感温暖。

这个时期的幸会神仙故事，尚有写病癞历年被家人送置山穴中者，为仙人治愈的《抱朴子内篇》"赵瞿"；写大旱之年乡民敬神祈雨，树神施雨惠民，还赠玉环给一性洁之寡妇，助其幸免于战乱的《搜神记·树神黄祖》；写一善于饮茶者入山采茶时遇手牵三牛之仙家，助其获得大茗的《神异记》"虞洪遇仙"；写一小吏遇庐山夫人，受到盛情款待，还命小女为其抚琴而歌的《祖台之志怪》"庐山夫人"等。

魏晋时期的善恶有报故事，涉及为人忠厚者行善积德终得好报和奸诈狠毒者怙恶不悛终得恶报两个方面的内容。内中难免带有某些迷信色彩，但其惩恶扬善的题旨在当时乃至后世，都具有一定的积极意义。譬如《搜神记》卷四《张璞》：

张璞，字公直，不知何许人也。为吴郡太守，征还，道由庐山。子女观于祠室，婢使指像人以戏曰："以此配汝。"其夜，璞妻梦庐君致聘曰："鄙男不肖，感垂采择，用致微意。"妻觉，怪之。婢言其情，于是妻惧，催璞速发。

中流，舟不为行，阖船震恐。乃皆投物于水，船犹不行。或曰："投女则船为进。"皆曰："神意已可知也，以一女而灭一门，奈何?"璞曰："吾不忍见之。"乃上飞庐卧，使妻沉女于水。妻因以璞亡兄孤女代之，置席水中，女坐其上，船乃得去。璞见女之在也，怒曰："吾何面目于当世也!"乃复投己女。

及得渡，遥见二女在下。有吏立于岸侧，曰："吾，庐君主簿也。庐君谢君，知鬼神非匹，又敬君之义，故悉还二女。"后问女，言："但见好屋吏卒，不觉在水中也。"

此则作品，叙写故事主人公在危难的时刻，不忍心将亡兄孤女投水去配庐君，竟义无反顾地把自己的女儿也投入江中。通过故事主人公在激烈的内心矛盾后所作的正确抉择，突现出这位太守为人正直、富有同情心的高尚品格。他的行为感动了神灵，让二女均得生还。义举得好报，正是对这种高尚品格的充分肯定和赞许。

这个时期的善恶有报故事，尚有写估客为庙神购丝履时将书刀忘在箱内，庙神随即遣鲤鱼送还书刀的《搜神记·宫亭湖·还书刀》；写僧人杀羊以啖，毒痛不可忍，遂作羊鸣吐沫，少时而卒的《搜神后记·羊炙》；写某太守许愿求在任安稳，还愿时竟以涂银铁杖冒充银杖，后得报覆舟身亡的《神异记》"陈敏还愿"；写一鱼神所变女子在江边被人奸辱，奸者被惩得病的《祖台之志怪》"江黄"等。

魏晋时期的占卜与事蛊故事，前一类大多描述占卜者为世人消灾免难，祛除病痛；后一类大多描述事蛊者以蛊毒坑人致富，有道之人施咒术得免，为蛊之人有时反而自取其害。前一类故事，譬如《搜神记》卷三

《严卿》：

会稽严卿，善卜筮。乡人魏序欲东行，荒年多抄盗，令卿筮之。卿曰："君慎不可东行，必遭暴害，而非劫也。"序不信。卿曰："既必不停，宜有以禳之。可索西郭外独母家白雄狗，系着船前。"求索，止得驳狗，无白者。卿曰："驳者亦足。然犹恨其色不纯，当余小毒，止及六畜辈耳，无所复忧。"序行半路，狗忽然作声甚急，有如人打之者。比视已死，吐黑血斗余。其夕，序墅上白鹅数头，无故自死，序家无恙。

此则作品，写乡人外出时按占卜者的吩咐行事，终于躲过一劫。它的描述虽然有些荒诞不经，却将当时荒年多盗的严峻现实和世人惶恐不安的心态描绘得十分真切。

魏晋时期的此类故事，尚有写某女病魅积年，善占卜者为其张皮囊捉怪，女病遂瘥的《搜神记·韩友》；写某家贫苦多丧病，卜者让其悬新马鞭于大桑树上，三年后浚井得钱数十万，病者亦愈的《搜神记·淳于智·鲍瑗》等。

后一类故事，譬如《搜神后记》卷二《昙游》：

昙游道人，清苦沙门也。剡县有一家事蛊，人啖其食饮，无不吐血死。游尝诣之。主人下食，游依常咒愿。双蜈蚣，长尺余，便于盘中跳走。游便饱食而归，安然无他。

此则作品，写僧人作咒愿免除了蛊毒之害，展现出世人的一种自我防范意识，在魏晋时期具有一定的代表性。

魏晋时期的此类故事，尚有写犬蛊为患，使一妇人食后吐血几死，人饮之以橘梗屑乃愈的《搜神记·犬蛊》；写有佣客得疾下血，医者密以阳藿根攻蛊毒即应验的《搜神记·张小小》；写一家累世事蛊致富，新妇不知，作汤灌杀缸中大蛇，其家疾疫死亡略尽的《灵鬼志》"新妇杀蛇"等。

魏晋时期还有少量的神佑获宝故事、奇闻异事故事。前一类有写贾客至庙祈求时，倚玉枕入梦境，娶妻生子，享尽荣华富贵的《搜神记》佚文“焦湖庙玉枕”；写乡民在山中采药，遥见紫衣女踞石而歌，女去破石，得一紫玉的《录异传》“紫玉”；写乡民入山见一赤鸟鸣声如吹笙，鸟入石穴后，其人凿石得一鸟形赤玉的《录异传》“赤玉”等。后一类有写汉末大乱，文氏逃入山中饥困欲死，仙人教其食山精而精力健旺的《抱朴子内篇》“南阳文氏”；写一老妪闻童谣“城门有血，城当陷没为湖”而朝朝往窥，门将知情后以犬血涂门，城果陷为湖的《搜神记·长水县》；写一沙门死后为庙神，僧至庙中便闻其致语问候的《搜神后记·清溪庙神》；写一甲士折食一茎蕨而心腹疼痛，半年后吐出一赤蛇，将蛇挂檐前乃化为茎蕨，其病遂愈的《搜神后记·蕨草化蛇》等。

二、南北朝的神异故事

南北朝时期的神异故事，数量胜于魏晋时期。其中有少部分作品在魏晋时期已有文字记载，而大部分作品则是新录写的。这个时期的神异故事，与魏晋时期的此类作品大致相同而又略有变化，以幸会神仙、人神恋情、神佑获宝、善恶有报等几类居多，此外尚有少量的野人、巫觋故事。如果说宗教影响在魏晋时期的神异故事中还不太显著的话，在这个时期的神异故事中则有了明显的体现。这显然同佛教与道教的进一步深入民间密切相关。

南北朝时期的幸会神仙故事，内容大体上与魏晋时期同类题材的作品相似，然而作品数量较多，更加富有变化。譬如，《幽明录》“九馆大夫”：

> 汉时，洛下有一洞穴，其深不测。有一妇人欲杀夫，谓夫曰：“未尝见此穴。”夫自逆视之，至穴，妇遂推下，经多时至底。妇于后掷饭物，如欲祭之。此人当时颠坠恍忽，良久乃苏，得饭食之，气力小强。周皇觅路，仍得一穴，便匍匐从就。崎岖反侧，行数十里，穴宽，亦有微明，遂得宽平广远之地。
>
> 步行百余里，觉所践如尘，而闻糠米香，啖之，芬美过于充饥。即裹以为粮，缘穴行而食此物。既尽，复过如泥者，味似向尘，复赍以去。所历幽远，里数难详，□就明广。食所赍尽，便入一都。郛郭

修整，宫馆壮丽，台榭房宇，悉以金魄为饰，虽无日月，而明逾三光。人皆长三丈，被羽衣，奏奇乐，非世间所闻。便告求哀，长人语令前去，从命前进。凡过如此者九处。最后所至，苦饥馁，长人指中庭一大柏树，近百围，下有一羊，令跪捋羊须。初得一珠，长人取之，次捋亦取，后捋令啖，即得疗饥。请问九处之名，求停不去。答曰："君命不得停，还问张华，当悉此间。"

人便随穴而行，遂得出交郡。往还六七年间，即归洛。问华，以所得二物视之。华云："如尘者是黄河下龙涎，泥是昆山下泥。九处地，仙名九馆大夫。羊为痴龙。其初一珠，食之与天地等寿，次者延年，后者充饥而已。"

这一则以汉代为背景的故事，描述洛下一丈夫被妻子推下深穴欲置诸死地，其人竟得幸免，由穴行而入仙苑，遇仙家，食仙物，虽无缘成仙，却受到善待，最后平安返回故里。它通过故事主人公的一段极不寻常的经历，展示出世人期盼"遇难成祥"的美好愿望。

此外，尚有写某生与同乡诸生赴长安途中遇雨乏粮，神灵一再赐以美食，使众人顺利抵达的《幽明录》"神赐美食"；写某人为河伯之至亲送信，受到河伯盛情款待的《异苑·江神祠》；写某人登岭见二仙坐于山崖对饮，索饮一小杯遂醉，后常不食亦不饥的《异苑·徐公遇仙》；写一人乘马山行，观看二仙翁相对摴蒱，俄顷即鞭烂鞍朽，还家后亲属已不在人世的《异苑·摴蒱仙》；写某人憩黄鹤楼上见仙者驾鹤而至，与其对饮，已而仙者又跨鹤腾空的祖冲之撰《述异记》"荀瑰遇仙"；写王某伐木时见数童子棋而歌，其人得食一如枣核之物即不觉饥，俄顷斧柯烂尽的任昉撰《述异记》"王质"；写一女来助园客养蚕，后与其人俱升仙的任昉撰《述异记》"仙助园客"等。

南北朝时期的人神恋情与婚嫁故事，内容与魏晋时期的同类故事大致相似，但其中的某一些作品带有悲剧色彩，在魏晋时期的同类故事中并不多见的。《幽明录》中的两则长故事，在此类作品中颇为突出：

汉明帝永平五年，剡县刘晨、阮肇共入天台山取谷皮，迷不得返，经十三日，粮食乏尽，饥馁殆死。遥望山上有一桃树，大有子实，而绝岩邃涧，永无登路。攀援藤葛，乃得至上。各啖数枚，而饥止体充。复下山，持杯取水，欲盥漱，见芜菁叶从山腹流出，甚鲜新。复一杯流出，有胡麻饭糁。相谓曰："此知去人径不远。"便共没水，逆流二三里，得度山出一大溪。溪边有二女子，姿质妙绝，见二人持杯出，便笑曰："刘、阮二郎，捉向所失流杯来。"晨、肇既不识之，缘二女便呼其姓，如似有旧，乃相见忻喜。问："来何晚邪？"因邀还家。

其家筒瓦屋，南壁及东壁下各有一大床，皆施绛罗帐，帐角悬铃，金银交错。床头各有十侍婢，敕云："刘、阮二郎，经涉山岨，向虽得琼实，犹尚虚弊，可速作食。"食胡麻饭、山羊脯、牛肉甚甘美。食毕行酒，有一群女来，各持五三桃子，笑而言："贺汝婿来。"酒酣作乐，刘、阮忻怖交并。至暮，令各就一帐宿，女往就之，言声清婉，令人忘忧。

十日后，欲求还去，女云："君已来是，宿福所牵，何复欲还邪？"遂停半年。气候草木是春时，百鸟啼鸣，更怀悲思，求归甚苦。女曰："罪牵君，当可如何？"遂呼前来女子有三四十人，集会奏乐，共送刘、阮，指示还路。既出，亲旧零落，邑屋改异，无复相识。问讯得七世孙，传闻上世入山，迷不得归。至晋太元八年，忽复去，不知何所。

——《幽明录》"入天台"

汉时太山黄原，平旦开门，忽有一青犬在门外伏守，备如家养。原绁犬，随邻里猎。日垂夕，见一鹿，便放犬，犬行甚迟，原绝力逐终不及。行数里，至一穴，入百余步，忽有平衢，槐柳列植，行墙回匝。原随犬入门，列房栊户可有数十间，皆女子，姿容妍媚，衣裳鲜丽。或抚琴瑟，或执博棋。至北阁，有三间屋，二人侍直，若有所伺。见原，相视而笑："此青犬所致妙音婿也！"一人留，一人入阁。

须臾，有四婢出，称太真夫人，白黄郎："有一女年已弱笄，冥数应为君妇。"既暮，引原入内。内有南向堂，堂前有池，池中有台，台四角有径尺穴，穴中有光映帷席。妙音容色婉妙，侍婢亦美。交礼既毕，宴寝如旧。

经数日，原欲暂还报家，妙音曰："人神异道，本非久势。"至明日，解珮分袂，临阶涕洒，后会无期，深加爱敬："若能相思，至三月旦，可修斋洁。"四婢送出门，半日至家。情念恍忽，每至其期，常见空中有軿车仿佛若飞。

——《幽明录》"妙音"

以上两则故事都以汉代为背景，在主要方面具有共同之处：其一，它们都描述了不期而遇的一段美好而短暂的特殊婚恋，既表现了世人对真挚情恋与幸福家庭的向往，又透露出人们的理想、追求与现实生活的矛盾。两则的故事主人公均为平民，更凸显出作品的题旨。其二，它们的故事情节均较为曲折，描写亦颇为细腻，具有较高的艺术水平。然而，这两则故事也存在许多不同之处：首先，前一则为人仙婚恋，仙女的性格与生活具有山野村姑的特征；后一则为人神婚恋，神女的性格与生活具有豪门闺秀的特征。其次，前一则男女燕好为期半年左右，相对而言稍长，分别后可能又得团聚，给人留下一些希望；后一则男女燕好为期数日，极其短促，别后相聚无期，使人备感惆怅。

这个时期的人神恋情与婚嫁故事，尚有写徐某家极贫窭，在江边拾流柴时天女乘船遣使欲与之婚配，徐不敢酬接，天女乃退的《幽明录》"徐郎与天女"；写某县令年老且有妻儿，竟为社公之女所钟爱，因不愿与此女成亲，其妻遂病殁的《幽明录》"甄冲"；写小吏置床头之浮石，化一女子与其结为夫妻的祖冲之撰《述异记》"吴龛"；写东海公聘一村姑为妇，遣使迎女顺流而下，没于水乡的任昉撰《述异记》"圣姑祠"等。

南北朝时期的神佑获宝故事，大都描述神灵、仙家佑助善良的人们获得美玉、宝石、金器、神药、奇花、异草等具有奇异功能的各种宝物，从而消除伤病，带来好运，藉以反映出当时不断受到贫困、疾病威胁的广大民众渴求远离病患，延年益寿，过上康泰、富足生活的美好愿望。试看：

余杭人沈纵，家素贫，与父同入山。还，未至家，见一人左右导从四百许，前车辎重，马鞭夹道，卤簿如二千石。遥见纵父子，便唤住，就纵手中然火。纵因问："是何贵人?"答曰："是斗山王，在余杭南。"纵知是神，叩头云："愿见佑助!"后入山得一玉枕。从此所向如意，田蚕并收，家遂富。

——《幽明录》"得玉枕"

永康王旷井上有洗石，时见赤气。后有二胡人寄宿，忽求买之。旷怪所以，未及度钱。子妇孙氏睹二黄鸟斗于石上，疾往掩取，变成黄金。胡人不知，索市愈急，既得，撞破内空段有二鸟处。

——《异苑》卷二《洗石孕金》

前一则以简洁的手法描绘务农桑的穷人得到神赐宝物而致富的故事，在同类作品中具有一定的代表性。后一则是较早的一篇胡人识宝故事，开识宝故事之先河。这样的作品在魏晋南北朝时期并不多见，然而自隋唐五代时期开始，日渐增多，随着时间的推移，乃蔚为大观。

这个时期的神佑获宝故事，尚有写鸠飞入张氏怀中变为金带钩，其家自此之后子孙昌盛的《幽明录》"金带钩"；写某人有疾，夜梦一道人赐以丸药，及寤手中有药，服之遂瘥的《幽明录》"梦中得药"；写某甲闻土中有声，掘得一玉钩，屋栋间即自漏秫米，三年不息，米止又有青蛇住梁上，落粪成碎银，其家遂富的《异苑·玉豚》；写刘某射得一獐，剖腹以草塞之，蹶然起走，以此草治伤无不见奇效的《异苑·刘幡射獐》；写某母诵经长斋，家常饭僧，忽空降盛有香饭天钵，为僧尼分食七日不饥的《异苑·天钵》；写某人登庐山采松时，神示其人摘服异华（花），乃长寿三百岁的祖冲之撰《述异记》"服异华"等。

南北朝时期的善恶有报故事，既有描述为善者得善报的作品，又有描述为恶者得恶报的作品，而以后者居多。作品大多短小质朴，比较生动地展现出身处乱世的广大民众扬善惩恶的意愿。试看：

汉何比干梦有贵客，车骑满门，觉，以语妻子。未已，门首有老姥，年可八十余，求避雨，雨甚盛而衣不沾濡。比干延入，礼待之，乃曰："君先出自后稷，佐尧，至晋有阴功，今天赐君策。"如简，长九寸，凡九百九十枚以授之，曰："子孙能佩者富贵。"言讫出门，不复见。

——《幽明录》"老姥赐策"

太元元年，江夏郡安陆县薛道询年二十二。少来了了，忽得时行病，差后发狂，百治救不痊。乃服散狂走，犹多剧，忽失踪迹，遂变作虎，食人不可复数。后有一女子，树下采桑，虎往取食之。食竟，乃藏其钗钏著山石间；后还作人，皆知取之。经一年还家，复为人。遂出都仕官，为殿中令史。夜共人语，忽道天地变怪之事。道询自云："吾昔曾得病发狂，化作虎，啖人一年。"中兼道其处所姓名。其同坐人，或有食其父子兄弟者，于是号哭，捉以付官。遂饿死建康狱中。

——《齐谐记》"薛道询"

以上两则作品，都以前朝作为背景，分别以扬善与惩恶来劝世，有一定的代表性。此外，这个时期的善恶有报故事，尚有写老翁出钓时大鱼掣纶而使人船俱没，家人发现鱼腹有丹字谴责老翁食鲤得报的《幽明录》"鱼腹丹书"；写船人以豚为祷，以豚肩为祭，船遂不能行，更施厚馔，始获流通的《幽明录》"赵伯伦"；写寺主恶奴以刀刮佛堂金刚眼目，数夜后其人眼烂失明的《异苑·恶戏报》；写因宿罪见谴，一老妇忽变为乌斑虎奔入山野，后还家伏床上而死的《齐谐记》"吴道宗母"；写某太守以涂银铁冒充银杖还愿，神责其"不可容"，乃倾覆其舟的祖冲之撰《述异记》"许愿欺神"；写一乡民食大蟹后梦中受谴，次日出行即被虎噬的祖冲之撰《述异记》"食蟹得报"；写园客精心饲养五色神蛾，至香时神女夜至助养，后与园客俱仙的任昉撰《述异记》"园客"等。

南北朝时期的奇事异闻故事，往往通过各种稀奇古怪的事件来描摹社会生活的世态人情，从而展示当时民众的善恶观，揭示他们的愿望与追求。其中不少作品带有不同程度的佛教影响。以下两则作品比较突出，值得关注。

巨鹿有庞阿者，美容仪。同郡石氏有女，曾内睹阿，心悦之。未几，阿见此女来诣阿，阿妻极妒，闻之，使婢缚之，送还石家，中路遂化为烟气而灭。婢乃直诣石家，说此事。石氏之父大惊，曰："我女都不出门，岂可毁谤如此?"阿妇自是常加意伺察之。居一夜，方值女在斋中，乃自拘执以诣石氏。石氏父见之，愕眙曰："我适从内来，见女与母共作，何得在此?"即令婢仆于内唤女出，向所缚者，奄然灭焉。父疑有异，故遣其母诘之。女曰："昔年庞阿来厅中，曾窃视之。自尔仿佛即梦诣阿，及入户，即为妻所缚。"石曰："天下遂有如此奇事!"夫精神所感，灵神为之冥著，灭者，盖其魂神也。既而女誓心不嫁。经年，阿妻忽得邪病，医药无征，阿乃授币石氏女为妻。

——《幽明录》"庞阿"

有范光禄者，得病，腹脚并肿，不能饮食。忽有一人，清朝不自通达，进入光禄斋中，就光禄边坐。光禄谓曰："先不知君，君那得来而不自通?"此人答曰："佛使我来治君病也。"发衣见之。因以甘刀针肿上，倏忽之间，顿针两脚及膀胱百余下，然不觉痛。复欲针腹，其儿黄门不听，语竟便去。后针孔中黄脓汁尝二三升许。至明晓，脚都差，针亦无孔[1]，范甚喜。

——《齐谐记》"范光禄"

前一则叙写石女因倾慕意中人而离魂诣其家，两度被拘执，方证实其为石女之魂神，令人称奇。"精诚所至，金石为开"，石女最终与心仪已久的庞阿结为夫妻。这则作品，使《搜神后记》卷三《形魂离异》中的离魂母题得到进一步的发展，成为一桩感人的婚恋故事。它对后世的民间故事与文艺创作都有影响。在唐·陈玄佑撰《离魂记》、元·郑光祖撰《倩女离魂》、明·汤显祖撰《牡丹亭》、清·蒲松龄撰《聊斋志异》卷二《阿宝》等中，都不难窥见这种影响。后一则带有一定的宗教色彩。故事当中

① 此句《太平广记》卷二一八引作"至明日无针伤而患渐愈"。

不请自来治病者，乃是受佛所遣，足见大慈大悲的佛祖是何等富有爱心。倘若透过这层宗教色彩，我们不难窥见我国医家的针灸术早在一千几百年前已经相当精深，具有奇效。这正是我们从中所获得的又一个重要信息。

这个时期的奇事异闻故事，尚有写某府参军夜梦一长须丑陋者再三要求与其易头，其人不得已而应允，晨起即面目全非的《幽明录》"梦中易头"；写酤酒老姥朝夕以酒酹家中隆起之土，尝出一物头似驴，姥死后邻闻土下有哭声的《异苑·土龙》；写钱某被虎带至一官府留住十五日，一形貌伟壮者授以术数，归而大知占卜的《异苑·钱佑受术数》；写王某将被处斩，梦有人告之诵观世音千遍则免，明日将刑时诵经不辍，忽传唱停刑的《异苑·诵经停刑》；写猎人入山忽化白鹿而去，其子终身不猎，其孙后射一白鹿，于两角间发现祖父姓名，乃永断射猎的《异苑·猎人化鹿》；写周女啖脍不知足，后啖鱼竟大吐，有蟾蜍自吐中出，遂不复啖脍的《齐谐记》"周女啖脍"；写三人入山怀柑出而迷路，闻空有言警告，放柑乃得返还的祖冲之撰《述异记》"怀甘者"；写一外国道人山居时，山神屡遣狼怖之而不惧，山神便他迁，并赠其人三奁香的祖冲之撰《述异记》"白道猷"等。

南北朝时期的神异故事，还涉及巫觋、占卜、野人等题材，但数量均不多。譬如，写一巫能卜相，以水符治病，亦礼佛读经，曾为预吉凶、瘟疫，无不应验的《幽明录》"李巫"；写任某从军十年后还家，卜师告知，"非屋莫宿，非食莫休"，听其言乃免遭不测的《异苑·任诩从军》；写有人伐木宿山中，一长发裸身野人来就其火炙虾蟹以食儿，人共击之乃逃逸的《幽明录》"野人"；写张某与村人共猎时，见一毛而无衣野人负数头死猿来，与语不应乃去，十余日复送至空蓬庵中的《异苑·猎见异人》等。

第二章　魏晋南北朝的其他民间故事

第一节　魏晋南北朝的写实故事

魏晋南北朝时期的写实故事，同先秦两汉时期的写实故事相比，有了一定程度的变化和发展，涌现了不少思想性、艺术性较高的名篇佳制，使我国古代写实故事逐渐走向成熟。但是，从整体上考察，这个时期的写实故事数量并不多，不如同期的幻想故事那样丰富多彩，那样引人注目。

魏晋南北朝时期的写实故事，门类比较齐全，包括家庭故事、友情故事、讽刺故事、人兽互助故事、破除迷信故事、呆子故事、盗贼故事、案狱故事等几类。其中，有两个方面的故事值得注意：其一为人兽互助故事，它虽属写实故事，却包含着某些幻想故事的因素，具有一定的志怪、传奇故事特征；其二为讽刺故事与呆子故事，它们或多或少地包含着某些笑话因素，并且往往与笑话共生（在一起流传，或者一起被录写、被收入同一笑话集），彼此之间存在一个模糊带。

魏晋南北朝时期的人兽互助故事，既有描述人为动物接生、治疗的内容，也有描述动物救助世人，或为世人办事的内容，充分表现人类与动物之间互相关爱、互相帮助的真挚情意。故事中的动物，无论是野兽（如虎、熊、象）还是家畜（如犬），尽管不是以拟人化形象出现的，却都颇有灵性，善解人意，往往都有其可爱之处。试看：

苏易者，庐陵妇人，善看产，夜忽为虎所取。行六七里，至大圹，厝易置地，蹲而守。见有牝虎当产，不得解，匍匐欲死，辄仰视。易怪之，乃为探出之，有三子。生毕，牝虎负易还，再三送野肉于门内。

——《搜神记》卷二十《苏易》

太兴中，吴民华隆养一快犬，号“的尾”，常将自随。隆后至江边伐荻，为大蛇盘绕，犬奋咋蛇，蛇死。隆僵仆无知，犬彷徨涕泣，走还舟，复反草中。徒伴怪之，随往，见隆闷绝，将归家。犬为不食。比隆复苏，始食。隆愈爱惜，同于亲戚。

——《搜神记》卷二十《华隆家犬》

晋太和中，广陵人杨生，养一狗，甚爱怜之，行止与俱。后生饮酒醉，行大泽草中，眠，不能动。时方冬月燎原，风势极盛。狗乃周章号唤，生醉不觉。前有一坑水，狗便走往水中还，以身洒生左右草上。如此数次，周旋跬步，草皆沾湿，火至免焚。生醒，方见之。尔后生因暗行，堕于空井中，狗呻吟彻晓。有人经过，怪此狗向井号，往视，见生。生曰：“君可出我，当有厚报。”人曰：“以此狗见与，便当相出。”生曰：“此狗曾活我已死，不得相与。余即无惜。”人曰：“若尔，便不相出。”狗因下头目井。生知其意，乃语路人云，“以狗相与”。人即出之，系之而去。却后五日，狗夜走归。

——《搜神后记》卷九《杨生狗》

前一则以白描的叙事手法，讲述一个收生婆为难产的母虎接生的故事，情节简约却相当生动，由此而开启了描写世人为野兽排忧解难并得厚报故事的先河，对后世影响很大，逐渐形成一个故事类型，并且派生出若干个次类型。后两则讲述的都是义犬救主的故事，塑造出一个又一个十分可爱的义犬形象。第一则又见于《幽明录》、《异苑》，写义犬救主于危难，不但奋力咬死大蛇，还召唤同伴把僵仆的主人抬回家，一直等主人复苏它才进食，它对主人忠心耿耿、百般护卫和体贴非常人能比，感人肺腑。第二则初见于《搜神记》，其后又见于敦煌遗书句道兴撰《搜神记》等，写义犬不但能够勇敢地救主于大火之中，而且能够机敏地应对乘人之危者，使主人得以从枯井中出来，无不表现出它的赤诚。

这个时期的人兽互助故事，尚有写有人堕深涧饥饿欲死，学龟蛇朝暮引颈向东方遂不饥，后得登崖岸还家的《博物志》“堕深涧”；写猎人堕深穴赖母熊觅果以延其命，后竟抱熊足跃出深穴的《搜神后记·熊穴》；写乡民为大象拔去脚上巨刺，大象赠以长牙，并使彼地庄稼不再受侵扰的《异苑·大客》；写家奴与主妇私通，欲谋害主人，义犬奋起除奸，使主人幸免的《齐谐记》“张然”；写主人羁旅京师，久无家问，其快犬历尽艰辛为主人送家书，并将复信带回的祖冲之撰《述异记》“黄耳”等。

魏晋南北朝时期的讽刺故事，大部分见于《笑林》。作品通过嘲讽、讥刺世人的各种不良秉性和恶习，诸如贪婪、吝啬、虚夸、迂腐、愚昧、无知、好色等，从而达到匡正时风，提高道德水准，改善人与人之间的关系的目的。试看：

> 楚人居贫，读《淮南》，方得“螳螂伺蝉自障叶可以隐形”，遂于树下仰取叶。螳螂执叶伺蝉，以摘之，叶落树下；树下先有落叶，不能复分别，扫取数斗归。一一以叶自障，问其妻曰：“汝见我不?”妻始时恒答言：“见。”经日乃厌倦不堪，绐云：“不见。”嘿然大喜。赍叶入市，对面取人物，吏遂缚诣县。县官受辞，自说本末。官大笑，放而不治。
>
> ——《笑林》“以叶自障”

> 俗说：有贫人止能办只瓮之资，夜宿瓮中，心计曰：“此瓮卖之若干，其息已倍矣。我得倍息，遂可贩二瓮，自二瓮而为四。所得倍息，其利无穷。”遂喜而舞，不觉瓮破。
>
> ——《殷芸小说》卷五“瓮算”

以上两则作品，均通过具有喜剧色彩的故事来揭露故事主人公的丑态，一则写其人的荒唐与卑污，一则写其人的虚妄与贪冒，对世人无疑都具有警省作用。

这个时期的讽刺故事，尚有写一自诩善医驼背者，欲上后背踏重金求治之人，哪管他人死活的《笑林》“治伛者”；写吴人不知酪酥为何物而强食之，归家大吐的《笑林》“强食酪酥”；写老者无子，一生待人鄙吝，死后田产竟被充公的《笑林》“俭啬老人”；写某人欲送友二丈布，因无粗布而作罢，令人取盐水则嫌多而令其减少的《笑林》“送粗布与减盐水”；写县令故意考问自称好《公羊传》者“谁杀陈佗”，其人误以为县令在追查凶手，竟落荒而逃的《笑林》“谁杀陈佗”；写某人在王府如厕，竟吃光用以塞鼻之干枣，群婢莫不窃笑的《世说新语·纰漏》“误食干枣”；写众客言志，或愿为扬州刺史，或愿多资财，或愿骑鹤上升，一甚贪者欲“腰缠十万贯，骑鹤上扬州”的《殷芸小说》“欲兼三者”；写一博士买驴，写三张书券竟未出现一个“驴”字的《颜氏家训》“博士买驴”等。

魏晋南北朝时期的呆子故事，大都见于《笑林》，被录写下来的作品虽不及先秦两汉时期的同类作品丰富，但也颇为诙谐逗趣，引人发笑。这些作品揶揄在各种场合出现的呆傻行为，往往令读者、听众有所感悟，有所反省。试看，《笑林》“痴婿吊丧”：

> 有痴婿，妇翁死，妇教以行吊礼。于路值水，乃脱袜而渡，惟遗一袜。又睹林中鸠鸣云：“鹁鸪鹁鸪。”而私诵之，都忘吊礼。及至，乃以有袜一足立，而缩其跣者，但云：“鹁鸪鹁鸪！”孝子皆笑。又曰：“莫笑莫笑，如拾得袜，即还我。”

这是现存最早的一则呆女婿故事。它以具有口语化特征的语言勾勒出一个既傻气十足又活泼可爱的呆女婿形象。其基本的故事格局与故事主人公的形象，都与当今流传的呆女婿故事颇为相似，足见其对后世影响之大。

这个时期的呆子故事，尚有写某人以杓尝鱼羹觉其味淡，再三加盐后仍尝杓中鱼羹不咸，便大惊小怪的《笑林》“盐不足”；写众愚人吊丧时伏于席上照他人行事，当他人因足踏责为“痴物”时，即相互足踏，连骂“痴物”的《笑林》“众痴物”；写某甲作奏记文时照抄他人之作，竟不去原稿姓名，令公府吃惊的《笑林》“如此作文”；写愚人学瑟，将调弦之柱胶上拿回家，因而三年不成一曲的《笑林》“胶柱鼓瑟”等。

魏晋南北朝时期的家庭故事，数量较多，一般都围绕父子、父女、母子、婆媳、夫妻、兄弟、祖孙等关系来展开故事，表现了孝敬父母、奉养姑翁、关爱兄弟等传统美德，并且对家庭中无视夫妻感情的丈夫、妒意大作的妻子、虐待儿媳的婆母等不良现象有所贬抑，其思想内容较先秦两汉时期的同类作品更为丰富。试看：

河南乐羊子之妻者，不知何氏之女也。躬勤养姑。尝有他舍鸡谬入园中，姑盗杀而食之。妻对鸡不食而泣。姑怪问其故，妻曰："自伤居贫，使食有他肉。"姑竟弃之。后盗有欲犯之者，乃先劫其姑，妻闻，操刀而出。盗曰："释汝刀，从我者可全；不从我者，则杀汝姑。"妻仰天而叹，刎颈而死。盗亦不杀姑。太守闻之，捕杀盗贼，赐妻缣帛，以礼葬之。

——《搜神记》卷十一《乐羊子妻》

京邑有士人妇，大妒忌；于夫小则骂詈，大必捶打，常以长绳系夫脚，且唤便牵绳。士人密与巫妪为计：因妇眠，士人入厕，以绳系羊，士人缘墙走避。妇觉，牵绳而羊至，大惊怪，召问巫。巫曰："娘积恶，先人怪责，故郎君变成羊。若能改悔，乃可祈请。"妇因悲号，抱羊恸哭，自咎悔誓。师妪乃令七日斋，举家大小悉避于室中，祭鬼神，师祝羊还复本形。婿徐徐还，妇见婿啼问曰："多日作羊，不乃辛苦耶？"婿曰："犹忆啖草不美，腹中痛尔。"妇愈悲哀。后复妒忌，婿因伏地作羊鸣；妇惊起，徒跣呼先人为誓，不复敢尔。于此不复妒忌。

——《妒记》"妒妇改过"

以上两则作品艺术风格迥异，一则以庄重严肃见长，一则以诙谐风趣见长，各具特色。前一则描述乐羊子妻勤谨奉养婆母，一身正气。当婆母盗杀他人鸡只时，她不食而泣，感化了婆母；当盗贼来犯时，她面无惧色，以死抗争，从而保全了婆母的性命。作品成功地塑造了一个孝顺婆母却不盲从，大义凛然的忠鲠儿媳形象，与那些愚孝者有天壤之别，这在当时确实难能可贵。后一则带有喜剧色彩，描述士人与巫妪配合有致，唤醒妒妇的爱心，使之改弦易行，从而重新营造出和谐的家庭氛围。它启迪世人，无论在社会上或者家庭中，凡事须当讲究策略，注意方式方法，才能事半功倍，取得理想的效果。

这个时期的家庭故事，尚有写某婿见岳母年迈体衰，回家后竟将其妇遣归，谓恐新妇老后亦复如此的《笑林》“恐新妇年老”；写某公夏日醉卧时，小孙儿将李子塞于公脐内，数日后疼痛出汁竟大惊失色的《笑林》“孙儿戏肚”；写某人躬亲侍养瞎母，母食蛴螬炙后竟豁然复明的《搜神记·蛴螬炙》；写某乘船堕水死而不见尸，其女投水寻觅，后父女之尸一起浮出的《搜神记·犍为孝女》；写大疫时某为亡故二兄抚柩哀悼，并悉心侍候重病次兄，使其痊愈的《搜神记·庾衮》；写事姑甚谨之妇受尽虐待，后被遣归改嫁的《搜神记·邓元义》；写陈某至孝，背老母喜食之焦饭征战，遇难时竟以焦饭得活的《世说新语·德行》“陈遗”；写郭妻凶妒，奶娘因疼爱其子而被鞭杀，其子拒食致死，遂绝后的《异苑·妒妻绝嗣》；写老父被猛虎所噬，其女手无寸铁，直扼虎颈乃使其父脱险的《异苑·杨香扼虎》等。

魏晋南北朝时期的破除迷信故事，数量虽然较少，几乎篇篇精彩，引人入胜。试看：

> 天门郡有幽山峻谷，而其上人有从下经过者，忽然踊出林表，状如飞仙，遂绝迹。年中如此甚数，遂名此处为仙谷。有乐道好事者，入此谷中洗沐，以求飞仙，往往得去。有长生意思人，疑必以妖怪。乃以大石自坠，牵一犬入谷中，犬复飞去。其人还告乡里，募数十人执杖揭山草伐木，至山顶观之，遥见一物长数十丈，其高隐人，耳如簸箕。格射刺杀之。所吞人骨积此左右，已成封。蟒开口广丈余，前后失人，皆此蟒气所噏上。于是此地遂安稳无患。
>
> ——《博物志》卷十“蟒气”

> 东越闽中有庸岭，高数十里。其西北隙中有大蛇，长七八丈，大十余围，土俗常惧。东治都尉及属城长吏多有死者。祭以牛羊，故不得祸。或与人梦，或下谕巫祝，欲得啖童女年十二三者。都尉令长，并共患之。然气厉不息。共请求人家生婢子，兼有罪家女养之。至八

月朝祭，送蛇穴口，蛇出吞啮之。累年如此，已用九女。

尔时预复募索，未得其女。将乐县李诞家，有六女，无男。其小女名寄，应募欲行，父母不听。寄曰："父母无相，惟生六女，无有一男，虽有如无。女无缇萦济父母之功，既不能供养，徒费衣食，生无所益，不如早死。卖寄之身，可得少钱，以供父母，岂不善耶?"父母慈怜，终不听去。寄自潜行，不可禁止。

寄乃告请好剑及咋蛇犬。至八月朝，便诣庙中坐。怀剑将犬。先将数石米糍，用蜜麨灌之，以置穴口。蛇便出，头大如囷，目如二尺镜。闻糍香气，先啖食之。寄便放犬，犬就啮咋，寄从后斫得数创。疮痛急，蛇因踊出，至庭而死。寄入视穴，得其九女髑髅，悉举出，咤言曰："汝曹怯弱，为蛇所食，甚可哀愍。"于是寄女缓步而归。

越王闻之，聘寄女为后，拜其父为将乐令，母及姊皆有赏赐。自是东治无复妖邪之物。其歌谣至今存焉。

——《搜神记》卷十九《李寄》

以上两则作品均以消灭为患一方的蟒蛇，破除迷信为题材，具有较强的故事性，无一不是这个时期民间故事的名篇。然而，两者亦有明显的差异。前一则描述某乡人对轰动一时的飞仙奇事产生疑窦，探明究竟后率众射杀吸人大蟒，为民除却祸害，塑造了一个善于发现问题，有胆有识的乡民形象。后一则描述故事主人公是在明知险象环生的情况下，毅然应募去制伏妖物的。她虽独自前往，但由于事先作好充分的谋划和准备，故而能够如愿以偿，永绝后患，从而塑造了一个有勇有谋的少年巾帼英雄形象。

这个时期的破除迷信故事，尚有写生疱路人用古墓中石灰水洗澡多有治愈，近墓人乃立庙舍卖水致富，官方填塞古墓遂断绝香火的《抱朴子内篇》"洛西古墓"；写一太守让亲故扮神人道士为世人治病，谎称有奇效，骗得四方钱财丝帛不可胜数的《抱朴子内篇》"兴古太守"；写一估客置一鳝于朽树中，村民以为是神灵乃依树起庙，宰牲祭祀，后估客返始真相大白的《异苑·鳣父庙》等。

魏晋南北朝时期的案狱的故事、盗贼故事、友情故事等，数量都不多，但有一些作品比较精彩。试看：

汉时，东海孝妇养姑甚谨。姑曰：“妇养我勤苦。我已老，何惜余年，久累年少。”遂自缢死。其女告官云：“妇杀我母。”官收系之，拷掠毒治。孝妇不堪苦楚，自诬服之。时于公为狱吏，曰：“此妇养姑十余年，以孝闻彻，必不杀也。”太守不听。于公争不得理，抱其狱词，哭于府而去。

自后郡中枯旱，三年不雨。后太守至，于公曰：“孝妇不当死，前太守枉杀之，咎当在此。”太守即时身祭孝妇冢，因表其墓。天立雨，岁大熟。

长老传云：“孝妇名周青。青将死，车载十丈竹竿，以悬五幡，立誓于众曰：‘青若有罪，愿杀，血当顺下；青若枉死，血当逆流。’既行刑已，其血青黄，缘幡竹而上极标，又缘幡而下云。”

——《搜神记》卷十一《东海孝妇》

元嘉元年，建安郡山贼百余人，掩破郡治，抄掠百姓资产子女；遂入佛图，搜掠财宝。先是，诸供养具，别封贮一室。贼破户，忽有蜜蜂数万头，从衣簏出，同时噬螫群贼；身首肿痛，眼皆盲合。先诸所掠，皆弃而走。蜂飞邀逐，噬击弥路，贼遂惶惧从便道而去。是时腊日，所缚子女，各还其家。

——《宣验记》“蜂螫群贼”

荀巨伯远看友人疾，值胡贼攻郡，友人语巨伯曰：“吾今死矣，子可去！”巨伯曰：“远来相视，子令吾去，败义以求生，岂荀巨伯所行邪?”贼既至，谓巨伯曰：“大军至，一郡尽空，汝何男子，而敢独止?”巨伯曰：“友人有疾，不忍委之，宁以我身代友人命。”贼相谓曰：“我辈无义之人，而入有义之国。”遂班军而还，一郡并获全。

——《世说新语·德行》“荀巨伯”

以上三则作品系往昔流传下来的故事，均以汉代为故事背景。第一则通过东海孝妇的命案，揭露当时官府的某些黑幕，贬斥前太守刚愎自用，草菅人命，天怒人怨。同时称颂东海孝妇虽然屈打成招，却不甘心蒙冤受辱，临刑时敢于立誓于众以表其无辜，充分展示出她的倔强性格和抗争精神。其人的鲜活形象，正是这篇故事最能打动听众与读者之所在。第二则初见于《搜神后记》，但此则情节更为完整。它描述一群山贼攻破城池，恣意劫掠。当他们闯入佛寺胡为时被一大群蜜蜂噬螫，竟弃物逃窜，他们所掳掠的子女因得还家，显示出佛陀的威力。然而群蜂螫贼，实乃一种自然现象，带有一定的偶然性。这则作品，生动地展示了人心向背。其中的数万头蜜蜂，既可以视为无边佛法的象征，又可以视为抗暴民众的象征。第三则叙写胡贼攻城时，故事主人公冒着生命危险毅然留下来照看病友，其义举使群贼无比感佩，当即退去，从而让一郡得以幸免。它通过动人的故事情节，尤其是故事主人公发自肺腑的话语，塑造出一个重友情、轻生死、大义凛然的人物形象，感人至深。

魏晋南北朝时期，除了这几类故事外，尚有其他内容故事，譬如：写某刺史闻道旁女子哭声不哀，引起警觉，进而破获一桩淫妇谋夫案的《搜神记·严遵》；写某人有勇气，抚床一呼，声若雷震，使入室行窃之盗陨命的《搜神后记·陨盗》；写鸲鹆善能效人语，多次揭发盗窃行为因而被杀的《幽明录》“鸲鹆被害”；写某人哭吊友丧，因亡友好驴鸣，哭毕乃作驴鸣，使众宾朋变哭为笑的《裴子语林》“灵座驴鸣”；写孔某访友杨氏未遇，杨子设杨梅款待，孔某忙问“此贵君家果”，杨子答以“未闻孔雀是夫子家禽”的《郭子》“杨梅与孔雀”。

第二节　魏晋南北朝的民间笑话与民间寓言

一、魏晋南北朝的民间笑话

魏晋南北朝时期的民间笑话，大都见诸三国魏·邯郸淳撰《笑林》。

《笑林》是我国最早的一部笑话集。它的问世标志着我国古代民间笑话正式成为一个独立的民间故事门类，对后世的民间笑话创作影响深远。

它在我国笑话发展史上的地位是不言而喻的。这部笑话集的作品，民间色彩浓郁，除个别篇什是先秦两汉时期的作品外，绝大部分直接采自民间，或由民间笑话脱胎而来，而非文人创作的笑话。其中的故事主人公大多出自虚构，犹如先秦两汉时期的好些民间故事以宋人、郑人、齐人、楚人、荆人、卫人、门人、邻人、田父、客等常用名一样，往往以通用的有人、甲、乙、某人、某甲、汉人、齐人、鲁人、吴人、楚人、赵人、南方人、平原人、太原人、伧人、老父、民妻等相称。它们将民众熟悉的世俗生活中的各种人和事作为笑料加以提炼和创造，编织出各种笑话。它们由于构思巧妙，语言活泼，善于夸张人物性格，寓庄于谐，充满笑的乐趣，颇受世人喜爱。试看：

鲁有执长竿入城门者，初竖执之，不可入；横执之，亦不可入，计无所出。俄有老父至曰："吾非圣人，但见事多矣。何不以锯中截而入?"遂依而截之。

——《笑林》"执竿入城"

有民妻不识镜。夫市之而归，妻取照之，惊告其母曰："某又索一妇归也。"其母也照曰："又领亲家母来也。"

——《笑林》"不识镜"

甲与乙斗争，甲啮下乙鼻，官吏欲断之，甲称乙自啮落。吏曰："夫人鼻高耳，(而)口低岂能就啮之乎?"甲曰："他踏床子就啮之。"

——《笑林》"自啮鼻"

以上作品都落墨不多，却相当诙谐，最后以经过提炼的话语收尾，抖出了一个个响亮的包袱。这三则同为劝诫笑话，通过三种不同的生活场景，刻画出三类自以为是者的笑话人物形象，让世人引以为戒。

魏晋南北朝时期的民间笑话，尚有写某夜失火时，一太原人取铜枪时误执熨斗，便惊呼"火未至，枪已被烧失脚"的《笑林》"误出熨斗"；写某甲夜暴疾，命门人钻火，门人道"何不以火照我，我当得觅钻火具"的

《笑林》“把火觅钻火具”；写南方人至京师时人嘱其得物唯食，慎勿问名，其人竟先后食马屎与败履，苦不堪言的《笑林》“马屎与败履”；写集会吹奏乐曲时，某甲误将药方当曲目，乃命艺人“作附子当归送客”，令合座绝倒的《笑林》“奏乐方”；写汉人去吴食笋后，归家煮其床箦不熟，乃骂吴人“欺我如此”的《笑林》“煮床箦”；写某人谒见时不懂礼仪，乃随司仪高呼，一再丢丑的《笑林》“随典仪口倡”等。

二、魏晋南北朝的民间寓言

魏晋南北朝时期，已经没有先秦诸子著述那样包含大量寓言的专书。这个时期的民间寓言并不太发达。但在当时的史籍、笔记小说和其他著作里面，仍然可以见到一些民间寓言，或者带有寓言性质的故事以及带有民间叙事文学因素的寓言。这些寓言，大都为人事寓言，绝少拟人寓言；而在人事寓言当中，既有取材于日常生活的作品，又有取材于不同时期历史故事的作品，其总的格局与先秦两汉时期的民间寓言显然有所变化。譬如，《世说新语·容止》“效岳游遨”：

潘岳妙有姿容，好神情。少时挟弹出洛阳道，妇人遇者，莫不连手共萦之。左太冲绝丑，亦复效岳游遨，于是群妪齐共乱唾之，委顿而返。

这则寓言跟《庄子·天运》“丑女效颦”一样，提醒世人切不可盲目模仿，否则便会陷入尴尬境地。不过，它的描写比《庄子·天运》“丑女效婢”更为生动，写的是西晋两位知名度甚高的文学家，一个“姿容甚美，风仪闲畅”（《潘岳别传》），一个“貌丑悴，不持仪饰”（《续文章志》），形成鲜明对比。后者仿效前者出游，却收到截然不同的效果。此外，《裴子语林》“掷果与投石”，写得是潘岳（字安仁）与西晋另外一位文学家张载（字孟阳）的一轶事：“潘安仁至美，每行，老妪以果掷之，满车。张孟阳至丑，每行，小儿以瓦石投之，亦满车。”其旨趣与《世说新语·容止》“效岳游遨”颇为相似。

又如，北魏·魏收撰《魏书·吐谷浑传》“折箭训子”：

阿豺有子二十人，纬代长子也。阿豺又谓曰："汝等各奉吾一只箭，折之地下。"俄而命母弟慕利延曰："汝取一只箭折之。"慕利延折之。又曰："汝取十九只箭折之。"延不能折。阿豺曰："汝曹知否？单者易折，众则难摧。戮力一心，然后社稷可固。"言终而死。

此则寓言，叙写吐谷浑首领阿豺临终前，运用我国北方游牧民族常见的一种行为方式教育后代，揭示出"团结一致，力量无穷"的深刻寓意。折箭这一个巧譬十分形象，说服力极强，千百年来广为流布，深入人心。这则寓言因此逐渐演化为一个民间故事类型。

魏晋南北朝时期的民间寓言，尚有写吴中二人品评王之美丑，因眼光不同，结论迥异的《万机论》（三国魏·蒋济撰）"二人评王"；写月夜郑人像白昼乘凉似的在树下铺席而卧，浑身沾满露水的《苻子》（十六国前秦·苻朗撰）"郑人逃暑"；写周人与狐商量剥狐皮做皮衣，与羊商量割羊肉做祭品，吓跑狐和羊，一事无成的《苻子》"与狐谋皮"；写有个人打算将家里的一只白猪崽当作奇珍异宝献给皇帝，当他见到一群白猪后便败兴而归的《后汉书·朱浮传》"辽东白头猪"；写山鸡欣赏自己的羽毛，照着镜子飞舞不止，竟活活累死的《异苑·山鸡舞镜》；写一帝王凭主观想象以为驴"似猪"的《殷芸小说》"未尝见驴"；写一富翁让穷人奉送仅有的一头羊，使其凑足一百头的《金楼子》（梁元帝萧绎撰）"富者乞羊"；写蜀侯性贪，为迎接秦惠王送的一头粪金石牛，便派人堑山填谷，秦军乘机灭了蜀国，杀了蜀侯的《刘子》（北齐·刘昼撰）"粪金石牛"；写一位举国闻名的下棋高手，下棋时因分心而败下阵来的《刘子》"弈秋弈败"等。

在魏晋南北朝时期迻译的佛经故事中，民间寓言和带有寓言色彩的民间故事数量较多，颇为引人注目。其中，有不少名篇在我国已广为人知。譬如，《六度集经》卷八《镜面王经》（又称《镜面王本生》）"众盲摸象"：

佛告比丘言："是曹异学，非一世痴冥。比丘，过去久远，是阎浮提地有王，名曰镜面，讽佛要经，智如恒沙。臣民多不诵，带瑣小书，信萤灼之明，疑日月之远见。目瞽人以为喻，欲使彼舍行潦游巨海矣。敕使者，令行国界，取生盲者，皆将诣宫门。臣受命行，悉将国界无眼人到宫所，白言：‘已得诸无眼者，今在殿下。’王曰：‘将去以象示之。’臣奉王命，引彼瞽人，将之象所，牵手示之。中有持象足者、持尾者、持尾本者、持腹者、持胁者、持背者、持耳者、持头者、持牙者、持鼻者。瞽人于象所争之纷纷，各谓己真彼非。使者牵还，将诣王所。王问之曰：‘汝曹见象乎?’对言：‘我曹俱见。’王曰：‘象何类乎?’持足者对言：‘明王，象如漆筒。’持尾者言如扫帚，持尾本者言如杖，持腹者言如鼓，持胁者言如壁，持背者言如高机（亦作“几”），持耳者言如簸箕，持头者言如魁（意为小丘），持牙者言如角。持鼻者对言：‘明王，象如大索。’复于王前共讼言：‘大王，象真如我言。’镜面王大笑之曰：‘瞽乎，瞽乎！尔犹不见佛经者矣。’便说偈言：‘今为无眼曹。空诤自谓谛。睹一云余非，坐一象相怨。’”

此则寓言，又见《佛说义足经》、《大楼炭经》、《涅槃经》等。在原书中，其本意在于嘲笑讲堂里的那些不看佛经、没有智慧的梵志（即婆罗门）盲目争论经义，就如同众盲摸象各执一词，毫无益处。后世传讲这一寓言，大都已经脱离佛典的题旨，往往藉以说明看问题应有全局观念，不可陷入片面。

又如，三国吴·康僧会译《旧杂譬喻经》“鳖鱼”：

昔有鳖，遭遇枯旱，湖泽干竭，不能自致有食之地。时有大鹄，集住其边，鳖从求哀，乞相济度。鹄遂衔之，飞过都邑上，鳖不默声，问：“此何等?”如是不止，鹄便应之。应之口开，鳖乃堕地，人得屠裂食之。

此则寓言，源出古印度的两本故事集，即《佛本生故事·乌龟本生》与《五卷书》第一卷第十六个故事。其后尚有唐·释道世撰《法苑珠林》卷八十二“双雁衔龟”、十三世纪藏族仁钦拜辑录《萨迦格言注解》“乌龟自夸落地”、十五世纪藏族央金噶卫洛卓约编撰《甘丹格言注释》“乌龟自夸落地”、十八世纪蒙古族察哈尔格西撰《学习宝贝珠》“青蛙和鸿雁”等。以上印、中两国的各种异文情节大致相同，但具体描写略有出入，显示出民间故事在流传过程中出现的一些变化：故事主角一为飞禽中的天鹅或大雁，一为水边的爬行动物龟、鳖，或两栖动物青蛙；将被救者运往他处时，或为飞禽直接嘴含，或让被救者衔木棍、树枝以运载；落地惨剧的出现，或被救者张口所致，或为被救者诱使飞禽张口所致。这则寓言及其诸多异文，通过血的教训阐明了一个深刻的道理：为人处事必须谨言慎行，不可得意忘形，否则会吃其大亏，甚至付出生命的代价。

再如，《百喻经》卷下《夫妇食饼共为要喻》：

> 昔有夫妇，有三番饼。夫妇共分，各食一饼，余一番在，共作要言：“若有语者，要不与饼。”既作要已，为一饼故，各不敢语。
>
> 须臾有贼，入家偷盗，取其财物，一切所有，尽毕贼手。夫妇二人以先要故，眼看不语。贼见不语，即其夫前，侵略其妇，其夫眼见，亦复不语。妇便唤贼，语其夫言：“云何痴人，为一饼故，见贼不唤。”其夫拍手笑言：“咄，婢，我定得饼，不复与尔！”

此则寓言，佛经的原意在于说明凡夫俗子为小名利假装沉默，丧失了本来的清净善法，堕入火、血、刀三恶道却不害怕，遭受大苦难而不以为患。长期以来，它在中国的藏、新、青、内蒙、黑、冀、鄂、浙等地的流布过程中，逐渐演化为汉族和藏、维吾尔、鄂伦春、乌兹别克、撒拉等少数民族的故事，用以讥讽某些人为贪图微利而置亲情于不顾，因小失大，舍本逐末。它因其寓意深刻，生活味浓郁，诙谐风趣而深受民众喜爱。

在这个时期汉译的佛经故事中，尚有许多民间寓言后来在我国汉族和少数民族地区广为流传，逐渐中国化，甚至发展为民间故事类型。诸如写鳖背负猕猴去家中欢聚时，突然提出鳖妻欲食猴肝，猕猴谎称已肝挂在树上而骗鳖将其送上岸的《六度集经·兄（猕猴）本生》；写新妇取酒时见身影映瓮中，误以为瓮中另藏妇人，新夫见瓮中身影误以为妻有外遇，夫妻争吵时梵志、比丘尼、僧人在瓮中各有所见，最后击瓮乃了无所见的《杂譬喻经》“瓮中影”；写蛇之头尾争大，互不相让，导致饥饿难熬，竟堕入火坑而死的《杂譬喻经》"头与尾"；写先食下六枚半煎饼者，以为是吃最后半枚饼饱的，后悔何不先吃这半枚饼的《百喻经·欲食半饼喻》；写主人因远行时嘱家奴守好门、看好驴索，家奴让驴驮着绳索所系门板去看戏，使家中财物被洗劫一空的《百喻经·奴守门喻》；写驼背治时，医者将其涂上酥油以木板痛压，令双目并出的《百喻经·医治脊偻喻》；写长者派人买庵婆罗果[①]时叮咛务要甜美好吃，其人竟将买购果子逐一品尝的《百喻经·尝庵婆罗果喻》；写一大臣不忍心遗弃老父而将其藏于密屋，老人助子回答了天神各种问题，终使该国废止弃老习俗的《杂宝藏经·弃老国缘》，等等。

在这个时期汉译佛经所汇集的印度民间寓言中，也有一些作品在较短时间内便已中国化。譬如，南朝宋·刘义庆撰《宣验记》和南朝宋·刘敬叔撰《异苑》中的"鹦鹉灭火"，均由两百多年前三国吴·康僧会译《旧杂譬喻经》"鹦鹉灭火"演化而来。

昔有鹦鹉，飞集他山中。山中百鸟畜兽，转相重爱，不相残害。鹦鹉自念："虽尔，不可久也，当归耳。"便去。却后数月，大山失火，四面皆然。鹦鹉遥见，便入水以羽翅取水，飞上空中，以衣毛间水洒之，欲灭大火。如是往来往来。天神言："咄，鹦鹉！汝何以痴？千里之火，宁为汝两翅水灭乎?"鹦鹉曰："我由知而不灭也。我曾客是山中，山中百鸟畜兽皆仁善，悉为兄弟，我不忍见之耳。"天神感其至意，则雨灭火也。

——《旧杂譬喻经》"鹦鹉救火"

有鹦鹉飞集他山，山中禽兽辄相爱重。鹦鹉自念，虽乐，不可久也，便去。后数月，山中大火。鹦鹉遥见，便入水沾羽，飞而洒之。天神言："汝虽有志意，何足云也!"对曰："虽知不能救，然尝侨居是山，禽兽行善，皆为兄弟，不忍见耳。"天神嘉感，即为灭火。

——《宣验记》"鹦鹉灭火"

---

① 庵婆罗果：产于南亚的一种近似梨子的果实。

有鹦鹉飞集他山，山中禽兽辄相贵重。鹦鹉自念虽乐，不可久也，便去。后数月，山中大火。鹦鹉遥见，便入水濡羽，飞而洒之。天神言："汝虽有志意，何足云也！"对曰："虽知不能救，然尝侨居是山，禽兽行善，皆为兄弟，不忍见耳。"天神嘉感，即为灭火。

——《异苑》卷三《鹦鹉灭火》

与《旧杂譬喻经》"鹦鹉灭火"相比，《宣验记》"鹦鹉灭火"是经过改写的，情节较简略。而《异苑》卷三"鹦鹉灭火"与《宣验记》"鹦鹉灭火"非常接近，仅有个别字不同。北魏·吉迦夜、昙曜译撰《杂宝藏经·佛以智水灭三炎缘》是《旧杂譬喻经》"鹦鹉灭火"的一则异文，情节多有变化，可资比较。

佛言：过去之世，雪山一面，有大竹林，多诸鸟兽。依彼林住。有一鹦鹉，名欢喜首。彼时林中，风吹两竹，共相揩磨，其间火出，烧彼竹林，鸟兽恐怖，无归依处。尔时鹦鹉，深生悲心，怜彼鸟兽。捉翅到水，以洒火上。悲心精勤故，感帝释宫，令大震动。释提桓因[①]以天眼观："有何因缘，我宫殿动？"乃见世间，有一鹦鹉，心怀大悲，欲救济火，尽其身力，不能灭火。释提桓因即向鹦鹉所而语之言："此林广大，数千万里，汝之翅羽所取之水，不过数滴，何以能灭如此大火？"鹦鹉答言："我心弘旷，精勤不懈，必当灭火。若尽此身不能灭者，更受来身，誓必灭之！"释提桓因感其志意，为降大雨，火即得灭。

又如，南朝梁·沈约撰《宋书·袁粲传》"狂泉"，是由三百年前三国吴·康僧会译《旧杂譬喻经》"恶雨"演化而来。

外国时有恶雨，若堕江湖河井城池水中，人食此水，令人狂醉，

① 释提桓因：天帝。

七日乃解。时有国王，多智善相。恶雨云起，王以知之，便盖一井，令雨不入。时百官群臣，食恶雨水，举朝皆狂。脱衣赤裸，泥土涂头而坐王厅上。唯王一人独不狂也，服常所著衣，天璎珞，坐于本床。一切群臣，不自知狂，反谓王为大狂，何故所著独尔。众人皆相请言："此非小事，思共宜之。"王恐诸臣欲反，便自怖惧，语诸臣言："我有良药，能愈此病。诸人小停，待我服药，须臾当出。"王便入宫，脱所著服，以泥涂面，须臾还出。一切群臣，见皆大喜，谓法应尔，不自知狂。

七日之后，群臣醒悟，大自惭愧。各著衣冠而来朝会。王故如前，赤裸而坐。诸臣皆惊怪而问言："王常多智，何故若是？"王答臣言："我心常定，无变异也。以汝狂故，反谓我狂。以故若是，非实心也。"

——《旧杂譬喻经》"恶雨"

昔有一国，国中一水，号曰"狂泉"。国人饮此水，无不狂。唯国君穿井而汲，独得无恙。国人既并狂，反谓国主之不狂为狂。于是聚谋，共执国主，疗其狂疾。火艾、针药莫不毕具。国主不任其苦，于是到泉所酌水饮之。饮毕便狂。君臣大小，其狂若一，众乃欢然。

——《宋书·袁粲传》"狂泉"

将以上两则作品相互进行比照不难发现，它们不但繁简有别，而且细节也多有殊异：恶雨变为狂泉，群臣变为国人，国君由假狂变为真狂，疗疾方式由服药变为火艾、针药，无不显示出故事情节在中国化过程中发生的变异。不仅如此，寓言的题旨亦产生了显著变化，后者由原故事宣扬佛教教义，希望信佛者应有常定之心，不为魔事所动，演变为展现不同凡响的仁人志士内心深感苦闷与悲怆。故事末尾发出的感叹："我既不狂，难以独立，比亦欲试饮此水。"正好是这种心境的写照。

第三章　魏晋南北朝的民间故事类型

魏晋南北朝是中国古代民间故事的第一个大发展的时期，也是中国古代民间故事类型的第一个兴旺发达的时期。这个时期，除在先秦两汉时期出现的鬼魂报冤型、戏后误国型、不死药型、射石饮羽型、鬼欺老翁型、河伯娶妇型、城陷为湖型、山神娶亲型、桑中生李型等一批故事类型继续得以流传，并且有所发展外，又涌现出近七十个新的故事类型。新涌现的故事类型，门类相当齐全，计有幻想故事、写实故事、民间笑话、民间寓言以及各类民间传说等方面的类型，充分显示出这一时期民间故事类型的多样性特点和丰富程度，令人耳目一新。

这个时期有不少典籍在录写民间故事类型方面比较突出。首先要提到的是《搜神记》一书。尽管该书多有亡佚，如今仅存二十卷，但这个时期新出现的故事类型大约百分之三十初见于此书，包括龙子祭母型、黄粱梦型、仙窟艳遇型、云中落绣鞋型、狐精为祟型、蛴螬炙型、兽异避祸型、动物感恩型、烈火救主型、临危护主型、鱼腹失物型、斩除蛇精型、人兽婚配型、董永行孝型、连理枝型、卧冰求鱼型、郭巨埋儿型、丁兰刻木型、画女钉心型、虎报恩型等故事类型。重要性略逊于《搜神记》的典籍，有《笑林》（不识镜型、隐身草型、治驼背型、长竿入城型、煮竹席型等故事类型初见于此书）、《列异传》（凶宅得金型、巧卖鬼型、相思树型等故事类型初见于此书）、《博物志》（千日酒型、“升仙”奥秘型、牛郎织女型等故事类型初见于此书）、《搜神后记》（蛇郎娶亲型、义兽救人型、义犬除奸型、两蛇相斗型等故事类型初见于此书）、《幽明录》（驱走缢鬼型、望夫石型等故事类型初见于此书）、《异苑》（人参精型、象报恩型、蛇衔草型等故事类型初见于此书）、《续齐谐记》（病鬼延医型、紫荆树型、祭屈原型等故事类型初见于此书)。

与这个时期新出现的民间故事类型有关的典籍，尚有《玄中记》(羽衣仙女型故事类型初见于此书)、《发蒙记》(田螺女型故事类型初见于此书)、《三齐要略》(晋·伏琛撰，赶山鞭型故事类型初见于此书)、《广州记》(晋·顾微撰，五仙五羊型故事类型初见于此书)、《郡国志》(观仙对弈型故事类型初见于此书)、《灵鬼志》(鹅笼书生型故事类型初见于此书)、《世说新语》(晒腹书型故事类型初见于此书)、《妒记》(妒妇改过型故事类型初见于此书)、《述异记》(南朝齐·祖冲之撰，金人现身型故事类型初见于此书)、《殷芸小说》(贫人瓮算型故事类型初见于此书)、《荆楚岁时记》(南朝梁·宗懔撰，端午竞渡型故事类型初见此书)、《魏书》(折箭训子型故事类型初见于此书)等。

魏晋南北朝新出现的民间故事类型，有一些还首先见于这个时期的汉译佛经，计有《六度集经》(猴子取心型、瞎子摸象型等故事类型初见于此书)、《旧杂譬喻经》(空中落龟型故事类型初见此书)、《百喻经》(看门戏主型、半饼充饥型、谁先开口型、全都试过型等故事类型初见于此书)、《杂宝藏经》(弃老复归型、换代物型、呆子学舌型、双头鸟型等故事类型初见于此书)、《贤愚经》(问活佛型、巧媳妇型等故事类型初见于此书)等。

第一节　魏晋南北朝的幻想故事类型

这个时期新出现的民间故事类型，数量最多、影响最大的是幻想故事方面的故事类型，共有二十多个，占总数近三分之一。其中，像田螺女型、羽衣仙女型、蛇郎娶亲型、龙子祭母型、问活佛型、云中落绣鞋型、观仙对弈型、猴子取心型、人参精型、驱走缢鬼型等一批故事类型，都颇为著名。它们往往不但在古代就已传播开来，甚至在这个时期屡见记载，而且在现当代仍然广为流布，相当活跃。譬如，龙子祭母型故事最早的一则为《搜神记》卷十四《窦氏蛇》[1]，其后又见于《搜神后记》、《幽明录》：

长沙有人，忘其姓名，家住江边。有女子，渚次浣衣，觉身中有异，后不以为患，遂妊身。生三物，皆如鲏鱼。女以己所生，甚怜异之。乃着澡盘水中养之。经三月，此物遂大，乃是蛟子。各有字：大者为“当洪”，次者为“破阻”，小者为“扑岸”。天暴雨水，三蛟一时俱去，遂失所在。后天欲雨，此物辄来。女亦知其当来，便出望之。蛟子亦举头望母，良久方去。经年后，女亡，三蛟子一时俱至墓所哭之，经日乃去。闻其哭声，状如狗嗥。

——《搜神后记》卷十《蛟子》

会稽谢祖之妇，初育一男，又生一蛇，长二尺许，便径出门去。后数十年，妇以老终。祖忽闻西北有风雨之声，顷之，见一蛇，长十数丈，腹可十余围，入户造灵座。因至柩所，绕数匝，以头打柩，目血泪俱出，良久而去。

——《幽明录》“谢妇生蛇”

这一故事类型，在唐、五代、宋、金、明、清及近代各个时期亦不断有所发展、变化，到了现当代仍在鲁、黑、吉、辽、冀、津、苏、沪、浙、闽、粤、湘、鄂、陕等地广为流布。

又如，观仙对弈型故事，最初见诸《郡国志》，情节极为简略：

道士王质，负斧入山，采桐为琴，遇赤松子与安期先生棋而斧柯烂。

——《郡国志》“王质”

此后，故事情节逐渐得以发展，日渐丰富。《搜神后记》卷一《仙馆玉浆》[2] 是这个故事类型较为曲折的一则异文，但未出现王质其人。《幽明

① 此则已见于本编第一章第三节魏晋南北朝的精怪故事。

② 此则已见于本编第二章第四节魏晋南北朝的神异故事。

录》“仙馆棋者”与《殷芸小说》卷七“仙馆棋者”，由《搜神后记》卷一《仙馆玉浆》改写而成，文字有所压缩。《异苑》卷五《樗蒲仙》的情节多有变化，与《郡国志》“王质”较为接近：

昔有人乘马山行，遥望岫里二老翁相对樗蒲，遂下马造焉，以策注地而观之。自谓俄顷，视其马鞭，摧然已烂，顾瞻其马，鞍骸枯朽。既还至家，无复亲属，一恸而绝。

任昉撰《述异记》卷上“王质”由《郡国志》“王质”拓展而成，故事情节有所丰富，惟不复提及赤松子、安期先生，更具民间故事色彩：

信安郡石室山，晋时王质伐木至，见童子数人棋而歌，质因听之。童子以一物与质，如枣核，质含之不觉饥。俄顷，童子谓曰：“何不去？”质起视斧柯烂尽。既归，无复时人。

此后，在唐、宋、明、清及近代各个时期，此故事类型亦多有发展，至现当代仍在冀、豫、晋、辽、粤、桂等地流布。

再如，田螺女型故事，最初见于《发蒙记》，这个时期当见于《搜神后记》、《幽明录》、《异苑》、祖冲之撰《述异记》、任昉撰《述异记》等，此后在唐、五代、宋、元、明、清及近代各个时期亦不断有所变化，至现当代仍在沪、苏、浙、闽、台、海、粤、桂、贵、云、川、湘、鄂、赣、豫、皖、陕、黑、辽等地的汉族和回、苗、彝、布依、朝鲜、傣、佤、黎、高山、阿昌、德昂、基诺等少数民族聚居区广为流传。

第二节　魏晋南北朝的其他故事类型

这个时期新出现的写实故事方面的民间故事类型，数量与幻想故事方面的民间故事类型不相上下。尽管它们的影响不及幻想故事方面的民间故事类型，但也有一些较为知名的类型。譬如，“升仙”奥秘型故事最初为

《博物志》卷十“蟒气”[①]，此后，在唐、五代、宋、元、明、清各个时期均有记载，至现当代仍在沪、浙、鄂、冀等地流布。

又如，治驼背型故事最初见于《笑林》：

> 平原人有善治伛者，自云：“不善，人百一人耳。”有人曲度八尺，直度六尺，乃厚货求治。曰：“君且□。”欲上背踏之。伛者曰：“将杀我。”曰：“趣令君直，焉知死事。”
>
> ——《笑林》“治伛者”

魏晋南北朝时期，这一故事类型的异文尚见于《殷芸小说》及《百喻经》。此后，在明、清、近代各个时期亦有记载，至现当代仍在川、藏、陕、冀、粤等地的汉族和个别少数民族聚居区流布。

再如，虎报恩型故事最早出现的是《搜神记》卷二十《苏易》[②]。此后，在唐、宋、明、清各个时期均有不少异文出现。至现当代，此故事类型仍在冀、晋、吉、鲁、闽、湘、鄂、桂、贵、川、陕、宁、青等地的汉族和藏、苗、壮、土家、畲等少数民族聚居区广为流布。

这个时期新出现的笑话和寓言方面的民间故事类型，数量都比较少，但也有某些知名度颇高的类型。譬如，不识镜型故事最早出现的是《笑林》“不识镜”[③]，这个时期尚有《杂譬喻经》“瓮中影”，此后，在隋、唐、明、清及近代各个时期均有不少异文出现。到了现当代仍在皖、鲁、苏、浙、闽、桂、贵、川、陕、新、宁、内蒙古、晋、冀、京、豫、鄂等地的汉族和某些少数民族聚居区广为流布。

又如，折箭训子型故事最初为《魏书·吐谷浑传》“折箭训子”[④]，此后，在唐、元、明、清各个时代的汉文、蒙古文典籍中亦有记载，且多有变化。至现当代仍在内蒙古、沪等地的汉族和某些少数民族聚居区流布。

这个时期新出现的民间传说方面的故事类型，共有十多个，涉及人

---

① 此则已见于本编第二章第一节魏晋南北朝的写实故事。

② 此则已见于本编第二章第一节魏晋南北朝的写实故事。

③ 此则已见于本编第二章第二节魏晋南北朝的民间笑话与民间寓言。

④ 此则已见于本编第二章第二节魏晋南北朝的民间笑话与民间寓言。

物、山川、城地、风俗等诸多类别，而以人物传说的类型居多。除中国四大传说之一的牛郎织女型故事外，像董永行孝型、相思树型、赶山鞭型、五仙五羊型、千日酒型、卧冰求鱼型、郭巨埋儿型、丁兰刻木型、望夫石型、祭屈原型、龙舟竞渡型等传说方面的故事类型，不少具有较高的知名度。它们大多在古籍中不断有所记载，至现当代依然在各地流布。譬如，董永行孝型故事，三国魏·曹植撰《灵芝篇》已略述故事梗概：

> 董永遭家贫，父老财无遗。举假以供养，佣作致甘肥。责家填门至，不知何用归。天灵感至德，神女为秉机。

《搜神记》卷一《董永》是最早的一则故事文本：

> 汉董永，千乘人。少偏孤，与父居。肆力田亩，鹿车载自随。父亡，无以葬，乃自卖为奴，以供丧事。主人知其贤，与钱一万，遣之。永行三年丧毕，欲还主人，供其奴职。道逢一妇人，曰："愿为子妻。"遂与之俱。主人谓永曰："以钱与君矣。"永曰："蒙君之惠，父丧收藏。永虽小人，必欲服勤致力，以报厚德。"主曰："妇人何能？"永曰："能织。"主曰："必尔者，但令君妇为我织缣百匹。"于是永妻为主人家织，十日而毕。女出门，谓永曰："我，天之织女也。缘君至孝，天帝令我助君偿债耳。"语毕，凌空而去，不知所在。

此故事类型，此后在唐、五代、明各个时期亦有记载，至现当代仍在鄂、台、桂、苏、冀、陕等地的汉族和一些少数民族聚居区流布。

又如，赶山鞭型故事最早的一则为晋·伏琛撰《三齐要略》"驱石下海"：

> 秦始皇作石桥，欲过海，观日所出处。传云：时有神能驱石下海。阳城十一山，今尽起立，嶷嶷东倾，如相随行状。又云：石去不速，神人辄鞭之，皆流血，石莫不悉赤，至今犹尔。

此故事类型，这个时期尚有《殷芸小说》卷一"神人鞭石"、任昉撰

《述异记》“神人驱石”等异文，此后，在五代、宋、明、清各个时期亦有记载，至现当代仍在川、陕、豫、冀、鲁、京、浙、赣、贵等地流布。

再如，祭屈原型故事最早的一则为《续齐谐记》“祭屈原”：

> 屈原五月五日投汨罗水，楚人哀之。至此日，以竹筒子贮米投水以祭之。汉建武中，长沙区曲忽见一士人，自云“三闾大夫”，谓曲曰：“闻君当见祭，甚善。常年为蛟龙所窃，今若有惠，当以楝叶塞其上，以彩丝缠之。此二物，蛟龙所惮。”曲依其言。今五月五日作粽，并带楝叶、五花丝，遗风也。

这一故事类型，在唐、宋、明、清各个时期亦有记载，至现当代仍在湘、川、鄂、宁等地流布。

值得特别提及的是，汉译佛教经典对中国民间故事类型的形成和发展，产生过相当深远的影响，而这种影响主要集中体现在这个时期。这个时期首见于汉译佛经的民间故事类型达十四五个之多，涉及的汉译佛经除本书已提到的几部外，尚有三国吴·月支优婆支谦译《佛说义足经》、西晋·竺法护译《佛说生经》、西晋·法炬与法立合译《大楼炭经》、东晋·法显译《涅槃经》等。

这个时期首见于汉译佛经的民间故事类型，以寓言方面的类型较多，幻想故事和笑话方面的类型亦不少。它们在长期流传过程中逐渐本土化，变为中国民间故事类型的有机组成部分。其中，像猴子取心型、空中落龟型、弃老复归型等故事类型不但古代多有记载，而且现当代仍广为流布；像问活佛型、巧媳妇型、呆子学舌型、看门戏主型、换代物型、谁先开口型、全都试过型等故事类型，古代虽然记载不多，但在现当代却流布甚广。

譬如，猴子取心型故事初见于《六度集经》：

> 昔者菩萨，无数劫时，兄弟资货求利养亲。之于异国，令弟以珠现其国王。王睹弟颜华，欣然可之，以女许焉，求珠千万。弟还告兄，兄追之王所。王又睹兄容貌堂堂，言辄圣典，雅相难齐。王重嘉

焉，转女许之。女情泆豫。兄心存曰：“婿伯[1]即父，叔[2]妻即子，斯有父子之亲，岂有嫁娶之道乎？斯王处人君之尊，而为禽兽之行。”即引弟退。女登台望曰：“吾为魅蛊，食兄肝可乎！”

展转生死，兄为猕猴，女与弟俱为鳖。鳖妻有疾，思食猕猴肝。

雄行求焉，睹猕猴下饮。鳖曰：“尔尝睹乐乎？”答曰：“未也。”曰：“吾舍有妙乐，尔欲观乎？”曰：“然。”鳖曰：“尔升吾背，将尔观矣。”升背随焉。半溪，鳖曰：“吾妻思食尔肝，水中何乐之有乎？”猕猴心恧然曰：“夫戒，守善之常也；权，济难之大矣。”曰：“尔不早云，吾以肝悬彼树上。”鳖信而还。猕猴上岸，曰：“死鳖虫！岂有腹中肝而当悬树者乎？”

——《六度集经》卷四《兄（猕猴）本生》

此则故事源出《佛本生故事》与《五卷书》，这个时期又见于《佛说生经》。其后，隋、唐、明、清各个时期均有记载。到了现当代，这一故事类型仍在鲁、沪、闽、豫、晋、内蒙古、辽、吉、黑、陕、甘、宁、藏等地的汉族和蒙古、回、藏、朝鲜、鄂温克等少数民族聚居区广为流布。

又如，换代物型故事初见于《杂宝藏经》：

往昔波罗奈国，有不善法，流行于世：父年六十，与着敷屡，使守门户。尔时，有兄弟二人，兄语弟言：“汝与父敷屡。使令守门。”屋中唯一敷屡，小弟便截半与父，而白父言：“大兄与父，非我所与，大兄教父使守门。”兄语弟言：“何不尽与敷屡？截半与之？”弟答言：“适有一敷屡，不截半与，后更何处得？”兄问言：“欲更与谁？”弟言：“岂可得不留与兄耶？”兄言：“何以与我？”弟言：“兄当年老，汝子亦当安汝置于门中。”兄闻此语。惊愕曰：“我亦当如是耶？”弟言：“谁当代兄？”便语兄言：“如此恶法，宜共除舍。”兄弟相将，共至辅相所，以此言论向辅相说。辅相答言：“实尔，我等亦共有老。”

① 伯：六朝俗语，哥哥。
② 叔：六朝俗语，弟弟。

辅相启王，王可此语，宣令国界：孝养父母，断先非法，不听更尔。

——《杂宝藏经·波罗奈国弟微谏兄遂彻承相劝王教化天下缘》

此则故事在中国经过三四百年的传播，便已逐渐本土化。敦煌石室遗书里面的句道兴撰《搜神记》录写的一则异文，记述的已经是一个地道的中国故事，与后世的口传作品颇为接近：

《史记》曰：孙元觉者，陈留人也。年始十五，心爱孝顺。其父不孝。元觉祖父年老，病瘦渐弱，其父憎嫌，遂缚筐舆舁弃深山。元觉悲泣谏父。父曰："阿翁年老，虽有人状，惛耄如此，老而不死，化成狐魅。"遂即舁父弃之深山。元觉悲啼大哭，随祖父归去于深山，苦谏其父，父不从。元觉于是仰天大哭，又将舆归来。父谓觉曰："此凶物，更将何用?"觉曰："此是成熟之物，后若送父，更不别造。"父得此语，甚大惊愕："汝是吾子，何得弃我?"元觉曰："父之化子，如水之下流。既承父训，岂敢违之?"父便得感悟，遂即却将祖父归来，精勤孝养，倍于常日。

——句道兴本《搜神记》"孙元觉劝父"

这一故事类型，现当代仍在皖、苏、沪、浙、闽、台、海、粤、湘、豫、陕、青、宁、冀、京、晋、黑等地的汉族和一些少数民族聚居区广为流布。

第四章　魏晋南北朝民间故事的采录

第一节　民间故事采录发展的里程碑

魏晋南北朝时期，伴随着民间故事的空前兴盛，民间故事的采录也大大向前推进一步，迈入一个新的发展阶段。这不但体现在魏晋南北朝时期在采录民间故事收获相当丰厚上，而且体现在采录民间故事的自觉性上。这个时期采录者的采录活动，是出于对民间故事的喜好和关注，有意识地将其搜集起来，汇成专书，因而使民间故事从经籍、史籍和各种理论著作中独立出来，而不像先秦两汉时期那样，采录者的采录活动仅仅是为撰写自己的写作服务。尽管当时尚没有“民间故事”的概念，被视为“古今怪异非常之事”（干宝撰《进〈搜神记〉表》），但这并不很重要。

这个时期涌现的收采广义民间故事（即神话、民间传说和狭义民间故事）的专书，包括《笑林》、《列异传》、《搜神记》、《搜神后记》、《裴子语林》、《拾遗记》、《郭子》、《灵鬼志》、《录异传》、《幽明录》、《异苑》、《齐谐记》、祖冲之撰《述异记》、《续齐谐记》、《殷芸小说》、《冤魂志》等，大多以狭义民间故事所占的比重最大。当时从事民间故事采录的，大都是具有很高文化素养和文学水平的有识之士，譬如，邯郸淳、曹丕等为三国魏文学家，干宝为东晋史学家、小说家，陶潜为东晋文学家，裴启为东晋小说家，王嘉为十六国前秦小说家，刘义庆、刘敬叔为南朝宋小说家，祖冲之为南朝齐科学家、文学家，吴均为南朝梁文学家，殷芸为南朝梁小说家，颜推之为北齐小说家。从他们所采录的民间故事可以看出，他们参与民间故事的采录，并不将其视为文学创作活动，而是出于如干宝撰《搜神记·序》所谓“发明神道之不诬”一类理念，“博访知之者”，力求“无失实者”，不任加发挥，因而往往能够保障作品的忠实性、可靠性，使之具有较高的科学价值。

从民间故事采录发展史的视角来考察，魏晋南北朝时期有两部专集十分重要，值得特别关注，这就是《笑林》和《搜神记》。

三国魏·邯郸淳撰《笑林》成书于三国魏初年，既是现存最早的一部笑话集，也是现存最早的一部民间故事专集。邯郸淳（约132—?），一名竺，字子叔，或作子礼，颍川（今河南许昌）人。汉魏间文学家。撰有《投壶赋》、《上受命述表》、《受命述》、《笑林》等。《笑林》原书三卷，宋代尚存世，其卷帙由三卷附益扩充为十卷。宋以后亡佚，今有清人马国翰《玉函山房辑佚书》本一卷，共二十四则。鲁迅《古小说钩沉》辑其佚文近三十则。从现存佚文可以窥见，其中所收为民间笑话和带有笑话色彩的讽刺故事、呆子故事等。书中作品只有个别抄自先秦典籍，即“献山雉”抄自《尹文子·大道上》，文字几乎相同，其余作品皆为邯郸淳本人采录，民间故事特征相当鲜明，对后世民间笑话的发展颇有影响。《笑林》作为我国最早的一部笑话集，在我国笑话史上具有突出的地位。不仅如此，它作为我国最早的一部民间故事专集，在我国民间故事采录史上的地位也值得珍视。

魏晋南北朝时期，在民间故事采录史上具有更为重要地位的无疑是东晋·干宝撰《搜神记》。干宝（286？—336），字令升，新蔡（今属河南）人。东晋史学家、文学家。撰有《晋纪》、《百志诗》、《搜神记》、《干宝集》等。《搜神记》成书的时间最迟不晚于公元四世纪四〇年代，即东晋永和初年。原书三十卷，今传本二十卷，为明人胡应麟辑录，共收四百六十四则（内中某些作品系误收），最初刊入明万历间胡震亨编刻《秘册汇函》，明末清初毛晋将其收入《津逮秘书》，清嘉庆间张海鹏又将其辑入《学津讨原》，逐渐广为流布。今人汪绍楹校注本又辑有佚文三十四则。

《搜神记》在民间故事采录方面的杰出贡献，不仅体现在它汇集了大量的神话、民间传说、民间故事，其中不少名篇佳制，在我国民间故事史上熠熠闪光。更主要是体现在采录者在借鉴前人经验的基础上，通过自己的大量实际运作，总结出一套搜集、录写民间故事的理论，从而增加了民间故事采录的自觉性，使采录民间故事的实践形成一个较为完善的体系。

《搜神记》搜集民间故事，即干宝《进〈搜神记〉表》所说的“撰记古今怪异非常之事”，或者《晋书·干宝传》所说的“撰集古今神祇灵异人物变化”，主要有两个渠道：其一，采用前人的成果，即“考先志于载籍”，“承于前载”。包括（一）直录旧籍，不作改动，或者基本上不作改动；（二）进行必要的加工、润饰，或作必要的增补。其二，自己采录，“博访知之者”，记“亲闻睹”。包括（一）采录前朝流传下来的民间故事，即“收遗逸于当时”，“访行事于故老”；（二）采录当时流传的民间故事，即“采访近世之事”[①]。

《搜神记》采用前人的成果，引书相当广泛，涉及春秋至西晋时期的许多典籍，计有《左传》、《墨子》、《晏子春秋》、《庄子》、《吕氏春秋》、《汲冢纪年》、《国语》、《战国策》、《山海经》、《韩诗外传》、《淮南子》、《说苑》、《列仙传》、《史记》、《汉书》、《东观汉记》、《风俗通义》、《列异传》、《西京杂记》、《博物志》等。直录旧籍，不作改动或基本上不作改动的作品，譬如，卷一《赤松子》几同于刘向撰《列仙传》卷上《赤松子》、卷一《汉阳生》几同于《列仙传》卷下《阴生》、卷十六《汝阴鬼魅》几同于《风俗通义·怪神》“汝阳习武亭”、卷十《蒋济亡儿》几同于《列异传》“蒋济亡儿”、卷十八《王周南》几同于《列异传》“鼠精吓人”。抄录旧籍而有所加工润饰，或作必要增补用的，譬如，卷十八《怒特祠》，本事见《史记》、《列异传》。

《史记·秦本纪》的记载极为简略：

（文公）二十七年伐南山大梓丰大特。

《列异传》“怒特祠”记载较为详细：

武都故道县有怒特祠，云神本南山大梓也。昔秦文公二十七年伐之，树疮，随合。秦文公乃遣四十人持斧斫之，犹不断。疲士一人，

① 以上引文，分别见于干宝撰《搜神记·序》和《进〈搜神记〉表》。《进〈搜神记〉表》，辑自《初学记》卷二十一，原引作“干宝表白”。此题目系汪绍楹先生所拟。

伤足不能去，卧树下，闻鬼相与言曰："劳攻战乎?"其一曰："是为劳矣。"又曰："秦公必持不休。"答曰："其如我何?"又曰："赤灰跋于子何如?"乃默无言。卧者以告，令士皆赤衣，随所斫，以灰跋；树断，化为牛，入水。故秦为立祠。

《搜神记》卷十八的这则与《列异传》接近，但有所加工、增饰。除文字更为严密、生动外，情节亦有所变化，增加了披发、绕丝砍树与青牛出入水中等描写：

秦时，武都故道有怒特祠，祠上生梓树。秦文公二十七年，使人伐之，辄有大风雨。树创随合，经日不断。文公乃益发卒，持斧者至四十人，犹不断。士疲还息。其一人伤足，不能行，卧树下，闻鬼语树神曰："劳乎攻战?"其一人曰："何足为劳。"又曰："秦公将必不休，如之何?"答曰："秦公其如予何。"又曰："秦若使三百人被发，以朱丝绕树，赭衣灰坌伐汝，汝得不困耶?"神寂无言。

明日，病人语所闻。公于是令人皆衣赭，随斫创，坌以灰。树断，中有一青牛出，走入丰水中。其后青牛出丰水中，使骑击之，不胜。有骑堕地复上，髻解被发，牛畏之，乃入水，不敢出。故秦自是置旄头骑。

又如，卷十一《东海孝妇》[①]，本事见《说苑·贵德》、《汉书·于定国传》。其故事情节与《说苑》、《汉书》大致相同，文字略有出入。惟末尾处增添了"长老传云"一段文字，写孝妇死，行刑前立誓于众，使故事情节更为完整，突显出感情之深重。而所增补的这一段描写，恰好是干宝采自民间。

再如，卷十八《张叔高》，取自《风俗道义·怪神》，卷十二《猳国马化》，取自《博物志》，卷十四《毛衣女》，取自《玄中记》，其情节无变化，但文字略有出入，经过干宝润饰，描写均更为严密、合理。

① 此则已见于本编第二章第一节魏晋南北朝的写实故事。

《搜神记》中由干宝采访录写的民间故事数量不少，大多相当精彩。属于前朝流传下来的作品，如卷十一《儿化水》、《范巨卿张元伯》，卷十二《鬼弹》，卷十四《怪老翁》，卷十五《河间郡男女》、《贾文合》、《颜畿》，卷十六《文颖》、《鼓琵琶》、《鬼酣醉》，卷十七《朱诞给使》、《顿丘鬼魅》、《竹中长人》，卷十八《树神黄祖》、《陈敬叔》、《阿紫》、《高山君》、《汤应》，卷十九《五酉》，卷二十《黄衣童子》、《董昭之》、《蝼蛄神》。干宝采录的当时流传的作品，如卷十二《大青小青》、《张小小》、《蛇蛊》，卷十六《秦巨伯》，卷十七《虞定国》、《釜中白头翁》，卷十八《宋大贤》、《狸婢》、《刘伯祖狸神》，卷十九《鼍妇》、《丹阳道士》、《鼠妇》，卷二十《苏易》、《华亭大蛇》、《虞荡》、《华隆家犬》。

在《搜神记》之后，这个时期的《搜神后记》、《灵鬼志》、《录异传》、《幽明录》、《异苑》、《述异记》等书里面的民间故事，基本上都是按照《搜神记》的模式汇集的，既有"承于前载"者，亦有"收遗逸于当时"者和"采访近世之事"者，兹举例说明如下。

东晋·陶潜撰《搜神后记》，又称《续搜神记》、《搜神续记》。陶潜(365—427)，字元亮，入宋后字渊明，私谥靖节先生，浔阳柴桑（今江西九江西南）人。晋宋间文学家。撰有《陶渊明集》等。《搜神后记》中的民间故事，"承于前载"者，如卷三《华歆当公》，几同于《列异传》"华歆为公"。卷九《林虑山亭犬》，出自《抱朴子·登涉》，情节相同，其文字略有变化。卷五《白水素女》[①]，本事见晋·束皙撰《发蒙记》，其文字极简约：

> 侯官谢端，曾于海中得一大螺，中有美女，云："我天汉中白水素女，天矜卿贫，令我为卿妻。"
>
> ——《发蒙记》"白水素女"

《搜神后记》中的《白水素女》，已经产生很大的发展、变化，不仅情节相当曲折生动，而且人物形象鲜活动人，民间故事的韵味十足，显然是

① 此则已见于本编第一章第四节魏晋南北朝的神异故事。

民间口头创作，而绝非个人杜撰。它为后世的进一步发展多有启示，留下了较大的想象空间，唐·皇甫氏撰《原化记》“螺妇”、敦煌古藏文写卷中的《金波聂基兄弟俩和增格巴辛姐妹仨》与《白噶白喜和金波聂基》、清·程趾祥撰《此中人语》卷二《田螺女》、近人贡少芹等编《近五十年见闻录》卷六《螺妻》等诸多异文以及现当代一大批口传故事，正是在此基础上形成的。

《搜神后记》中采录自民间的故事甚多，属于前朝流传下来者有卷三《蜜蜂螫贼》、《马溺消瘕》，卷四《徐玄方女》、《李仲文女》、《虎符》，卷五《清溪神庙》，卷七《两头人》，卷八《髑髅百头》，卷九《放伯裘》，卷十《乌衣人》、《蛇衔卵》等；属于当时采录者有卷一《剡县赤城》，卷三《禾满》、《蕨茎化蛇》、《魂车木马》，卷五《临贺太守》、《何参军女》，卷六《韩冢人》、《四人捉马》、《腹中鬼》、《白布袴鬼》，卷七《山魈》、《毛人》、《壁中一物》、《狗形》，卷八《死人头》，卷九《素衣女子》、《虎卜吉》、《熊穴》、《乌龙》、《杨生狗》、《古冢老狐》，卷十《蛟子》、《斫雷公》、《女嫁蛇》、《放龟》等。

南朝宋·刘义庆撰《幽明录》，成书于宋元嘉七年（430）之后。刘义庆（402—444），彭城（今江苏徐州）人。南朝宋小说家。撰有《世说新语》、《幽明录》、《宣验记》、《宋临川王义庆集》等。《幽明录》里面的民间故事，“承于前载”者如“颖川小女”，由《异闻录》“张广定女”缩写而成，情节稍有变动。“望夫石”出《列异传》，文字小有出入。“蝼蛄救人”出《搜神记》，文字略有压缩。“九馆大夫”由《搜神后记·仙馆玉浆》演化而来，情节有所发展；《幽明录》中采录自民间的故事为数颇多，为前朝流传下来者有“入天台”、“妙音”、“陈仙”、“八尺鬼”、“观仙对弈”、“某甲易脚”、“陈素妇还男”、“射师救鸟”、“狸妇”等，属于当时流传者有“亡妇产子”、“大狸精”、“救缢女”、“伧小儿缚鬼”、“卖胡粉女子”、“鬼救李经”、“庞阿”、“张缝遇鬼”、“三小儿弹壶”、“梦中得药”、“母魂覆被”、“鬼友”等。

总而言之，《搜神记》在借鉴前人经验的基础上，对民间故事的搜集、录写采取了一套行之有效的举措，构筑起采录民间故事的体系，从而提高了采录活动的自觉性，使我国民间故事的采录事业逐步走向成熟。《搜神记》无疑是我国民间故事采录发展的一座里程碑。在民间故事采录史上，《搜神记》不仅影响了东晋和南北朝时期出现的另外一批采录者的实践，使他们在搜集、录写民间故事方面取得许多成绩，而且有力推动了自隋唐五代以来民间故事采录事业的健康发展，诸如唐代的《酉阳杂俎》、五代的《稽神录》、宋代的《夷坚志》、元代的《湖海新闻夷坚续志》、明代的《耳谈》、清代的《子不语》等大量古籍，在搜集、录写民间故事的过程中，都继承了《搜神记》的传统，并且有所发展和创新。

第二节 魏晋南北朝的民间故事异文

对于异文的关注，历来是民间故事采录的一个不可忽视的内容。许多采录者在录写民间故事的时候，对各类作品的各种异文都倾注了不少心血，表现出独特的观察力和异乎寻常的热情。对于异文的关注，也成为录写民间故事与进行小说创作的一大区别。小说创作力避重复与雷同。而采录民间故事异文，则要在相似的故事情节里面捕捉流传过程中产生的变化、发展，发现其中所包含的各种意义和价值。在搜集民间故事时，那些卓有见识的采录者无不对同一故事在长期流布中出现的各种变异产生莫大的兴趣，尽可能将他们所发现的各式各样的异文录写下来。先秦两汉时期如此，魏晋南北朝时期依旧如此。

魏晋南北朝时期的民间故事采录者对异文的关注，在许多相关的典籍中都有所展现。在同一种典籍中，不但录写了在同一则作品中出现的不同异文，而且录写了由不同作品构成的异文。这个时期同一种典籍录写的同一则作品的不同异文，大多有相同的主人公，故事情节同中有异，产生了不同程度的变化，或者主要的故事情节大体一致，其人物、细节有不同程度的变化。录写此类作品时，往往用“一说”、“或云”引出异文，亦有并列出异文而不标出“一说”、“或云”的，诸如《博物志》卷二“西国献香”、《搜神记》卷二《寿光侯》、《搜神记》卷四《宫亭湖》、《裴子语林》“剥人面皮”、《幽明录》“皂荚树”、《异苑》卷六《山阳王辅嗣》等，均有异文二则。试看：

宫亭湖孤石庙，尝有估客至都，经其庙下，见二女子，云："可为买两量丝履，自相厚报。"估客至都，市好丝履，并箱盛之。自市书刀亦内箱中。既还，以箱及香置庙中而去，忘取书刀。至河中流，忽有鲤鱼跳入船内。破鱼腹，得书刀焉。

南州人有遣吏献犀簪于孙权者，舟过宫亭庙而乞灵焉。神忽下教曰："须汝犀簪。"吏惶遽，不敢应。俄而犀簪已前列矣。神复下教曰："俟汝至石头城，返汝簪。"吏不得已，遂行。自分失簪且得死罪。比达石头，忽有大鲤鱼，长三尺，跃入舟，剖之得簪。

——《搜神记》卷四《宫亭湖》

晋清河陆机初入洛，次河南之偃师。时久结阴，望道左若有民居，因往投宿。见一年少，神姿端远，置《易》投壶。与机言论，妙得玄微。机心服其能，无以酧抗；乃提纬古今，总验名实，此年少不甚欣解。既晓便去，税骖逆旅，问逆旅妪。妪曰："此东数十里无村落，止有山阳王家冢尔。"机乃怪怅。还睇昨路，空野霾云，拱木蔽日。方知昨所遇者，信王弼①也。

一说陆云独行，逗宿故人家，夜暗迷路，莫知所从。忽望草中有火光，云时饥乏，因而诣前。至一家，墙院甚整，便寄宿。见一年少，可二十余，丰姿甚嘉，论叙平生，不异于人，寻共说《老子》，极有辞致。云出，临别语云："我是山阳王辅嗣。"云出门，回望向处，止是一冢。云始谓，俄顷已经三日，乃大怪怅。

——《异苑》卷六《山阳王辅嗣》

前一组异文，其故事核一致：故事发生地点在宫亭庙，神灵遣鲤鱼归还之物均由物主破腹获得。不同者为次要之处：一为估客替神女购丝履时将书刀误置箱内；一为神灵主动向吏人索要犀簪，约定至石头城返还。后

① 王弼，字辅嗣，山阳人。三国魏玄学家。少年时即享高名。与何晏等竞事清谈，开玄学清谈风。著有《周易注》、《老子指略》等。

一组异文，其故事核一致：故事主人公投宿时与一少年夜谈甚欢适，次日离去后方知其处乃王弼冢。不同者为次要之处：故事主人公或为陆机，或为其弟陆云；清谈内容略有出入，一涉及《周易》，一涉及《老子》；发现王弼冢的过程各异。

这个时期同一种典籍录写的由不同作品构成的异文，一般有二至三则，如《搜神记》卷十一《王祥》、《王延》、《楚僚》互为异文，《搜神记》卷十四《人化鼋》、《人化鳖》、《宣骞母》互为异文，《搜神记》卷十六《秦巨伯》与卷十八《吴兴老狸》互为异文，《搜神记》卷二十《董昭之》、《蝼蛄神》互为异文，《搜神后记》佚文"蔡公下龟"、"宗渊放龟"互为异文，《宣验记》"鹦鹉灭火"、"雉灭火"互为异文，《宣验记》"周氏三兄弟"、"王导三兄弟"互为异文，《幽明录》"王周南"、"清河太守"互为异文，《齐谐记》"病后大食"、"周女啖脍"互为异文，《冥祥记》"孙道德"、"卞悦之"互为异文。

试看《搜神记》卷十四的以下三则异文：

汉灵帝时，江夏黄氏之母浴盘水中，久而不起，变为鼋矣。婢惊走告。比家人来，鼋转入深渊。其后时时出见。初浴簪一银钗，犹在其首。于是黄氏累世不敢食鼋肉。

——《人化鼋》

魏黄初中，清河宋士宗母，夏天于浴室里浴，遣家中大小悉出，独在室中良久。家人不解其意，于壁穿中窥之，不见人体，见盆水中有一大鳖。遂开户，大小悉入，了不与人相承。尝先着银钗，犹在头上。相与守之啼泣，无可奈何。意欲求去，永不可留。视之积日，转懈，自捉出户外。其去甚驶，逐之不及，遂便入水。后数日，忽还，巡行宅舍如平生，了无所言而去。时人谓士宗应行丧治服。士宗以母形虽变，而生理尚存，竟不治丧。此与江夏黄母相似。

——《人化鳖》

吴孙皓宝鼎元年六月晦，丹阳宣骞母，年八十矣，亦因洗浴化为鼋，其状如黄氏。骞兄弟四人闭户卫之，掘堂上作大坎，泻水其中。鼋入坎游戏，一二日间，恒延颈外望。伺户小开，便轮转自跃，入于深渊，遂不复还。

——《宣骞母》

这一组异文的故事核一致：某母洗浴时突然化为鼋或鳖，后转入深渊。其不同之处在于细节描写：老母化鼋或鳖入水后有的尚时时出现，甚至返家巡行宅舍，有的则不复返还；老母化鼋或鳖后有的银钗犹在头上，有的则无此细节；老母化鼋或鳖后径入深渊，有的由家人守望，或在堂上掘坎蓄水任其游戏，一二日方入深渊；故事发生时间有的在东汉灵帝时（公元二世纪后期），有的在三国魏黄初中（公元三世纪二〇年代），有的在三国吴宝鼎元年（公元266年），如此等等，多有出入。

再看《齐谐记》的以下两则异文：

江夏郡安陆县，隆安之初，有一人姓郭名坦，兄弟三人。其大儿忽得时行病，病后遂大能食，一日食斛余米。其家供给五年，乃至罄贫，语曰："汝当自觅食。"后至一家，门前已得筥饭，又从后门乞，其人答曰："实不知君有两门。"腹大饥不可忍，后门有三畦韭，一畦大蒜，因啖两畦，便大闷极，卧地。须臾至大吐，吐一物，似龙，出地渐渐大。须臾，主人持饭出，腹不能食，遂撮饭内著向所吐出物上，即消成水。此人于此病遂得差[①]。

——《齐谐记》"病后大食"

周客子有女，啖脍不知足，家为之贫。自至长桥南，见罛者挫鱼作鲊，以钱一千，求作一饱，乃捣啖鱼，食五斛，便大吐之。有蟾蜍从吐中出，婢以鱼置口中，即成水。女遂不复啖脍。

——《齐谐记》"周女啖脍"

① 差，通"瘥（chài）"，病愈。

以上这一组异文的故事核一致：故事主人公患病大食不知足，家为之贫困。有一日猛啖其食乃大吐，一物自口中出，以饭置吐物上或复以所食置口中，即成水，其病遂愈。两者不同之处在于细节描写：主人公一为男性，一为女性；大食之物一为米饭，一为鱼脍；从吐物中出者一为龙蛇，一为蟾蜍；致吐因由一为吃两畦韭蒜，一为吃五斛鱼；化水者一为所吐之龙蛇，一为所食之鱼。

不同典籍所载民间故事异文，在这个时期更为常见。许多民间故事源远流长，在漫长的流传过程中，往往会发生各种变异。其中既有民众自发的加工、改动，也有采录者的自觉润饰、修改，而后被世人认可，又返还民间，不断流传。另外，这个时期的不少典籍尚存在相互转录的现象，与《搜神记》"承于前载"的做法大致相仿。此类民间故事，流传的时间愈长，发生的变化愈大，出现的异文愈多。追寻此类民间故事流传、变异的轨迹，无疑会加深对民间故事演变的认知，有助于对民间故事发展、演化规律的探讨。

这个时期载于不同典籍的民间故事异文，为数甚多，较突出的如：《怒特祠》见于《史记》、《列异传》、《玄中记》、《决疑要注》（晋·挚虞撰）、《搜神记》、《录异传》等，《园客》见于《列仙传》（旧题西汉·刘向撰）、《神仙传》（晋·葛洪撰）、《郡国志》、《搜神记》、《述异记》（南朝齐·祖冲之撰）、《述异记》（南朝梁·任昉撰）、《女仙传》等，《郅伯夷》见于《风俗通义》、《列异传》、《抱朴子》、《搜神记》、《搜神后记》等，《苏娥》见于《列异传》、《搜神记》、《水经注》、《还冤志》等，《王周南》见于《列异传》、《搜神记》、《幽明录》、《宋书》（南朝梁·沈约撰）等，《白水素女》见于《发蒙记》、《搜神后记》、《述异记》（任昉撰）等，《崔少府墓》见于《搜神记》、《搜神后记》、《孔氏志怪》等，《阮瞻》见于《搜神记》、《幽明录》、《殷芸小说》等，《比邱尼》见于《搜神后记》、《幽明录》、《冥祥记》等，《吴龛》见于《幽明录》、《异苑》、《述异记》（祖冲之撰）、《述异记》（任昉撰）等。试举例具体剖析如下：

有关郅伯夷灭怪的五则异文，实际上是由《风俗通义·怪神》"到（郅）伯夷"衍生出来的两组异文。前一组包含出自《风俗通义》、《列异传》、《搜神记》的三则异文；后一组包含出自《抱朴子》、《搜神后记》的两则异文。

北部督邮西平到（郅）伯夷，年三十所，大有才决，长沙太守到（郅）若章孙也。日晡时到亭为前导人，录事掾白：“今尚早，可至前亭。”曰：“欲作文书，便留。”吏卒惶怖，言当解去，传云：“督邮欲于楼上观望，亟扫除。”须臾便上，未冥楼镫，阶下复有火，为：“我思道，不可见火，灭去。”吏知必有变，当用赴照，但藏置壶中耳。

既冥，整服诵《六甲》、《孝经》、《易》本讫，卧有顷，更转东首，以挐巾结两足帻冠之，密拔剑解带。夜时，有正黑者四尺，稍高，走至柱屋，因覆伯夷。（伯夷）持被掩足，跣脱几失，再三，徐以剑带击魅脚，呼下火上，照视老狸正赤，略无衣毛，持下烧杀。明旦发楼屋，得所髡人结百余。因从此绝。伯夷举孝廉，益阳长。

——《风俗通义·怪神》“到（郅）伯夷”

汝南北部督邮西平刘伯夷有大才略，案行到惧武亭夜宿。或曰：“此亭不可宿。”伯夷乃独住宿，去火，诵诗书五经讫，卧。有顷，转东首，以絮巾结两足，以帻冠之，拔剑解带。夜时有异物稍稍转近，忽来覆伯夷，伯夷屈起，以袂掩之，以带系魅，呼火照之，视得一老狸，色赤无毛，持火烧杀之。明日发视楼屋间，得魅所杀人发数百枚。于是亭遂清静。旧说“狸髡千人，得为神”也。

——《列异传》“刘伯夷”

北部督邮西平郅伯夷，年三十许，大有才决，长沙太守郅若章孙也。日晡时到亭，敕前导人且止。录事掾白：“今尚早，可至前亭。”曰：“欲作文书。”便留。吏卒惶怖，言当解去。传云：“督邮欲于楼上观望，亟扫除。”须臾便上。未暝，楼镫阶下复有火。敕云：“我思道，不可见火，灭去。”吏知必有变，当用赴照，但藏置壶中。

日既暝，整服坐，诵《六甲》、《孝经》、《易》本讫，卧。有顷，更转东首，以帑巾结两足，帻冠之，密拔剑解带。夜时，有正黑者四五尺稍高，走至柱屋，因覆伯夷。伯夷持被掩之，足跣脱，几失再三。以剑带击魅脚，呼下火上。照视之，老狐正赤，略无衣毛，持下烧杀。明旦，发楼屋，得所髡人髻百余。因此遂绝。

——《搜神记》卷十八《郅伯夷》

林虑山下有一亭，其中有鬼，每有宿者，或死或病。常夜有数十人，衣色或黄，或白，或黑，或男，或女。后郅伯夷者遇（疑为“过”字）之，宿。明灯烛而坐诵经，夜半，有十余人来，与伯夷对坐，自共樗蒲博戏。伯夷密以镜照之，乃是群犬也。伯夷乃执烛起，佯误以烛烬爇其衣，乃作焦毛气。伯夷怀小刀，因捉一人而刺之，初作人叫，死而成犬。余犬悉走，于是遂绝。

——《抱朴子内篇·登涉》“郅伯夷”

林虑山下有一亭，人每过此宿者辄病死。云尝有十余人，男女杂沓，衣或白或黄，辄蒲博相戏。时有郅伯夷者，宿于此亭，明烛而坐诵经。至中夜，忽有十余人来，与伯夷并坐蒲博。伯夷密以镜照之，乃是群犬。因执烛起，阳误以烛烧其衣，作燃毛气。伯夷怀刀，捉一人刺之。初作人唤，遂死成犬。余悉走去。

——《搜神后记》卷九《林虑山亭犬》

前三则异文，其中的《列异传》“刘伯夷”由《风俗通义·怪神》“到伯夷”缩写而成，故事主人公的姓氏作“刘”。《搜神记·到伯夷》抄自《风俗通义》，文字几同。后两则异文，其中的《抱朴子内篇·登涉》“郅伯夷”，由《风俗通义·怪神》“到伯夷”演化而成，情节发生较大的变异：一个狸精变为一群犬精，细节亦多有变化；但最基本的故事情节却是一致的：同一故事主人公亭宿独坐诵经时精怪现形作祟，故事主人公乃一举灭怪，遂绝后患。而《搜神后记》卷九《林虑山亭犬》，则由《抱朴子内篇》“郅伯夷”改写而成，文字略有出入。

有关崔少府墓的三则异文，最早一则乃是《搜神记》卷十六《崔少府墓》：

卢充者，范阳人。家西三十里，有崔少府墓。充年二十，先冬至一日，出宅西猎戏。见一獐，举弓而射，中之。獐倒复起，充因逐之，不觉远。忽见道北一里许，高门，瓦屋四周，有如府舍，不复见獐。门中一铃下唱："客前。"充问："此何府也?"答曰："少府府也。"充曰："我衣恶，那得见少府?"即有一人，提一襆新衣，曰："府君以此遗郎。"

充便着讫，进见少府，展姓名。酒炙数行，谓充曰："尊府君不以仆门鄙陋，近得书，为君索小女婚，故相迎耳。"便以书示充。充父亡时虽小，然已识父手迹，即欷歔，无复辞免。便敕内："卢郎已来，可令女郎妆严。"且语充云："君可就东廊。"及至黄昏，内白："女郎妆严已毕。"充既至东廊，女已下车，立席头，却共拜。时为三日，给食。

三日毕，崔谓充曰："君可归矣。女有娠相，若生男，当以相还，无相疑；生女，当留自养。"敕外严车送客。充便辞出。崔送至中门，执手涕零。出门，见一犊车，驾青衣，又见本所著衣及弓箭，故在门外。寻传教将一人，提襆衣与充，相问曰："姻缘始尔，别甚怅恨。今复致衣一袭，被褥自副。"充上车，去如电逝。须臾至家，家人相见悲喜。推问，知崔是亡人而入其墓，追以懊惋。

别后四年，三月三日，充临水戏，忽见水旁有二犊车，乍沉乍浮。既而近岸，同坐皆见。而充往开车后户，见崔氏女与三岁男共载。充见之忻然，欲捉其手。女举手指后车曰："府君见人。"即见少府。充往问讯。女抱儿还充，又与金鋺，并赠诗曰："煌煌灵芝质，光丽何猗猗。华艳当时显，嘉异表神奇。含英未及秀，中夏罹霜萎。荣耀长幽灭，世路永无施。不悟阴阳运，哲人忽来仪。会浅离别速，皆由灵与祇。何以赠余亲?金鋺可颐儿。恩爱从此别，断肠伤肝脾。"充取儿、鋺及诗，忽然不见二车处。充将儿还，四坐谓是鬼魅，佥遥唾之，形如故。问儿："谁是汝父?"儿径就充怀。众初怪恶，传省其诗，慨然叹死生之玄通也。

充后乘车入市卖鋺，高举其价，不欲速售，冀有识。欻有一老婢识此，还白大家曰："市中见一人乘车，卖崔氏女郎棺中鋺。"大家即崔氏亲姨母也。遣儿视之，果如其婢言。上车，叙姓名，语充曰："昔我姨嫁少府，生女，未出而亡。家亲痛之，赠一金鋺，着棺中。可说得鋺本末。"充以事对。此儿亦为之悲咽。赍还白母。母即令诣充家，迎儿视之。诸亲悉集。儿有崔氏之状，又复似充貌。儿、鋺俱验。姨母曰："我外甥三月末间产。父曰：'春暖温也，愿休强也。'即字温休。温休者，盖幽婚也。其兆先彰矣。"儿遂成令器。历郡守二千石。子孙冠盖，相承至今。其后植，字子干，有名天下。

《搜神后记》卷六《崔少府》，由《搜神记·崔少府墓》缩写而成，略陈梗概，亦颇精当：

卢充猎，见獐便射，中之。随逐，不觉远。忽见一里门，如府舍。问铃下，铃下对曰："崔少府府也。"进见少府，少府语充曰："尊府君为索小女婚，故相迎耳。"三日婚毕，以车送充至家。母问之，具以状对。既与崔别后四年之三月三日，充临水戏，遥见水边有犊车，乃往开车户。见崔女与三岁儿共载，情意如初。抱儿还充，又与金鋺而别。

《孔氏志怪》"卢充"与《搜神记·崔少府墓》颇为接近，其中既有多处压缩之处，又略有添补：

卢充者，范阳人也，家西三十里，有崔少府墓。充先冬至一日出家西猎，见一獐，举弓而射，即中之；獐倒而复起，充逐之，不觉远。忽见一里门如府舍，中一铃下，有唱家前，充问曰："此何府也?"答曰："少府府也。"充曰："我衣恶，那得见贵人?"即有人提襆新衣迎之。充著，尽可体；便进见少府，展姓名。酒炙数行，崔曰："近得尊府君书，为君索小女婚，故相延耳。"即举书示充。充父亡时虽小，然已见父手迹，便歔叹无辞。崔即敕内，令女郎庄严，使充就东廊。充至，女已下车立，席头共拜焉。

三日毕，还见崔。崔曰："君可归矣！女有娠相，生男，当以相还；生女，当自留养。”敕外严车送客。崔送至门，执手涕零；离别之感，无异生人。复致衣一袭，被褥一副。充便上车，去如电逝。须臾至家，家人相见悲喜。推问，知崔是亡人，而入其墓。追以懊丧。

居四年，三月三日，临水戏，水中忽见二犊车，乍浮乍没，既上岸，充往开车后户，见崔氏女与三岁男儿共载。充见之欣然，欲握其手，女举手指后车曰：“府君见人！”即见少府，充往问讯。女抱儿还充，又与金碗别，为赠诗曰：“煌煌灵芝质，光丽何猗猗！华艳当时显，嘉异表神奇。含英未及秀，中夏罹霜萎；荣耀长幽灭，世路永无施。不悟阴阳运，哲人忽来仪；会浅别离速，皆由灵与祇。何以赠余亲，金鋺可颐儿。爱恩从此别，断肠伤肝脾！”充取儿、碗及诗，忽不见二车处。将儿还，四座谓是鬼魅，佥遥唾之，形如故。问儿：“谁是汝父？”儿径就充怀。众初怪恶，传省其诗，慨然叹死生之玄通也。

充诣市卖碗，高举其价，不欲速售，冀有识者。欻有一老婢问充得碗之由，还报其大家。大家，即女姨也，遣视之，果是。谓充曰：“我姨姊崔少府女，未嫁而亡。家亲痛之，赠一金碗，著棺中。今视卿碗甚似，得碗本末，可得闻不？”充以事对。即诣充家迎儿，儿有崔氏状，又似充貌。姨曰：“我甥三月末间产，父曰春暖温也，愿休强矣。”即字温休。温休，盖幽婚也，其兆先彰矣。儿遂成为令器，历数郡二千石，皆著绩。其后生植，为汉尚书。植子毓，为魏司空。冠盖相承至今也。

第三节　魏晋南北朝民间故事的结构模式

魏晋南北朝时期的民间故事编讲人在编讲故事时，为了便于记忆和传播，往往采用自先秦两汉以来长期形成的一些较为固定的结构模式，如二段体、三段体、四段体、多段体。而此类结构模式的运用，往往增强了民间故事在艺术表现形式上独有的韵味和特色，成为它们的一个亮点。

在这个时期采录的民间故事中，二段体的结构模式最为常见。试看：

丹阳道士谢非，往石城买冶釜。还，日暮，不及至家。山中庙舍于溪水上，入中宿。大声语曰："吾是天帝使者，停此宿。"犹畏人劫夺其釜，意苦搔搔不安。

二更中，有来至庙门者呼曰："何铜！"铜应喏。曰："庙中有人气，是谁？"铜云："有人，言是天帝使者。"少顷便还。须臾，又有来者呼铜，问之如前，铜答如故，复叹息而去。非惊扰不得眠，遂起，呼铜问之："先来者谁？"答言："是水边穴中白鼍。""汝是何等物？"答言："是庙北岩嵌中龟也。"非皆阴识之。

天明，便告居人，言："此庙中无神。但是龟、鼍之辈，徒费酒食祀之。急具锸来，共往伐之。"诸人亦颇疑之。于是并会伐掘，皆杀之。遂坏庙绝祀，自后安静。

——《搜神记》卷十九《丹阳道士》

北海任诩字彦期，从军十年乃归。临还，握粟出卜。师云："非屋莫宿，非食时莫沐。"诩结伴数十共行，暮遇雷雨，不可蒙冒，相与庇于岩下。窃意"非屋莫宿"戒，遂负担栉休。岩崩压停者，悉死。至家，妻先与外人通情，谋共杀之，请以湿发为识。妇宵则劝诩令沐，复忆"非食时莫沐"之忌，收发而止。妇惭愧负怍，乃自沐焉；散发同寝。通者夜来，不知妇人也，斩首而去。

——《异苑》卷九《任诩从军》

前一则叙写消灭庙内龟、鼍二怪的故事，其中包含两个二段体：一为两个来者先后两次与铜的问答；一为丹阳道士先后两次与铜的问答。后一则叙写任诩从军十年后返家避祸的故事，其中包含一个二段体：他遵从"非屋莫宿"的告诫，雷雨中遇岩崩而幸免；他又遵从"非食时莫沐"的告诫，乃免遭奸夫杀害。

这个时期采用二段体的民间故事，尚有《笑林》"不识镜"（妻子照镜惊呼又索一妇归也；老母照镜惊呼又领亲家母来也）、《笑林》"好《公羊传》"（邑宰试问谁杀陈他？甲忙表白实不曾杀；邑宰复戏问是谁所杀？甲大怖而逃)、《列异传》“彭氏捕射”(父变白鹿走，儿不复提弓；孙见其祖所变白鹿，乃烧弓矢)、《搜神记》卷十六《文颖》(鬼魂先后两次托梦向故事主人公求助)、《搜神记》卷十六《秦巨伯》(故事主人公先后两次佯醉归家时见两孙来迎，第一次鬼魅所变两孙被提后逃逸，第二次竟杀死两个孙子)、《搜神记》卷十七《顿丘鬼魅》(鬼魅现形令骑者惊惧堕马昏厥；鬼魅再次现形令其人堕地怖死)、《搜神后记》卷九《杨生狗》(主人遇烈火义犬竭力相救；主人堕井后义犬竭力相救)、《搜神后记》佚文“宗渊放龟”(故事主人公夜梦十丈夫求哀；故事主人公夜梦八丈夫求哀)、《世说新语·容止》“效岳游遨”(潘岳出游遇妇人莫不连手萦绕之，左思出游遇妇人莫不齐共乱唾之)、《异苑》卷五《鳣父庙》(估客置鳣于朽树中，引来村民祭祀；估客返而取鳣作臛，祭祀遂绝)、《冥祥记》“释法智”(其人未出家时在大泽中遇猛火，心诵观音得生还，乃奉佛法；其人在军中被围困，复念观音而幸免，于是出家)、《续齐谐记》“紫荆树”(兄弟三人议分家，紫荆树即枯死；兄弟三人决定不分家，紫荆树应声荣茂)等。

在这个时期采录的民间故事里面，三段体的结构模式亦颇多见。试看：

安阳城南有一亭，夜不可宿，宿辄杀人。书生明术数，乃过宿之。亭民曰：“此不可宿。前后宿此，未有活者。”书生曰：“无苦也，吾自能谐。”遂住廨舍，乃端坐诵书，良久乃休。

夜半后，有一人着皂单衣，来往户外，呼亭主。亭主应诺。“见亭中有人耶?”答曰：“向者有一书生在此读书。适休，似未寝。”乃喑嗟而去。须臾，复有一人冠赤帻者，呼亭主，问答如前，复喑嗟而去。既去寂然。

书生知无来者，即起诣向者呼处，效呼亭主。亭主亦应诺。复云：“亭中有人耶?”亭主答如前。乃问曰：“向黑衣来者谁?”曰：“北舍母猪也。”又曰：“冠赤帻来者谁?”曰：“西舍老雄鸡父也。”曰：“汝复谁耶?”曰：“我是老蝎也。”于是书生密便诵书至明，不敢寐。

天明，亭民来视，惊曰：“君何得独活?”书生曰：“促索剑来，吾与卿取魅。”乃握剑至昨夜应处，果得老蝎，大如琵琶，毒长数尺。西舍得老雄鸡父，北舍得老母猪。凡杀三物，亭毒遂静，永无灾横。

——《搜神记》卷十八《安阳亭书生》

有新死鬼，形疲瘦顿，忽见生时友人，死及二十年，肥健，相问讯曰：“卿那尔？”曰：“吾饥饿殆不自任，卿知诸方便，故当以法见教。”友鬼云：“此甚易耳！但为人作怪，人必大怖，当与卿食。”新鬼往入大墟东头，有一家奉佛精进，屋西厢有磨，鬼就捱此磨，如人推法。此家主语子弟曰：“佛怜我家贫，令鬼推磨。”乃辇麦与之。至夕，磨数斛，疲顿乃去。遂骂友鬼：“卿那诳我？”又曰：“但复去，自当得也。”

复从墟西头入一家，家奉道，门旁有碓，此鬼便上碓，如人舂状。此人言：“昨日鬼助某甲，今复来助吾，可辇谷与之。”又给婢簸筛。至夕，力疲甚，不与鬼食。鬼暮归，大怒曰：“吾自与卿为婚姻，非他比，如何见欺？二日助人，不得一瓯饮食。”友鬼曰：“卿自不偶耳！此二家奉佛事道，情自难动。今去，可觅百姓家作怪，则无不得。”鬼复去，得一家，门首有竹竿。从门入，见有一群女子，窗前共食。至庭中，有一白狗，便抱令空中行。其家见之大惊，言自来未有此怪，占云：“有客索食，可杀狗并甘果酒饭，于庭中祀之，可得无他。”其家如师言，鬼果大得食。此后恒作怪，友鬼之教也。

——《幽明录》“友鬼”

前一则叙写剑斩母猪精、雄鸡精、老蝎精，使亭内永无灾祸的故事，其中包含一个二段体和一个三段体：二段体为夜半时先后有黑单衣者、冠赤帻者来，向亭主问亭宿者是何人；三段体为书生效呼亭主，先后问黑单衣者、冠赤帻者和亭主是谁。后一则叙写新鬼向友鬼讨教觅食之法的故事，其中包含一个三段体：第一次新鬼去墟东头奉佛人家推磨，疲顿而返；第二次新鬼去墟西头奉道人家舂谷，力竭而返；第三次新鬼去百姓家作怪，乃得饱餐。

这个时期采用三段体的民间故事，尚有《笑林》“随典仪口倡”（赞者曰："可释。"某亦曰："可释。"赞者曰："就位。"某亦曰："就位。"赞者曰："履着脚。"某亦曰："履着脚。")、《笑林》"马粪败履"（南方人至京师谨记食物勿问其名的告诫，入门时见马屎便食，臭不可言；进而见败履复嚼，难以下咽；主人送上蒸饼，竟不敢食用)、《笑林》"伧人吊丧"（伧人吊丧——一头顶于背，为首者以足触骂："痴物！"诸人亦各以足相踏曰："痴物！"末者亦踏孝子曰："痴物！")、《搜神记》卷十八《宋大贤》（夜半一鬼眝目磋齿来恐吓，宋鼓琴如故，鬼乃去；鬼取死人头掷宋前，宋称正欲得此为枕，鬼复去；鬼又来与宋手搏，竟为宋捉杀)、《搜神记》卷十八《汤应》（汤亭宿至三更有叩阁者云："部群相闻。"致词而去；顷间复有叩阁者云："府君相闻。"汤复使进；旋又有叩阁者云："部郡、府君相诣。"汤知是鬼魅，乃持刀迎之）等。

在这时期采录的民间故事中，四段体、连环式等结构模式，数量不如二段体和三段体多。

采用四段体的民间故事，如《列异传》"王周南"（鼠衣冠从穴中出，语曰："周南，尔其月某日当死。"王不应，鼠乃还穴；至期鼠更冠帻绛衣出语："周南，汝日中当死。"王不应，鼠乃缓入穴；须臾鼠出语："向日适欲中。"鼠乃复入数次；日适中鼠语："周南，汝不应我复何道？"言绝颠蹶而死)、《列异传》"何文"（其中包含一个三段体和一个四段体。三段体为：一高冠黄衣者、一高冠青衣者、一高冠白衣者先后升堂呼问舍中何以有生人气？细腰均予以否认。四段体为：故事主人公将曙时入堂呼："黄衣者谁也？"曰："金也，在堂西壁下。"又问："青衣者谁也？"曰："钱也，在堂前井边五步。"又问："白衣者谁也？"曰："银也，在墙东北角柱下。"又曰："汝谁也？"曰："我杵也，在灶下。"）。

采用连环式民间故事，如《续齐谐记》"阳羡书生"：

阳羡许彦，相绥安山行。遇一书生，年十七八，卧路侧，云脚痛，求寄鹅笼中。彦以为戏言。书生便入笼，笼亦不更广，书生亦不更小，宛然与双鹅并坐，鹅亦不惊。彦负笼而去，都不觉重。前行息树下，书生乃出笼，谓彦曰："欲为君薄设。"彦曰："善。"乃口中吐一铜奁子，奁子中具诸肴馔，珍羞方丈。其器皿皆铜物。气味香旨，世所罕见。酒数行，谓彦曰："向将一妇人自随，今欲暂邀之。"彦曰："善。"又于口中吐一女子，年可十五六，衣服绮丽，容貌殊绝，共坐宴。俄而书生醉卧。此女谓彦曰："虽与书生结妻，而实怀怨。向亦窃得一男子同行，书生既眠，暂唤之，君幸勿言。"彦曰："善。"女子于口中吐出一男子，年可二十三四，亦颖悟可爱，乃与彦叙寒温。书生卧欲觉，女子口吐一锦行障，遮书生，书生乃留女子共卧。男子谓彦曰："此女子虽有心，情亦不甚，向复窃得一女人同行，今欲暂见之，愿君勿泄。"彦曰："善。"男子又于口中吐一妇人，年可二十许，共酌，戏谈甚久。闻书生动声，男子曰："二人眠已觉。"因取所吐女子，还内口中。须臾，书生处女乃出，谓彦曰："书生欲起。"乃吞男子，独对彦坐。然后书生起，谓彦曰："暂眠遂久，君独坐，当悒悒耶？日又晚，当与君别。"遂吞其女子，诸器皿悉内口中。留大铜盘，可二尺广，与彦别曰："无以藉君，与君相忆也。"彦太元中为兰台令史，以盘饷侍中张散。散看其铭题，云是永平三年作。

此则故事由一个五段体与一个三段体组成：前一个五段体——书生口吐装着肴馔的铜奁子设宴；书生口吐一女子共坐宴；女子口吐一男子共叙寒温；女子口吐一锦行幛与书生共卧；男子口吐一妇人共酌。每段情节相互勾联，形成一连环式。后一个三段体——男子知书生与女子将觉，因取妇人纳口中；女子见书生欲起，乃吞下男子；日晚，书生吞下女子及盛食器皿离去。每段情节同样相互勾联，形成一连环式。而五段体与三段体情节彼此关系紧密，形成一个大的连环式。

另外，《灵鬼志》"外国道人"与此则近似[①]，亦采用连环式的结构模式，相当有趣：

太元十二年，有道人外国来，能吞刀吐火，吐珠玉金银。自说其所受术，即白衣，非沙门也。尝行，见一人担担，上有小笼子，可受

① 《灵鬼志》"外国道人"与其后出现的《续齐谐记》"阳羡书生"，均由《旧杂譬喻经》"壶中人"演化而来。

升余。语担人曰："吾步行疲极，欲寄君担。"担人甚怪之，虑是狂人，便语之云："自可尔耳，君欲何许自厝耶?"其人答云："君若见许，正欲入君此笼子中。"担人愈怪其奇："君能入笼，便是神人也。"乃下担，即入笼中，笼不更大，其人亦不更小，担之亦不觉重于先。

既行数十里，树下住食，担人呼共食，云："我自有食。"不肯出。止住笼中，饮食器物罗列，肴膳丰腆亦办。反呼担人食，未半，语担人："我欲与妇共食。"即复口吐出一女子，年二十许，衣裳容貌甚美，二人便共食。食欲竟，其夫便卧。妇语担人："我有外夫，欲来共食；夫觉，君勿道之。"妇便口中出一年少丈夫，共食。笼中便有三人，宽急之事，亦复不异。有顷，其夫动，如欲觉，妇便以外夫内口中。夫起，语担人曰："可去。"即以妇内口中，次及食器物。

此人既至国中，有一家大富贵，财巨万，而性悭吝，不行仁义，语担人云："吾试为君破奴悭囊。"即至其家。有一好马，甚珍之，系在柱下。忽失去，寻索不知处。明日，见马在五斗罂中，终不可破取，不知何方得取之。便往语言："君作百人厨，以周一方穷乏，马当得出耳。"主人即狼狈作之，毕，马还在柱下。明旦，其父母老在堂上，忽复不见，举家惶怖，不知所在。开妆器，忽然见父母在泽壶中，不知何由得出。复往请之，其人云："君当更作千人饮食，以饴百姓穷者，乃当得出。"既作，其父母自在床上也。

第 三 编

隋唐五代时期的民间故事

隋唐五代时期（581—960）跨度共379年。其中，唐代（618—907）最长，达289年，是这个时期的一个最为重要的阶段。隋代的建立，结束了南北朝的对峙，统一全国，为日后的发展奠定了基础。唐代前期，逐渐走向繁荣，步入中国古代社会的一个鼎盛时期，政治、经济、军事、外交、文化得到全面发展，使中国成为屹立于东方的一个伟大的帝国。到了唐代后期，国家由盛转衰，内忧外患接踵而至，最终导致唐代的灭亡，继而出现了五代十国的分治局面。

这个时期的社会变迁，国运兴衰，无不同广大人民群众息息相关，现实生活不断激发了民众编讲民间故事的热情，赋予民间故事以新的生命活力，有力地促进了这个时期民间故事的发展，在魏晋南北朝的基础上达到了一个新的高度。

这个时期，尤其是唐代，文化艺术的空前兴盛和文学创作的空前繁荣，对于发展民间故事创作和活跃民间故事采录，也起到了一定的推动作用。还应看到，这个时期，尤其是唐代，道教和佛教相继进入隆盛时期。由于古代帝王采取道佛并行的政策，使道教和佛教的社会地位日渐提高，其社会影响更加扩大和深入。与此同时，随着对外交往日益频繁，外国民间故事在中国进一步得以传播，其影响力也多有扩大。这些都使得这个时期的民间故事产生了一些新的变化。首先，在这个时期的民间故事里面，宗教——无论是道教还是佛教的影响都更为普遍，更为深入，甚至出现了一批称颂宗教神灵和宣扬宗教威力的具有鲜明宗教色彩的民间故事。其次，在这个时期的民间故事里面，外国民间故事的传播渠道越发增多，除了来自印度方面的影响继续发挥作用，并且呈现出更加中国化的趋势外，还增加了西域地区和东亚邻国民间故事的影响。随着中外民间故事交流的进一步拓展，中国民间故事显得更加富有变化，更加多彩多姿。

隋唐五代的民间故事，以幻想故事最为突出，无论在作品的丰富程度上还是在艺术造诣达到的水平上，都远远超过同期的其他类别的民间故事，较为集中地体现了这个时期民间故事的艺术成就，成为魏晋南北朝之后我国幻想故事的又一座丰碑。此外，这个时期的写实故事也得到了一定程度的发展，门类相当齐备，首次比较全面地展示出中国古代写实故事的风貌。相比之下，这个时期的民间笑话和民间寓言却不太多，发展也不太明显。

这个时期的民间故事，主要见诸隋·侯白撰《启颜录》，唐·唐临撰《冥报记》，唐·郎余令撰《冥报拾遗》，唐·释道世撰《法苑珠林》，唐·房玄龄撰《晋书》，唐·张鷟撰《朝野佥载》，唐·李延寿撰《南史》、《北史》，唐·窦维鋈撰《广古今五行记》，唐·朱揆撰《谐噱录》，唐·刘餗撰《隋唐嘉话》，唐·牛肃撰《纪闻》，唐·戴孚撰《广异记》，唐·佚名撰《琱玉集》，唐·陆长源撰《辨疑志》，唐·封演撰《封氏闻见记》，唐·张荐撰《灵怪集》，唐·牛僧孺撰《玄怪录》，唐·李德裕撰《次柳氏旧闻》，唐·卢求撰《金刚经报应记》，唐·刘肃撰《大唐新语》，唐·李肇撰《唐国史补》，唐·李复言撰《续玄怪录》，唐·谷神子（郑还古）撰《博异志》，唐·薛用弱撰《集异记》，唐·郑处诲撰《明皇杂录》，唐·吕道生撰《定命录》，唐·房千里撰《投荒杂录》，唐·陈劭撰《通幽记》，唐·韦绚撰《刘宾客嘉话录》、《戎幕闲谈》，唐·段成式撰《酉阳杂俎》，唐·孟棨撰《本事诗》，唐·锺为撰《前定录》，唐·赵璘撰《因话录》，唐·李伉[1]撰《独异志》，唐·佚名撰《会昌解颐录》，唐·卢肇撰《逸史》，唐·柳详[2]撰《潇湘录》，唐·温庭筠撰《干巂子》，唐·沈汾撰《续神仙传》，唐·佚名撰《笑言》，唐·薛渔思撰《河东记》，唐·焦璐撰《穷神秘览》，唐·张读撰《宣室志》，唐·温畲撰《续定命录》，唐·李隐撰《大唐奇事记》，唐·陆勋撰《集异志》、《志怪录》，唐·裴铏撰《传奇》，唐·佚名撰《大唐传载》，唐·张固撰《幽闲鼓吹》，唐·佚名撰《玉泉子》（又名《玉泉子见闻真录》），唐·皇甫枚撰《三水小牍》，唐·刘恂撰《岭表录异记》，唐·佚名[3]撰《松窗杂录》，唐·康骈撰《剧谈录》，唐·高彦休撰《阙史》，唐·范摅撰《云溪友议》，唐·陈翰撰《异闻集》，唐·王毂撰《报应录》，唐·李绰撰《尚书故实》，唐·苏鹗撰《杜阳杂编》，唐·冯贽撰《云仙杂记》（又名《云仙散录》），唐·丁用晦撰《芝田录》，唐·皇甫氏撰《原化记》，唐·王简撰《疑仙传》，唐·佚

① 又作“李冗”或“李亢”。
② 一作“李隐”。
③ 又作“韦睿”或“李浚”。

名撰《闻奇录》、《女仙传》、《报应记》，唐·尉迟枢撰《南楚新闻》，敦煌写本《孝子传》，句道兴本《搜神记》，五代·杜光庭撰《录异记》、《墉城集仙录》、《仙传拾遗》、《神仙感遇传》，五代·王定保撰《唐摭言》，五代·王仁裕撰《玉堂闲话》、《开元天宝遗事》、《王氏见闻录》，五代·何光远撰《鉴戒录》，五代·周珽撰《儆诫录》，五代·尉迟偓撰《中朝故事》，五代·刘崇远撰《金华子杂编》，五代·景涣撰《野人闲话》，五代·冯翊子撰《桂苑丛谈》，五代·徐铉撰《稽神录》，五代·和凝撰《疑狱集》，五代·佚名撰《灯下闲谈》，五代·孙光宪撰《北梦琐言》，五代·张洎撰《贾氏谈录》等。其中，在录写民间故事方面最为突出的当数《广异记》、《酉阳杂俎》、《宣室志》、《稽神录》，其次为《启颜录》、《朝野佥载》、《纪闻》、《博异志》、《集异记》、《会昌解颐录》、《逸史》、《潇湘录》、《河东记》、《原化记》、《玉堂闲话》等。

对于采录民间故事而言，隋唐五代是一个重要的发展阶段。在这个时期，民间故事采录者的阵容有了进一步的扩充和壮大，且收获颇丰，成绩卓著，从而使得这个时期的民间故事采录，在继承魏晋南北朝的优良传统的基础上，又有了新的发展和突破，并且对后世的民间故事采录产生了深远影响。

第一章　隋唐五代的幻想故事

第一节　隋唐五代的神异故事（一）

隋唐五代的幻想故事，以神异故事最为引人注目。无论从数量、质量、影响哪一个方面考察，这个时期的神异故事都超过了以往的任何时期，呈现出空前繁荣的景象，而且还涌现了一批在中外民间故事史上颇为知名的优秀作品，熠熠生辉，光彩夺目。在这个时期的神异故事乃至整个民间故事当中，最有名气的作品当推《酉阳杂俎》续集卷一《支诺皋上》的“叶限”和“旁㐌”。“叶限”早在一千二三百年前已在我国南方壮、汉等民族的先民中流布。

南人相传，秦汉前有洞主吴氏，土人呼为吴洞。娶两妻，一妻卒，有女名叶限。少惠善淘金，父爱之。末岁父卒，为后母所苦，常令樵险汲深。时尝得一鳞二寸余，赪鬐金目，遂潜养于盆水，日日长，易数器，大不能受，乃投于后池中。女所得余食，辄沉以食之。女至池，鱼必露首枕岸，他人至不复出。其母知之，每伺之，鱼未尝见也，因诈女曰：“尔无劳乎，吾为尔新其襦。”乃易其弊衣。后令汲于他泉，计里数百也。母徐衣其女衣，袖利刃行向池呼鱼，鱼即出首，因斫杀之。鱼已长丈余，膳其肉，味倍常鱼，藏其骨于郁栖之下。逾日，女至向池，不复见鱼矣，乃哭于野。忽有人被发粗衣，自天而降。慰女曰：“尔无哭，尔母杀尔鱼矣！骨在粪下，尔归，可取鱼骨藏于室，所须第祈之，当随尔也。”女用其言，金玑衣食随欲而具。及洞节母往，令女守庭果。女伺母行远，亦往，衣翠纺上衣，蹑金履，母所生女认之，谓母曰："此甚似姊也。"母亦疑之，女觉遽反，遂遗一只履为洞人所得。母归，但见女抱庭树眠，亦不之虑。其洞邻海岛，岛中有国名陀汗，兵强，王数十岛，水界数千里。洞人遂货其履于陀汗国，国主得之，命其左右履之，足小者履减一寸。乃令一国妇人履之，竟无一称者。其轻如毛，履石无声。陀汗王意其洞人以非道得之，遂禁锢而拷掠之，竟不知所从来。乃以是履弃之于道旁，即遍历人家捕之，若有女履者，捕之以告。陀汗王怪之，乃搜其室，得叶限，令履之而信。叶限因衣翠纺衣，蹑履而进，色若天人也。始具事于王，载鱼骨与叶限俱还国。其母及女即为飞石击死，洞人哀之，埋于石坑，命曰懊女冢。洞人以为媒祀，求女必应。陀汗王至国，以叶限为上妇。一年，王贪求，祈于鱼骨，宝玉无限。逾年，不复应。王乃葬鱼骨于海岸，用珠百斛藏之，以金为际，至征卒叛时，将发以赡军。一夕，为海潮所沦。成式旧家人李士元所说。士元本邕州洞中人，多记得南中怪事。

这是一则在世界各地广为流传的灰姑娘型故事最早的文本。《酉阳杂俎》成书于九世纪中期，《支诺皋》中的"叶限"比外国最早的灰姑娘型故事文本——法国作家沙·佩罗著《鹅妈妈的故事或寓有道德教训的往日故事》（简称《鹅妈妈的故事》，1697 年）中的《灰姑娘》早八九百年。这篇作品故事情节完整，描写生动细腻，文字优美，具有很高的艺术成就和文献价值，堪称中国民间故事史上的瑰宝。

"旁㐌"最初产生于朝鲜半岛的古国新罗。该国于七世纪中叶相继灭了百济与高句丽，从而统一朝鲜半岛大部，进入鼎盛时期。在此期间，它与唐朝联系密切，多有交往。这则故事正是在晚唐以前由朝鲜半岛传入我国的。应当肯定地讲，"旁㐌"是现存的全球广泛流传的两兄弟型故事的最早文本。

新罗国有第一贵族金哥，其远祖名旁㐌，有弟一人，甚有家财。其兄旁㐌因分居，乞衣食。国人有与其隙地一亩，乃求蚕谷种于弟，弟蒸而与之，㐌不知也。至蚕时，有一蚕生焉，日长寸余，居旬大如牛，食数树叶不足。其弟知之，伺间杀其蚕。经日，四方百里内蚕，飞集其家，国人谓之巨蚕，意其蚕之王也，四邻共缫之，不供。谷唯一茎植焉，其穗长尺余，旁㐌常守之，忽为鸟所折，衔去。旁㐌逐之。上山五六里，鸟入一石罅，日没径黑，旁㐌因止石侧。至夜半月明，见群小儿赤衣共戏。一小儿云："尔要何物?"一曰："要酒。"小儿露一金锥子击石，酒及樽悉具。一曰："要食。"又击之，饼饵羹炙罗于石上。良久，饮食而散，以金锥插于石罅。旁㐌大喜，取其锥而还，所欲随击而办，因是富侔国力。常以珠玑赡其弟，弟方始悔其前所欺蚕谷事，仍谓旁㐌试以蚕、谷欺我，我或如兄得金锥也。旁㐌知其愚，谕之不及，乃如其言。弟蚕之，止得一蚕如常蚕；谷种之，复一茎植焉。将熟，亦为鸟所衔，其弟大悦，随之入山，至鸟入处，遇群鬼，怒曰："是窃予金锥者。"乃执之，谓曰："尔欲为我筑糠三版乎?欲尔鼻长一丈乎?"其弟请筑糠三版。三日饥困，不成，求哀于鬼，乃拔其鼻，鼻如象而归，国人怪而聚观之，惭恚而卒。其后子孙戏击锥求狼粪，因雷震，锥失所在。

隋唐五代时期，尤其是唐代，随着对外交往的日益扩大，异域的民间故事通过各种渠道不断传入中国，并逐渐在各地传播开来，因而引起了采录者的关注。这个时期的好些采录者都很重视搜集来自邻国友邦的民间故事。"旁㐌"便是有幸被段成式录写下来，保存在《酉阳杂俎》之中的一个比较典型的例证。

隋唐五代的神异故事，题材较魏晋南北朝时期多有拓展，主要包含奇遇故事、异人故事、遇仙故事、宝物故事、报应故事、崇佛故事等几类。其中宗教影响最为明显的是遇仙故事和崇佛故事。

一、隋唐五代的奇遇故事与奇缘故事

隋唐五代的奇遇故事与奇缘故事，大多描写士农工商不同阶层的社会成员的各种充满神秘感的经历、遭遇以及奇特的姻缘，生动地展现了民众探索未知世界的强烈好奇心和追求康宁、幸福生活的美好愿望。有关奇异经历的故事，譬如《纪闻·杨溥》：

豫章诸县，尽出良材。求利者采之，将至广陵，利则数倍。天宝五载，有杨溥者，与数人入林求木。冬夕雪飞，山深寄宿无处。有大木横卧，其中空焉，可容数人，乃入中同宿。而导者未眠时，向山林再拜咒曰："士田公，今夜寄眠，愿见护助。"如是三请而后寝。夜深雪甚，近南树下，忽有人呼曰："张礼。"树头有人应曰："诺。""今夜北村嫁女，大有酒食，相与去来。"树头人曰："有客在此，须守至明。若去，黑狗子无知，恐伤不宥。"树下又曰："雪寒若是，且求饮食，理须同去。"树上又曰："雪寒虽甚，已受其请，理不可行。须防黑狗子。"呼者乃去。及明装毕，撤所卧毡，有黑虺在下，其大若瓶，长三尺而蛰不动。方惊骇焉。

此则故事叙写寒夜中山神婉拒他人赴宴之邀，尽心护佑求拜的伐木者，使众人免遭毒虫的祸害。它将作为山林保护神的士田公描绘成一位和蔼可钦的长者，既忠厚诚信，又富有同情心，令人敬佩。

又如，《酉阳杂俎》前集卷十四《诺皋记上》"屏妇踏歌"：

元和初，有一士人失姓字，因醉卧厅中。及醒，见古屏上妇人等悉于床前踏歌，歌曰："长安女儿踏春阳，无处春阳不断肠。舞袖弓腰浑忘却，蛾眉空带九秋霜。"其中双鬟者问曰："如何是弓腰?"歌者笑曰："汝不见我作弓腰乎?"乃反首，髻及地，腰势如规焉。士人惊惧，因叱之，忽然上屏，亦无其他。

此则故事叙写画工所绘的一群妇人从屏上飘忽而下，且歌且舞，怡然自得。当她们将醉卧厅中的主人惊醒后，又随叱责声飘然回到画屏上。它从一个虚幻的角度揭示出唐代歌舞盛行的社会风气，非常富于浪漫情调，不失为一则构思新颖、想象奇特的民间故事佳作。

再如，《岭表录异》"海上六国"：

陆州刺史周遇不茹荤血，尝语恂云：顷年自青社之海归闽，遭恶风。飘五日夜，不知行几千里也。凡历六国：第一狗国。同船有新罗客云："是狗国。"逡巡见如人裸形，抱狗而出，见船惊走。经毛人国，形小皆披发，而身有毛，蔽如狖。又到夜叉国，船抵暗石而损，遂搬人物上岸，伺潮落，搁船而修之。初不知在此国。有数人同入深林，采野蔬。忽为夜叉所逐，一人被擒，余人惊走。回顾见数辈夜叉，同食所得之人。同舟者惊怖无计。顷刻有百余夜叉，皆赤发裸形，呀口怒目而至。有执木枪者，有雌而挟子者。篙工、贾客五十余人，遂齐将弓弩枪剑以敌之。果射倒二夜叉，即舁拽朋啸而遁。既去，遂伐木下寨，以防再来。夜叉畏弩，亦不复至。驻两日，修船方毕，随风而逝。又经大人国。其人悉长大而野，见船上鼓噪，即惊走不出。又经流虬国。其国人幺么，一概皆服麻布，而有礼。竞将食物求易钉铁。新罗客亦半译其语，遣客速过。言此国遇华人飘泛至，虑有灾祸。既而又行经小人国。其人悉裸形，小如五六岁儿。船人食尽，遂相率寻其巢穴。俄而见果，采得三四十枚以归，分而充食。后行两日，遇一岛而取水。忽有群日山羊，见人但耸视，都不惊避，既肥且伟。初疑岛上有人牧养，而绝无人踪，捕之，仅获百口，食之。广管罗州多栈香树，身似柳，其花白而繁，其叶似橘皮，堪作纸，名为香皮纸。灰白色，有纹如鱼子栈。其纸慢而弱，沾水即烂，远不及楮皮者，又无香气。或云黄熟栈香同是一楮，而根干枝节，各有分别者也。

此则作品，叙写故事主人公与新罗客等扬帆远航时经历六国——狗国、毛人国、夜叉国、大人国、流虬国、小人国的奇异见闻，详略不同，颇为生动有趣。它是现存的一则较早描绘国人眼中的海外世界的民间故事，从特定的视角反映出这个时期大兴航海事业，通过海路积极拓展对外交往的状况，从而激发了民众探索海外世界奥秘的浓厚兴致。

这个时期的奇遇故事，尚有写渡海远航，见巨蛇相斗和受白毛长人惊扰的《广异记·张骑士》；写樵夫入山穴取黄金五铤，后复往取金而被天帝制止的《纪闻·裴谈》；写村民率子孙伐薪，于树根处掘得二大瓮钱遂成巨富的《酉阳杂俎》"王清本"；写某生梦身为鱼在潭，有相忘之乐，后入网中历尽苦痛的《酉阳杂俎》"梦身为鱼"；写豪家子在废寺中扪佛乳挺身入穴，至高门崇墉为富翁接待，与诸妓相乐，后思归乃乞食返家的《酉阳杂俎》"扪佛奇遇"；写李某得病如狂，后化为大羊，家人将其饲养以终天年的《潇湘录·李审言》；写渔者未听僧人劝告，滞于罟网，竟化为人鼋入淮的《潇相录·僧法志》；写王某为河南尹经历之事与二十年前所梦悉同的《续定命录·王璠》；写含元殿重赏求柱，有工人穷幽扪险选一巨材献之，一狂士言此材中有巨蟒，十年后必载此殿之他园，遂将其推入渭水的《芝田录·会昌狂士》；写一进士夜宿金天王庙时闻知自己将被虎食，恳求金天搭救，于是得免的《闻奇录·张偃》；写贫民胡氏子得金致富，后胡商诱取其头上肉球中宝珠，乃成疾身亡的《录异集·胡氏子》；写一施幻术者于坊曲间为戏，竟使一僧头堕地上，身首异处的《中朝故事·咸通幻术者》；写某妪被雷击一臂尽伤，空中忽呼"误矣"，敷空中所落药膏即愈的《稽神录·江西村妪》；写泛海遇风时同行数舟皆没，某人溺水后竟被送至岸上，舟中财物亦皆还之的《稽神录·朱元吉》等。

有关奇特姻缘的故事，譬如《续玄怪录》卷四《定婚店》：

杜陵韦固，少孤，思早娶妇，多歧求婚，必无成而罢。元和二年，将游清河，旅次宋城南店，客有以前清河司马潘昉女见议者。来日先明，期于店西龙兴寺门。固以求之意切，旦往焉。斜月尚明，有老人倚布囊坐于阶上，向月检书。固步觇之，不识其字；既非虫篆八分科斗之势，又非梵书，因问曰："老父所寻者何书？固少小苦学，世间之字，自谓无不识者。西国梵字，亦能读之。唯此书目所未觌，如何？"老人笑曰："此非世间书，君因何得见？"固曰："非世间书，则何也？"曰："幽冥之书。"固曰："幽冥之人，何以到此？"曰："君行自早，非某不当来也。凡幽吏皆掌人生之事，掌人可不行冥中乎？今道途之行，人鬼各半，自不辨尔。"固曰："然则君又何掌？"曰："天下之婚牍耳。"固喜曰："固少孤，常愿早娶以广胤嗣。尔来十年，多方求之，竟不遂意。今者，人有期此，与议潘司马女，可以成乎？"曰："未也。命苟未合，虽降衣缨而求屠博，尚不可得，况郡佐乎？君之妇适三岁矣，年十七当入君门。"因问："囊中何物？"曰："赤绳子耳，以系夫妻之足。及其生则潜用相系，虽仇敌之家，贵贱悬隔，天涯从宦，吴楚异乡，此绳一系，终不可逭。君之脚已系于彼矣。他求何益。”曰：“固妻安在？其家何为？”曰：“此店北卖菜陈婆女耳。”固曰：“可见乎？”曰：“陈尝抱来鬻菜于市。能随我行，当即示君。”及明，所期不至。老人卷书揭囊而行，固逐之入菜市，有眇妪抱三岁女来，弊陋亦甚。老人指曰：“此君之妻也。”固怒曰：“杀之可乎？”老人曰：“此人命当食天禄，因子而食邑，庸可杀乎！”老人遂隐。固骂曰：“老鬼妖妄如此！吾士大夫之家，娶妇必敌。苟不能娶，即声妓之美者，或援立之，奈何婚眇妪之陋女。”磨一小刀子，付其奴曰：“汝素干事，能为我杀彼女，赐予万钱。”奴曰：“诺。”明日，袖刀入菜行中，于众中刺之而走。一市纷扰，固与奴奔走获免。问奴曰：“所刺中否?”曰：“初刺其心，不幸才中眉间尔。”后固屡求婚，终无所遂。又十四年，以父荫参相州军。刺史王泰俾摄司户掾，专鞫词狱，以为能，因妻以其女，可年十六七，容色华丽，固称惬之极。然其眉间常帖一花子，虽沐浴间处，未尝暂去。岁余，固讶之，忽忆昔日奴刀中眉间之说，因逼问之。妻潸然曰：“妾郡守之犹子也，非其女也。畴昔父曾宰宋城，终其官时，妾在襁褓，母兄次没，唯一庄在宋城南，与乳母陈氏居，去店近，鬻蔬以给朝夕。陈氏怜小，不忍暂弃。三岁时，抱行市中，为狂贼所刺，刀痕尚在，故以花子覆之。七八年前，叔从事卢龙，遂得在左右，仁念以为女嫁君耳。”固曰：“陈氏眇乎?”曰：“然。何以知之?”固曰：“所刺者固也。”乃曰：“奇也！命也！”因尽言之，相敬愈极。后生男鲲，为雁门太守，封太原郡太夫人。乃知阴骘之定，不可变也。宋城宰闻之，题其店曰“定婚店”。

这是一则广为人知的故事，叙写故事主人公尽管坚决反对月下老人给他指定的未婚妻，即十数年后所娶的夫人——那位令他非常惬意的刺史千金，却是当年一怒之下命人刺伤的卖菜陈婆的幼女，因而感叹上苍所定姻缘“奇也！命也！”

又如，《闻奇录·画工》：

唐进士赵颜，于画工处得一软障，图一妇人甚丽。颜谓画工曰："世无其人也。如何令生，某愿纳为妻。"画工曰："余神画也。此亦有名，曰真真。呼其名百日，昼夜不歇，即必应之。应则以百家彩灰酒灌之，必活。"颜如其言，遂呼之百日，昼夜不止。乃应曰："诺。"急以百家彩灰酒灌，遂活，下步言笑饮食如常。曰："谢君召妾，妾愿事箕帚。"终岁生一儿。儿年两岁，友人曰："此妖也，必与君为患。余有神剑，可斩之。"其夕，乃遗颜剑。剑才及颜室，真真乃泣曰："妾，南岳地仙也。无何为人画妾之形，君又呼妾名。既不夺君愿，君今疑妾，妾不可住。"言讫，携其子，却上软障。呕出先所饮百家彩灰酒。睹其障，唯添一孩子，皆是画焉。

此则作品，叙写故事主人公渴慕软障上所绘的美妇，在画工的指点下呼叫百日，并以百家彩灰酒灌之，于是竟活，乃结为伉俪，生下一子。后因疑其为妖，竟使美妇与子回到软障之中。以上两则故事，由于故事主人公的态度不同，因而彼此的奇妙姻缘结局迥异。前一则的故事主人公由疑虑转为执着，对新婚的妻子以诚相见，不回避自己的过失，相敬愈极，美满幸福。后一则的故事主人公由执着转为疑虑，在友人的怂恿下采取极端行动，恩断义绝，致使美满的家庭毁于一旦，不能不令人慨叹。

这个时期的奇缘故事，尚有写郑生所娶之新妇柳氏，竟与柳家女合为一体，方知其所娶乃外祖母亡灵所嫁外孙女之魂的《灵怪集·郑生》；写某生登科第为官后所娶之廉使女，即当年老圃所称与其有宿缘之灌园女的《玉堂闲话·灌园婴女》；写某女在雨中忽失，后归省母言为雷师所娶的《稽神录·番禺村女》；写一录事参军下属黄某久不归家，后于山中寻得，方知其已被石神纳为女婿的《稽神录·黄鲁》等。

二、隋唐五代的异人故事

隋唐五代的异人故事，描写的对象既有俗家人，也有出家人，涉及不同性别与不同年龄阶段，大都出身卑微，言行怪异奇特，甚至带有神秘色彩，与常人殊为不同。他们的所作所为往往出于善意，在多数情况下能够给世人带来某种启示和教益。

有关世俗异人的故事，譬如《玄怪录》卷三《侯遹》：

> 隋开皇初，广都孝廉侯遹入城，至剑门外，忽见四黄石，皆大如斗。遹爱之，收藏于笼，负之以驴，因歇鞍取看，皆化为金。遹至城货之，得钱百万，市美妾十余人，大开第宅，近甸良田别墅，货买甚多。后乘春景出游，尽载妓妾随从，下车陈设酒淆。忽有一老翁，负大笈至，厕下坐。遹怒诟之，命苍头扶之，皆不嗔恚，但引满杯啖炙而笑云："吾此来求君偿债耳。君将我金去，不忆记乎?"尽取遹妓妾十余人，投之于笈，亦不觉笈中之窄，负之而趋，走若飞鸟。遹令苍头驰马逐之，斯须已失所在。自后遹家日贫，却复昔日生计。十余年，却归蜀，到剑门，又见前者老翁，携所将妓妾游行，傧从极多，见遹皆大笑。问之不言，逼之又失所在。访剑门前后，并无此人，竟不能测也。

此则故事，通过突然出现的一位异人——负笈老翁收走获金暴富的读书人的意外之财，使其人不再有得意忘形的资本，藉以对世间得志小人进行有力的揭露和辛辣的嘲讽。这则故事构思颇为奇妙，而其中"尽取遹妓妾十余人，投之于笈"情节，显然受到《灵鬼志》"外国道人"与《续齐谐记》"阳羡书生"的影响。

又如，《野人闲话·李客》：

> 李客者，不言其名。尝披蓑戴笠，系一布囊，在城中卖杀鼠药，以一木鼠记。或有人买药，即曰："此不惟杀鼠，兼能疗人众病，但将伴餐之，即愈。"人恶其鼠药，少有服饵者。有百姓张赞，卖书为业，父年七十余，久患风疾。一日因鼠啮其文字数卷，赞甚怒，买药将以饲鼠。赞未寝，灯下见大鼠数头出，争食之，赞言必中其毒。倏忽俄见皆有羽翼，望门飞出。赞深异之，因就李客语之。客曰："应不是鼠，汝勿诳言。"赞更求药，言已尽矣，从此遁去。其父取鼠残食之，顿觉四体能屈伸，下泪履步如旧日。

此则故事同样带有较为明显的神秘色彩。它通过李客的鼠药“不惟杀鼠，兼能疗人众病”的独特功效，来展现异人的神奇风采，令人叹服。这则故事有较深的寓意，说明世间对包括异人在内的超乎常理的人的认知，往往有一个过程，人们倘若不独具慧眼，或者不及时把握时机，便很可能失之交臂，带来莫大的遗憾。就此而言，故事中的书商张赞及其老父是颇为幸运的。他虽说算不上具有慧眼，却并不“恶其鼠药”，敢于尝试，因而收到了意想不到的奇效。

这个时期的世俗异人故事，尚有写境内苦旱，一胡人设祭求雨必应，民众乃为其立庙的《广异记·石巨》；写卖瓦釜石生为异人，富叟欲访其家，乃化为白虎咆哮而去的《集异记·王瑶》；写一脚力递牒入京，途中遇异人而使其举足轻捷，日行数百里的《酉阳杂俎》“脚力张俨”；写一术士预言颇为灵验，乃得主人厚谢的《逸史·李公》；写一老母登门寻觅所失良马，富人不与，其家尽焚于火的《潇湘录·于远》；写王居士用神丹救活金店主之女，店主捐医资修终南山灵应台观音殿的《阙史·王居士神丹》；写异人助乡民治牛瘴，授符使渔人捕鲥鱼获厚赏的《金华子杂编·曹拮休》；写行乞异人临终时以重金托人将其火化，该人未遵从其言而以杖触其心脏，异人忽出烈焰中杳杳而上的《野人闲话·击竹子》；写一钓翁不知其居处、妻子，亦不见其饮食，深知水族、山川，渔人常谘访而多得其益的《稽神录·柳翁》；写一白衣老翁见人后，即将在水滨嬉戏之青背赤腹二牛鞭入水，其身渐长，一举足径上山顶的《稽神录·鞭牛》等。

有关出家异人的故事，涉及佛、道二教，大都以神异僧人、道士为故事主人公。譬如，《金华子杂编》卷下《沂密间异僧》：

> 沂密间有一僧，常行井廛间，举止无定，如狂如风。邸店之家或有爱惜宝货，若来就觅，即与之，虽是贵物亦不敢拒。旦若舍之，暮必获十倍之利，由是人多爱敬，无不迎之。往往直入人家云：“贫道爱吃脂为杂面馎饦，速即煮来。”人家见之，莫不延接。及方就食将半，忽舍起四顾，忽见粪土或干驴粪，即手捧投于碗内，自掴其口言曰：“更敢贪嗜美食否？”则食尽而去。然所历之处，必寻有异事。

其后河水暴溢州城，沉者数版[1]。州人恐惧，皆登陴危坐，立于城上。水益涨，顷刻去女墙头数寸，城人号哭，数十万众，命在须臾。此僧忽大呼而来曰："可惜了一城人命，须与救取。"于是自城上投身洪波中，躯质以沉，巨浪随陷五尺。及日晚，城壁皆露。明旦，大水并涸。州人感僧之力，共追痛，相率出城，沿流涕泣而寻其尸。忽于城西河水中小洲之上，见其端然而坐，方袍俨然。大众欢呼云："和尚在！"就问，则已溺死矣。乃以輂舆舁起赴近岸，数百之众莫可举动。又其洲上淤泥，不可起塔庙，相顾计议未为。经宿，其涂泥涌高数尺，地变黄土，坚若山阜，就建巨塔，至今在焉。

这一则故事中的那位僧人，从其日常生活的好些言谈举止来看，确实颇为怪异，与一般的佛门弟子迥然不同。但从其根本信念和大节来看，又完全符合佛法，毫不怪异。他对百姓一向慈悲为怀，不断反躬自省，到了危急关头，为了搭救全城数十万众，毅然投身洪波，在巨浪中涅槃，从而达到了佛教全部修习所需达到的最高理想境界。

又如，《稽神录》佚文《广陵木工》：

广陵有木工，因病手足皆拳缩，不能复执斤斧，扶踊行乞。至后土庙前，遇一道士，长而黑色，神采甚异，呼问其疾，因与药数丸，曰："饵此当愈。旦日平明，复会于此。"木工辞曰："某不能行，家去此远，明日虽晚，尚未能至也。"道士曰："尔无忧，但早至此。"遂别去。木工既归，饵其药，顷之，手足痛甚，中夜乃止。因即得寐，五更而寤，觉手足甚轻，因下床趋走如故，即驰诣后土庙前。久之，乃见道士倚杖而立，再拜陈谢。道士曰："吾授尔方，可救人疾苦，无为木匠耳。"遂再拜受之。因问其名居，曰："吾在紫极宫，有事可访吾也。"遂去。木匠得方，用以治疾，无不愈者。至紫极宫访之，竟不复见。后有妇人久疾，亦遇一道士，与药而差，言其容貌，亦木工所见也。广陵寻乱，木工竟不知所之。

---

① 八尺为一版。

此则故事，叙写一道士不但主动为患者治好病痛，而且授以药方让其专门为医，替百姓解除疾苦，从而塑造出一个行善消灾、造福于民的神异道人形象。他与上一则故事中的神异僧侣一样令人敬佩。如果说上一则故事着重展示宗教徒在危难时刻的献身精神的话，这一则故事则着重表现宗教徒平时不断为民作奉献的品德，两者扶危济困的高风劲节是完全相通的。

这个时期有关出家异人的故事，尚有写一僧能通鸟兽之言，闻而知休咎，世人多往迎问的《阙史·渤海僧通鸟兽言》；写一道士卖葫芦子种，云将有大用，次年发大水时众见其人坐一大瓢于水上的《野人闲话·掩耳道士》；写一庞眉大鼻道士登门访贤，为人种植仙家异花，并常以花种为赠的《野人闲话·王回处》；写一道士状若狂人，跃入江边所泊某贪官嫁女之彩船，发大火将船中厚资化为灰烬的《稽神录·吕师造》；写一尼姑在市中踞地而坐，不食不语数日，将座下掘出之大龟送入江中后，其尼乃去的《稽神录·李宗》等。

三、隋唐五代的遇仙故事

隋唐五代的遇仙故事，是一类道教色彩浓郁的神异故事。其题材颇为广泛，从各个不同的方面称颂仙家的善举，诸如救人脱难、替人消灾、赠人以物、授人道术、为人增寿、引人升仙，等等。与神仙交往者，既有俗家男女老少，也有出家的道士、僧人，而神仙多数以道人的面貌出现，其言行大多超俗绝世，神秘莫测，带有很强的传奇性。譬如，《广异记·麻阳村人》：

辰州麻阳县村人，有猪食禾。人怒，持弓矢伺之。后一日复出，人射中猪。猪走数里，入大门，门中见室宇壮丽，有一老人，雪髯持杖，青衣童子随后。问人何得至此。人云猪食禾，因射中之，随逐而来。老人云："牵牛蹊人之田而夺之牛，不亦甚乎？"命一童子令与人酒饮。前行数十步，至大厅，见群仙，羽衣乌帻，或樗蒲，或弈棋，或饮酒。童子至饮所，传教云："公令与此人一杯酒。"饮毕不饥。又至一所。有数十床，床上各坐一人，持书，状如听讲。久之却至公所，公责守门童子曰："何以开门，令猪得出入而不能知?"乃谓人曰："此非真猪，君宜出去。"因命向童子送出，人问老翁为谁，童子云："此所谓河上公，上帝使为诸仙讲《易》耳。"又问君复是谁，童子云："我王辅嗣也。受《易》已来，向五百岁，而未能通精义。故被罚守门。"人去后，童子蹴一大石遮门，遂不复见。

此则故事，叙写一村民因射猪而无意中进入神仙居所，有幸亲睹群仙生活状态和品尝仙苑佳酿，在受到款待之后，又被客客气气地送出门外，颇为真切地展现了仙家待人诚恳、处事大度的风范。据故事交代，仙苑中的雪髯老人乃是道教神仙河上公。他系西汉初人，以精通《老子》著称，司马迁在《史记》中称为"河上丈人"；而守门童子则是三国时的道家学者王弼（字辅嗣）。这两个人物虽是托名，却在某种程度上增加了作品的可信性，别有一番情趣。

又如，《原化记·裴氏子》：

唐开元中，长安裴氏子，于延平门外庄居。兄弟三人未仕，以孝义闻。虽贫，好施惠。常有一老父过之求浆，衣服颜色稍异，裴子待之甚谨。问其所事，云："以卖药为业。"问其族，曰："不必言也。"因是往来憩宿于裴舍，积数年而无倦色。一日谓裴曰："观君兄弟至窭，而常能恭己不倦于客。君实长者，积德如是，必有大福。吾亦厚君之惠，今为君致少财物，以备数年之储。"裴敬谢之。老父遂命求炭数斤，坎地为炉，炽火。少顷，命取小砖瓦如手指大者数枚，烧之，少顷皆赤。怀中取少药投之，乃生紫烟，食顷变为金矣。约重百两，以授裴子。谓裴曰："此价倍于常者，度君家事三年之蓄矣。吾自此去，候君家罄尽，当复来耳。"裴氏兄弟益敬老父。拜之，因问其居，曰："后当相示焉。"诀别而去。裴氏乃货其金而积粮，明年遇水旱，独免其灾。

后三年，老父复至，又烧金以遗之。裴氏兄弟一人愿从学，老父遂将西去，数里至太白山西岩下，一大盘石，左有石壁，老父以杖叩之，须臾开。乃一洞天，有黄冠及小童迎接。老父引裴生入洞，初觉暗黑，渐即明朗。乃见城郭人物，内有宫阙堂殿，如世之寺观焉。道士玉童仙女无数，相迎入。盛歌乐，诸道士或琴棋讽诵言论。老父引裴氏礼谒，谓诸人曰："此城中主人也。"遂留一宿，食以胡麻饭、麟脯、仙酒。裴告归，相与诀别，老父复送出洞。遗以金宝遣之。谓裴曰："君今未合久住，且归。后二十年，天下当乱，此是太白左掩洞。君至此时，可还来此，吾当迎接。"裴子拜别。比至安史乱，裴氏全家而去，隐于洞中数年。居处仙境，咸受道术。乱定复出，兄弟数人，皆至大官，一家良贱，亦蒙寿考焉。

这则作品，故事情节曲折而富于变化，比较引人入胜。它不但赞扬了好施惠，以孝义闻的裴氏一家克己助人、善待长者的宽厚淳朴品格，而且歌颂仙长知恩图报、扶持忠良的高尚操行，透过遇仙故事的神奇描写，生动地表现出盛唐时期世人渴慕与人为善、互助互爱的社会环境和追求安居乐业、健康长寿的美好生活的愿望。

再如，《续神仙传·卖药翁》：

卖药翁，莫知其姓名。人或诘之，称只此是真姓名。有童稚见之，逮于暮齿复见，其为状不改。常提一大葫芦卖药。人告疾求药，得钱不得钱皆与之无阻，药皆称有效。或无疾戏而求药者，得药，寻必失之。由是人不敢妄求。敬如神明。常醉于城市间，得钱亦与贫人。或戏问之："有大还丹卖否?"曰："有，一粒一千贯钱。"人皆笑之以为狂。多于城市笑骂人曰："有钱不买药吃，尽作土馒头去。"人莫晓其意，益笑之。后于长安卖药，方买药者多，斗擞葫芦已空，内只有一丸出，极大光明。安于掌中，谓人曰："百余年人间卖药，过却亿兆之人，无一人肯把钱买药吃，深可哀哉。今之自吃却。"药才入口，足下五色云生，风起飘飘，飞腾而去。

此则作品，叙写以卖药翁的面目出现的仙家售药为百姓疗疾，所得药钱用以助贫，因其言行超乎寻常，人皆笑之以为狂。他竟吞下最后一个极大的药丸，飘然飞去。其中，着重表现世间的各种高尚的行为不为凡夫俗子所理解，甚至被嘲笑时，不能不深感悲哀，连神仙也不能例外。

在这个时期的遇仙故事里面，有一类得道升仙故事比较引人注目。它们描述神仙来到世间以各种办法教化济度众生，引导有志为道者修仙成功，使行善积德者脱凡升天，终于成为仙家。譬如，《疑仙传》卷下《沈敬》：

沈敬，浙右人也。自幼学道，后游钟山遇一老姥，谓之曰："尔骨秀神清，心复正。后十年当得道，但修炼之。"乃与一块白石，教之曰："但以山泉煮此石，不停火，待软如药剂，即食之。若未软，不得停火。"言讫而不见老姥。敬奇之，因于山中结茅而居，汲泉以煮此石，不停火。十载此石不软，敬乃不煮。忽一夜此老姥复来，谓敬曰："始教尔以山泉煮此石，今何不煮之?"敬曰："我自奉教，十载煮此石而不可食。"老姥曰："此石非常石，不可得也。君既得之，何不虔诚息虑以煮，即不待十载而可食。若信之与疑交生于心，虽煮之十载，亦不可食也。"敬曰："此石何石也？如非人间之石，自然有异，可食。既有异，又何必煮之，然后可食也。"老姥曰："此石是琼树之实也，不知谁得遗于此山，被人间深毒之风吹之，故坚硬。若以山泉虔诚煮之，即复软，软而食，即得道矣。"敬乃拜谢之，遽又不见其老姥。敬遂斋戒，汲山泉以煮之。至明日，其石忽软，乃香馥满山。敬沐浴而尽食之，顿变童颜，髭发如漆，仍心清体轻。山中人皆怪焉。后数日，不见所之。

此则作品，叙述一个煮石成仙的有趣故事，为世人描绘出一位和善可亲的女仙形象。她对学道者一再循循善诱，使其领悟修道务必心神专注，持之以恒，切不可心生疑窦，以致功败垂成。其人遂虔诚斋戒，终于煮石至软，尽食后心清体轻，超登仙界。

又如，《续神仙传·宜君王老》：

王老，坊州宜君县人也。居于村墅，颇好道爱客，务行阴德为意。其妻亦同心不倦。一旦，有蓝缕道士造其门，王老与其妻俱延礼之。居月余，间日与王老言谈杯酌，甚相欢狎。俄患遍身恶疮，王老乃求医药看疗，益加勤切。而疮日甚，逮将逾年。道士谓王老曰：“此疮不烦以凡药相疗，但得数斛酒浸之自愈。”于是王老为之精洁酿酒。及熟，道士言：“以大瓮盛酒，吾自加药浸之。”遂入瓮，三日方出，须发俱黑，面颜复少年，肌若凝脂。王老合家视之惊异。道士谓王老曰：“此酒可饮，能令人飞上天。”王老信之。初，瓮酒五斛余，及窥，二三斗存耳，清冷香美异常。时方打麦，王老与妻子并打麦人共饮，皆大醉。道士亦饮，云：“可上天去否?”王老愿随师所适。于是祥风忽起，彩云如蒸，屋舍草树，全家人物鸡犬，一时飞去，空中犹闻打麦声。数村人共观望惊叹，惟猫弃而不去。风定，其佣打麦二人乃遗在别村树下，后亦不食，皆得长年。宜君县西三十里，有升仙村存焉。

此则作品，叙述某村民夫妇好道敬客，广积阴功，使神仙深受感动。后为神仙济度飞升，乃登上仙家之境。它不仅想象较为奇特，而且生活气息浓郁，颇为贴近民众，情趣盎然，在同类故事中是一篇不可多得的佳作。

这个时期的遇仙故事，尚有写巴人剖两大橘，见每橘各有二老叟相与为赌，后四叟共乘草根所化之龙而去的《玄怪录·巴邛人》；写二书生游嵩山迷路，遇仙得食玉屑饭而一生无疾，后按仙家指道归去的《酉阳杂俎》“嵩山问路”；写某生救一病鹤，有幸饮神仙所赠杏浆，寿近百岁的《酉阳杂俎》“救鹤遇仙”；写一僧夜入山林忽感饥困，遇仙家令掘地下米为食，数日不复饥渴的《酉阳杂俎》“头陀悟空”；写一贩薪者入山斫柴，见二仙于山石上对弈，后拾棋子归告学道之师，遂向其人尽传法箓的《逸史·黄尊师》；写一弟子于茅山从师修道时入一洞观仙对弈，忽乘五色云升仙，与师拜别后飞去的《逸史·瞿道士》；写地祇为卢某行孝感动，为一白衣妇替卢母治疾，并与卢结为夫妻，后卢疑其为妖竟离去的《河东记·卢佩》；写一负大壶卖药者为某家之子治眉头上肉瘤，从其中取出一小蛇，待蛇长及丈余，乃乘蛇飞去的《大唐奇事记·王守一》；写韦某赴任途中受到地仙接待，并得到所赠之绡十匹的《尚书故实·书生》；写酒肆王某与一道士交好数载，道士乃引其上山为天师守灶，因煮药有过失被遣归遂为道士的《原化记·王卿》；写李某常游华山采药食，后去天台以药丸赠老父乃上白鹿而去，老父食药皆寿一百五十岁的《疑仙传·李元》；写葛某游岐陇时，与道士王某共乘其犬飞至仙山与三仙女相聚共酌，然后返回的《疑仙传·葛用》；写维杨十友皆慕玄知道，被受善待老叟邀至郊外茅屋中，蒸形似孩童之千年人参酬谢，诸友皆不敢食用，错失升仙良机的《神仙感遇传·维杨十友》；写王某入君山崖穴饮仙酒，遂无疾并厌五谷，乃入名山学道的《神仙感遇传·王廓》；写广陵茶姥年七十竟轻健有力，每日售茶自旦至暮而器中茶常如新熟，被吏系狱后乃持茶器自窗中飞去的《墉城集仙录·茶姥》；写梅道士离别时以水银炼成白银赠与交往数月之崔某，崔某至寿春回访时，村人皆不识此道人，惟知淮南岳庙有梅真君的《稽神录·梅真君》；写沈某少年好道，及致仕恒以焚修服饵为事，死后葬于吉地，渔人尝于深潭一石门中看见其人的《稽神录·沈彬》等。

第二节　隋唐五代的神异故事（二）

四、隋唐五代的宝物故事

隋唐五代时期的宝物故事，通常由得宝、识宝、展示宝物奇特功能等几个母题组成。作品中出现的宝物，以宝珠居多，如夜光珠、清水珠、青泥珠，其次为宝镜和宝剑，此外尚有宝石、宝瓶、宝马以及其他各种奇珍异物。宝物的奇特功能，包括医治痼疾、防范灾害、开山觅宝、改造生存环境、改善生活质量、带来财富与好运等等。识宝者大部分为西域胡人，有的甚至讲明为波斯胡人。此类故事，不但表现出世人对于幸福生活的向往，而且从一个特定的方面，反映出这个时期对外交往的兴盛和西域民间故事对中国民间故事产生的较大影响。

有关胡人识宝的故事，譬如，《广异记·破山剑》：

近世有士人耕地得剑，磨洗诣市，有胡人求买，初还一千，累上至百贯，士人不可。胡随至其家，爱玩不舍，遂至百万。已克明日持直取剑。会夜佳月，士人与其妻持剑共视，笑云：“此亦何堪，至是贵价？”庭中有捣帛石，以剑指之，石即中断。及明，胡载钱至，取剑视之，叹曰：“剑光已尽。何得如此？”不复买。士人诰之。胡曰：“此是破山剑。唯可一用，吾欲持之以破宝山。今光芒顿尽，疑有所触。”士人夫妻悔恨，向胡说其事。胡以十千买之而去。

此则作品，叙写独具慧眼的胡人，以百万重金求购破山剑。然而由于剑主夫妇的无知，竟在不经意中毁坏了这件稀世珍宝，悔恨莫及。尽管他们个人蒙受了巨大的经济损失，却断了异域客商在中国觅宝的后路，这或许不是一件坏事。应当指出的是，此类描述持宝人由于种种原因而毁宝的事件，在宝物故事中并不罕见，后来逐渐演化为觅宝故事的一个特定的叙事模式。

又如，《宣室志》卷六“清水珠”：

冯翊严生者，家于汉南。尝游岘山，得一物，其状若弹丸，色黑而大，有光，视之洁彻，若轻冰焉。生持以示于人，或曰：“珠也。”生因以“弹珠”名之。常置于箱中。其后生游长安，晚于春明门逢一胡人，叩马而言：“衣橐中有奇宝，愿得一见。”生即以“弹珠”示之。胡人捧之而言跃曰：“此天下之奇货也，愿以三十万为价。”生曰：“此宝安所用乎？而君厚其价如是哉？”胡人曰：“我，西国人。此乃吾国之至宝，国人谓之‘清水珠’，若置于浊水，泠然洞澈矣。自亡此宝且三载，吾国之井泉尽浊，国人俱病。于是我等越海逾山，来中夏求之。今果得于子矣。”胡人即命注浊水于缶，以珠投之，俄而其水淡然清莹，纤毫可辨。生于是以珠与胡，获其厚价而归。

此则作品，叙写冯生在汉水之南的岘山（在今湖北襄阳南）拾得一颗弹珠，后为一胡人发现，坦言其为该国之至宝，有着非同寻常的用途，随即当场进行测试，愿以丰厚的价格收购。冯生亦报之以理解和同情，并不抬高售价，随即售与其人，在一定程度上展示出当时在对外交往中彼此尊重、以诚相待的社会风尚。

再如，《金华子杂编》与《稽神录》的两则故事：

徐太尉彦若之赴东南，将渡小海，亲随军将息，忽于浅濑中得一小琉璃瓶子，大如婴儿之拳，其内有一小龟子，可长一寸许，旋转其间，略无暂已。瓶口极小，不知所入之由也，因取而藏之。其夕忽觉船一舷压重。及晓视之，即有众龟层叠乘船而上。大惧，以其将涉海，虑蹈不虞，因取所藏之瓶子，祝而投于海中，龟遂散。既而话于海舶之胡人。胡人曰："此所谓龟宝也，希世之灵物，惜其遇而不能得，盖薄福之人不胜也。苟或得而藏于家，何虑宝藏之不丰哉。"胡客叹惋不已。

——《金华子杂编》卷下《龟宝》

临州人岑氏尝游山溪，水中见二白石，大如莲实，自相驰逐，捕而获之。归置巾箱中。其夕，梦二白衣美女，自言姊妹，来侍左右。既寤，益知二石之异也。恒结于衣带中，后至豫章，有波斯国人邀而问之："君有宝耶？"曰："然。"即出二石示之。胡人欲以三万为价得之。岑虽宝藏而实无用得钱，甚喜，因以与之。胡谢而去。岑氏因此而赡，但恨不能问其名与所用云。

——《稽神录》卷五《岑氏》

以上两则五代录写的胡人识宝故事，内容不同，意蕴各异。前一则叙写胡人识宝于失去宝物之后，因无买卖关系，乃坦言藏是宝足以发家致富。后一则叙写胡人识宝于购买之前，出于利害考虑，始终避而不谈是宝之名及其功用；前一则故事主人公断然将龟宝投海，尽管个人有所损失，却换来全船将士渡海平安，值得赞许。后一则故事主人公虽然得到巨款，却使宝物落入异国客商手中，令人叹惋。从此类胡人识宝故事不难窥见，这个时期来华胡人的活动范围相当大，不但遍及隋唐京城长安一带，而且在当时的对外贸易海港之一的扬州、东南沿海以及赣、皖、鄂等地也有他们的踪迹。

没有胡人出现的宝物故事，数量少于前一类故事，亦各有特点。譬如，《原化记·渔人》：

苏州太湖入松江口，唐贞元中，有渔人载小网，数船共十余人，下网取鱼。一无所获，网中得物，乃是镜而不甚大。渔者忿其无鱼，为镜于水。移船下网，又得此镜。渔人异之，遂取其镜视之。才七八寸，照形悉见其筋骨脏腑，溃然可恶。其人闷绝而倒。众人大惊，其取镜鉴形者，即时皆倒，呕吐狼藉。其余一人，不敢取照，即以镜投之水中。良久，扶持倒吐者既醒，遂相与归家。以为妖怪。明日方理网罟，则所得鱼多于常时数倍。其人先有疾者，自此皆愈。询于故老，此镜在江湖，每数百年一出。人亦常见，但不知何精灵之所恃也。

此则作品，叙写渔人网到一枚宝镜时，虽然纷纷受到惊吓，甚至晕厥、呕吐，但将其投水后，竟带来好运，得鱼多出平时数倍。这个时期有关古镜的宝物故事数量不少，与此则相似的既有先前录写的《松窗杂录·古铜镜》，又有其后录写的《金华子杂编》卷下《古镜》，内中都有用以照人脏腑洞然和渔人将其投诸水中的母题，而以此则的故事情节最为完整，描写更为生动形象，艺术水平较高。

又如，《稽神录》卷二《紫石》：

晋安有东山樵人陈某，常见山中有紫光烛天。伺之久，乃见一大鹿，光自口中，设置捕而获之。刳其腹，得一紫石，圆莹如珠，因宝藏之，家自是富。至其孙，奢纵好酒，醉而翫其珠，以为石何能神，因击碎之，家自是贫矣。

此则作品，首先叙述宝物的出现颇为奇特，初步展示出它的非凡之处，接着叙述樵人藏之，其家乃富，子孙失之，其家乃贫，进一步揭示出宝物的珍贵之处，前后呼应，简洁明快。但是从整体来看，它缺乏故事情节的曲折性和细节描写的生动性，正好透露出隋唐五代后期宝物故事比较简约、平实的倾向，在这个阶段的同类故事中具有一定的代表性。

隋唐五代的宝物故事，尚有写有人在野外捕获之二白兔忽入地不见，乃于土中掘得铜剑一双的《朝野佥载》“双铜剑”；写某吏大量啖脍后吐出一物状如麻鞋底，胡人购其一半去治本国太子腹中痼疾的《广异记·句容佐史》；写胡人以重价购去寺中化泥为水之宝珠，随后即被追回的《广异记·青泥珠》；写波斯胡人藏一宝珠于臂腋中，泛海时船忽欲没，舟人迫使胡人取珠投海乃保平安的《广异记·径寸珠》；写波斯胡人以万贯巨资购得装有紫靺羯宝瓶，藏之入火不烧，涉水不溺的《广异记·紫靺羯》；写大食国（阿拉伯帝国）胡人以四千万贯购回其国所贡水珠，用以导引泉水的《纪闻·水珠》；写郑某少时得一异剑，一自称上界人之朱衣紫髯者从空而降，欲借剑一观，郑伺机斫之不中，忽堕黑气着地的《酉阳杂俎》“异剑”；写某刺史爱妾臂上佩戴之玉马，夜间忽化为白驹径入马厩使群马惊嘶的《宣室志》“玉马”；写守船者夜间惊走一数丈长怪物而得一颗径寸珠，卖与扬州胡店得数千缗的《原化记·守船者》；写胡人临终前托邻里将其殡葬，并赠以左臂中的藏珠，邻里售珠竟得钱五十万的《原化记·鬻饼胡》；写在赛宝会上，一胡人以千万买下魏生所拾之石片，直言此乃其国丢失之“宝母”，设坛致祭则珠宝自聚的《原化记·魏生》等。

五、隋唐五代的报应故事

隋唐五代神异故事中的报应故事，包括善报与恶报两个部分。作品叙写世人或者竭诚行善，或者刻意作恶，其后或者交上好运，遂得善果，或者得到惩处，因得恶果，善恶有报，赏罚分明，朗朗乾坤仿佛无处不有神在。此类故事，有不少作品带有鲜明的宗教色彩，多数是佛教色彩。

此类故事中的善报故事，大多涉及乐善好施、虔诚敬神、厚待生灵等题材，通过娓娓动听的描述，生动展示并热情称许广大民众推崇的世间各种优良的品格和情操。兹举例如下：

汾水边有一老姥获一赪鲤，颜色异常，不与众鱼同，既携归，老姥怜惜，且奇之，凿一小池，汲水养之。经月余后，忽见云雾兴起，其赪鲤腾跃。逡巡之间，乃渐升霄汉。其水池即竭。至夜，又复来如故。人见之者甚惊讶，以为妖怪。老姥恐为祸，颇追悔焉。遂亲至小池边祷祝曰："我本惜尔命，容尔生，反欲祸我耶？"言才绝，其赪鲤跃起，云从风至，即入汾水。唯空中遗下一珠，如弹丸，光晶射人，其老姥得之，众人不敢取。后五年，老姥长子患风，病渐笃，医莫能疗。老姥甚伤，忽意取是珠，以召良医。其珠忽化为一丸丹。老姥曰："此赪鲤遗我，以救我子。答我之惠也。"遂与子服之，其病寻愈。

——《潇湘录·汾水老姥》

唐庐陵阛阓中，有一刘行者，以钉铰为业。性至孝，母亲患眼二十余年，行者恳苦救疗。一日，忽有衲僧携净水铜瓶子觅行者磨洗，出百金为酬。行者不受，告云："家有母亲，患眼多年。和尚莫能有药疗否？"僧云："待磨洗瓶子了与医。"磨洗毕，便出门，而行者随问之。僧云："但归去，已与医了。"言讫失僧所在。行者奔还家，见母亲忽自床坠地，双目豁开。合家惊喜，方知向者僧是罗汉。遂画其形影供养，至今存焉。

——《报应录·刘行者》

以上两则善报故事，题材无不与为亲人疗疾有关，结局圆满，颇为感人。但其具体描写与意蕴却有较大差异。前一则故事主人公的善举，体现了世人怜惜生灵的美德，而非为了获报。后一则故事主人公的善举也不是为了获报，完全是出于救治双目失明的老母，体现了世人的至孝品格；前者不带宗教色彩，没有说教的意味。后者虽然带有宗教色彩，却不是生硬说教，与下面将要提及的信佛免难故事显然有所不同。

这一类善报故事，尚有写某人善待乞食僧，其从军被俘久无音问之子乃得还家的《冥报记·北齐冀州人》；写猎者敷药矢射杀大蛇而使向其求救之蛇幸免于难，后衔大真珠以报的《广异记·海州猎人》；写土地神让蔡某乔装使其免于被捉去为冥王修葺后殿，报以数十载每食必相召之恩的《续玄怪录·木工蔡荣》；写一菜贩结草庐居江边，风雨夜摇船所渡者竟化为金人的《河东记·龚播》；写鱼贩刘某忽闻舫中之鱼呼阿弥陀佛，遂悉投鱼入江，后得五十千缗，上题"偿汝鱼值"的《宣室志》"当涂民"；写牙将李某患病将死，因曾救七人性命而被冥府主吏延寿十四年的《报应录·李质》；写一鱼贩尝闻船内诸鱼念佛声遂改业鬻薪，历尽穷苦，后于江边掘得黄金数斤的《报应录·熊慎》；写某将冒矢石攻取一城，获三处女安置于别室，旬间其父母持金请赎，某即还金归女，后得高寿的《儆诫录·程彦宾》；写王氏厚待入店暂憩之紫衣人，后得免于大火的《稽神录·酤酒王氏》；写某商善待恒来买药而未付钱者和治舍时向其卖土者，先后得到厚赠的《稽神录·杜鲁宾》等。

此类故事中的恶报故事，数量远超过善报故事，题材相当广泛，涉及杀人越货、仇隙凶杀、忌妒施暴、虐待翁姑、夺人妻女、讹诈钱财、残害生灵，等等。故事里面的受害者，大都为无辜者，他们多数属于弱势群体；另外还有各种生灵，它们多数是有益于人类的动物。这一类故事通过一桩桩事件的生动描写，有力地揭发并谴责了社会上的各种残暴行径和丑恶现象，表现了世人惩恶除暴的强烈愿望，也在一定程度上展示出善良的人们，首先是弱势群体的一种无奈，因为在多数情况下他们无力进行反抗，只能通过幻想世界中的神奇力量来惩处坏人、歹徒，使之得到报应。

有关杀人者恶报的故事，试看：

> 唐卫州司马杜某尝为洛阳尉，知捕寇。时洛阳城南午桥，有人家失火，七人皆焚死。杜某坐厅事，忽有一人为门者所执，狼狈至前。问其故，门者曰："此人适来，若大惊恐状。再驰入县门，复驰出。故执之。"其人曰："某即杀午桥人家之贼也，故来归命。尝为伴五人，同劫其家，得财物数百千。恐事泄，则杀其人，焚其室，如自焚死者。故得人不疑。将财至城，舍于道德里。与其伴欲出外，辄坎轲不能去。今日出道德坊南行，忽见空中有火六七团。大者如瓠，小者如杯，遮其前，不得南出，因北走。有小火直入心中，爇其心腑，痛热发狂。因为诸火遮绕，驱之令入县门。及入则不见火，心中火亦尽。于是出门，火又尽在空中，遮不令出。自知不免，故备言之。"由是命尽取其党及财物，于府杀之。
>
> ——《纪闻·午桥民》

唐贞观十三年，岐州城内有寺主，共都维那为隙，遂杀都维那。解为十二段，置于厕中。寺僧不见都维那久，遂告别驾杨安共来验检，都无踪迹。别驾欲出，诸僧送别驾，见寺主左臂上袈裟忽有些鲜血。别驾勘问，云："当杀之夜，不着袈裟。有其鲜血，是诸佛菩萨所为。"竟伏诛。

——《广古今五行记·岐州寺主》

以上两则作品，故事情节虽然各不相同，但在揭露性与构思奇妙方面却有相似之处。前一则写的是劫杀，杀人之匪徒恐事泄竟将被劫者灭门焚尸。后一则写的是仇杀，杀人者为泄愤将仇家分尸扔于厕中。他们杀人的手段极其残忍，达到丧心病狂的地步。而杀人者很快便被正法，其败露都非常奇特，前者为发狂而自来投案，系受冤魂驱使，后一则为自我暴露，乃是菩萨显灵所致。

有关讹诈者恶报的故事，试看：

唐永徽五年，京城外东南有陂，名"独嘉隽"。有灵泉乡里长姓程名华。秋季输炭时，程华已取一炭丁钱足。此人家贫，复不识文字，不取他抄。程华后时复从丁索炭，炭丁不伏。程华言："我若得你钱，将汝抄来。"炭丁云："吾不识文字，汝语吾云：'我既得汝钱足，何须用抄。'吾闻此语遂信不取，何因今日复从吾索钱？"程华不信因果，遂为他炭丁立誓云："我若得汝钱，愿我死后为汝作牛。"炭丁懊恼，别举钱与之。程华未经三五月身亡，即托炭丁牸牛处胎。后生犊子，遍体皆黑，惟额上有一双白"程华"字分明，人见皆识。程华儿女倍加将钱收赎，不与。其牛尚在。左近村人同见说之。

——《法苑珠林》卷五十七《唐雍州人程华》

唐史无畏，曹州人也，与张从真为友。无畏止耕垄亩，衣食窘困。从真家富，乃谓曰："弟勤苦田园，日夕区区。奉假千缗货易，他日但归吾本。"无畏忻然赍缗，父子江淮射利，不数岁，已富。从真继遭焚爇，及罹劫盗，生计一空。遂诣无畏曰："今日之因，不思弟千缗之报，可相济三二百乎？"闻从真言，辄为拒扞，报曰："若言有负，但执券来。”从真恨怨填臆。乃归。庭中焚香，泣泪诅之。言词慷慨，闻者战栗。午后，东西有片黑云骤起。须臾，霔雨雷电兼至。霹雳一震，无畏遽变为牛。朱书腹下云：“负心人史无畏”。经旬而卒，刺史图其事而奉奏焉。

——《会昌解颐录·史无畏》

以上两则讹人钱财的故事，尽管具体情节各不相同，但都描述富人以没有凭据为借口，对毫无防范的弱者——一个是不识字的穷苦炭丁，一个是曾热忱相助并已生计一空的好友，其行为卑劣至极，令人发指。他们最终无不变牛示众，受人唾骂，被永远钉在耻辱柱上。这两则作品，均以幻想的手法展现强烈的社会倾向性，显示出故事编讲者的鲜明爱憎，在当时无疑具有一定的警示作用。

有关虐待者恶报的故事，试看：

广陵孔目吏欧阳某者，居决定寺之前。其家妻少遇乱，失其父母。至是有老父诣门，使白其妻：“我汝父也。”妻见其贫陋，不悦，拒绝之。父又言其名字及中外亲族，甚悉，妻竟不听。又曰：“吾自远来，今无所归矣。若尔，权寄门下，信宿可乎？”妻又不从。其夫劝又不可。父乃曰：“去，吾将讼尔矣！”左右以为何讼耳，亦不介意。明日午，暴风雨从南方来，有震霆入欧阳氏之居，牵其妻至中庭，击杀之。大水平地数尺，邻里皆漂荡不自持。后数日，欧阳之人至土庙，神座前得一书，即老父讼女文也。

——《稽神录》卷一《欧阳氏》

蜀青石镇陈洪裕妻丁氏，因妒忌，打杀婢金卮，潜于本家埋瘗。仍榜通衢云：婢金卮逃走。经年，迁居夹江。因夏潦，飘坏旧居渠岸，见死婢容质不变。镇将具状报州，追勘款伏。其婢尸一夕坏烂，遂置丁氏于法。

——《儆诫录·金卮》

以上两则故事中恶妇的表现都十分卑劣，但其揭露的侧重点各不相同。前一则着重写恶妇的绝情，她非但不认离散的老父，甚至连寄宿于门下的要求也遭到拒绝，她对于有养育之恩的生父，竟绝情忘义到如此地步。后一则着重写恶妇的凶残。她出于妒忌竟动了杀机，将无辜的婢女置于死地。令人稍稍感到宽慰的是，她们最终都得到恶报，大快心人。还应当看到，这两则作品的艺术性是有差异的。相比之下，前一则作品的描写比较细腻，对于人物刻画更为具体生动，其艺术性与感染力远高于失之简略的后一则作品。

有关杀生者恶报的故事，试看：

唐李詹，大中七年崔瑶下擢进士第。平生广求滋味，每食鳖，辄缄其足，暴于烈日。鳖既渴，即饮以酒而烹之，鳖方醉，已熟矣。复取驴絷于庭中，围之以火。驴渴，即饮灰水，荡其肠胃；然后取酒，调以诸辛味，复饮之。驴未绝而为火所逼烁，外已熟矣。詹一日方巾首，失力仆地而卒。顷之，詹膳夫亦卒。一夕，膳夫复苏，曰："某见詹，为地下责其过害物命，詹对以某所为。某即以詹命不可违答之。詹又曰：'某素不知，皆狄慎思所传，故得以回。'"无何，慎思复卒。慎思亦登进士第，时为小谏。

——《玉泉子·李詹》

章邵者，恒为商贾，巨有财帛，而终不舍路歧，贪猥诛求。因逢鹿，避人而去，鹿子为邵之所获。邵便打杀，弃之林中。其鹿母遥见悲号，其声不已。其日，邵欲夜行，意有所谋也。邵只有子一人，年方弱冠，先父一程，行及困，于大树下憩歇，以伺其父。未间，且寝于树阴中。邵乃不晓是子，但见衣袱在旁，一人熟寐而已，遂就腰抽刀，刺其喉，取衣袱而前行。及天渐晓，是其衣袱，乃知杀者是己子也。嗟乎！章邵凶率如此，报应亦宜然！

——《野人闲话·章邵》

以上两则故事主人公杀生的出发点虽然各不相同，但都异常残忍。前者穷奢极侈，为了满足口腹之欲，挖空心思广求滋味，竟逆天暴物，无所不用其极。后者基于贪婪狠毒的本性一再大动杀机：他残害幼小生灵于先，使母鹿悲号不已，图财害命；滥杀无辜于后，使年青人死于梦寐之中，可谓嗜血成性。这两位最终均无一例外地受到惩罚：前者不但令贪图享受者殒命，而且让始作俑者也难逃厄运；后者虽未丧命，却受到了致命的打击——饮下丧子之痛的苦酒，更为可悲的是，杀子者竟是他本人。这两则故事在艺术上也各有特点：前一则以白描见长，通过对残害鳖和驴的详细描述来暴露故事主人公残酷的本性；后一则运用对比手法，使故事主人公杀幼鹿与杀亲子的两桩残杀前后呼应，形成强烈的对比，以增加作品的震撼力。

这个时期的恶报故事，尚有写养姑不孝的儿媳遭雷击后，其头变为白猪头的《冥报记·隋河南妇人》；写克扣工钱，鞭打作人的富翁死后变为牛犊的《冥报记·隋下士瑜》；写赖帐拒付者死后变为赤犊的《冥报拾遗录·路伯达》；写任意残害生灵者以汤浇死群蜂，后被蜂螫，数日而死的《法苑珠林·陆孝政》；写贺氏烧钉烙瞎小妾双目使其自缢身亡，该妇娠后产一蛇两目无睛的《朝野佥载》“贺氏得拔”；写柳氏先后截一婢女双指和一婢女舌头，后竟被刺落指头，生疮烂舌的《朝野佥载》“金荆”；写山神劝阻伐太白庙前古树者未果，乃召虎食之的《广异记·巴人》；写一儿媳让瞎婆母吃下拌有犬粪之食，后遭雷击变为狗头人的《独异志》“狗头新妇”；写郡守极贪刻，尝私吞寺院造佛像金银，未几死而投胎变为牛犊的《宣室志》“郡守崔某”；写大饥之年一村民埋蚕数箔而以数十株树之桑叶卖钱，后遭报被杖杀的《三水小牍·王公直》；写杀蛇烹食者皆为雷击震死，独一不杀蛇者幸免的《原化记·嵩山客》；写某内侍杀生甚众，吃法残忍，后得疾每睡均见群兽鸟雀啄食其肉，将死时只留下一束黑骨的《报应记·徐可范》；写放高利贷者业累千金，还诱邻上当以夺其家产，死投胎为邻家牛犊的《玉堂闲话·刘钥匙》；写群寇夜入寺院劫掠，贼曹分取寺中释迦藕丝袈裟后，竟夫妻堕指，须鬓俱坠，事败戮于市的《儆诫录·开照寺盗》；写军使王骄恣淫奢，欲纳之美女所换旧衣忽化血凝于地，其人旬月被诛的《稽神录·王建封》等。

六、隋唐五代的崇佛故事

隋唐五代的崇佛故事，一般都叙写俗家或僧侣虔诚崇奉佛法，持念佛经，每当亲历各种天灾人祸之时，往往能够得到菩萨保佑，逢凶化吉，遇难成祥，平安度过危险。故事中僧俗人等书写和念诵的佛经，大多为当时广为流传的《金刚经》（全称《金刚般若波罗密经》），其次为《法华经》与《观世音经》，此外尚有《维摩经》、《金光明经》、《首楞严经》、《多心经》、《药师经》、《高王经》、《续命经》、《随愿往生经》等。此类故事大多带有浓厚的宗教色彩和说教意味，某些作品的描写尚比较生动，有一定的感染力。

譬如，《酉阳杂俎》续集卷七《金刚经鸠异》"王孝廉"：

> 大历中，太原偷马贼诬一王孝廉同情，拷掠旬日，苦极强首，推吏疑其冤，未即具狱。其人惟念《金刚经》，其声哀切，昼夜不息。忽一日，有竹两节坠狱中，转至于前。他囚争取之，狱卒意藏刃，破视，内有字两行云："法尚应舍，何况非法？"书迹甚工。贼首悲悔，具承以匿嫌诬之。

此则记述为被诬举人平反的故事，带有一些宗教色彩，但与那些说教的故事并不相同。它在叙写贼首深感悲悔，因而主动承认诬告无辜者之前，已有推吏"疑其冤"和举人"其声哀切"等描写，作好了较充分的铺垫。贼首既受到办案者认真执法的震慑，又受到蒙冤者凄苦悲情的触动，在见到空中落下的字迹时，才最终导致其心理防线的崩溃，得以吐露真情。此则作品故事情节环环相扣，自然流畅，在同类故事中具有较大的艺术感染力。

又如，《纪闻·襄阳老姥》：

> 唐神龙年中，襄阳将铸佛像。有一老姥至贫，营求助施，卒不能得。姥有一钱，则为女时母所赐也，宝之六十余年。及铸像时，姥持所有，因发重愿，投之炉中。及破炉出像，姥所施钱，著佛胸臆，因

磨错去之。一夕，钱又如故，僧徒惊异。钱至今存焉。乃知至诚发心，必有诚应。姥心至诚，故诸佛感之，令后人生希有此事也。

此则故事在人物刻画方面着墨不多，却匠心独运。其成功之处在于擅长渲染具有表现力的细节：其一，赤贫老妪发重愿后献出的是仅有的一枚铜钱，但来历非同寻常，乃是小时母亲所赐、珍藏六十余年的念物，对她来讲其分量之重，意义之大，是不言而喻的。其二，老妪诚心捐资铸佛却受怠慢，当她把这枚铜钱投入炉中后，竟出现奇迹——铜钱著于佛像胸臆，磨错不灭，令僧徒惊异。这则故事与其他故事不同，只写崇佛，未得报。然而让老妪所施的那枚铜钱永远保存在佛像胸前，无疑是对其虔心敬佛最大的奖赏和回报。

这一类崇佛故事，尚有写某吏患重病仍专心念经，观音前来相救的《冥报记·唐卢文明》；写一僧为穴中癞人送食诵经，使之疮愈眉生，容色如故的《冥报拾遗·彻师》；写船行江心遇风暴将沦覆，船上一僧正心诵经，使全船得济的《法苑珠林·竺惠庆》；写胡贼所掠汉人次第被杀，仅一心诵《观音经》者独免的《法苑珠林·徐善才》；写陈某持《金刚经》，遇草贼剑刺时，忽有五色圆光蔽身因得幸免的《广异记·陈哲》；写一人化虎后求寺中禅师时，竟得以恢复人形，遂入寺笃志诵经的《广异记·荆州人》；写一沙弥夜归遇虎知不免，但闭目打坐念经，虎遂伏草守之，及曙乃去的《酉阳杂俎》“念经伏虎”；写一女常念《金刚经》，暴疾卒后冥吏以持经功德将其放还的《酉阳杂俎》“王从贵妹”；写渔人食龟遍身溃烂，依僧言而一心念大悲真言乃愈，遂削发为僧的《报应录·长沙人》；写某地火发，万家皆尽，惟有一事佛念经老人之家独不及火的《报应记·银山老人》；写某商专诵《金刚经》，山行时佣人为夺财而将其杀害，后得生还的《报应记·何老》；写某商贩海时被劫匪盛入笼中沉海，于海底念诵《金刚经》而获救，后遂出家为僧的《报应记·贩海客》等。

第三节　隋唐五代的精怪故事

精怪故事是幻想故事的一个重要组成部分，在中外幻想故事中均占有显著的地位。在民间故事史上，精怪故事能够反映出每一个历史时期幻想故事的基本面貌，从中不难窥见每一个时期幻想故事的发展态势和艺术成就。隋唐五代的精怪故事，在魏晋南北朝的基础上有了较大的发展、变化，主要体现在两方面：其一是作品的数量明显增多，并且涌现出一批佳作，成为这个时期幻想故事的亮点；其二是作品中的精怪数量有所扩大，而且新增加了一些比较突出的精怪形象，使这个时期的精怪故事更为充实，更为丰富。这个时期精怪故事的兴盛，为后世精怪故事进一步的发展和幻想故事逐渐步入巅峰奠定了良好的基础。

隋唐五代时期的精怪故事出现的精怪众多，动物精怪有狐、虎、蛇、狼、猿、猴、猱、狸、鹿、犬、马、猪、牛、羊、驴、蛟、鼍（扬子鳄）、鼋、龟、鳖、鱼、鳝、螺、虾、蛙、獭、鹅、鼠、蚁、鸽、鹤、鸟、蝙蝠、守宫（壁虎）、蛴螬、山魈等，植物精怪有桃、李、杨、槐、桐、杉、椴、莲花、安石榴、葡萄、蓬蔓、百合、人参等，无生物精怪有金、银、钱、水银、磬石、玉马、瓷人、铜鹅、明器、方相、鼎、鼓、枕、屐、笔、勺、帚、根、枯木等。其中，不但前一时期的精怪大多继续出现，而且新增添了一些精怪。在这个时期的诸多精怪中，以狐、虎、蛇三种精怪最为常见。狐精形象前一个时期已经颇为突出，虎精与蛇精则是在这个时期才上升为重要角色，而虎精形象尤为引人注目。

此类故事里的不少篇什在刻画精怪形象上颇能显示功力，诸如《广异记·代州民》中冒充菩萨，乘云而至与民女私通的老狐精；《纪闻·沈东美》中假冒亡灵，还家求食竟大醉现形的狐精；《集异记·崔韬》中化作美女，与人婚配数年后食夫及子而去的虎精；《会昌解颐录·峡口道士》中变为道士，以变通之法使寻虎者保全性命的虎精；《集异记·朱觐》中化作白衣少年，入闺房与少女调笑的蛇精；《潇湘录·王真妻》中变为少年，拐走与其私通妇女的蛇精；《广异记·天宝矿骑》中常年至床前魇人的绿衫持笏千年鼠精；《广古今五行记·元佶》中化为美妇，与人同居时醉卧现形而两颊犹有脂泽的牝猪精；《酉阳杂俎》“守宫”中化作半寸小人，入室骚扰令士人苦不堪言的守宫精；《通幽记·老蛟》中变作美女，引诱少年溺死并吮其血的蛟精；《潇湘录·嵩山老僧》中化为小儿，拜修行老僧为师的鹿精和变作白衣妇人在林中独舞的白金精等。这些精怪或邪或正，各具面目，大都描绘得栩栩如生，给人留下鲜明的印象。

隋唐五代录有精怪故事的典籍甚多，达三十种左右，其中以《广异记》、《集异记》、《酉阳杂俎》、《宣室志》、《稽神录》等书录写的精怪故事数量较多，艺术水平较高，颇为耀眼。

宗教影响，包括佛教和道教的影响，在这个时期的各类幻想故事里面随处可见。除了前面论析的神异故事有较多的反映外，在精怪故事和鬼魂故事里面也比较显著。这方面的影响既体现在宣扬宗教观念上，也体现在称颂宗教神祇的威力和赞美教徒的道行上。

隋唐五代的精怪故事，题材主要集中在四个方面：精怪作祟、降妖灭怪、人精婚恋与交谊、精怪报恩与复仇。其中，前两类故事数量更多，在艺术上亦更有特色。

这个时期的精怪作祟故事，大都描述各式各样的精怪骚扰民宅，诳骗财物，淫虐妇女，施行瘟疫，夺人性命，引起社会不安和恐惧，给世人带来羞辱和祸害。而此类故事中的精怪，往往是各种邪恶势力的化身。它们大多为动物，在故事里出现时，其自然属性无疑也有所显示，但在人世间的象征意义却远远超过其自然属性。试看，分别出自《广异记》与《酉阳杂俎》的两则作品：

唐天宝末，禄山作乱，潼关失守。京师之人于是鸟散。梨园弟子有笛师者，亦窜于终南山谷。中有兰若，因而寓居。清霄朗月，哀乱多思，乃援笛而吹。嘹唳之声，散漫山谷。俄而有物虎头人形，著白夹单衣，自外而入。笛师惊惧，下阶愕眙。虎头人曰：“美哉笛乎！可复吹之。”如是累奏五六曲，曲终久之，忽寐。乃咍嘻大鼾。师惧觉，乃抽身走出，得上高树。枝叶阴密，能蔽人形。其物觉后，不见笛师，因大懊叹云：“不早食之，被其逸也。”乃立而长啸。须臾，有虎十余头悉至，状如朝谒。虎头云："适有吹笛小儿，乘我之寐，因而奔窜，可分路四远取之。"言讫，各散去。五更后复来，皆人语云："各行四五里，求之不获。"会月落斜照，忽见人影在高树上。虎顾视笑曰："谓汝云行电灭，而乃在兹。"遂率诸虎，使皆取攫。既不可及，虎头复自跳，身亦不至。遂各散去，少间天曙，行人稍集，笛师乃得随还。

——《广异记·笛师》

贞元中，望苑驿西有百姓王申，手植榆于路旁成林，构茅屋数椽，夏月常馈浆水于行人，官者即延憩具茗。有儿年十三，每令伺客。忽一日白其父，路有女子求水，因令呼入。女少年，衣碧襦，白幅巾，自言家在此南十余里，夫死无儿，今服禫矣，将适马嵬访亲情，丐衣食。言语明悟，举止可爱，王申乃留饭之。谓曰："今日暮夜可宿此，达明去也。"女亦欣然从之，其妻遂纳之后堂，呼之为妹。倩其成衣数事，自午至戌悉办，针缀细密，殆非人工。王申大惊异，妻尤爱之，乃戏曰："妹既无极亲，能为我家作新妇子乎？"女笑曰："身既无托，愿执粗井灶。"王申即日赁衣贳礼为新妇。其夕暑热，戒其夫，近多盗，不可辟门，即举巨椽捍而寝。及夜半，王申妻梦其子披发诉曰："被食将尽矣。"惊欲省其子，王申怒之："老人得好新妇，喜极呓言耶？"妻还睡，复梦如初。申与妻秉烛呼其子及新妇，悉不复应。启其户，户牢如键，乃坏门，阖才开，有物圆目凿齿，体如蓝色，冲人而去，其子唯余脑骨及发而已。

——《酉阳杂俎》续集卷二《支诺皋中》"王申子"

以上两则以唐代为背景的故事，写的对象均为食人兽精，尽管结局迥然不同，但都描绘得相当细腻、生动，使人有身临其境之感。前一则擅长烘托气氛，让在天然美景中演奏乐曲的悠扬情调，与笛师受到猛兽威胁时内心无比惶恐形成强烈的反差，更增加作品的艺术感染力。所幸的是由于精怪的狰狞面目早有暴露，加之笛师能够机敏顺变，故而能够逃过一劫。后一则在精怪形象的刻画上亦颇见功力。描绘一个噬血成性的妖精，那样善于伪装，把自己变成心灵手巧的新寡少妇，处处讨人同情和爱怜，致使王家老小一再放松警惕，当灾祸降临时全然不知，最后付出血的代价。

再看，分别出自《纪闻》与《宣室志》的两则作品：

河东裴镜微，曾友一武人，其居相近。武人夜还庄，操弓矢，方驰骑，后闻有物近焉。顾而见之，状大，有类方相。口但称渴，将及武人。武人引弓射，中之，怪乃止。顷又来近，又射之，怪复往，斯须又至。武人遽至家，门已闭，武人逾垣而入。入后，自户窥之，怪犹在。武人不敢取马，明早启门，马鞍弃在门，马则无矣。求之数里墓林中，见马被啖已尽，唯骨在焉。

——《纪闻·裴镜微》

大历中，有吕生者，自会稽上虞尉调集于京师，既而侨居永崇里。尝一夕，与其友数辈会食于其室。食毕，将就寝，俄有一妪，容服洁白，长二尺许，出于堂之北隅，缓步而来，其状极异。众视之，相向大笑。其妪渐迫其榻，且语曰："君有会，不能一命耶？何待吾之薄欤！"吕生叱之，遂退去，至北隅乃亡所见。且惊且异，莫知其鬼也。

明日，生独寝于室又见其妪在北隅下，将前且退，惶惶然若有所惧。生又叱之，遂没。明日，生默念曰："是必怪也，今夕将至，若不除之，必为吾患不朝夕矣。"即命以一剑置于榻下。是夕，果自北隅徐步而来，颜色不惧，至榻前。生以剑挥之。其妪忽上榻，以臂揕生胸，余又跃于左右，举袂而舞；久之，又有一妪忽上榻，复以臂揕生。生遽觉一身尽凛然，若霜被于体。生又以剑乱挥，俄有数妪亦随而舞焉。生挥剑不已，又为十余妪，各长寸余，愈多而貌如一焉，皆不可辨，环走四垣。生惧甚，计不能出。中有一妪谓吕生曰："吾将与合矣，君且观我。"言已，遂相望而来，俱至榻前，翕然而合，又为一妪，与前见者不异。生惧益甚，乃谓曰："尔为何怪，而敢如是挠生人耶？当疾去。不然，吾求方士，将以神术制汝。汝又安能为祟耶？"妪笑曰："君言过矣，果有术士，吾愿见之。吾之来，戏君耳，非敢害也。幸君无惧，吾亦还其所矣。”言毕，遂退于北隅而没。

明日，生以事语于人。有田氏子者，善以符术祛除怪魅，名闻长安中，见说，喜跃曰：“是吾事也，去之若以爪压蚁耳。今夕愿往君舍伺焉。”至夜，生与田氏子俱坐于室。未几而妪果又至榻前。田氏子叱曰：“魅疾去。”妪扬然其色，不顾左右，徐步而来去者久之，谓田生曰：“非君之所知也。”其妪忽挥其手，手堕于地，又为一妪，甚小，忽跃而升榻，突入田生口中，田惊曰：“吾死乎。”妪谓生曰：“吾比言不为君害，君不听。今田生之疾果如何哉？虽然，妪等亦将成君一富耳。”言毕又去。

明日，有谓吕生者：“宜于北隅发之，可见矣。”生喜而归，命家僮于其所没处发之，下至丈余，得一瓶。可受斛许，贮水银甚多。生方信其妪乃水银精也。田生竟以寒栗而卒。

——《宣室志》卷六“吕生”

以上两则作品所描述的精怪均为非生物，一个为方相①精，一个为水银精。它们的出现，给世人（无论是武人还是文士）带来惊扰和惶惧，尽管其初衷未必有害人之意，但最终仍然造成恶果——轻者使坐骑被啖，重者让前来祛怪之人丧命。两则作品繁简有别，一则仅作大略陈述，一则则作详尽描摹，娓娓道来，然而两则都颇为传神。值得称道的是后一则作品展现的精怪形象颇为罕见，乃是一个跳跃自如，不畏剑击，忽而分为十多个老妪，忽而合十多个老妪为一体的水银精。它个性鲜明，想象奇妙，非常有新意。

这个时期的精怪作祟故事，尚有写野狐先后变形捉弄张某，致使其误杀亲妹的《朝野佥载》“张简”；写某地里正化虎后频繁盗食、伤人，村人不胜其苦的《广异记·范端》；写老狐变为弥勒佛欺骗僧俗人等，让倾邑向其礼谒的《广异记·僧服礼》；写苍鹤精迷惑一美妇，使其每夜得以往山顶林间饮宴调情的《广异记·户部令史妻》；写狐精再三报复，使王某家道败落，又变为其弟骗走所藏狐魅遗书的《灵怪集·王生》；写一道观

① 方相：旧时用以驱鬼或出丧开道的面目可怖的神像。

尊师识破张家婢女乃是明器[①]精，将其焚毁，然张某及其老母均受害而死的《博异志·张不疑》；写李生与白蛇精交欢三日，还家后化为水，仅有头存的《博异志·李黄》；写众多妖狐夜间纵横恣肆，使其人举家惊恐而苦无良策，只得迁居的《集异记·薛夔》；写野狐精魅某家之女，令其发狂，服僧人丹丸后该女始愈的《会昌解颐录·张立本》；写虎精变为经商外出者被引入家中，其人恰好归来，虎精乃现形奔去的《潇湘录·赵倜》；写獭怪祟女，令其女产下獭子三头的《通幽记·薛二娘》；写老黑犬精化作亡母至家受到孝子侍奉，败露后乃现形逃离的《大唐奇事记·李义》；写一狐化为妇人来求某生写状，见猎骑立即逃遁，其敬奉之酒乃髑髅所盛牛溺的《宣室志》“韦氏子”等。

隋唐五代的降妖灭怪故事，主要叙写世人（大多为受害人）善于识破作祟为患的形形色色精怪，敢于以各种方式和手段与其进行较量，最终制伏妖孽，使其得到惩治，甚至将其消灭。他们的这些降妖灭怪的作为，不但自救，让自己和家小免受其害，而且救人，帮助了所有的受害者，保一方的安吉。这类故事，真切地表现了民众蔑视凶暴，勇斗邪恶的大无畏精神和渴求过上太平日子的强烈愿望。与前一个时期的同类故事相比较，这个时期的降妖灭怪故事在内容方面呈现出两种变化：其一是宗教（道教与佛教）的影响力明显增加。在好些作品里面，道士、僧侣以至佛道的神灵出现在紧要关头，对制伏妖孽发挥了重要的甚至是决定性的作用，一再显示出宗教的威力。其二是充分了解对手，化敌为友，为我所用。不少作品的故事主人公在降妖灭怪过程中，善于争取次要精怪，使其不但不进行对抗，而且真心相助，为度过危难、克敌制胜作出贡献。他们有时甚至能够审时度势，化阻力为助力，敢于使用所降服的主要精怪为其效力。

试看，分别出自《纪闻》与《广异记》中的两则作品：

唐定州刺史郑宏之解褐为尉。尉之廨宅，久无人居，屋宇颓毁，草蔓荒凉。宏之至官，剃草修屋，就居之。吏人固争，请宏之无入。宏之曰：“行正直，何惧妖鬼？吾性御御，终不可移。”

---

① 明器：即冥器，亦作盟器。古代随葬的器物，一般以陶、木、石制成。

居二日，夜中，宏之独卧前堂。堂下明火，有贵人从百余骑，来至庭下。怒曰："何人唐突，敢居于此？"命牵下。宏之不答，牵者至堂，不敢近，宏之乃起。贵人命一长人，令取宏之。长人升阶，循墙而走，吹灭诸灯。灯皆尽，唯宏之前一灯存焉。长人前欲灭之，宏之杖剑击长人，流血洒地，长人乃走。贵人渐来逼，宏之具衣冠，请与同坐。言谈通宵，情甚款洽。宏之知其无备，拔剑击之，贵人伤，左右扶之。遽言："王今见损，如何？"乃引去。既而宏之命役徒百人，寻其血。至此垣下，有小穴方寸，血入其中。宏之命掘之，入地一丈，得狐大小数十头，宏之尽执之。穴下又掘丈余，得大窟，有老狐，裸而无毛，据土床坐。诸狐侍之者十余头，宏之尽拘之。老狐言曰："无害予，予佑汝。"宏之命积薪堂下，火作，投诸狐，尽焚之。次及老狐，狐乃搏颊请曰："吾已千岁，能与天通。杀予不祥，舍我何害？"宏之乃不杀，锁之庭槐。

初夜中，有诸神鬼，自称山林川泽丛祠之神，来谒之。再拜言曰："不知大王罹祸乃尔，虽欲脱王，而苦无计。"老狐颔之，明夜，又诸社鬼朝之，亦如山神之言。后夜，有神自称黄撅，多将翼从，至狐所言曰："大兄何忽如此？"因以手揽锁，锁为之绝，狐亦化为人，相与去。宏之走追之，不及矣。宏之以为黄撅之名，乃狗号也。此中谁有狗名黄撅者乎？既曙，乃召胥吏问之。吏曰："县仓有狗老矣，不知所至。以其无尾，故号为黄撅。岂此犬为妖乎？"宏之命取之，既至，锁系将就烹。犬人言曰："吾实黄撅神也。君勿害我，我常随君，君有善恶，皆预告君，岂不美欤？"宏之屏人与语，乃释之。犬化为人，与宏之言，夜久方去。

宏之掌寇盗，忽有劫贼数十人入界，止逆旅。黄撅神来告宏之曰："某处有劫，将行盗，擒之可迁官。"宏之掩之果得，遂迁秩焉。后宏之累任将迁，神必预告。至如殃咎，常令回避，罔有不中，宏之大获其报。宏之自宁州刺史改定州，神与宏之诀去，以是人谓宏之禄尽矣。宏之至州两岁，风疾去官。

——《纪闻·郑宏之》

鄱阳余干县令，到官数日辄死。后无就职者，宅遂荒。先天中，有士人家贫，来为之。既至，吏人请令居别廨中。令因使治故宅，剪剃榛草，完葺墙宇。令独处其堂，夜列烛伺之。

二更后，有一物如三斗白囊，跳转而来床前，直跃升几上。令无惧色，徐以手伥触之，真是韦囊而盛水也。乃谓曰："为吾徙灯直西南隅。"言讫而灯已在西南隅。又谓曰："汝可为吾按摩。"囊转侧身上，而甚便畅。又戏之曰："能使我床居空中否？"须臾，已在空中。所言无不如意。将曙，乃跃去。令寻之，至舍池旁遂灭。明日，于灭处视之，见一穴，才如蚁孔，掘之，长丈许而孔转大。围三尺余，深不可测。令乃敕令多具鼎樵薪，悉汲池水为汤，灌之。可百余斛，穴中雷鸣，地为震动。又灌百斛，乃怙然无声。因并力掘之，数丈，得一大蛇，长百余尺。旁小者巨万计，皆并命穴中，令取大者脯之，颁赐县中，后遂平吉。

——《广异记·余干县令》

以上两则作品的基本故事情节颇为相似，都写一官吏大胆住入久无人居之凶宅，终于制伏了为祟精怪。然而两者却有明显的差别，不但繁简不同，而且应对策略各异。后一则为智斗，非常诙谐风趣地与妖孽周旋，伺机觅得蛇精巢穴，将其烫死。前一则既斗勇又斗智，先后降伏老狐与老狗二怪，均不杀，最终化腐朽为神奇，让精怪为故事主人公传递消息，捕盗避咎，因而累得升迁。

再看，分别出自《潇湘录》与《传奇》中的两则作品：

唐万岁元年，长安道中有群寇昼伏夜动，行客往往遭杀害。至明旦，略无为由。人甚畏惧，不敢晨发。及暮，至旅次。后有一道士宿于逆旅，闻此事，及谓众曰："此必不是人，当是怪耳。"深夜后，遂自于道旁持一古镜，潜伺之。俄有一队少年至，兵甲完具，齐呵责道士曰："道旁何人，何不顾生命也？"道士镜照之，其少年弃兵甲奔走，道士逐之，仍诵咒语，约五七里，其少年尽入一大穴中。道士守之至曙。却复逆旅，召众以发掘，有大鼠百余走出。乃尽杀之，其患乃绝。

——《潇湘录·逆旅道士》

唐长庆中，有处士马拯，性冲淡，好寻山水，不择险峭，尽能跻攀。一日，居湘中，因之衡山祝融峰，诣伏虎师。佛室内道场严洁，果食馨香，兼列白金皿。于佛榻上，见一老僧，眉毫雪色，朴野魁梧。甚喜拯来，使仆挈囊。僧曰："假君仆使近县市少盐酪。"拯许之。仆乃挈金下山去，僧亦不知去向。俄有一马沼山人，亦独登此来，见拯，甚相慰悦，乃告拯曰："适来道中遇一虎，食一人，不知谁氏之子。"说其服饰，乃拯仆夫也。拯大骇。沼又云："遥见虎食人尽，乃脱皮，改服禅衣，为一老僧也。"拯甚怖惧。及沼见僧，曰："只此是也。"拯白僧曰："马山人来，云某仆使至半山路，已被虎伤，奈何！"僧怒曰："贫道此境，山无虎狼，草无毒螫，路绝蛇虺，林绝鸱鸮，无信妄语耳。"拯细窥僧吻，犹带殷血。向夜，二人宿其食堂，牢扃其户，明烛伺之。夜已深，闻庭中有虎怒，首触其扉者三四，赖户壮而不隳。二子惧而焚香，虔诚叩首于堂内土偶宾头卢者。良久，闻土偶吟诗曰："寅人但溺栏中水，午子须分艮畔金，若教特进重张弩，过去将军必损心。"二子聆之，而解其意曰："寅人，虎也。栏也，即井。午子，即我耳。艮畔金，即银皿耳。其下两句未能解。"及明，僧叩门曰："为君起来食粥。"二子方敢启关。食粥毕，二子计之曰："此僧且在，我等何由下山？"遂许僧云："井中有异。"使窥之。僧窥次，二子推僧堕井，其僧即时化为虎，二子以巨石镇之而毙矣。二子遂取银皿下山。近昏黑而遇一猎人，于道旁张窝弓，树上为棚而居，语二子曰："无触我机。"兼谓二子曰："去山下不远，诸虎方暴，何不且上棚来？"二子悸怖，遂攀缘而上。

将欲入定，忽三五十人过，或僧、或道、或丈夫、或妇女，歌吟者、戏舞者，前至窝弓所，众怒曰："朝来被二贼杀我禅和，今方追捕之，又敢有人张我将军。"遂发其机而去。二子并闻其说，遂诘猎者。曰："此是伥鬼，被虎所食之人也，为虎前呵道耳。"二子因征猎者之姓氏，曰："名进，姓牛。"二子大喜曰："土偶诗下句有验矣：

特进，乃牛进也；将军，即此虎也。”遂劝猎者重张其箭，猎者然之。张毕登棚，果有一虎，哮吼而至，前足触机，箭乃中其三斑，贯心而踣。逡巡，诸伥奔走却回，伏其虎，哭甚哀，曰：“谁人又杀我将军?”二子怒而叱之曰：“汝辈无知下鬼，遭虎啮死，吾今为汝报仇，不能报谢，犹敢恸哭，岂有为鬼不灵如是?”遂悄然。忽有一鬼答曰：“都不知将军乃虎也，聆郎君之说，方大醒悟。”就其虎而骂之，感谢而去。及明，二子分银与猎者而归耳。

——《传奇·马拯》

以上两则作品均以带有宗教色彩为特色，无不显示出宗教徒或神灵在降妖灭怪中的作用。前一则叙写道士急公好义，持古镜使化为群寇为患一方的鼠精落荒而逃，随即将其杀绝，盛赞出家人为民除害的功德。后一则描述虎精化为老僧食人的暴行败露后，故事主人公得到神灵指点和猎者支持，终于将其一一杀绝，替众多伥鬼报仇并使其得到解脱，称颂神明护佑百姓的恩泽。两则作品在艺术上各具特色：前则简练而不失生动，对道士的刻画笔墨不多，却颇具表现力；后则曲折而饶有情趣，对各种角色的描绘都相当成功，其中对化僧虎精的刻画尤为突出，堪称此类故事的一篇佳作。

这个时期的降妖灭怪故事，尚有写一孝子在深山为母守孝时扑杀一化为妇人之狸精，老狸前来报仇，又被猎人射杀的《法苑珠林·山中孝子》；写某人以汤浇灌化为巨蛇之古铜精巢穴，得铜钱二十万贯的《朝野佥载》“树提家”；写某兵曹头上生疮，痛不可忍，捣碎窗下瓷妓女精乃得痊愈的《朝野佥载》“柳崇”；写某女为精怪所媚，忽然失性，杀蛇、龟、鼍精后渐瘥的《广古今五行记·武昌氏》；写小狐助某家斗大狐，使欲媚民女之大狐终不得逞的《广异记·李氏》；写狐精化女子与某子求欢，被某擒杀，老狐变老叟入室称冤，无果而终的《广异记·上官翼》；写修道者请求老君作法，腰斩学得道术之妖狐的《广异记·焦练师》；写老狐冒充菩萨与女私通怀孕，其兄倾财求道士作法将其砍杀的《广异记·代州民》；写张某有道术，夜半击杀变为鬼魅入室作祟之猕猴精，使一里无患的《纪闻·张寓言》；写狐精假冒亡母还家求食，醉后现原形乃被处死的《纪闻·沈东美》；写韦生素有胆量，入凶宅捉得鼎怪并将其杵碎，以绝后患的《玄怪录·韦协律兄》；写一游子投宿古寺朽室，深夜挥刀砍死服人精气之蝙蝠妖的《博异志·木师古》；写一游侠者栖逆旅时，射杀化作白衣少年迷惑主家女之蛇精，后与此女结为伉俪的《集异记·朱觐》；写老狐化为少年与猎户妻偷情，猎户察觉后径入山中将其击毙的《集异记·徐安》；写鳝精与鳖精媚某家二女，使其精神日渐恍惚，其家焚杀二怪后二女乃愈的《酉阳杂俎》"乌郎与黄郎"；写一小鬼夜入书斋戏灯弄砚，纷扰不止，擒之现形乃是一弊木杓的《酉阳杂俎》"周乙"；写蓬蔓精立道旁使马惊人堕，其人焚之遂绝的《宣室志》"刘皂"；写枯木精化作通体墨黑巨人，令见者惊悸病死，一善符术者将其焚毁，宅遂无怪的《宣室志》"许元长"；写一道长以白绢朱书大符诛杀巨鼍精，使被其迷惑之少女获救的《野人闲话·赵尊师》；写鼠精化作长不盈尺之男女饮酒于堂西阶下，后来家中白老（猫）将其捉杀的《稽神录·卢枢》；写士人独寝时有一青衣女子常来升床共寝，术士书符无惧，捉其手足投江，其怪遂绝的《稽神录·广陵士人》等。

隋唐五代的人精婚恋故事里面的精怪，大都为有生命的动植物，以动物精怪为主，计有狐、虎、狼、猪、螺、虾等，其中以狐精较为常见。而与世人发生感情纠葛的精怪，大部分为雌性。在作品中出现时，这些化为女子、妇人的精怪大都资质聪颖，容貌秀丽，楚楚动人，集中国古代女性的内美与外美于一身，是世人理想的佳偶。故事中的此类精怪与世人产生恋情时，几乎都是两情相悦，自主结合，但通常都不曾公开，有着明显的隐秘性。这种恋情往往不被家人认可，差不多都很短暂，带有一定的悲剧色彩。而此类故事的悲剧性结局，在很大程度上折射出当时的青年男女自主婚恋的结局一般都很不幸，在社会上能够引起广泛的共鸣。正因为如此，这一类故事才能够不胫而走，广为传播。譬如，《广异记·王璿》：

唐宋州刺史王璿，少时仪貌甚美，为牝狐所媚。家人或有见者，丰姿端丽，虽僮幼遇之者，必敛容致敬，自称新妇。祇对皆有理，由是人乐见之。每至端午及佳节，悉有赠仪相送。云："新妇上某郎某娘续命。"众人笑之，然所得甚众。后璿职高，狐乃不至，盖某禄重，不能为怪。

此则作品以略陈梗概的方式叙写某少年书生与牝狐一往情深的婚恋故事，虽以别离告终，却让人久久不能忘怀。其中自称新妇的狐精，貌美而落落大方，深受家人怜惜和僮仆敬重，具有很强的亲和力，形象鲜明可爱，显示出作品在人物刻画上颇为成功。

又如，《集异记·光化寺客》：

> 兖州徂徕山寺曰光化，客有习儒业者，坚志栖焉。夏日凉天，因阅壁画于廊序，忽逢白衣美女，年十五六，姿貌绝异。客询其来，笑而应曰："家在山前。"客心知山前无是子，亦未疑妖。但心以殊尤，贪其观视，且挑且悦，因诱致于室，交欢结义，情款甚密。白衣曰："幸不以村野见鄙，誓当永奉恩顾。然今晚须去，复来则可以不别矣。"客因留连，百端遍尽，而终不可。素宝白玉指环，因以遗之，曰："幸视此，可以速还。"因送行，白衣曰："恐家人接迎，愿且回去。"客即上寺门楼隐身目送，白衣行计百步许，奄然不见。客乃识其灭处，径寻究。寺前舒平数里，纤木细草，毫发无隐，履历详熟，曾无踪迹。暮将回，草中见百合苗一枝，白花绝伟，客因斸之。根本如拱，瑰异不类常者。及归，乃启其重付，百叠既尽，白玉指环宛在其内。乃惊叹悔恨，恍惚成病，一旬而毙。

此则作品，叙写寄居佛寺的儒生与姿貌绝异的百合精之间的一段短暂而缱绻的恋情。它擅长在动态中塑造人物形象，对邂逅时的倾慕，幽会时的款洽，分别时的怅惘，寻觅时的凄婉，其描述无不蕴含着深情和诗意，感人肺腑。故事结局带有浓厚的悲剧氛围，儒生在草丛中无意间摘下百合花，竟铸成大错，断送了他们之间的美好姻缘，因而悔恨成病，抑郁而殁。通过带有偶然性的故事情节，十分形象地揭示出在旧制度桎梏下男女自由恋爱的一种必然的不幸结局。这也正是此则故事最具震撼力之所在。

再如，《原化记·天宝选人》：

> 天宝年中，有选人入京。路行日暮，投一村僧房求宿。僧不在，时已昏黑，他去不得。遂就榻假宿，鞍马置于别室。迟明将发，偶巡

行院内，至院后破屋中，忽见一女子，年十七八，容色甚丽，盖虎皮，熟寝之次。此人乃徐行，掣虎皮藏之。女子觉，甚惊惧，因而为妻。问其所以，乃言逃难，至此藏伏。去家已远，载之别乘，赴选。选既就，又与同之官。

数年秩满，生子数人。一日俱行，复至前宿处。僧有在者，延纳而宿。明日，未发间，因笑语妻曰："君岂不记余与君初相见处耶?"妻怒曰："某本非人类，偶尔为君所收，有子数人。能不见嫌，敢且同处。今如见耻，岂徒为语耳。还我故衣，从我所适。"此人方谢以过言，然妻怒不已，索故衣转急。此人度不可制，乃曰："君衣在北屋间，自往取。"女人大怒，目如电光，猖狂入北屋间寻觅虎皮，披之于体，跳跃数步，已成巨虎。哮吼回顾，望林而往。此人惊惧，收子而行。

此则作品叙写候选官员与牝虎的一段奇特的姻缘，他们的相遇与决裂都发生在同一个地方，无不突如其来，带有几分神秘色彩。其中的精怪，外貌秀丽而性情暴戾，野性十足，别具一格。与前两则作品不同的是故事主人公与精怪的结合，没有两情相悦时的心灵碰撞，缺乏感情基础，尽管做了多年夫妻并生有数子，最终仍不免怒目而视，分道扬镳。这样的结局让人怅惋还是庆幸？任由读者、听众自己去体味。

这个时期的人精婚恋故事，尚有写自称长史遗孀的美妇与某刺史子姻好，后食夫冲走，现出大白狼原形的《广异记·冀州刺史子》；写为术士逼迫，狐精不得不与相恋之某生分别，某生及第后开视狐精赠衣乃是纸衣的《广异记·冯玠》；写牝猪精变为美妇与一富家主人同居，酒醉后原形毕露的《广古今五行记·元佶》；写一士人游吴时，与化作年轻女子之螺精有一夜欢情的《集异记·邓元佐》；写某秀才与化为极色女子之猪精交欢，惜别时因为藏其青履而使之流血出户的《集异记·李汾》；写一士人泛海入长须国为虾王驸马，生一儿二女，后长须国有难，其人乃往求龙王的《酉阳杂俎》"长须国"；写一村姑与化为少年之根怪私通有娠，所产乃是三节形根状物的《酉阳杂俎》"登娘"；写一吏风雪夜投宿茅舍，与其家女结为夫妇，数年后还家，其妻因思亲竟变虎突门而去的《河东记·申屠澄》等。

隋唐五代的人精友谊故事，其中的精怪亦以动物精怪为主，涉及虎、鹿、猿、马、鸽、鼠、鱼等，以虎精居多。此类故事描述精怪与人交往，甚为友善，非但无害人之心，而且常以各种方式助人，或救人性命，或使人身心愉悦，或让人交上好运，偶尔也引出事故，但绝非其本意。此类故事借助人精友谊，曲折地揭示出民众向往和睦友善的人际关系，呼唤互助互爱的人间真情。譬如，《广异记·嵇胡》：

> 慈州嵇胡者以弋猎为业。唐开元末，逐鹿深山，鹿急走投一室。室中有道士，朱衣凭案而坐。见胡惊愕，问其来由。胡具言姓名，云："适逐一鹿，不觉深入，辞谢冲突。"道士谓胡曰："我是虎王，天帝令我主施诸虎之食，一切兽各有对，无枉也。适闻汝称姓名，合为吾食。"案头有朱笔及杯兼簿籍，因开簿以示胡。胡战惧良久，固请释放。道士云："吾不惜放汝，天命如此，为之奈何？若放汝，便失我一食。汝既相遇，必为取也。"久之乃云："明日可作草人，以己衣服之，及猪血三斗，绢一匹，持与俱来，或当得免。"胡迟回未去，见群虎来朝。道士处分所食，遂各散去。胡寻再拜而还。翌日，乃持物以诣。道士笑曰："尔能有信，故为佳士。"因令胡立草人庭中，置猪血于其侧。然后令胡上树，以下望之高十余丈。云："止此得矣，可以绢缚身着树。不尔，恐有损落。"寻还房中，变作一虎。出庭仰视明，大嗥吼数四，向树跳跃。知胡不可得，乃攫草人，掷高数丈，往食猪血尽，入房复为道士。谓胡曰："可速下来。"胡下再拜，便以朱笔勾胡名，于是免难。

此则作品，叙写一猎人深山逐鹿时遇虎王而幸免于难的历险故事，情节奇异，气氛紧张，颇具想象力。猎人与虎王以诚相见，言而有信，深得对方的谅解和赞许，终于免遭吞噬，毫发无损。其中对虎精的刻画尤为成功，展现了一个既威严、耿直又富有怜悯心和人情味的兽王形象。它不但想出以草人和猪血作为替代物的变通办法来搭救猎人，而且在猎人上树时还叮咛以绢缚身着树，恐其被惊吓而陨落，体贴入微，真可谓兽面人心，令人感佩，与世间那些人面兽心者有天壤之别，恰好形成鲜明对比。

又如，《酉阳杂俎》续集卷三《支诺皋下》“花精与风神”：

天宝中，处士崔玄微洛东有宅，耽道，饵术及茯苓三十载，因药尽，领童仆辈入嵩山采芝。一年方回，宅中无人，蒿莱满院。时春季夜间，风清月朗，不睡，独处一院，家人无故辄不到。

三更后，有一青衣云：“君在院中也。今欲与一两女伴过至上东门表姨处，暂借此歇可乎?”玄微许之。须臾，乃有十余人，青衣引入。有绿裳者前曰：“某姓杨氏。”指一人，曰：“李氏。”又一人，曰：“陶氏。”又指一绯衣小女，曰：“姓石，名阿措。”各有侍女辈。玄微相见毕，乃坐于月下，问行出之由。对曰：“欲到封十八姨。数日云欲来相看不得，今夕众往看之。”坐未定，门外报封家姨来也。坐皆惊喜出迎。杨氏云：“主人甚贤，只此从容不恶，诸处亦未胜于此也。”玄微又出见封氏，言词冷冷有林下风气。遂揖入坐，色皆殊绝，满座芬芳，馥馥袭人，命酒各歌以送之，玄微志其一二焉。有红裳人与白衣送酒，歌曰：“皎洁玉颜胜白雪，况乃青年对芳月。沈吟不敢怨春风，自叹容华暗消歇。”又白衣人送酒，歌曰：“绛衣披拂露盈盈，淡染胭脂一朵轻。自恨红颜留不住，莫怨春风道薄情。”至十八姨持盏，性颇轻佻，翻酒污阿措衣，阿措作色曰：“诸人即奉求，余不奉畏也。”拂衣而起。十八姨曰：“小女弄酒。”皆起至门外别。十八姨南去，诸人西入苑中而别，玄微亦不至异。

明夜又来，欲往十八姨处，阿措怒曰：“何用更去封妪舍，有事只求处士，不知可乎?”诸女皆曰：“可。”阿措来言曰：“诸女伴皆住苑中，每岁多被恶风所挠，居止不安，常求十八姨相庇。昨阿措不能依回，应难取力。处士倘不阻见庇，亦有微报耳。”玄微曰：“某有何力得及诸女。”阿措曰：“但求处士每岁岁日与作一朱幡，上图日月五星之文，于苑东立之，则免难矣，今岁已过，但请至此月二十一日平旦，微有东风，即立之，庶可免也。”玄微许之，乃齐声谢曰：“不敢忘德。”各拜而去。玄微于月中随而送之。逾苑墙乃入苑中，各失所在。乃依其言，至此日立幡。

是日东风振地，自洛南折树飞沙，而苑中繁花不动。玄微乃悟诸女曰姓杨、姓李，及颜色衣服之异，皆众花之精也。绯衣名阿措，即安石榴也。封十八姨，乃风神也。后数夜，杨氏辈复至愧谢，各裹桃李花数斗，劝崔生服之，可延年却老，愿长如此住护卫某等，亦可至长生。至元和初，玄微犹在，可称年三十许人。

此则作品以富于诗情画意见长，在精怪故事中别具一格。它叙写众花精与处士崔生友善，春夜至院中共同饮酒吟唱，感每岁多被恶风所扰，居止不安，乃请崔生立朱幡御风护卫，后复来致谢，赠花数斗让其服以延年却老。其中将绿裳杨氏、红裳陶（桃）氏、白衣李氏、绯衣阿措（安石榴）等花精，无不描绘得那样楚楚动人。她们不仅色皆殊绝，馥馥袭人，而且举止优雅，谈吐脱俗，知恩报德，令人见怜。最为可人的当数阿措，她对傲慢轻佻的封十八姨（风神）表示不满，宣称“余不奉畏”，并且为诸女伴出主意，求崔生立幡护花，致使东风振地而苑中繁花不动，在众花精中独树一帜。

再如，《宣室志》卷一“圣画”：

云花寺有圣画殿，长安中谓之七圣画。初，殿宇既制，寺僧求画工。将命施彩饰，会责其直，不合寺僧祈酬，亦竟去。后数日，有二少年诣寺来谒曰：“某，善画者也。今闻此寺将命画工，某不敢利其直，愿输工，可乎?”寺僧欲先阅其迹，少年曰：“某兄弟凡七人，尝画于长安诸寺，宁有迹乎?”僧以为妄，稍难之。少年曰：“某既不纳师之直，苟不可师意，即命圬其壁，未为晚也。”寺僧利其无直，遂许之。后一日，七人果至。各挈彩绘，将入殿宇，且为僧曰：“从此去七日，慎勿为吾之户，亦不劳赐食，盖以畏风日侵铄也。可以泥锢吾门，无使有纤隙，不然，则不能施其妙矣。”僧从其语。如是凡六日，阒无有闻。僧相语曰：“此必怪也。当不可果其约。”遂相与发其封。户既启，有七使鸽翩翩望空飞去。其殿中彩绘，俨若四隅，惟西北墉未尽其饰焉。后画工来见之，大惊曰：“真神妙之笔也。”于是无敢继其色者。

此则作品极富传奇色彩，叙写使鸽七兄弟主动为一寺庙殿宇作画，不计报酬，废寝忘食，因寺僧违约而提前启户，致使彩画未能最后完成，却无人敢继其色。故事层次分明，情节环环相扣，颇能显现其编讲民间故事的造诣。尤其值得称道的是，故事运用正面描摩（写七兄弟态度真诚，行为奇特，画作神妙）与侧面烘托（写寺僧事前多有怀疑，画工事后大加赞赏）的手法来精心刻画使鸽七兄弟的形象，非常成功，给人留下难忘的印象，真可谓余味无穷。

这个时期的人精交谊故事，尚有写大鱼精与从者至某家寄息后，大水暴至，大鱼精乃使其家族免于漂荡之患的《广古今五行记·尹儿》；写某人与凶宅中精怪友善，精怪遂助其得到大量紫金，后遂为官的《博异志·苏遏》；写某客舟行时于江滨林间，受到猿猴精所变之尼姑盛情接待，后聚僮仆寻觅则踪迹渺然的《集异记·雀商》；写变作道士之虎精与寻虎者友善，以变通办法放过其人，自此虎患遂绝的《会昌解颐录·峡口道士》；写某公所养骏马忽化为一美妇，被留于家，十余载后竟变马奔去的《潇湘录·张金》；写某人偶遇玉、金、枯木三精，共往会鬼，遂得玉带、金杯的《潇湘录·张珽》；写一结茅临江之渔者向他人求得一小猿后不久，乃化为老猿携小猿而去的《潇湘录·楚江渔者》；写某人与变为道士之虎精多有交情，披虎皮化虎夜驰五百里还家探视，不得入门，其子外出竟被误食的《传奇·王居贞》等。

隋唐五代的精怪报恩故事中的精怪，大多为动物，计有虎、猱、龟、鼋、鱼、鹅、马、猪、鼠等。其中的精怪颇通人性，以各种方式报答世人款待、留宿、搭救、放生、养育、收葬之恩，读来令人倍感亲切。此类故事倡导互助互爱的社会风尚，在净化世人心灵、改善生存环境方面颇为有益，因而深受民众喜爱。譬如，《玄怪录》卷三《刁俊朝》（《太平广记》卷二二〇引作《续玄怪录》）：

安康伶人刁俊朝妻巴妪，项瘿者初大如鸡卵，渐大如三四斗瓶盎，积四五年，大如数斛之囊，重不能行。其中有琴瑟笙磬埙汫之响。细而听之，若合音律，泠泠可乐。积数年，瘿外生穴如蜂芒者不几纪亿。每天雨则穴中起白云，霏霏如丝缕，渐高布散，结为屯云，雨则立降。其家少长惧之，咸请远送岩穴。俊朝恋恋不能已，因谓妻曰："吾以迫众议，将不能庇伉俪，送汝于无人之境，如何?"妻曰："此疾诚可憎恶，送之亦死，析之亦死，君当为我决析之，看有何物。"俊朝即磨淬白刃，挥挑将及妻前，瘿中忽然有声，四分析裂，有一猱跳走腾踏而去。即以帛絮裹之，虽瘿疾顿愈，而冥然大渐矣。明日，有黄冠扣门曰："吾昨日瘿中猱也。本是老猕猴精。解致风雨，无何与汉江鬼潭老蛟还往，常与觇船舫，船舫将至，俾他覆之，以求舟中糇粮，且养孙侄。昨者天诛蛟，搜索党与，故借夫人蝤蛴之领，亡匿性命，虽分不相干，然恩亦至矣。今于凤凰山神处求得少许灵膏，请君涂之，幸希立愈。"俊朝如言涂之，随手疮合。俊朝因留黄冠，烹鸡设食，食讫，贳酒欲饮。黄冠因啭喉高歌，又为丝匏琼玉之音，罔不铿锵可爱。既而辞去，莫知所诣。时大定中也。

此则作品，叙写一伶人因为妻子项瘿极为怪异，迫于众议欲将其送入无人之境。其妻决意剖析，项瘿突然四裂，跳出一老猕猴精。它为报项瘿亡匿性命之恩，乃至凤凰山神处求来灵膏，让伶人妻治好疮伤，伶人遂烹鸡设食为谢。这则作品通过变幻奇秘的故事情节和灵异诚挚的艺术形象来展示人精之间的情谊，讴歌互助互敬的良好人际关系和知恩图报的高尚道德情操，使读者、听众从中得到启迪和教益。

又如，《宣室志》卷四"周氏子"：

汝南周氏子，吴郡人也，忘其名，家于昆山县。元和中，以明经上第。调选，得尉昆山。既之官，未抵邑数十里，舍于逆旅中。夜梦一丈夫，衣白衣，仪状甚秀，而血濡其襟，若伤其臆者，既拜，而泣谓周生曰："吾，家于林泉者也。以不尚尘俗，故得安其所有年矣。今以偶行田野间，不幸值君之家童，有系吾者。吾本逸人也，既为所系，心甚不乐。又纵狂犬噬吾臆，不胜其愤。愿君子悯而宥之。不然，则死在朝夕矣。"周生曰："谨受教，不敢忘。"言讫而寤，心窃异之。明日，至其家。是夕，又梦白衣人来曰："吾前以事诉君，幸君怜而诺之，然今尚为所系。愿君勿易仁人之心，疾为我解其缚，使不为君家囚，幸矣。”周即问曰：“然则汝之名氏可得闻乎?”其人曰：“我，乌也。”言已遂亡去。又明日，周生乃以梦语家僮，且以事讯之。其家人因适野，遂获一鹅，乃笼归，前夕，有犬伤其臆。周生即命放之。是夕，又梦白衣人辞谢而去。

这一则作品，提出了一个保护野生动物的严肃问题。它叙写一只野鹅被捉为犬所伤，托梦向某吏求救，终得放生。其故事情节异常简单，却十分别致，有较深的意涵。化为仪状俊秀一白衣人的野鹅向人求救和前来辞谢，都是通过三次托梦来完成的，使虚幻的梦境与实际状况交替出现，相互印证，读来颇有情趣。而野鹅谢恩，并无物资方面的报答，主要体现在精神方面。助人为快乐之本。世人的善举，具有高尚的思想境界，原不需要任何回报。这一则故事用此种方式表达感恩之情，应该说是再恰当不过的了。

这个时期的精怪报恩故事，尚有写诸多有生理缺陷之猪，常年混迹于污秽之中，求死不得，一官吏让其死而托生，他日咸来谢恩的《广异记·崔日用》；写大龟为报不杀之恩，水患时前来引路，使放生者一家三十余口得免于难的《广异记·刘彦回》；写马医为韩干所画之马治疾，所获报酬历久乃成泥钱的《酉阳杂俎》“画马求治”；写龚某划小艇涉风送一深夜求渡者过江，其人至岸仆地化为四尺余长金人，让龚某致富发家的《河东记·龚播》；写某人因搭救为州兵追杀之猛虎，后其虎化作一少年赠金枕酬谢的《潇湘录·周义》；写李家世代不杀生灵，一日群鼠人立门外，吸引在其家会食亲友空堂观看，堂屋忽摧圮而无一伤的《宣室志》“李甲”；写章某善待宾客，一晚他所热情款待之求宿母女，升榻后竟变为银人的《玉堂闲话·宜春郡民》；写某官吏以千钱赎一大鼋放生，年后某吏被迎至水府致谢，并使其子免于水难的《稽神录·宋氏》；写某女所生之鱼，在其亡故后每逢寒食均游至墓前祭奠的《稽神录·安氏女》等。

隋唐五代的精怪复仇故事中的精怪，多数亦为动物，计有鱼、鼋、狐、犬、枭、水怪、山魈等。此类作品，大多通过引人入胜的故事情节，描述被害者自身或亲属受到各种虐待、伤痛以至毙命，遂起而报复，让各种的为恶者得到应有的惩处。此类故事在一定程度上曲折地揭示了当时受奴役、被迫害的人们特有的抗争性和叛逆精神，使蒙冤受屈的民众受到鼓舞。譬如，《广异记·谢二》：

唐开元时，东京士人以迁历不给，南游江淮。求丐知己，困而无获，徘徊扬州久之。同亭有谢二者，矜其失意，恒欲恤之。谓士人曰："无尔悲为，若欲北归，当有三百千相奉。"及别，以书付之曰："我宅在魏王池东，至池，叩大柳树。家人若出，宜付其书，便取钱也。"士人如言，径叩大树。久之，小婢出，问其故。云："谢二令送书。"忽见朱门白壁，婢往却出，引入，见姥充壮，当堂坐，谓士人曰："儿子书劳君送，令付钱三百千。今不违其意。"及人出，已见三百千在岸，悉是官家排斗钱，而色小坏。士人疑其精怪，不知何处得之，疑用恐非物理，因以告官，具言始末。河南尹奏其事，皆云："魏王池中有一鼋窟，恐是耳。"有敕，使击射之。得昆仑数十人，悉持刀枪，沉入其窟，得鼋大小数十头。末得一鼋，大如连床，官皆杀之，得钱帛数千事。其后五年，士人选得江南一尉。之任，至扬州市中东店前，忽见谢二。怒曰："于君不薄，何乃相负，以至于斯？老母家人，皆遭非命，君之故也。"言讫辞去。士人大惧，十余日不之官。徒侣所促，乃发。行百余里，遇风，一家尽没。时人云，以为谢二所损也。

此则作品，叙写鼋精谢二同情失意无着的东京士人，决意赠钱相助。不料取钱时其人竟报官府，使谢二老母及家人皆遭非命，并因此得到大量赏银。此人后被谢二申斥，并且让其一家尽没。此则故事擅长通过对比来刻画人物，将谢二一家乐善好施、诚信待人与东京士人忘恩负义、以怨报德相互比照和映衬，使善恶泾渭分明，从而展示瘅恶彰善的题旨，产生强烈的艺术感染力。

又如，《逸史·严安之》：

天宝初，严安之为万年县捕贼官。亭午，有中使黄衣乘马，自门驰入，宣敕曰："城南十里某公主墓，见被贼劫，宜使往捕之，不得漏失。"安之即领所由并器板，往掩捕。见六七人，方穴地道，才及埏路。一时擒获，安之令求中使不得。因思之曰："贼方开冢，天子何以知之。"至县，乃尽召贼，讯其事。贼曰："才开墓，即觉有异，自知必败。至第一门，有盟器敕使数人，黄衣骑马，内一人持鞭，状如走势，幞头脚亦如风吹直竖。眉目已来，悉皆飞动。某即知必败也。"安之即思前敕使状貌，两盟器敕使耳。

这是一则内容较为独特的故事。它叙写盟器中的敕使以宣读天子诏书的方式，令县中捕贼官前往捉拿盗墓贼的趣闻。作品短小活泼，既有直陈，又有倒叙，情节虽然简单，却描述得有声有色。它善于通过捕贼官与盗墓贼的心理活动来刻画人物和推进故事，使人有身临其境的感觉，具有较高的艺术水平。盗墓之风，古已有之，在唐代已较为盛行。故事中提及的万年县（古县名，治在今西安市北）就有汉高祖太上皇陵等许多有名墓葬，向来为盗墓贼所垂涎。这是一篇较早描述打击盗墓贼的民间故事，体现了早在一千多年前民众已经具有很好的保护文物的意识，值得珍视。

这个时期的精怪复仇故事，尚有写某民断溪取鱼，有鱼精化作白袷黄练单衣人来访，某民不听劝告而捕杀一大鱼，后得报令其家人死亡殆尽的《广古今五行记·晋安民》；写主人不忍惩处杀食水怪之家奴，但其人旋即被竹尖刺腹而亡，主家亦病死八人的《广古今五行记·叶朗之》；写一渔人捕食往朝东海化为大青鱼之龙子，遂手足溃烂，不治身亡的《广异记·荆州渔人》；写某吏无故纵火烧死山魈一家，山魈乃变虎吞噬其家大小百余人，令某吏孑然一身的《会昌解颐录·元自虚》；写某人击死一枭，捕贼吏于埋枭处掘得被贼杀害者的尸首，使其吃尽苦头的《异闻录·雍人》；写山中猛虎从同行十余人中捉走商贾王某以报冤仇，却不伤其伴侣的《玉堂闲话·王行言》；写张某好符法，学得禁狐魅之术却相继为三个狐魅所欺的《稽神录·张谨》等。

隋唐五代的精怪故事，除了上述各类外，还有其他内容的一些作品亦值得注意。试看，《大唐奇事记·昝规》：

唐长安咎规因丧母，又遭火，焚其家产，遂贫乏委地。儿女六人尽孩幼，规无计抚养。其妻谓规曰："今日贫穷如此，相聚受饥寒，存活终无路也。我欲自卖身与人，求财以济君及我儿女，如何?"规曰："我偶丧财产，今日穷厄失计，教尔如此，我实不忍。"妻再言曰："若不如此，必尽饥冻死。"规方允之。数日，有一老父及门。规延入，言儿女饥冻，妻欲自卖之意。老父伤念良久，乃谓规曰："我累世家实，住蓝田下。适闻人说君家妻意，今又见君言。我今欲买君妻，奉钱十万。"规与妻皆许之。老父翌日送钱十万，便挈规妻去，仍谓规曰："或儿女思母时，但携至山下访我，当令相见。"经三载后，儿女皆死，又贫乏，规乃乞食于长安。忽一日，思老父言，因往蓝田下访之。俄见一寺，门宇华丽，状若贵人宅。守门者诘之。老父命规入，设食，兼出其妻与规相见。其妻闻儿女皆死，大号泣，遂气绝。其老父惊走入，且大怒，拟谋害规。规亦怯惧走出，回顾已失宅所在。见其妻死于古冢前，其冢旁有穴。规乃自山下共发冢。见一老狐走出，乃知其妻为老狐所买耳。

此则作品，叙写长安城内一家贫民的悲惨境遇：该家大小数口连遭不幸，生活无计，贫妇不得不卖身以解燃眉之急。然而此举亦无济于事，三年后六个子女相继死去，丈夫遂沦为乞丐。其人前往探视时，妻子闻儿女皆死，竟气绝身亡。此时，该人才发现买其妻者乃是一老狐，不能不让人感到无比的悲哀。这则故事虽带有一定的幻想色彩，却难以掩盖其作血泪控诉的特质。在盛极一时的唐代京城中，居然还有如此的惨剧发生，岂不发人深省。

第四节　隋唐五代的鬼魂故事

中国古代的鬼魂故事至为丰富，在幻想故事中十分抢眼，成为中国古代幻想故事的一个亮点，向来备受关注。经过自先秦至魏晋南北朝时期一个漫长的发展过程之后，到了隋唐五代，中国的鬼魂故事已走向成熟。其特点有三：一、收录有鬼魂故事的典籍大为增多，不下三四十种，其中以《广异记》、《稽神录》所载的鬼魂故事最为突出，其次当数《酉阳杂俎》、《宣室志》、《纪闻》、句道兴本《搜神记》等。二、鬼魂故事的数量明显增加，艺术质量亦有提高，并且涌现出不少名篇佳作，使鬼魂故事的影响得到进一步扩大。三、塑造了一批光彩夺目的人物形象，包括鬼魂形象和不怕鬼形象，诸如《广异记·蒋惟岳》中不惧神鬼，先后消灭七个车辐怪与三个妇人鬼的世人；《广异记·李光远》中亡故后不顾上司的阻挠来与百姓一道抗旱的县令；《纪闻·僧韬光》中死后仍一往情深，其亡魂前来接待故交的僧侣；《酉阳杂俎》"淮西军将"中敢于夺下鬼之蓄气袋而将其击退的军将；《潇湘录·郑绍》中矢志追求幸福，大胆自求佳偶的年轻女鬼；《宣室志》"黄氏"中死后七日变为一鸟飞入堂中探视婆母的孝妇鬼魂；《闻奇录·郑总》中病殁后深夜还家看望丈夫与儿女的妇人亡灵；《稽神录·周洁》中死于饥馑仍善待投宿客人的两位少女幽魂；《稽神录·吴景》中称"我从吴景索命，不知其他"的被杀妇人冤魂；《北梦琐言·李矩》中被屈打成招，临刑时让家人多烧纸笔以讼于地下的冤鬼等，无不鲜活动人，在古代鬼魂故事中都具有一定的代表性。

与以往的鬼魂故事相比，隋唐五代的鬼魂故事中的宗教影响有了明显增加。而其中的宗教影响，主要表现为佛教影响。它们不但从正面褒扬崇佛、铸佛行为，称颂念佛、诵经、写经、修善、布施等功德，宣扬地狱、生死轮回、因果报应观念，而且从反面揭示不事佛信教，死后受诸罪备极苦痛，以达到劝人信佛修善、讽诵佛经的目的。

隋唐五代的鬼魂故事，作品众多，题材相当广泛，计有复生还阳、人鬼恋情、人鬼交谊、鬼魂报恩、鬼魂复仇、鬼返人间、鬼魅作祟、斗鬼降鬼、冥中奇事等，从各个生活侧面展示这个时期鬼魂故事的丰富的思想内容和较高的艺术价值。

隋唐五代的复生还阳故事，作品数量居鬼魂故事的首位。其中的复生还阳者，大都为善良正直的人，既有官吏、将士、书生，也有下层民众，甚至是婢女、仆人。复生还阳的因由甚多，属于阳寿未尽者，有的因误捉枉捕而放还，有的因召去为冥王、庙神办事而放还；属于阳寿已尽者，有的因积功德而放还，有的因需侍奉老母或抚育幼儿而放还，有的因至孝感天而放母生还。至于复生还阳的方式，亦多有不同，有的为死而复苏，有的为开棺乃出，有的为借尸还魂，不一而足。此类故事，通过离奇变幻的情节，表现了世人求生的欲望和过太平日子的期盼，并且揭示出扬善惩恶、尊老慈幼等题旨。

试看，分别出自《广异记》与《酉阳杂俎》的两则故事：

荥阳郑会，家在渭南，少以力闻。唐天宝末，禄山作逆，所在贼盗蜂起。人多群聚州县，会恃其力，尚在庄居。亲族依之者甚众。会恒乘一马，四远觇贼。如是累月，后忽五日不还，家人忧愁，然以贼劫之故，无敢寻者。其家树上，忽有灵语，呼阿奶，即会妻乳母也。家人惶惧藏避，又语云："阿奶不识会耶？前者我往探贼，便与贼遇。众寡不敌，遂为所杀。我以命未合死，频诉于冥官。今蒙见允，已判重生。我尸在此庄北五里道旁沟中。可持火来，及衣服往取。"家人如言，于沟中得其尸，失头所在。又闻语云："头北行百余步，桑树根下者也。到舍，可以楮树皮作线，挛之。我不复来矣。努力勿令参差。"言讫，作鬼啸而去。家人至舍，依其挛凑毕，体渐温。数日，乃能视，恒以米饮灌之，百日如常。

——《广异记·郑会》

开元末，蔡州上蔡县南李村百姓李简痫疾卒。瘗后十余日，有汝阳县百姓张弘义，素不与李简相识，所居相去十余舍，亦因病死，经宿却活，不复认父母妻子，且言我是李简，家住上蔡县南李村，父名亮。惊问其故，言方病时，梦有二人着黄，赍帖见追。行数里，至一大城，署曰王城。引入一处，如人间六司院，留居数日，所勘责事悉不能对。忽有一人自外来，称错追李简，可即放还，一吏曰："李简身坏，须令别托生。"时忆念父母亲族，不欲别处受生，因请却复本身。少顷，见领一人至，通曰："追到杂职汝阳张弘义。"吏又曰："弘义身幸未坏，速令李简托其身，以尽余年。"遂被两吏扶持却出城，但行甚速，渐无所知。忽若梦觉，见人环泣，及屋宇，都不复认。亮访其亲族名氏及平生细事，无不知也。先解竹作，因自入房索刀具，破篾成器，语音举止，信李简也，竟不返汝阳。

——《酉阳杂俎》续集卷三《支诺皋下》“李简”

以上两则作品都叙写故事主人公命不该绝，终得复生，而复生的过程均比较离奇。所不同的是，前一则的故事主人公系探贼遇害，身首异处。在复生过程中，其人的亡灵一直以积极主动的姿态出现，先是亲往冥官处争得重生的权利，继而回家求助亲人，并且详细告知操作办法，终于如愿以偿。后一则的故事主人公系错追病殁。其人因身坏而借尸还魂，则出自冥吏的安排。通过这两则作品，我们对此类故事可以有一个比较具体的了解和认知。相比之下，前一则作品的故事情节更为生动有趣，人物形象亦更富有光彩。这个人物，不但敢于凭借自己的努力来改变不幸的命运，而且行事细心周到，对亲人循循善诱，把难度极大的事情办得妥妥帖帖，十分圆满。在此类故事中，这个人物无疑是一个比较突出的艺术形象。

再看，分别出自《宣室志》与句道兴本《搜神记》的两则故事：

尚书李寰镇平阳时，有衙将刘宪者，河朔人，性刚直，有胆勇。一夕，见一白衣来至其家，谓宪曰：“府僚命汝甚急，可疾赴召也。”宪怒曰：“吾军中裨将，未尝有过，府僚安得见命乎?”白衣曰：“君第去，勿辞。不然祸及。”宪震声叱之，白衣驰去，行未数步，已亡所在。宪方悟鬼也。夜深又至，呼宪。宪私自计曰：“吾闻死生有命，焉可以逃之。”即与偕往。出城数里，至一公署，见冥官在厅，有吏数十辈，列其左右。冥官闻宪至，整巾帻，降阶尽礼。已而延坐，谓宪曰：“吾以子勇烈闻，故遣奉命。”宪曰：“未委明公见召之旨。”冥官曰：“地府有巡察使，以巡省岳渎道路，有不如法者，得以察之，亦重事，非刚烈者不可以委焉。愿足下俯而任之。”宪谢曰：“某无他才，愿更择刚勇者委之。”冥官又曰：“子何拒之深耶?”于是命案掾立召洪洞县吏王信讫，即遣一吏送宪归。宪惊寤。后数日，寰命宪使北都，行次洪洞县，因以事话于县寮，县寮曰：“县有吏王信者，卒数日矣。”

——《宣室志》佚文“刘宪”

昔有李信者，陈留信义人也。为人慈孝，善事父母。年三十八，夜中梦见伺命鬼来取，将信向阎罗王前过，即判付司依法处分。信即经王诉云："信与老母偏苦，小失父荫，今既命尽，岂敢有违。但信母年老孤独，信今来后，更无人看侍，伏愿大王慈恩，乞命于后。"问："信母年命，合得几许?"鬼使曰："检信母籍年寿命，合得九十，更余二十七年未尽。"王曰："少在二十七年，亦矜放之。"鬼使更奏曰："如信之徒，天下何限。今若放之，恐获例者众。"王闻此语，还判从死。鬼众嗔信越诉，遂截头手，抛着镬中煮之。

于时大王使人唤来，却欲放信还家，侍养老母。鬼使曰："你头手已入镬中煮损，无由可得。且借你别头手，着过王了，却来至此，与你好头手将归，慎勿私去。今缘事逼，且与你胡头，王且放归家侍养老母。"

信闻放归，心生欢喜，便即来还，忘却放鬼使边取好头手。忽然梦觉，其头手并是胡人，信即烦恼，语其妻曰："卿识我语声否?"妻曰："语声一众，有何异也?"信曰："我昨夜梦见异事，卿若晓起时，将被覆我头面。若欲送食，至床前，闭门而去，自取食之。"其妻即依夫语，捉被覆之而去。及送食来，语其夫曰："有何异事?"忽即发被看之，乃有一胡人床上而卧。其妇惊惧，走告姑曰："阿家儿昨夜有何变怪，今有一婆罗门胡，在新妇床上而卧。"姑闻此语，即将棒杖乱打信头面，不听分疏。邻里闻声者走来，问其事由。信方始得说委曲，始知是儿，遂抱悲哭。

汉帝闻之，怪而问曰："自古至今，未闻此事。虽则假托胡头，孝道之至，通于神明。"即拜信为孝义大夫。神梦之威，乃至如此，异哉!

——句道兴本《搜神记》"李信"

以上两则作品，写的均为故事主人公被捉入冥府后又得还阳的故事，层次分明，各有情致。前一则描述故事主人公抗拒鬼卒召赴于先，抵制冥官委任于后，冥府最终只好将其遣还，于是死而复生。它较为成功地塑造出一个性刚直、有胆勇、敢于改变自己命运的武将形象。后一则描述故事主人公入冥后以奉养老母为由，取得冥王同情予以放还。只因其人性急，竟带着胡人头手复生，闹出一场误会，让故事结尾带上浓厚的喜剧色彩。这无疑成为此则作品的一个格外吸引读者、听众之处，使其在同类故事中别具一格。

隋唐五代的复生还阳故事，尚有写一妇人死去七日复苏，因有两桩恶为之罪，苏后舌头烂肿的《冥报记·唐梁氏》；写裴某死后向冥王言说兄弟幼小无人扶持双亲，乃放其还阳的《冥报拾遗·裴则子》；写某人采樵时被辗死，因受戒布施福助得以延寿放还的《冥报拾遗·刘摩儿》；写某人由于与死者同姓字而被枉捕，因平时好烧鸡子，还阳前受到烧灼双足、践履荆棘之苦的《法苑珠林·齐士望》；写方某游猎杀生无数，在冥府受罪后死而复苏，遂事佛诵经的《法苑珠林·方山开》；写一余杭人命不该绝，夏天死十数日后尸体腐烂，遂借新死者之身还阳，竟作吴语的《朝野佥载》"陆彦"；写某女枉捕放还，冥卒乃使其季父与劫贼去开棺，因而得出的《广异记·东莱人女》；写某县令素崇佛诵经，乃使其伯母在冥府免受置磨中粉碎之罪，并得再生的《广异记·卢弁》；写刘某病卒复苏，言在地狱见已亡故之父亲、岳丈、邻人坐罪受苦之状的《纪闻·刘子贡》；写一市井粗猛之人因杀食大毒蛇而腹痛丧命，入冥后为一常念《金刚经》者搭救再生，从此绝不杀生，念经不辍的《金刚经报应记·鱼万盈》；写一医师无疾而亡，至冥府为王者针治左膊肿大之病，然后令其回到人间的《酉阳杂俎》"医人王超"；写竹某卒十余年后冥官许其再生，乃借邻人尸身还阳，与妻子团聚的《宣室志》"竹季贞"；写一卒为乱兵所刃而身首异处，因阳寿未尽，冥司乃以桑木补其头身断处，让其复生的《定命录·李太尉军士》；写一妇人因误召病卒，冥府乃使其邻人发冢，遂得剖棺而返家中的《穷神秘苑·李俄》；写崔某前夫人卒十二年当还阳，遂托梦于老家人请后夫人掘坟将其舁归，二位夫人以姊妹相处，情同骨肉的《芝田录·崔生妻》；写某母病殁，其儿子儿媳三载间背土垒坟，哭声不绝，上天感其至孝乃霹雳开棺，放母还阳的句道兴本《搜神记》"张嵩"；写某乡胥被召入冥府任北曹判官，后发现其人世寿未尽乃遣还，并许其寿尽当复居此职的《稽神录·贝禧》；写一村妇死半月而复苏，言已被亡故翁姑召入冥执爨，因嫌其不洁遂逐之使回的《稽神录·延陵村人妻》等。

隋唐五代的人鬼恋情故事，在魏晋南北朝的基础上又有了新的发展。在这个时期的此类故事当中，与世人相恋的几乎都是女性鬼魂，而且大多表现得相当主动。她们大胆地与古代礼教进行抗争，矢志不移地追求幸福，让人不胜感佩。当然，此类故事的结局往往是悲凉凄惋的。但是，她们能够觅得心上人，并且有一段时间的情好，哪怕为时异常短暂，这本身便是一次突破，一个胜利；更何况还存在获得成功、过上甜美生活的特例。此类故事通过人鬼之间的恋情，曲折地反映出青年男女对自主婚恋的渴望，以及他们在争取自主婚恋过程中的叛逆性和无畏精神，并且成功地塑造出不少有追求、有个性的女鬼形象。应当看到，此类故事的结局无不具有特定的内涵：悲剧性的结局往往折射出当时残酷的现实，让世人警醒；圆满的结局往往展示出美好的理想和追求，给世人带来鼓舞和激励。譬如，《法苑珠林》卷七十五《王志女》：

唐显庆三年，岐州岐山县王志任益州县令，考满还乡。有在室女，面貌端正，未有婚聘，在道身亡。停在绵州殡殓，居棺寺，停累月。寺中先有学生停一房内。夜初，见此亡女来入房内，装饰华丽，具申礼意，欲慕相就。学生容纳，相知经月，女与学生一面铜镜，巾栉各一。志欲上道，女共学生具展哀情，密共辞别。家人求觅此物不得，令遣巡房求之，于学生房觅得。令遣左右缚打此人，将为私盗。学生具说逗留，口云："非唯得娘子此物，兼留下二衣，共某辞别，留为信物。"令遣人开棺检求，果无此衣。兼见女身似人幸处。既见此征，遣人解放。借问此人："君居何处？"答曰："本是岐州人，因从父南任，父母俱亡，权游诸州学问，不久当还。"令给衣马庄束，同归，将为女夫，怜爱甚重。

此则叙写县令小姐的鬼魂与游学书生间的恋情故事，有三点值得关注：其一，塑造出一个主动追求爱情的少女形象，她不但深谙礼数，而且情真意笃，是当时人们理想中的佳偶，给读者、听众留下难忘的印象；其二，人鬼殊途，情好双方势必不得不别离，但女方家长最终认可了这桩在当时并无合法地位的自主婚恋，无疑值得称道；其三，《法苑珠林》由释道世编纂，其中所收的作品大多旨在宏扬佛法、宣传因果报应理念，他能够收录这样赞美男女情爱的佳作，十分难能可贵，更加值得珍视。

又如，《广异记·张果女》：

> 开元中，易州司马张果女，年十五，病死。不忍远弃，权瘗于东院阁下。后转郑州长史，以路远须复送丧，遂留。俄有刘乙代之。其子常止阁中，日暮仍行门外，见一女子，容色丰丽，自外而来。刘疑有相奔者，即前诣之，欣然款浃，同留共宿。情态缠绵，举止闲婉。刘爱惜甚至。后暮辄来，达曙方去。经数月，忽谓刘曰："我前张司马女，不幸夭没，近殡此阁。命当重活，与君好合。后三日，君可见发，徐候气息，慎无横见惊伤也。"指其所瘗处而去。刘至期甚喜，独与左右一奴夜发。深四五尺，得一漆棺，徐开视之。女颜色鲜发，肢体温软，衣服妆梳，无污坏者。举置床上，细细有鼻气。少顷，口中有气，灌以薄糜，少少能咽。至明复活，渐能言语坐起。数日，始恐父母之知也。因辞以习书，不便出阁。常使赍饮食诣阁中。乙疑子有异，因其在外送客，窃视其房。见女存焉。问其所由，悉具白，棺木尚在床下。乙与妻歔欷曰："此既冥期至感，何不早相闻？"遂匿于堂中。儿不见女，甚惊。父乃谓曰："此既申契殊会，千载所无，白我何伤乎？而过为隐蔽。"因遣使诣郑州，具以报果，因请结婚。父母哀感惊喜，则克日赴婚，遂成嘉偶。后产数子。

此则作品，叙写前任官吏亡女鬼魂与继任官吏公子之间的婚恋故事，以亡女再生，喜结连理告终，在人鬼恋情故事中独树一帜。值得称道的是，通篇故事不但构思奇特，想象力丰富，而且以感情充沛见长，诸如张女的深情坦诚，刘子的专情体贴，刘父的热情豁达，都颇为感人。其中的细节描写亦较为生动，像女鬼与刘子幽会，刘子发棺救女，刘父探女促婚等，都款款道来，擅长捕捉细致入微之处，无不显示出它具有较高的叙事功力和艺术水平。

再如，《集异记·金友章》：

金友章者，河内人，隐于蒲州中条山，凡五载。山有女子，日常挈瓶而汲溪水，容貌殊丽。友章于斋中遥见，心甚悦之。一日，女子复汲，友章蹑履企户而调之曰："谁家丽人，频此汲耶?"女子笑曰："涧下流泉，本无常主。须则取之，岂有定限。先不相知，一何造次。然儿止居近里，少小孤遗，今且托身于姨舍。艰危受尽，无以自适。"友章曰："娘子既未适人，方谋婚媾，既偶夙心，无宜暇弃。未委如何耳?"女曰："君子既不以貌陋见鄙，妾焉敢拒违。然候夜而赴佳命。"言讫，女子汲水而去。是夕果至，友章迎之入室。夫妇之道，久而益敬。友章每夜读书，常至宵分。妻常坐伴之，如此半年矣。一夕，友章如常执卷，而妻不坐，但伫立侍坐。友章诘之，以他事告。友章乃令妻寝。妻曰："君今夜归房，慎勿执烛，妾之幸矣。"既而友章秉烛就榻，即于被下见其妻，乃一枯骨耳。友章惋叹良久，复以被覆之。须臾乃复本形，因大悸怖，而谓友章曰："妾非人也，乃山南枯骨之精。居此山北，有恒明王者，鬼之首也，常每月一朝。妾自事金郎，半年都不至彼。向为鬼使所录，榜妾铁杖百。妾受此楚毒，不胜其苦。向以化身未得，岂意金郎视之也。事以彰矣，君宜速出，更不留恋。盖此山中，凡物总有精魅附之，恐损金郎。"言讫，涕泣呜咽，因尔不见。友章亦凄恨而去。

此则作品，叙写隐于山中的书生与孤女鬼魂的一段恋情，因书生不慎使女鬼现形，缘尽饮恨而别。跟上两则不同的是，此则作品带有浓郁的悲剧色彩。而作品的悲剧性，主要是通过女主人公体现出来的，不仅因为她长期受制于鬼王，备尝捶楚，不胜其苦，而且因身份彰显不得不与心爱之人永诀，使最后的希望彻底破灭，更为凄苦。这则作品在艺术上有两点值得肯定：其一，塑造了一个勇于追求幸福的贫家女子的鬼魂形象，为我国古代鬼魂故事的画卷增添了光彩。她既有殊丽的容貌，处事落落大方，又能体贴夫君，温情眷顾，更为可贵的是，她宁肯自己忍受折磨，而不愿意心上人受到伤害，突显出她的真挚与深情；其二，叙事擅长运用对比手法，让前半部分的美满温馨与后半部分的残酷悲哀有极大的反差，形成鲜明对照，从而深化了故事的悲剧氛围和艺术感染力。

这个时期的人鬼恋情故事，尚有写李某上都候选时病笃，深爱他之女鬼送药将其治愈，他被选为临津尉后竟诀别的《广异记·李陶》；写某县丞秩满归家时，与一佳丽相恋，同居一载方知其为殡于此地之一县令亡女，其家迎丧时互赠信物而别的《广异记·王玄之》；写某令与县尉亡妻鬼魂相恋，县尉知情后遂积薪焚毁妇棺的《广异记·新繁县令》；写名士杨某与鬼妇情好二三载，知彼为鬼后断绝往来，鬼妇怒而夺其性命的《广异记·杨准》；写一主簿外甥女亡魂与某胥吏相恋，常幽会于殡室，胥吏暴卒后主簿乃设冥婚礼让其二人合葬的《纪闻·季攸》；写一道士以符和咒水给邬郎，让其对付与之结好数月女鬼，女鬼乃悲恨而去的《集异记·邬涛》；写郑商与一女鬼幽居二月后离去，他日再访竟杳无踪迹的《潇湘录·郑绍》；写一少女夜雨后逾垣而入与崔某寝处，将旦乃毙，后方知其为宵遁之尸的《通幽记·崔咸》；写王某月夜在舟中与太守女亡魂幽会，抚琴对饮，四更后乃执手分别的句道兴本《搜神记》“王景伯”；写刘妹卒后三载忽现身，先后嫁与军士任某、罗某，知其常出入墓中，因惧而疏远的《稽神录·刘鹭》等。

隋唐五代的人鬼友谊故事，作品的数量也比较多。它们均以亡灵与世人之间的交往与友情为题材，是人鬼恋情故事的一种拓展、延伸。其中的亡灵与世人有的在生时已经结好，有的则为新交，彼此之间以友情为重，相互关心，相互帮助，相互爱护，感情甚为真挚。此类故事里面的亡灵，大都以正面形象出现，有男有女，有僧有俗，有贫有富，涉及社会各个阶层。此类故事无不以鬼写人，借助虚幻的故事情节反映现实生活，通过人鬼交往中的各种感人事迹，来表现并讴歌人际关系方面的各种美德和情操，对于改善人际关系，促进社会进步颇为有益。譬如，《纪闻·僧韬光》：

青龙寺僧和众、韬光，相与友善。韬光富平人，将归，谓和众曰：“吾三数月不离家，师若行，必访我。”和众许之。逾两月余，和众往中都，道出富平，因寻韬光。和众日暮至，离居尚远，而韬光来迎之曰：“劳师相寻，故来迎候。”与行里余，将到家，谓和众曰：

"北去即是吾家，师但入须[1]我。我有少务，要至村东，少选当还。"言已东去。和众怪之，窃言曰："彼来迎候，何预知也？欲到家舍吾，何无情也？"至其家扣门，韬光父哭而出曰："韬光师不幸，亡来十日，殡在村东北。常言师欲来，恨不奉见。"和众吊唁毕，父引入，于韬光常所居房舍之。和众谓韬光父曰："吾适至村，而韬光师自迎吾来，相与谈话里余。欲到，指示吾家而东去，云要至村东，少间当返。吾都不知是鬼，适见父，方知之。"韬光父母惊谓和众曰："彼既许来，来当执之，吾欲见也。"于是夜久，韬光复来，入房谓和众曰："贫居客来，无以供给。"和众请同坐，因执之叫呼，其父与家人并至。秉烛照之，形言皆韬光也。纳之瓮中，以盆覆之。瓮中忽哀诉曰："吾非韬光师，乃守墓人也。知师与韬光师善，故假为之。如不相烦，可恕造次，放吾还也。"其家不开之，瓮中密祈请转苦。日出后却覆，如惊扬飞去。而和众亦还，后不复见焉。

此则作品，叙写一僧人由长安往蒲州（今山西永济市西）时，中途在陕西富平访友的故事。情节离奇而富有人情味，成功地塑造出一个珍视友谊的僧侣形象。故事结构巧妙，层层推进，引人入胜。在僧人和众得知噩耗前后，韬光的亡灵两度现身，一是远出迎迓，一是复至叙旧，都显示出这位出身贫寒的出家人十分珍惜友情。中间插叙老父转述韬光常言僧友来时恨不能见的情节，更突显其对僧友的挂怀和对友谊的重视。结尾的一段描述，则表现出阴阳阻隔、人鬼殊途的悲凉和亡灵为友情作奉献的难能可贵。

又如，《玄怪录》补遗《郑望》：

乾元中有郑望者，自都入京，夜投野狐泉店宿，未到五六里而昏黑，忽于道侧见人家，试问门者，云是王将军，与其亡父有旧。望甚喜，乃通名参承。将军出，与望相见，叙悲泣，人事备之。因而留

---

① 须：等待。

宿，为设馔饮。中夜酒酣，令呼蘧蒢[①]三娘唱歌送酒。少间三娘至，容色甚丽，尤工唱《阿鹊盐》。及晓别去，将军夫人传语，令买锦裤及头髻花红朱粉等。后数月，东归过，送所求物，将军相见欢洽，留宿如初。望问何以不见蘧蒢三娘，将军云："已随其夫还京。"以明日辞去，出门不复见宅，但余丘陇，望怃然却回。至野狐泉，问居人，曰："是王将军冢。冢边，伶人至店，其妻暴疾亡，以苇席裹尸，葬将军坟侧，故呼曰蘧蒢三娘云。旬日前伶官亦移其尸归葬长安讫。"

此则作品，叙写唐肃宗时故事主人公由洛阳去长安途中投宿时，与其父有旧的王将军和一伶人之妻的一段交谊。故事感情深挚，充满悲凉氛围。其中，伶人之妻的命运尤为凄苦。她暴卒于逆旅，由于困窘，伶人只得以苇席裹尸将其葬于将军坟侧，故而称为"蘧蒢三娘"。它从一个侧面真切地反映出历时七年多的安史之乱严重破坏生产，给百姓生活带来莫大的苦痛。

再如，《稽神录》卷三《周洁》：

霍丘令周洁甲辰岁罢任，客游淮上。时民大饥，逆旅殆绝，投宿无所。升高而望，远见村落烟火。趋而诣之，得一村舍。扣门久之，一女子出应门。告以求宿，女子曰："家中饥饿，老幼皆病，愧无以延客，止中堂一榻可矣。"遂入之。女子侍立于前。少顷，其妹复出，映妇而立，不见其面。洁自具食，取饼二枚以与二女，持之入室。闭门而听，悄然无声。洁方悚然而惧。向晓将去，使呼二女告别，了无声应者。因坏户而入，乃见积尸满屋，皆将枯朽，惟女子死未旬日，其妹面目已枯矣，二饼犹置胸上。洁后皆为瘗之云。

此则作品，叙写唐僖宗中和四年（884）一县令游淮上求宿时的一段充满悲情的经历，令人触目惊心。众所周知，唐僖宗乾符元年（874）关东（潼关以东）因旱灾引起大饥馑，尸横遍野，极为惨烈。这则故事，正

① 蘧蒢（qúchú 渠除）：亦作"籧篨"，用苇或竹编的粗席。

是在唐末大饥馑的背景下发生的。其文字通俗晓畅，深沉凝重，读来催人泪下。故事里的姊妹两个年轻女鬼，在如此的境遇中还彬彬有礼地收留过客住宿，足见其善良、诚笃，让人感念不忘。如果说上一则作品从一个侧面触及唐代由盛转衰时的民生疾苦的话，这一则作品则从一个侧面对唐末大灾荒时百姓蒙受的深重苦难作无声的控诉，具有极大的震撼力。

这个时期的人鬼交谊故事，尚有写某人途中乞浆，受到殁后仍不忘翁姑之鬼妇接待的《续玄怪录·唐俭》；写选人刘某入京时与一举人亡魂同行数里，意甚相得，归来再访时惟见殡宫的《酉阳杂俎》"襄阳选人"；写祖某落第后出游，投宿山中一空寺，有人月夜忽出与其饮茗吟诗，后知为鬼，乃为文凭吊的《会昌解颐录·祖价》；写安某与友人在长安相逢，互有唱和，后从其母处得知此友已亡故三载的《潇湘录·安凤》；写段某卧病小愈后，一鬼引一绝色女子来与之婚配，段某不顾，女乃以红笺留诗而去的《河东记·段何》；写沈生调补金堂令至洋州夜寝时，旧友窦某幽魂前来相会，后知窦已亡故，乃至其殡宫致奠拜泣的《宣室志》"窦裕"；写李生途经商洛山间，日暮投匿一殡宫受善待，天明知为崔氏女墓，乃以酒膳致奠的《宣室志》"浔阳李生"；写邢某昼卧时一友来访，久之乃去，后来才知此友已殁的《宣室志》"邢群"；写一文士素有胆气，中秋夜与三鬼友饮酒吟诗的《宣室志》"三鬼友"；写某太守见为其家缝衣少女做工精良，常多与价，三年后辞别复赐金锭、金钗，其父母迎丧灵还家坟葬，于棺木中发现太守所与金锭等的句道兴本《搜神记》"赵子元"；写一富贾乐善好施，一为暴水漂来之鬼魂求寄其家，常相唱和的《稽神录·田达诚》；写一贾客泛海遇风漂至鬼国，鬼王与群臣具酒食为其祀祝的《稽神录·青州客》；写一士子累举不第，因困厄乃祈死于岳庙，判官授药方助其致富的《稽神录·赵瑜》等。

隋唐五代的鬼返人间故事，数量不太多。作品大都以家庭生活为题材，通过亡人之鬼魂暂返尘世，与家人共同生活，操持家务，协调家庭成员的关系，体现出深厚的亲情。也有少量作品以社会生活为题材，描述亡魂暂返尘世，为百姓办事，与友人叙旧，表现了爱护乡梓、珍惜友谊的高尚情操，亦颇动人。譬如，《稽神录》卷二《婺源军人妻》：

丁酉岁，婺源建威军人妻死更娶，其后妻虐遇前妻之子，夫不能制。一日忽见亡妻自门而入，大怒后妻曰："人谁无死，孰无母子之情，乃虐我儿女如是耶！吾比诉于地下所司，今与我假十日，使我诲汝。汝遂不改，必能杀君矣。"夫妻皆恐惧再拜。即为具酒食，遍召亲党邻里，问讯叙语如常。他人但闻其声，惟夫妻见之。及夜，为设榻别室。夫欲从之宿，不可。满十日将去，复责詈其后妻，言甚切至。举家亲族共送至墓百余步，曰："诸人可止矣。"复殷勲辞别而去。将及柏林中，遂入，人皆见之，衣服容色如平生，及墓而没。建威军使汪延昌言如是。

此则作品，叙写前妻亡魂回家十日教训虐待孩子的继室，调解家庭矛盾的故事。作品立意甚高，亡魂对继室既严厉又宽厚，不但晓之以理，而且动之以情，还借重家族、邻里来做其转化工作，卓见成效。它生动有力地说明，只要尊重每位家庭成员的感情，妥善处置，再棘手的家庭矛盾也可以化解，甚至达到完美的境界。

又如，《广异记·李光远》：

李光远，开元中，为馆陶令。时大旱，光远大为旱书，书就暴卒。卒后，县申州，州司马覆破其旱。百姓胥怨，有恸哭者。皆曰："长官不死，宁有是耶？"是夜，光远忽乘白马，来诣旱坊，谓百姓曰："我虽死，旱不虑不成。司马何人，敢沮斯议？"遂与百姓诣司马宅，通云："李明府欲见。"司马大惧，使人致谢。光远责云："公非人，旱是百姓事，何以生死为准？宜速成之，不然，当为厉矣。"言讫，与百姓辞诀方去。其年旱成，百姓赖焉。

此则作品，叙写一县令大旱时暴卒，其亡灵急民之困，乃乘马返回尘世，与阻挠抗旱的上司抗争，终获成功，使百姓得以生存。其中，所塑造的这个急公好义、敢于为民请命的县令鬼魂形象，可钦可佩，令世人永远铭记在心。

这个时期的鬼返人间故事，尚有写一妇人暴卒，其亡魂见丈夫、诸子恸哭不止，乃现形慰勉亲人，安排家事，然后入堂遂灭的《广异记·王光本》；写赵某以文章知名，卒后返回处理家事如平生，三年后乃告别而去的《纪闻·赵夏日》；写马母亡故十余载仍不忍别离，经常赁驴返家探望的《续玄怪录·马震》；写衙将张某继室悍妒，前妻所生五子不堪其苦常哭于母墓，前妻亡灵乃让张某上诉官府，使继室流放岭南的《本事诗》“幽州衙将”；写吕生妻黄氏卒后变为一鸟飞入堂中谒姑，回翔哀唳，食顷乃去的《宣室志》“黄氏”；写亡妻鬼魂来与丈夫共叙家常，情意绵绵的《通幽记·唐晅》；写亡妻鬼魂深夜还家，丈夫烹茗以待，亡妻深恐惊扰小儿女，随即辞去的《闻奇录·郑总》；写一僧人忽于扬州市中与亡友章某相遇，乃邀入食店叙旧的《稽神录·僧珉楚》；写某人在外亡故，忽扣门夜归探望老母，并谴责其妻匿金不供其母的《稽神录·浦城人》等。

隋唐五代的鬼魂报恩故事，讲述的均为鬼魂以各种方式回报有恩之人的趣闻，感情真挚，颇为动人。在故事当中，世人给予鬼魂的帮助，涉及运载、款待、迁葬、瘗坟、平乱等等，不一而足。受世人帮助的鬼魂，大多为贫寒困苦者，属于弱势群体，其命运可悲可叹。此类故事的内容一般都比较健康，有一定的积极意义，不但称颂扶困济危、与人为善的品格，而且赞扬待人以诚、知恩图报的美德，对于改善人际关系、倡导良好的社会风尚十分有益。譬如，《会昌解颐录·牛生》：

> 牛生自河东赴举，行至华州，去三十里，宿一村店。其日雪甚，令主人造汤饼。昏时，有一人穷寒，衣服蓝缕，亦来投店。牛生见而念之，要与同食。此人曰：“某穷寒，不办得钱，今朝已空腹行百余里矣。”遂食四五碗，便卧于床前地上。其声如牛。至五更，此人至牛生床前曰：“请公略至门外，有事要言之。”连催出门，曰：“某非人，冥使耳。深愧昨夜一餐，今有少相报。公为置三幅纸及笔砚来。”牛生与之。此人令牛生远立。自坐树下，袖中出一卷书，检之。看数张，即书两行。如此三度讫，求纸封之。书云第一封、第二封、第三封。谓牛生曰：“公若遇灾难危笃不可免者，即焚香以次开之视。若或可免，即不须开。”言讫，行数步，不见矣。牛生缄置书囊中，不甚信也。及至京，止客户坊，饥贫甚，绝食。忽忆此书，故开第一

封。题云："可于菩提寺门前坐。"自客户坊至菩提寺，可三十余里，饥困，且雨雪，乘驴而往。自辰至鼓声欲绝方至寺门，坐未定，有一僧自寺内出，叱牛生曰："雨雪如此，君为何人而至此？若冻死，岂不见累耶？"牛生曰："某是举人，至此值夜，略借寺门前一宿，明日自去耳。"僧曰："不知是秀才，可止贫道院也。"既入，僧乃为设火具食，会语久之，曰："贤宗晋阳长官，与秀才远近？"牛生曰："是叔父也。"僧乃取晋阳手书，令识之，皆不谬。僧喜曰："晋阳常寄钱三千贯文在此，绝不复来取。某年老，一朝溘至，便无所付，今尽以相与。"牛生先取将钱千贯，买宅，置车马，纳仆妾，遂为富人。又以求名失路，复开第二封书。题云："西市食店张家楼上坐。"牛生如言，诣张氏，独止一室，下帘而坐。有数少年上楼来，中有一人白衫。坐定，忽曰："某本只有五百千，令请添至七百千，此外即力不及也。"一人又曰："进士及第，何惜千缗。"牛生知其货及第矣。及出揖之，白衫少年即主司之子。生曰："某以千贯奉郎君，别有二百千，奉诸公酒食之费，不烦他议也。"少年许之。果登上第。历任台省，后为河中节度副使。经一年，疾困，遂开第三封。题云："可处置家事。"乃沐浴，修遗书，才讫而遂终焉。

此则作品，描述冥使赠送三封手书，以回报举人牛生热情相助的恩德，让牛生饥贫时得钱致富，求名时登第为官，疾困时得以善终。通篇故事充满神秘感，依次递进，引人入胜。其艺术技巧的运用亦颇为娴熟，有两点值得提及：其一，善于铺垫。作品一开始充分描绘冥吏的穷寒与饥乏，藉以显示冥吏对一餐之恩的格外看重，引出赠送三封手书，为展开其后的故事情节作了很自然的铺垫。其二，擅长驾驭象征手法。作品用三封手书引出故事主人公的三个阶段的际遇，颇具象征性。故事主人公一次次打开冥吏所赠的手书，由富贵荣华而走向人生的终结，实际上浓缩了一生的经历。故事发人深省，提醒世人应当更加珍惜生命，切莫虚度光阴。

又如，《宣室志》卷六"三女坟"：

广陵有官舍，地步数百，制度宏丽，相传其中为鬼所宅，故居之者一夕即暴死，锁闭累年矣。有御史崔某，官于广陵，至，开门曰："妖不自作。我必居之，岂能为祟哉?"即白廉史而居焉。是夕微雨，崔君命仆曰："汝尽居他室，而吾寝于堂。"夜已半，惕然而寤，衣尽沾湿，即起，见己之卧榻在庭中。却寝，未食顷，其榻又迁于庭。如是者三，崔曰："我谓天下无鬼者，今则果有矣。"即具簪笏，命酒，沃而祝曰："吾闻居此者多暴死。且人神殊道，当各安其居，岂害生人耶?虽苟以形见、以声闻者，是其负冤郁而将有诉者，或将求一饭以祭者，则现于人，而人自惊悸以死，固非神灵害之也。吾今遇汝，汝无畏。若真有所诉，当为我言，可以副汝托，虽汤火不避。"沃而祝者三。俄闻空中有言曰："君，人也；我，鬼也。诚不当以鬼干人，直将以深诚奉告。"崔曰："但言之。"鬼曰："我，女子也。女兄弟三人，俱未笄而殁，父母葬我于郡城之北久矣。其后府公于此浚城池，构城屋，工人伐我封内树且尽，又徙我于此堂之东北隅，使羁魂不宁，无所栖托。不期今夕，幸遇明君子，故我得语其冤。倘君以仁心为我棺殓，葬于野外，其恩之莫大者矣。"已而涕泣呜咽，又曰："我在此十年矣。前后所居者皆欲诉其事，自是居人惊悸而死。某本女子，非有害于人也。"崔曰："吾前言固如是矣。虽然，如何不见我耶?"鬼曰："某鬼也，岂敢以幽晦之质而见君子乎?既诺我之请，虽处冥昧中，亦当感君子之恩，岂可徒然而已。"言讫告去。明日，召工人，于堂东北隅发之，果得枯骸，葬于禅智寺隙地。里人皆祭之，谓之三女坟。自是其地获安矣。

此则作品，描述御史崔某夜入闹鬼官舍，再三沃酒祝祷，使女鬼出而请崔为三姊妹棺殓、迁葬，崔即召人安葬枯骸，于是其地遂安。该作品对女鬼三姊妹未笄而殁，坟茔遭毁，无所栖托，欲诉无门的不幸遭遇寄予深切的同情，并且对故事主人公的胆识和魄力大加赞赏。其人不但敢于面对凶险，迎难而上，而且善于发现和处理问题，找到官舍闹鬼的症结所在，从根本上化解矛盾，使人鬼各安其居，确保一方清泰。

再如，句道兴本《搜神记》"侯霍救鬼"：

昔有侯霍，（白马县人也，）在田营作，闻有哭声，不见其形，经余六十日。秋间因行田，露湿难入，乃从畔上褰衣而入。至地中，遂近畔边有一死人髑髅，半在地上，半在地中，当眼眶里一枝禾生，早以欲秀。霍愍之，拔却，其髑髅以土壅之，遂成小坟。从此已后，哭声遂即绝矣。

后至八月，侯霍在田刈禾，至暮还家，觉有一人，从霍后行，霍急行，人亦急行，霍迟行，人亦迟行。霍怪之，问曰："君是何人，从我而行?"答曰："我是死鬼也。"霍曰："我是生人，你是死鬼，共你异路别乡，因何从我而行?"鬼曰："我蒙君锄禾之时，恩之厚重，无物相报，知君未取妻室，所以我明年十一月一日，克定为君取妻，君宜以生人礼待之。"霍得此语，即忍而不言。

遂至十一月一日，聚集亲情眷属，槌牛酿酒，只道取妻，本不知迎处。父母兄弟亲情怪之，借问，亦不言委由，常在村南候望不住。欲至晡时，从西方黄尘风云及卒雨来，直至霍门前，云雾暗黑，不相睹见。霍遂入房中，有一女子，年可十八九矣，并床褥毡被，随身资妆，不可称说。见霍入，女郎语霍曰："你是何人，入我房中?"霍语女郎曰："娘子是何人，入我房中?"女郎复语霍曰："我是辽西太守梁合龙女，今嫁与辽东太守毛伯达儿为妇。今日迎车在门前，因大风，我渐出来看风，即还家入房中，其房此（不）是君房?"霍曰："辽西去此五千余里，女郎因何共我争房?如其不信，请出门看之。"女郎（惊起），出门看之，全非己之舍宅。遂于床后，取九子簏开看，遂有一玉版，上有金字分明，云："天付应合与侯霍为妻。"因尔已来，后人学之，作迎亲版通婚书出，因此而起。死鬼尚自报恩，何况生人。事出《史记》。

此则作品，讲述的是一个农民安埋野鬼遗骸得报的故事，由前后两部分组成：前半部分叙写一农民出于怜悯，主动为野鬼髑髅拔去眼眶中长出的禾苗，并为之安葬垒坟。野鬼现身，表示为其人娶妻以报；后半部分叙写晡时忽降官宦人家小姐，最终得与农夫结为夫妇，实现了野鬼报恩的愿望。这则作品，叙事方式平实流畅，语言通俗易懂，人物对话活泼风趣，艺术构思奇特，具有浓郁的民间故事色彩，从中不难窥见句道兴本《搜神记》所录写的作品甚为接近民间故事口传形态的基本面貌。

这个时期的鬼魂报恩故事，尚有写鬼魂现形求人为其胶粘木马前足，致谢后乃骑马而去的《广异记·高励》；写一捕鬼为报车载之恩，应允为其人延寿十年，其人因违禁而被捉走的《广异记·罗元则》；写某人斩杀盟器之为乱者，鬼魂遂持金银人马回报的《广异记·商乡人》；写某人为夫君戍边不归竟染病而殁之女鬼迁葬，后梦女鬼前来致谢的《酉阳杂俎》“郝帷谅”；写某人所购凶宅深夜常闻哭声，将屏下一女枯骨安葬后，其宅乃安的《干瞨子·寇墉》；写一人泊舟时投食于岸边枯骨，俄闻空中传来鬼魂愧谢之声的《灵怪集·河湄人》；写一致仕官吏以丰馔款待来访之鬼魂，鬼魂乃赠五十石以报的《稽神录·林昌业》等。

隋唐五代的鬼魂复仇故事，大都讲述蒙冤受屈、死于非命的鬼魂采取各种手段对仇家进行报复，甚至向其索命，使为恶者终得恶报。此类故事，通过鬼魂诉说冤情、报仇雪恨的各式各样的实例，有力揭露出当时政治腐败、暴徒横行、家庭不幸、日无宁靖的社会状态。其中的蒙冤遇害者，大都是被酷吏、豪强、盗匪、歹徒等恶人残害枉杀的、值得同情的人们，包括正直的官吏、善良的书生、本分的农夫、诚实的商贾、无辜的僧侣以及受欺凌的家妇、小妾、婢女，等等，在作品中无不以正面形象出现。这些人往往在生时难以抗暴申冤，只有成为鬼魂之后，甚至过了数年、数十年之后，才得以报仇雪恨。在他们身上体现了不屈不挠的反叛性和抗争精神，给世人以激励和鞭策。此类故事的作品较多，其数量远超过鬼魂报恩故事。譬如，《宣室志》卷五“殷氏父子”：

樊宗谅为密州刺史，时属邑有群盗纵横，入里中氓殷氏家，掠夺金帛，戕其父子，死者三人。刺史捕之甚急，月余不获。有巨鹿魏南华者，寓居齐鲁之间，家甚贫。宗谅命摄司法掾。一夕，南华梦数人，皆被发，列诉于南华曰：“姓殷氏。父子三人，俱无罪而死。愿明公雪其冤。”南华曰：“杀汝者为谁?”对曰：“某所居东十里，有姓姚者，乃贼之魁也。”南华许诺，惊寤。数日，宗谅谓南华曰：“盗杀吾氓，且一月矣，莫穷其迹，岂非吏不奉职乎？尔为司法官，第往验之。”南华驰往，未至，忽见一狐起于路旁深草中，驰入里人姚氏所居，噪而逐者以百数。其狐入一穴中，南华命以锸发之，得金帛甚多，乃群盗劫殷氏财也。即召姚氏子，讯其所自，目动词讷，即收劾之，果盗之魁也。自是，尽擒其支党且十辈。其狐虽匿于穴中，穷之卒无所见也，岂非冤魂之所假欤？时大和中也。

此则作品，叙写一司法官吏梦见三个披发鬼魂向其诉冤，随即有一狐引其于穴中觅得赃物，并且捕获杀人劫财盗魁及其同党，为死者雪冤。故事通过一桩实例，揭露了中唐时期盗匪横行、民不聊生的社会状况。同时表明，只要官吏能够严明法纪，为民作主，凶犯便难逃法网。值得关注的是其中的一个具有神秘色彩的野狐的出现，对于破案惩凶发挥了关键性的作用。而这一动物形象恰好是冤魂的化身，藉以说明只有受害者自己出来控告凶犯，穷追不舍，才能让凶犯落网，得以报仇雪恨。

又如，句道兴本《搜神记》“侯光侯周”：

昔有侯光、侯周兄弟二人，亲是同堂，相随多将财物远方兴易。侯光货易多利，侯周遂乃损抑，即生恶心，在于郭欢地边杀兄，抛着丛林之中，遂先还家。光父母借问周：“汝早到来，兄在何处？”周答曰：“兄更廿年，方可到来。”郭欢在田营作此地头，林中乌鹊，辽乱而鸣。郭欢怪之，往看，乃见一死人，心生哀愍，遂即归家，将锹钁则为埋藏，营作休罢。中间每日家人送食饭来祭之。经九十余日，粟麦收了，欲拟归家，遂辞死人，咒愿曰：“我乃埋你死尸灵在此，每日祭祀，经三个月，不知汝姓何字谁，从今已后（不）祭汝，汝自努力。”即相分别。

后年四月，欢在田锄禾，乃有一人，忽然在前头而立，问曰：“君是何人，乃在我前而立？”此人答曰：“我是鬼。”欢曰：“我是生人，你是死鬼，共你异路别乡，何由来也？”鬼曰：“蒙君前时恩情厚重，无物报恩。今日我家大有饮食，故迎君来，兼有报上之物，终不相违。”欢疑，遂共相随而去。

神鬼覆荫，生人不见。须臾之间，引入灵床上坐。其祭盘上具有饮食，侯光共欢即吃直净尽，诸亲惊怪，皆道神异。须臾之间，弟侯周入来，向兄家检校。兄忽然见弟，语欢曰：“杀我者，此人也。生时被杀，死亦怕他。”便即畏惧走出。郭欢无神灵覆荫，遂即见身，从灵床上起来，具说委由，向侯光父母兄弟。遂即将侯周送县，一问即口承如法。侯光父母赐欢钱物、车马、侍从，相随取儿神归来葬之。故曰：侯光作鬼，尚自报恩，何况生人。事出《史记》。

此则作品叙写兄长被胞弟杀害后，一农夫见怜而将其尸首安埋，并常祭奠。亡魂感恩，在其家祭祀时邀农夫进餐，因而有机会揭发凶手罪行，最后将凶手送县处置。这则作品系鬼魂报恩与鬼魂复仇的复合型故事。其中，让跟受害人素不相识、富有同情心的农夫与对同胞兄弟凶残狠毒的凶手形成强烈对比，使两个形象更为鲜明，进而揭示出善恶终有报的题旨，具有一定的警世作用。

再如，《稽神录》卷五《刘璠》：

军将刘璠性强直勇敢，坐法徙海陵。郡守褚仁规嫌之，诬其谋叛，诏杀于海陵市。璠将死，谓监刑者曰：“为我白诸妻儿，多置纸、笔于棺中。吾必讼之！”后数年，仁规入朝。泊舟济滩江口，夜半，闻岸上连呼：“褚仁规！尔知当死否？”舟人尽惊起，视岸上无人。仁规谓左右曰：“尔识此声否？刘璠也。”立命酒食，祭而谢之。仁规至都，以残虐下狱。狱吏夜梦一人，长大黯面，从二十余人，至狱，执仁规而去。既寤，为仁规所亲说之。其人抚膺叹曰：“吾君必死，此人即刘璠也。”其日中使至，遂缢于狱矣。

此则作品，叙写郡守褚某诬陷一军将谋反，将其诛戮。数载后军将的冤魂来索命，使其人得报。这则作品的故事情节并不曲折，但其中的那位军将的形象却给人留下较深的印象。他因刚直勇武而被上司怨恨，竟遭构陷，但他宁死不屈，声言死后必讼仇家，并且矢志不移，终于将那个凶狠毒辣、置人于死地的郡守捉走，使之得到应有的惩罚。故事借助这一艺术形象昭示一切为非作歹的权贵，切莫以势压人，为所欲为，否则绝不会有好下场。

这个时期的鬼魂复仇故事，尚有写某县主簿亡灵托梦与妻子，具说被佐使二人杀害惨状，兼示被夺财物藏隐之处，其妻告官让二犯皆伏法的《冥报拾遗·馆陶主簿》；写邢某为人阴险，劫杀一客商后又将一老僧杀害，过二十余日还经该地，僧口窜出一蛇直入其鼻，令其病殁的《冥报拾遗·邢文宗》；写杜某图财害命，与其妻击杀一僧，该僧临死时诵咒，让一蝇先后飞入杜某与杜妻鼻中，令二人患恶疾而卒的《法苑珠林·杜通达》；写某将军妻妒而击杀婢女后，婢女冤魂使其生疮脑溃，痛苦而毙的《朝野佥载》“李氏杀婢”；写某县丞妻妒杀婢女而投之于井，婢女亡魂讼于冥司，让其重病身亡的《朝野佥载》“杨氏得报”；写酷吏周某枉奏杀害之正直官吏，头虽断而忿怒不息，使周某惊吓丧命的《朝野佥载》“江融”；写西明寺僧昙畅被一僧徒杀死后，托梦向客店主人诉冤，店主遂捉其送县处死的《朝野佥载》“僧昙畅”；写某妾亡灵化为一虎咬住杀害她之凶手，使其号叫而死的《纪闻·晋阳人妾》；写李某为县令枉杀后，县令腰部被其冤魂所击，肿溃而亡的《纪闻·李之》；写被害人被入室二贼劫杀后，其冤魂让二贼迷幻受缚，送县处斩的《集异记·王安国》；写一亡灵现身求县令为其雪冤，终将害主谋财之奴婢绳之以法的《逸史·公孙绰》；写卢生亡魂托梦向表兄表弟诉冤，遂使劫杀卢生之一伙盗贼落网被斩的《逸史·卢叔敏》；写村妇鬼魂求郑生为其申冤，遂将杀妇分尸之贼置于法《宣室志》“郑生”；写窦某残害产后之妾及二婴，十五年后冤魂揭发窦某枉杀灭迹罪行，令其偿命的《通幽记·窦凝妾》；写三兄弟图财害死投宿客刘某，投尸枯井，刘某亡魂托梦诉冤，乃将三凶犯问罪的句道兴本《搜神记》“刘寄”；写某吏染重病时忽见被其击杀之侍婢前来索命，某吏哀祈无果，遂不治而卒的《玉堂闲话·马全节婢》；写豪民郭某醉后击杀贫民赵某，后见赵来索命，遂生疮溃烂丧命的《儆诫录·赵安》；写某官诬一吏收受罪人钱物而将其置极刑，某得病时见该吏亡灵执火炬烧灼其四体，痛楚而终的《儆诫录·张进》；写军校吴景枉杀一妇后，其冤魂呼“我从吴景索命，不知其他！”令吴颠仆而卒的《稽神录·吴景》；写主簿李某被中州推吏常某屈打成招，临刑时让家人多烧纸笔以讼于地下，常某一月后竟暴卒的《北梦琐言·李矩》等。

隋唐五代的鬼魅作祟故事，作品数量较多，大都描述鬼魅到尘世扰乱人们的正常生活，给人们带来伤害、惶惧、病痛、灾祸，甚至夺人性命。此类故事中的鬼魅，性别、年龄、身份各不相同。有的一开始便露出狰狞面目，令人恐怖；有的起初以和善可亲，或者姣好动人的面貌出现，一旦达到目的，才凶相毕露。与多数鬼魂故事不同的是，此类故事以及后面将要论及的驱鬼斗鬼故事中的鬼魅，几乎都是以反面角色出现的，是世上各种暴力、祸害、灾难的象征。此类故事似乎在告诫世人，应当居安思危，提高警惕，任何时候也不可麻痹大意。譬如，《广异记·杨准》：

唐杨准者，宋城人。士流名族，因出郊野，见一妇人，容色殊丽。准见挑之，与野合。经月余日，每来斋中，复求引准去。准不肯从，忽尔心痛不可忍。乃云："必不得已，当随君去，何至苦相料理。"其疾遂愈。更随妇人行十余里，至舍，院宇分明，而门户卑小。妇人为准设食，每一举尽碗。心怪之，然亦未知是鬼。其后方知。每准去之时，闭房门，尸卧床上，积六七日方活。如是经二三年，准兄谓准曰："汝为人子，当应绍绩，奈何忽与鬼为匹乎?"准惭惧，出家被缁服，鬼遂不至。其后准反初服，选为县尉，别婚家人子。一年后，在厅事理文案，忽见妇人从门而入，容色甚怒。准惶惧，下阶乞命。妇人云："是度无放君理。"极辞搏之，准遇疾而卒。

此则作品，叙写化为艳妇的女鬼勾搭上名士杨某后，一直纠缠不休，致使杨某命丧黄泉。应当看到，此女鬼有一个逐渐暴露的过程，最初用美丽的外表吸引士人，令其不能自拔；待士人落入彀中时，便要弄鬼蜮伎俩，让其吃尽苦头；当士人感到恐惧，与之断绝往来时，竟动怒置士人于死地。它通过生动的艺术形象提醒世人，待人接物切莫被表面现象所惑，稍有不慎，就可能铸成大错。

又如，《酉阳杂俎》续集卷二《支诺皋中》"利俗坊民"：

长庆初，洛阳利俗坊百姓行车数辆，出长夏门。有一人负布囊，求寄囊于车中，且戒勿妄开，因返入利俗坊。才入坊内，有哭声起，受寄者发囊视之，其口结以生绠，内有一物，状如牛胞，及黑绳长数尺，百姓惊，遽敛结之。有顷，其人亦至，复曰：“我足痛，欲憩君车中数里可乎?”百姓知其异，许之。其人登车，览其囊，不悦，顾曰：“何无信?”百姓谢之。又曰：“我非人，冥司俾予录五百人，明历陕、虢、晋、绛及至此，人多虫，唯得二十五人耳。今须往徐泗。”又曰：“君晓予言虫乎？患赤疮即虫耳。”车行二里，遂辞有程不可久留，君有寿者，不复忧矣。”忽负囊下车，失所在。其年夏，天下多患赤疮，少有死者。

此则作品，叙写疫鬼奉命传播瘟疫，让四方黎民染病，死者甚伙，所幸故事主人公躲过了一劫。其中的疫鬼，一开始也没有暴露出真面目。求载时由于谴责车主妄开其布囊，才吐露实情。它之所以未夺走故事主人公的性命，并非感念其运载之恩，大发善心，而是因为该人阳寿未尽，命不该绝。这也丝毫不会减轻人们对疫鬼的憎恶。

再如，《稽神录》卷三《清源都将》：

清源都将杨某，为本郡防过营副将，有大第在西郭。某晨趋府未归，有人方食，忽有一鹅，负纸钱，自门而入，径诣西廊房中。家人云：“此鹅自神祠中来耶？”乃令奴逐之。奴入房，但见一双髻白髯老翁，家人莫不惊走。某归，闻之怒，持杖击之。鬼出没四隅，变化倏忽，杖莫能中。某益怒曰：“食讫，当复来击杖之。”鬼乃折腰而前曰：“诺。”杨有二女，长女入厨切肉。且食，肉落砧辄失去。女执刀向空四斫，乃露一大黑毛手，曰：“请斫。”女走，气殆绝，因而成病。次女于大瓮中取盐，有一猴，自瓮突出，上女子背。女走至堂前，复失之，亦成疾。乃召巫女，坛治之。鬼亦立坛作法，愈甚于巫。巫不能制，亦惧而去。顷之，二女及妻皆卒。后有善作魔法者，名曰明教，请为持经一宿。鬼乃唾骂某而去。尔因遂绝，某其年亦卒。

此则作品，叙写鬼魅出没某都将之家，频繁骚扰，变化不定，令其家人苦不堪言，最后竟夺走其全家性命。此则作品的故事主人公及其长女不是没有起而还击，甚至还请来巫女、作法者与鬼魅进行较量，但均未将其制伏，以致全家丧命。它从一个特殊的角度揭示出这样的残酷现实：面对专横凶悍的邪恶势力，人们所作的抗争有时往往力不从心，难以摆脱厄运。

这个时期的鬼魅作祟故事，尚有写某人宴请亲戚时，忽见壁中有一鬼物，取刀斫断乃一化二、二化四，竟夺刀杀某及子弟，唯异姓获免的《法苑殊林·索颐》；写一女鬼邀裴生至其家留宿，裴所持可辟恶古剑忽粲然发光，室宇顿失，裴竟处于在古墓丛棘中的《广异记·裴征》；写王某乘醉策马回庄时遇一妇以装有纸钱与枯骨之包袱求寄，接着又遇无头鬼聚集向火，至庄后竟发疾身亡的《灵怪集·王鉴》；写主簿王某至家时忽有一深目巨鼻虎口鸟爪之恶鬼来取其鞋咬嚼，令其人百日而卒的《纪闻·王无有》；写某生入豪宅与美妇宴饮，寝处，半夜觉其卧于石窟，旁有一死妇秽不可闻，还家数日乃亡的《纪闻·道德里书生》；写李某夜见路旁冢穴中有五个华服女子在烛下纫针，叱之忽有五炬出冢逐李，令马尾与股胫被烧损的《博异志·李昼》；写州司马裴某载鬼妪同归，妪遗一锦囊内有四件亡人面衣，车中四女旬日内相继亡故的《集异记·裴通远》；写进士李某与友人同宿于馆厅，宵分一鬼妇来言已将李选为郭氏婿，明日乃见李已在室内气绝身亡的《独异志》"李赤"；写一紫衣官吏乘车渡水时车軥①索已断，数吏检之，令取张某妻脊筋修之，渡水后张妻遂背痛而殁的《酉阳杂俎》"李佐公"；写某部将病热，其子煮药时有黄衣鬼置囊中药屑于鼎中，某饮后数日乃卒的《宣室志》"太原部将"；写游某盛夏在凶宅内枕剑而卧，夜半有众多鬼男女到前堂尽欢，游某欲擒其魁首而不能动，至灯灭声寂始匍匐而去的《三水小牍·游氏子》；写王生与姨弟李生外出夜宿邮厅时，一绿裙红衫女鬼来媚李，以披帛绞其颈而垂死，王以枕击女鬼使其得救的《通幽记·李咸》；写县尉李某再婚沐浴时，前妻鬼魂投药于浴斛中，使其肢体绵软，筋骨并散而毙的《闻奇录·李云》；写鬻妆粉何某被一鬼仆领入朱门峻宇，受到妇人辈殷勤款接，及晓竟卧于丘冢间的《玉堂

① 车軥（qú 渠，又读 gōu 勾）：车轭两边下伸反曲以夹马颈的部分。

闲话·何四为》等。

隋唐五代的斗鬼降鬼故事，大都描述故事主人公采用各种手段打击来到人间作祟、为害一方的恶鬼，将其制伏、逐赶，甚至彻底根除。在此类斗鬼驱鬼故事中，生动展现出故事主人公过人的胆识和智谋，藉以说明对于邪恶势力不但要敢于抗争，而且要善于抗争，以不怕鬼的精神克敌制胜。譬如，《纪闻·萧正人》：

> 琅邪太守许诚言，尝言幼时，与中外兄弟夜中言及鬼神。其中雄猛者，或言："吾不信邪，何处有鬼？"言未终，前檐头鬼忽垂下二胫，胫甚壮大，黑毛且长，足履于地。言者走匿，内弟萧正人，沉静少言，独不惧。直抱鬼胫，以解衣束之甚急。鬼举胫至檐，正人束之，不得升，复下。如此数四，既无救者，正人放之，鬼遂灭。而正人无他。

此则作品，讲述的是一个少年勇斗檐头鬼，使鬼魅绝迹的故事。作品篇幅不长，却绘声绘色，颇为扣人心弦。其特出之处有两点：一、擅长营造鬼故事的氛围；二、采用对比、衬托的手法来刻画人物，首先是以中外兄弟里面的夸夸其谈者一旦遇上真鬼便悄声走匿来比照故事主人公的沉稳胆大，临危不乱；其次是详尽描摹鬼魅之形状可怖，藉以衬托出故事主人公的勇敢无畏和应付裕如，使其中的人物形象越发鲜明。

又如，《三水小牍·李约》：

> 咸通丁亥岁，陇西李夷遇为邠州从事。有仆曰李约，乃夷遇登第时所使也，愿捷善行，故常令邮书入京。其年秋七月，李约自京还邠，早行数坊，鼓始绝，倦倦古槐下。时月映林杪，余光尚明。有一父皤然，伛而曳杖，亦来同止。既坐而呻吟不绝，良久谓约曰："老夫欲至咸阳，而蹒跚不能良久，若有义心，能负我乎？"约怒，不应。父请之不已，约乃谓曰："可登背。"父欣然而登，约知其鬼怪也，阴以所得哥舒棒，自后束之而趋。时及开远门，东方明矣。父数请下，约谓曰："何相侮而见登？何相惮而欲舍？"束之愈急，父言语无次，

求哀请命，约不答。忽觉背轻，有物坠也。视之，乃败柩板也。父已化去，掷于里桓下，后亦无咎。

此则作品，讲述了一个世人智斗居心叵测的鬼魅的故事。故事主人公的形象描绘，较为成功。他虽为仆役，却颇有过人之处，既眼光锐利，能够洞察其奸，识破鬼蜮真面目而不为假象迷惑，又敢作敢为，不受鬼魅哀求干扰，让其不得脱逃，永绝祸患。在诸多不怕鬼的人物中，有其独特的地位。

这个时期的斗鬼降鬼故事，尚有写一鬼假冒县令亡妻入室，推窗打户长啸歌吟，又于空中挥运刀矛，烧焦箱箧内衣物，县令乃召道人诵经咒，鬼遂失所在的《法苑珠林·孟襄》；写刘某母忧在家，一鬼常入宅倾覆器物，歌哭为詈，每炊辄失，刘某以野葛为糜，令鬼窃食后大吐，从此寂灭的《广古今五行记·刘遁》；写蒋以枕击走排户入室七鬼，又将兄长床前三妇人鬼叱走，令其兄病愈的《广异记·蒋惟缶》；写一军将夜宿驿馆时有一鬼登床压身，军将夺下其"蓄气袋"并举甓击走此鬼的《酉阳杂俎》"淮西军将"；写家人捉住入宅鬼魅投于汤瓮中，并夺下"取气袋"将鬼赶走，使病者即愈的《酉阳杂俎》"光宅坊民"；写一鬼冒充亡友与某吏同榻话旧，夜分某觉其不类亡友，强留后令其化为一胡人死尸的《宣室志》"郭翥"；写寄宿时韦某夜间发箭射中一鬼，并且烹食鬼所化之肉团，主人知情后惊叹不已的《原化记·韦滂》等。

隋唐五代的鬼魂故事，除了上述几大类外，还有尸异故事、冥婚故事、伥鬼故事、夜叉故事等其他类别的故事，但作品的数量都不太大。

有关尸异的故事，如写新死妇起身，去为作佛事的僧人做斋饭的《纪闻·僧仪光》；写新死妇闻乐声起舞，旋即出门随乐声而去的《酉阳杂俎》"村正妻"；写李某卒而未殓，尸乍起与一吊丧者闭门殴击，后见二尸共卧床上，相貌一无差异，遂同棺埋葬的《独异志》"李则"；写一官吏为古冢改葬，见女尸乘紫云冉冉而升，久之乃没的《稽神录·周宝》等。

有关冥婚的故事，如写王生求宿时与主家女交好，后王得官东归，闻其女已亡故乃往祭奠，伏地而卒，二家遂为冥婚的《广异记·王乙》；写胥吏杨某一日忽然失踪，竟在主簿女棺中找到其人，主簿遂认杨某为婿，杨某暴卒后，乃设冥婚礼与女合葬的《纪闻·季攸》等。

有关伥鬼的故事，如写渝州乡民设机阱除虎，一伥鬼来发其机，稍后有人又正之，令一虎中陷机而死，伥鬼哭返，因入虎口的《广异记·碧石》；写一小儿被虎食后成为伥鬼，托梦让其父速设阱于要路，明日竟引虎落入陷阱的《广异记·宣州儿》；写一伥鬼引虎来食书吏未能得逞，书吏随即持剑入山寻虎，竟与变为胡僧之虎交好，从而化解危机的《原化记·柳并》等。

有关夜叉的故事，如写县尉妻被夜叉攫去并生有二子，后抱小儿逃脱，夜叉竟将大儿擘死的《广异记·杜万》；写一女与夜叉所化美男结为夫妻，缘尽遣还时，夜叉赠药让其下毒的《酉阳杂俎》"村人失女"；写吴某赴任后，其妾忽旷烈不可禁，常闯入庖舍生啖兔鹿，竟显夜叉原形出走的《宣室志》"江南吴生"；写某寺佛座壁上所绘夜叉忽变为美女与侍婢，入住持禅房内献媚，竟将其吞噬殆尽，然后腾踔而去的《河东记·都师》等。

第二章　隋唐五代的其他民间故事

第一节　隋唐五代的写实故事

隋唐五代的写实故事，总的说来并不如同期的幻想故事发达。其特点是门类相当多，包括讽刺故事、案狱故事、家庭故事、人兽情故事、奇闻故事、机智故事、侠客故事、烈女故事、酷吏故事、呆子故事、巧女故事、盗贼故事、骗子故事、僧道故事、工匠故事、商贾故事、破除迷信故事、诗对故事等，首次比较全面地展示出中国古代写实故事的风貌。这个时期的写实故事，除讽刺故事、案狱故事、家庭故事、人兽情故事、奇闻故事作品较多外，其余各类故事的作品均较少。

隋唐五代的写实故事，见于《启颜录》、《朝野佥载》、《广古今五行记》、《隋唐嘉话》、《广异记》、《辨疑志》、《纪闻》、《大唐新语》、《唐国史补》、《博异志》、《集异记》、《投荒杂录》、《刘客嘉话录》、《酉阳杂俎》、《本事诗》、《逸史》、《宣室志》、《传奇》、《玉泉子》、《剧谈录》、《阙史》、《原化记》、《唐摭言》、《玉堂闲话》、《王氏见闻录》、《开元天宝遗事》、《桂苑丛谈》、《稽神录》、《疑狱集》、《北梦锁言》等书。其中，《启颜录》、《朝野佥载》、《酉阳杂俎》、《玉堂闲话》等书所记载的写实故事比较多，颇为引人注目。

隋唐五代的讽刺故事，大都对官场中或者社会上各种不良现象和陈规陋习加以嘲谑、讥刺、抨击，构思巧妙，言词犀利，寓庄于谐，饶有风趣。比如，《启颜录》所记载的两则作品：

后魏孝文帝时，诸王及贵臣多服石药，皆称石发。乃有热者、非富贵者，亦云“服石发热”，时人多嫌其诈作富贵体。有一人于市门前卧，宛转称热。众人竟看，同伴怪之，报曰：“我石发。”同伴人曰：“君何时服石，今得石发？”曰：“我昨市米，中有石，食之，今发。”众人大笑。自后少有人称患石发者。

——《启颜录·魏市人》

隋朝有三四人共入店饮酒，酒味甚酢又薄，三四人乃各共嘲此酒，一人云：“酒，何处漫行来，腾腾失却酉。”诸人问：“此何义趣？”答云：“有水在。”又次一人嘲酒云：“酒，头似阿滥锤头。”诸人问云：“何因酒得似阿滥锤头？”其人答曰：“非鹑头。”又次至一人嘲云：“酒，向他篱（得）头，四脚距地尾独速。”诸人问云：“有何义？”其人答云：“更无余义。”诸人共笑云：“此嘲最是无豆。”其人即答云：“我若有豆，即归舍作酱，何因此间饮酢来？”众乃大欢笑。

——《启颜录·嘲诮》“嘲酒薄”

前一则作品，写的是后魏一市人假冒服石后发热以抬高身价的一场小小闹剧，藉以嘲讽魏晋南北朝时期上流社会服食道家炼制的五石散（又称“寒食散”）以求长生的恶劣风气。后一则作品通过隋代几位顾客富有机趣的对答来讥诮店中之酒味酸且薄，抨击店家掺杂使假、以次充好的商业欺诈行为。这两则故事都擅长运用谐音手法来制造噱头，极尽挖苦、奚落之能事，表现了民众特有的幽默感。

又如，分别出自《朝野佥载》和《玉堂闲话》的两则作品：

唐贞观中，桂阳令阮嵩妻阎氏极妒。嵩在厅会客饮，召女奴歌，阎披发跣足袒臂，拔刀至席，诸客惊散，嵩伏床下，女奴狼狈而奔。刺史崔邈为嵩作考词云：“妇强夫弱，内刚外柔。一妻不能禁止，百姓如何整肃？妻既礼教不修，夫又精神何在？考下。省符解见任。”

——《朝野佥载》卷四“阮嵩”

洛中有大寮[①]，世籍膏粱，不分牝牡。偶市一马，都莫知其妍媸，为驵侩[②]所欺曰："此马不唯驯良，齿及二十余岁，合值两马之资，况行不动尘，可谓驯良之甚也。"遂多金以市之。侩既倍获利，临去又曰："此马兼有榲桲牙[③]出也。"于是大喜，诘旦乘出，如鹅鸭之行。及至家，矜炫曰："此马不唯驯熟，兼饶得果子牙两所。"复召侩，别赠二十。

——《玉堂闲话·市马》

前一则作品，简洁生动地描绘出惧内县令在悍妻面前的狼狈相，并借上司之口申斥其缺德无能，难以理政为官。后一则作品，在揭露马市经纪人吹嘘骗财行径的同时，尽情讥诮受骗富人不以愚惷无知为耻，反而扬扬得意，自我陶醉。两篇故事均以嘲谑口吻来刻画自命不凡的官吏、豪绅们的种种丑态，表现了广大民众对他们的轻蔑和厌恶，具有较强的批判性。

这个时期的讽刺故事，尚有嘲笑好夸门第，爱与高官攀亲者为驱疫避邪和出丧开道之方相子侄，只堪吓鬼的《启颜录·姓房人》；讥讽一望族老者妄自尊大，竟将石榴连皮吃下，觉其味极酸涩，以为当煮而食之的《启颜录》"着嘴"；写一使者狂妄自大，在他人面前任意放屁，被讥为一钱不值之劣马的《朝野佥载》"嘲使者"；写儒士薄暮见一妇人，疑其为狐，乃唾叱之，后知其为店叟女，颇感惭愧的《辨疑志·萧颖士》；写老仆与妇人在栎林相遇，均误以对方为狐魅而相追击，其后才发现是一场误会的《纪闻·田氏子》；写李生以所抄袭州官之诗作拜谒州官，并谎称州官表丈某尚书为其表丈，被当场揭穿，传为笑柄的《大唐新语》"李秀才"；写一儒士自诩胆大无畏，夜宿凶宅时惊怖不已，竟将衣架上之破帽和狗窦中伸出之驴头当妖魅，乱砍一气，令人绝倒的《原化记·京都儒士》；写某县令与友会棋，自早至晚未尝设食，其间竟潜入自食，受人嘲弄的《玉堂闲话·胡令》等。

---

① 大寮：即大僚。大官。

② 驵（zǎng 脏）侩：马市的中间介绍人。

③ 榲桲（wēnpō 温颇）牙：像榲桲果实那样的牙齿。

隋唐五代的案狱故事，数量超过同期的讽刺故事及其他各类写实故事。它们当中的不少作品往往带有一些民间传说的色彩。其内容大都讲述清正廉明的官吏审案时，运用各种行之有效的手段侦破凶杀、盗窃案件，查明奸情，处置世俗或寺院财产纠纷等，剪凶雪冤，惩恶扬善，展现了民众企盼吏治清明、社会安全、家庭和睦的良好愿望。其中有一些作品后世流传久远，影响颇大，逐渐发展为民间故事类型。

试看，分别出自《北史》与《朝野佥载》的两则作品：

> 人有负盐负薪者，同释重担息树阴。二人将行，争一羊皮，各言藉背之物。（李）惠遣争者出，顾州纲纪曰："此羊皮可拷知主乎?"群下咸无答者。惠令人置羊皮席上，以杖击之，见少盐屑，曰："得其实矣。"使争者视之，负薪者乃伏而就罪。
>
> ——《北史》卷八十《外戚传》"盐屑见证"

> 卫州新乡县令裴子云好奇策，部人王敬戍边，留牸牛六头于舅李进处。养五年，产犊三十头，例十贯已上。敬还索牛。"两头已死，只还四头老牛，余并非汝牛生。"总不肯还。敬忿之，经县陈牒。子云令送敬府狱禁，教追盗牛贼李进。进惶怖至县，叱之曰："贼引汝同盗牛三十头，藏于汝家，唤贼共对。"乃以布衫笼敬头，立南墙之下。进急，乃吐欵云："三十头牛总是外甥牸牛所生，实非盗得。"云遣去布衫，进见是敬，曰："此是外甥也。"云曰："若是，即还他牛。"进默然。云曰："五年养牛辛苦，与数头，余并与敬。"一县服其精察。
>
> ——《朝野佥载》卷五"巧判牛案"

以上两则作品写的都是审理民事案件的故事。前一则情节甚为简略，叙述主审官吏以现场取得证据的方式判案，使妄图夺人财物者伏罪。后一则情节较为曲折，叙述主审官吏采用特殊手段审案，让被告自吐实情，不得不认罪。这两桩案件，都使没有证人、契据，颇为棘手的财产纠纷迎刃而解，显示出故事主人公的精明睿智。这两则作品，后世均发展为民间故事类型，有的至今仍广为流布。

再看，《玉堂闲话·杀妻者》：

闻诸耆旧云：昔有人因他适回，见其妻为奸盗所杀，但不见其首，肢体具在。既悲且惧，遂告于妻族。妻族闻之，遂执婿而入官丞，行加诬云："尔杀吾爱女。"狱吏严其鞭捶，莫得自明。洎不任其苦，乃自诬杀人，甘其一死。案既成，皆以为不缪。郡主委诸从事。从事疑而不断，谓使君曰："某滥尘幕席，诚宜竭节。奉理人命，一死不可再生，苟或误举典刑，岂能追悔也？必请缓而穷之。且为夫之道，孰忍杀妻？况义在齐眉，曷能断颈？纵有隙而害之，盍作脱祸之计也，或推病殒，或托暴亡，必存尸而弃首？其理甚明。"使君许其谳义。

从事乃别开其第，权作狴牢，慎择司存，移此系者。细而劾之，仍给以酒食汤沐，以平人待之。键户棘垣，不使系于外，然后，遍勘在城伍作行人，令各供通，近来应与人家安厝坟墓多少去处文状。既而一面诘之曰："汝等与人家举事，还有可疑者乎？"有一人曰："某于一豪家举事，共言杀却一奶子，于墙上舁过，凶器中甚似无物，见在某坊。"发之，果得一女首级。遂将首对尸，令诉者验认，云："非也。"遂收豪家鞫之。豪家伏辜而具疑，乃是杀一奶子，函首而葬之，以尸易此良家之妇，私室蓄之。豪士乃全家弃市。

此则作品叙写一豪家趁某外出之时，私蓄其妻，而用无头尸掩人耳目，制造出杀妻冤案。郡主一幕僚奉命审案时，认为其中疑窦颇多，经过缜密勘察，终将夺妻杀人者处斩，平反冤狱。它通过生动的案例说明，对于人命关天的凶案，不可妄断。审案者须当认真进行分析、调查，采用必要的侦察手段，才能使案情水落石出，抓住真凶；倘若被假象迷惑，草率结案，势必铸成大错。

这个时期的案狱故事，尚有写二人争鸡，县令杀鸡从嗉中粮食洞察其奸，惩处诬告者的《南史》"破鸡得情"；写二妪争团丝，县令以鞭丝所落碎屑判断归属，惩办诬告者的《南史》"鞭丝破案"；写御史密令追查与涉案老妪之共语者，使奸杀凶犯落网的《朝野佥载》“张迪凶案”；写县尉以伏听手段侦破某子与后母通奸案的《朝野佥载》“王璥审案”；写县尉放走去掉笼头之饿驴，让其寻到喂养处，因而捉住窃贼的《朝野佥载》“放驴捉贼”；写府尹巧计侦破某妇与道士的奸情，使之受到惩处的《隋唐嘉话》“诉子不孝”；写某吏经过周密侦察，开一新冢从棺中查获胡人与同党所盗宫中宝物的《纪闻·苏无名》；写某相查明田中所掘瓮金确已化为土块，从而为保管瓮金之邑宰昭雪的《剧谈录·袁滋》；写某尹为久出归家之商户主持公道，法办了骗妻夺产之卜者的《阙史·崔尚书雪冤狱》；写江阴令以盗匪案拘捕邻县一庄客，使其人不得不承认家中八百缗系邻人赎契金，从而为邻人追回被讹钱财的《阙史·赵江阴政事》；写某官审奸杀案时，施计使真凶被擒，让应约与被害人幽会之少年得脱干系的《玉堂闲话·刘崇龟》；写鹦鹉告发一淫妇与奸夫谋杀亲夫，让凶犯受到惩治的《开元天宝遗事·鹦鹉告事》；写审案官巧作安排，使诬告他人之某寺主事伏罪，从而为新主事雪冤的《桂苑丛谈·史遗》“高澈”；写一州官查问绸纨卷之胎心用何物，因以识破被劫者妄认赃物行径的《北梦琐言·许宗裔》等。

隋唐五代的家庭故事，大都围绕夫妻、父子、母子、婆媳、翁婿、亲家等关系来展示家庭生活，反映当时世人的生活状况和民众的爱憎与追求。其中作品内容和情调各异，有的比较沉郁，有的带有一定的谐趣或喜剧色彩。

试看，分别出自《广古今五行记》与《广异记》的两则作品：

> 并州有人姓纥干，好剧。承闻在外有狐魅，遂得一狐尾，缀着衣后。至妻旁，侧坐露之。其妻私心疑是狐魅，遂密持斧，欲斫之。其人叩头云：“我不是魅。”妻不信。走，遂至邻家，邻人又以刀杖逐之。其人惶惧告言：“我戏剧，不意专欲杀我。”此亦妖由人兴矣。
>
> ——《广古今五行记·纥干狐尾》

> 漳浦人勤自励者，以天宝末充健儿，随军安南，及击吐蕃，十年不还。自励妻林氏为父母夺志，将改嫁同县陈氏。其婚夕，而自励

还。父母具言其妇重嫁始末，自励闻之，不胜忿怒。妇宅去家十余里。当破吐蕃，得利剑。是晚，因杖剑而行，以诣林氏。

行八九里，属暴雨天晦，进退不可。忽遇电明，见道左大树有旁孔，自励权避雨孔中。先有三虎子，自励并杀之。久之，大虎将一物纳孔中，须臾复去。自励闻有人呻吟，径前扪之，即妇人也。自励问其为谁，妇人云："己是林氏女，先嫁勤自励为妻。自励为军未还，父母无状，见逼改嫁，以今夕成亲。我心念旧，不能再见，愤恨莫已，遂持巾于宅后桑林自缢。为虎所取，幸而遇君，今犹未损。倘能相救，当有后报。"自励谓曰："我即自励也。晓还至舍，父母言君适人，故拔剑而来相访。何期于此相遇!"乃相持而泣。

顷之，虎至。初大吼叫，然后倒身入孔。自励以剑挥之，虎腰中断。恐又有虎，故未敢出。寻而月明后，果一虎至，见其偶毙，吼叫愈甚。自尔复倒入，又为自励所杀。乃负妻还家，今尚无恙。

——《广异记·勤自励》

以上两则作品虽然都以夫妻关系为题材，但一北一南，有简有繁，情调亦多不相同。前一则系平民百姓家庭生活的一个小插曲，叙写由逗乐引起的一场误会，充满喜剧氛围，诙谐有趣。后一则虽以久别夫妻团聚结尾，却无法改变整篇故事的凄楚氛围和悲凉基调。团聚之前极为不幸，妻子因丈夫从军十载不归，父母乃强令其改嫁，让这位无助的妇女及夫家翁姑陷入莫大的痛苦，以致将其逼上绝路。而夫妻俩的团聚竟发生在那样的天气下，那样的环境里，那样的场合中，不但没有多少欣喜和欢乐，而且尝尽惊怖、悲愤与辛酸。它从一个侧面较为深刻地揭示了唐代战乱给百姓人家带来的创伤和苦难，具有相当高的思想性和艺术性，不失为这个时期写实故事的一篇佳作。

再看，出自《纪闻》与《王氏闻见录》的两则作品：

唐临济令李回，妻张氏。其父为庐州长史，告老归，以回之薄其女也，故往临济辱之。误至全节县，而问门人曰："明府在乎?"门者曰："在。"张遂入至厅前，大骂辱。全节令赵子余不知其故，私自门窥之，见一老父诟骂不已，而县下常有狐为魅，以张为狐焉。乃密召吏人执而鞭之。张亦未寤，骂仍恣肆。击之困极，方问何人，辄此诟骂。乃自言："吾李回妻父也，回贱吾女，来怒回耳。"全节令方知其误，置之馆，给医药焉。张之僮夜亡至临济，告回。回大怒，遣人吏数百，将袭全节而击令。令惧，闭门守之。回遂至郡诉之，太守召令责之。恕其误也，使出钱二十万遗张长史以和之。回乃迎至县，张喜回之报复，卒不言其薄女，遂归。

——《纪闻·张长史》

蜀有姜太师者，失其名，许田人也。幼年为黄巾所掠，亡失父母，从先主征伐，屡立功勋。后继领数镇节钺，官至极品。有掌厩夫姜老者，事刍秣数十年。姜每入厩，见其小过，必笞之。如是积年，计其数，将及数百。后老不任鞭棰，因泣告夫人，乞放归乡里。夫人曰："汝何许人？"对曰："许田人。"复："有何骨肉？"对曰："当被掠之时，一妻一男，迄今不知去处。"又问其儿小字，及妻姓氏行第，并房眷近亲，皆言之。及姜归宅，夫人具言："姜老欲乞假归乡。"因问得所失男女亲属姓名，姜大惊，疑其父也。使人细问之："其男身有何记验？"曰："我儿脚心上有一黑子，余不记之。"姜大哭，密遣人送出剑门之外，奏先主曰："臣父近自关东来。"遂将金帛车马迎入宅，父子如初。姜报挞父之过，斋僧数万，终身不挞从者。

——《王氏见闻录·姜太师》

以上两则作品，讲的都是上层社会的家庭故事，以赞美亲情为题旨，都有令读者、听众深思之处。前一则表现的是父女之情，叙写致仕官员因走错地方，闹出一场误会而化解了薄妻的家庭矛盾，笔墨幽默，引人发噱。后一则表现的是父子之情，叙写现职高官偶然与散失数十载的老父相认，其老父竟是长年在宅中喂马，因不堪鞭笞而乞放归里的掌厩人，低沉抑郁，催人泪下。

这个时期的家庭故事，尚有写被怀疑不慧之女婿巧妙作答，使岳丈羞愧无言的《启颜录·岂是车拔伤》；写一个年老无齿，一个面有疮瘢之俩亲家母相互逗趣，让合家大笑的《启颜录·田媪》；写善歌之美妻每被醉酒丈夫殴打，必发出悲怨之声令其浑身摇顿的《隋唐嘉话》“踏摇娘”；写一勇而多力之军吏欲替老妪教训悖恶新妇，却被新妇吓得汗落神骇的《剧谈录·张季宏逢恶新妇》；写一儿子长大成人后替父报仇，让杀人夺妻之凶犯终于落入法网的《闻奇录·李文敏》；写某侍卫使于军中差人充当院子，后竟发现此人是其生父，乃相持而泣的《玉堂闲话·康义诚》；写某妇之夫有外遇而不济家，且婆母不慈日有凌虐，却终无怨叹的《玉堂闲话·贺氏》；写家人迎窦某棺木殡葬后，窦竟生还令妻男惊疑，细话其由方知死者为从人的《王氏闻见录·窦少卿》；写渔女传染上劳瘦疾后被家人生钉棺中流于江面，渔人救出将其治愈，遂结为夫妻的《稽神录·渔人》等。

隋唐五代的豪侠故事，大都描述故事主人公在行侠仗义时展示出来的过人胆识和非凡本领，绘声绘色，引人入胜。此类故事主人公有男有女，或僧或俗，其豪侠本色一般都是随着故事情节的展开逐渐显露的。他们的侠义行为，主要表现在抗暴复仇、惩恶扬善、为民除害等方面，大多富于正义感，有着积极的社会倾向性，能够博得广大民众的支持和赞许。

譬如，《酉阳杂俎》前集卷九《盗侠》“京西店老人”：

韦行规自言少时游京西，暮止店中，更欲前进，店前老人方工作，谓曰：“客勿夜行，此中多盗。”韦曰：“某留心弧矢，无所患也。”因进发。行数十里，天黑，有人起草中尾之，韦叱不应，连发矢中之，复不退。矢尽，韦惧，奔马。有顷，风雷总至，韦下马负一树。见空中有电光相逐如鞠杖，势渐逼树杪，觉物纷纷坠其前，韦视之，乃木札也。须臾，积札埋至膝，韦惊惧，投弓矢，仰空乞命，拜数十，电光渐高而灭，风雷亦息。韦顾大树，枝干童[①]矣。鞍驮已失，遂返前店。见老人方箍桶，韦意其异人，拜之，且谢有误也。老人笑曰：“客勿恃弓矢，须知剑术。”引韦入院后，指鞍驮言：“却须取相试耳。”又出桶板一片，昨夜之箭，悉中其上。韦请役力汲汤，不许。微露击剑事，韦亦得其一二焉。

① 童：山无草木。亦用以比喻人秃顶。

此作品描述的是少年气盛者不顾老人劝告而夜行的一段极不寻常的经历。其中着重刻画了一位跻身于民间的武林高手——客店箍捅老人的形象，别具光彩，颇为动人。此人武艺超群却藏而不露，宅心仁厚，善于以言行开导后生，教其为人须当谦虚谨慎，不可自恃弓矢而丧失警惕。这则作品篇幅不长，却层次分明，悬念迭起，擅长描绘动武场面和烘托神秘气氛，使人如身临其境，极具观赏性，并能留下回味。

又如，《原化记·义侠》：

顷有仕人为畿尉，常任贼曹。有一贼系械，狱未具。此官独坐厅上，忽告曰："某非贼，颇非常辈。公若脱我之罪，奉报有日。"此公视状貌不群，词采挺拔。意已许之，佯为不诺。夜后，密呼狱吏放之，仍令狱吏逃窜。既明，狱中失囚，狱吏又走，府司谴罚而已。

后官满，数年客游，亦甚羁旅。至一县，忽闻县令与所放囚姓名同，往谒之。令通姓字，此宰惊惧，遂出迎拜，即所放者也。因留厅中，与对榻而寝，欢洽旬余。其宰不入宅，忽一日归宅。此客遂如厕。厕与令宅，唯隔一墙。客于厕室，闻宰妻问曰："公有何客，经于十日不入?"宰曰："某得此人大恩，性命昔在他手。乃至今日，未知何报。"妻曰："公岂不闻，大恩不报。何不看时机为?"令不语，久之乃曰："君言是矣。"此客闻已，归告奴仆，乘马便走，衣服悉弃于厅中。

至夜，已行五、六十里，出县界，止宿村店。仆从但怪奔走，不知何故。此人歇定，乃言此贼负心之状，言讫吁嗟。奴仆悉涕泣之次，忽床下一人，持匕首出立。此客大惧。乃曰："我，义士也。宰使我来取君头。适闻说，方知此宰负心。不然，枉杀贤士。吾义不舍此人也。公且勿睡。少顷，与君取此宰头，以雪公冤。"此人怕惧愧谢。此客持剑出门如飞，二更已至，呼曰："贼首至。"命火观之，乃令头也。剑客辞诀，不知所之。

此则作品，描述一剑客奉命行刺，当他知道县令欲除掉救命恩人时，毅然反戈一击，结果了其人的性命，从而塑造了一位嫉恶如仇、敢于主持正义的志士仁人形象。这则作品的故事情节曲折离奇，擅长捉捕各种富有表现力的细节和制造紧张气氛，为剑客的登场和展示其风采作了很好的铺垫，并且用奸诈狠毒的贼县令来衬托侠肝义胆的剑客，使人物形象越发鲜明生动。当然，作品中的那位县尉私放贼囚的行为，则不足为训。其人的作为，无疑在一定程度上影响了这篇故事的思想意义。

再如，《玉堂闲话·歌者妇》：

> 南中有大帅，世袭爵位，然颇恣横。有善歌者，与其夫自北而至，颇有容色。帅闻而召之，每入，辄与其夫偕至，更唱迭和，曲有余态。帅欲私之，妇拒而不许。帅密遣人害其夫而置妇于别室，多其珠翠，以悦其意。逾年往诣之，妇亦欣然接待，情甚婉娈。及就榻，妇忽出白刃于袖中，擒帅而欲刺之。帅掣肘而逸，妇逐之。适有二奴居前阖其扉，由是获免。旋遣人执之，已自断其颈矣。

此则作品讲述的是一位卖唱妇刺杀谋夫霸妻高官未遂，毅然自裁身亡的故事。它在控诉依仗权势者荒淫歹毒行径的同时，讴歌柔弱无助的妇女果敢抗暴，杀身取义的壮举，正气凛然，惊世骇俗。这位烈妇虽无侠士的武艺，却有侠士的胆魄，唯其无力抗暴而竭力抗暴，在失手之后毅然刎颈，更突显出其人的英勇无畏，越发具有震撼力，越发让读者、听众肃然起敬。

这个时期的豪侠故事，尚有写一妇人冤深似海，在取下仇家首级后竟告别丈夫离家而去的《集异记·贾人妻》；写一老者展示其绝妙剑法，警告府尹不可随意欺侮百姓的《酉阳杂俎》“兰陵老人”；写一刺客奉师命四处寻访，以惩处天下妄侍炼丹之术者的《酉阳杂俎》“卢生”；写老年侠客为某豪士追回所失僧人所赠玉念珠，豪士前去访谢则已不知去向的《剧谈录·潘将军》；写一侠女做崔某妾二载有余，取郡守人头替父报仇后，竟杀所生之子后即离去的《原化记·崔慎思》；写诸进士宴于曲江亭时，忽有一骄悖少年闯宴胡为，并有紫衣从人数辈及中贵前来助虐，一义侠将其逐个击溃的《唐摭言》“宣慈寺门子”；写一村妇在食物中放药让劫掠其家产之众兵丁颠扑于地，然后放其夫将兵丁通通杀死的《玉堂闲话·村妇》；写一妇人在丈夫被害后殊无惶骇，假意称快，最终让盗贼落网被处决的《玉堂闲话·邹仆妻》；写女商荆十三娘帮助所慕豪侠赵某之友从权贵处夺得爱妓的《北梦琐言·荆十三娘》；写茅山某观诸道士围炉夜话时，寓居观中一秀才忽冒雪从浙帅厨中取来佳酿美食助兴，掷剑而舞，后竟莫知所往的《北梦琐言·丁秀才》等。

隋唐五代的骗子故事，讲述的是形形色色的骗子采用各式各样的手段制造假象，欺世罔俗，诓骗钱财，为害社会的作为。作品不但揭露了骗子的卑劣行径和丑恶面目，而且对某些人的贪心、愚昧、轻信亦有所揶揄。此类作品，大多故事性强，情节生动，描写精彩，从一个特定的视角反映出当时的社会状况和人情状态。

试看，分别出自《朝野佥载》和《辨疑志》的两则作品：

白铁余者，延州稽胡也，左道惑众。先于深山中埋一铜佛像于柏树之下，经数年，草生其上。诒乡人曰："吾昨夜山下过，见有佛光。"于是卜日设斋，以出圣佛。及期，集数百人，命于非所藏处斸。不得，则诡曰："诸人不至诚布施，佛不可见。"是日，男女争施舍百余万。即于埋处斸之，得其铜像。乡人以为圣人，远近相传，莫不欲见。宣言曰："见圣佛者，百病即愈。"余遂左计，数百里老小士女皆就之。乃以绀紫红绯黄绫为袋数十重，盛佛像。人来观者，去其一重，一回布施。获千万，乃其见像。如此矫伪一二年，乡人归伏。遂作乱，自称光王，署置官属，设长吏，为患数年。命将军程务挺讨斩之。

——《朝野佥载》卷三"白铁余"

陈留男子李恒家事巫祝。邑中之人，往往吉凶为验。陈留县尉陈增妻张氏，召李恒。恒索于大盆中置水，以白纸一张沉于水中，使增妻视之。增妻正见纸上有一妇人，被鬼把头髻拽。又一鬼，后把棒驱之。增妻惶惧涕泗，取钱十千，并沿身衣服与恒，令作法禳之。增至，其妻具其事告增。增明召恒，还以大盆盛水，沉一张纸，使恒观之，正见纸上有十鬼拽头，把棒驱之，题名云："此李恒也。"惭惶走，遂却还所得钱十千及衣服物，便潜窜出境。众异而问，增曰："但以白矾画纸上，沉水中，与水同色而白矾干。"验之亦然。

——《辨疑志·李恒》

以上两则作品，讲的都是骗子借神佛、鬼怪蛊惑民众，诓骗钱财的故事，其中的受害者，无一不是迷信、愚昧之人。前一则的骗子有深谋远虑，用几年工夫设下一个大骗局，以预埋佛像为手段，妄称"圣佛"显灵，极具欺骗性和迷惑力，其为害的时间长久，受骗的乡民人数众多，所敛钱财数额巨大，叹为观止。这个大骗子得志便猖狂，竟作乱称王，终于难以逃脱自取灭亡的下场。后一则的骗子是巫觋，以白矾画纸的伎俩哄弄家庭妇女，后被戳穿，只好退还钱物。其人与前一则的骗子相比，乃是小巫见大巫，但仍然十分可恶，最后不得不仓皇逃窜。

再看，分别出自《玉堂闲话》与《王氏见闻录》的两则作品：

唐懿宗用文理天下，海内晏清，多变服私游寺观。民间有奸猾者，闻大安国寺有江淮进奏官寄吴绫千匹在院。于是暗集其群，就内选一人肖上之状者，衣上私行之服，多以龙脑诸香熏裛①，引二三小仆，潜入寄绫之院。其时有丐者一二人至，假服者遗之而去。逡巡，诸色丐求之人，接迹而至，给之不暇。假服者谓院僧曰："院中有何物，可借之。"僧未诺间，小仆掷眼向僧，僧惊骇曰："柜内有人寄绫千匹，唯命是听。"于是启柜，罄而给之。小仆谓僧曰："来日早，于朝门相觅。可奉引入内，所酬不轻。"假服者遂跨卫而去。僧自是经日访于内门，杳无所见，方知群丐并是奸人之党焉。

——《玉堂闲话·大安寺》

有处子，姓文，不记其名，居汉中，常游两蜀侯伯之门，以烧炼为业。但留意于炉火者，咸为所欺。有富商李十五郎者，积货甚多，

① 熏裛（yì意）：熏炙使之香气袭人。

为文所惑。三年之内，家财罄空，复为识者所诮。追而耻之，以至自经。又有蜀中大将，屯兵汉中者，亦为所惑。华阳坊有成太尉新造一第未居，言其空静，遂求主者，赁以烧药。因火发焚其第，延及一坊，扫地而静。文遂夜遁，欲向西取桑林路，东趋斜谷，以脱其身。出门便为虎所逐，不得西去。遂北入王子山溪谷之中。其虎随之，不离跬步。既窘迫，遂攀枝上一树，以带自缚于乔柯之上。其虎绕树咆哮。及晓，官司捕逐者及树下，虎乃徐去。遂就树擒之，斩于烧药之所。

——《王氏见闻录·文处子》

以上两则作品，写的都是精明的骗子以老道的骗术行骗的故事，可读性较强，各有特点。其中的骗子均因抓住对方的致命弱点从而得逞，发人深省。前一则描述群丐假扮微服出游的皇上及随从，掠走寺中寄绫千匹，寺僧慑于权势而被骗。后一则描述骗子谎称精通炼金术，一次又一次地骗走别人钱财。谁知他正在得意忘形之时，竟引发大火，狼狈逃窜，最后被处斩，可谓现世现报。而猛虎追逐骗子的情节，与其说是出自天意，不如说是体现民心，读来亦饶有兴味。

这个时期的骗子故事，尚有写自称“五戒贤者”之人与同伙一起惑人夺产，无恶不造的《朝野佥载》“贺玄景”；写郭某丧母时用撒饼招鸟来制造每哭群鸟大集的假象，骗取旌表门闾的《朝野佥载》“郭纯”；写一老妪于野外冒充狐魅怖人，某家婢子独行时被夺走所荷大黄袱的《广古今五行记·郸城人》；写一着道士衣冠者自称年已数百岁，有长生药度世，其谎言竟被饱学之士戳穿的《辨疑志·姜抚先生》；写一骗子伪造先人遗书骗取富室少年缣帛数十匹，后事败伏罪的《阙史·秦中子得先人书》；写一道术人自称得丹砂驻颜，妄称其父为其小儿，后被人识破的《玉堂闲话·目老叟为小儿》；写某寺僧制造佛光假象诓骗钱财，败露后被擒治罪的《北梦琐言·捉佛光事》；写一僧自云身出舍利，骗取豪民财帛，后发现其舍利皆是枯鱼目的《北梦琐言·鱼目为舍利》等。

隋唐五代的机智故事，由机智人物故事和一般机智故事组成，前者的数量较多，后者的数量较少。两类机智故事，都生动地展示出故事主人公过人的聪颖、机捷、智谋以及特有的风趣和幽默感。作品内容颇为丰富，涉及扶危济困、揶揄权贵、播弄富豪、鞭笞恶人、嘲讽不良的社会现象，表现世人的生活情趣等。

中国古代机智人物故事，萌生的时间相当早。春秋时期晏婴的故事《晏子使楚》、《橘与枳》、《马圉之死》、《烛邹亡鸟》，优孟的故事《葬马于人腹》、《优孟衣冠》，战国时期淳于髡的故事《奋兵而出》、《持狭望奢》、《罢长夜之饮》、《赴楚献鹄》，秦代优旃的故事《陛楯者得半相代》、《麋鹿御寇》、《漆城之荫》等，可谓中国最早的一批机智人物故事。此后，尚有汉代东方朔的故事《东方朔识酒》、《上林献枣》、《乳母得救》、《不死酒》，三国时期诸葛恪的故事《请笔益字》、《臣父知所事》等。到了隋唐五代时期，机智人物故事有了较大的发展，主要体现在两个方面：其一，涌现了一大批机智人物故事的作品，既有前一个时期开始传诵并在这个时期才被录写下来的作品，又有在这个时期开始传诵并在这个时期被录写下来的作品。这一大批机智人物故事的艺术质量大多比较高，有一些作品后世多有流布，甚至逐渐演化成故事类型。其二，涌现了许多机智人物，包括官宦型机智人物，如北齐的石动筩、徐之才，隋代的卢思道，唐代的邓玄挺、长孙玄同、封抱一；文人型机智人物，如隋唐的侯白；俳优型机智人物，如唐代的高崔嵬、黄幡绰、李可及，五代的敬新磨等。

侯白是这个时期最为突出的机智人物。其故事现存十四则，除《牛羊下来》见于《北史》外，均载《启颜录》，内容涉及三个方面：其一为讥刺、播弄官吏，如《一钱不值》、《当作号号》；其二，诓骗、嘲诮富豪，如《诓骗富贵公子》、《音声博士》、《九尾胡》；其三，文人趣事，如《此是犊子》、《应是六斤半》、《问一知二》。试看：

侯白初未知名，在本邑，令宰初至，白即谒。会知识曰：“白能令明府作狗吠。”曰：“何有明府得遣作狗吠？诚如言，我辈输一会饮食；若妄，君当输。”于是入谒，知识俱门外伺之。令曰：“君何须得重来相见？”白曰：“公初至，民间有不便事，望谘公。公到前，甚多盗贼，请命各家养狗，令吠惊，自然盗贼止息。”令曰：“若然，我家亦须养能吠之狗，若为可得？”白曰：“家中新有一群犬，其吠声与余狗不同。”曰：“其声如何?”答曰：“其声怮怮者。”令曰：“君全不识，好狗吠声当作号号，怮怮声者，全不是能吠之狗。”伺者闻之，莫不掩口而笑。白知得胜，乃云：“若觅如此能吠者，当出访之。”遂辞而出。

——《启颜录·当作号号》

隋开皇初，高祖新受禅，意欲上合天心，下顺人望，每诸州奏有祥瑞，皆大喜悦。有人来献瑞物，皆即得官。后有一人甚富，访诸瑞物，若知有处，皆不惜钱。侯白东家有一胡患瘠侥睡，家人每日常灸尾翠。侯白即觅富人云：“我知有一瑞物，你与我几钱?”富人大喜，即与侯白二十贯钱。白即共作券契，不得翻悔。受钱讫，即引富人至胡家，见胡睡卧，家人正灸，富人云：“瑞物何在?”侯白指胡云：“此是九尾胡。”富人大嗔云：“何得是瑞?”侯白云：“若不信瑞，任汝就胡眼看，今见未觉。”富人即欲索钱，侯白出券共争，遂一钱索不得。

——《启颜录·嘲诮》“九尾胡”

这两则作品均讲述故事主人公采用哄骗手段来戏谑、捉弄对手，展现了蔑视官家、奚落富豪的题旨，寓庄于谐，充满机智与风趣。前一则是现存最早的一则“学狗叫型故事”，相当完整，对后世影响甚大，至今流布较广，多有变异，颇受民众喜爱。后一则在戏耍财迷心窍的富人的同时，对隋朝建立者文帝（杨坚）所谓承受禅让即位时大搞奏献祥瑞之物亦有所讥刺，其立意不俗，耐人回味。

隋唐五代的一般机智故事，亦不乏精彩的作品。试看：

尝有一僧忽忆䭔①吃，即于寺外作得数十个䭔，买得一瓶蜜，于房中私食。食讫，残䭔留钵盂中，蜜瓶送床脚下，语弟子云：“好看我䭔，勿使欠少，床底瓶中，是极毒药，吃即杀人。”此僧即出。弟

① 䭔（duī 堆）：蒸饼的别称。

子待僧去后，即取瓶泻蜜，揾䭔食之，唯残两个。僧来即索所留䭔蜜，见䭔唯有两颗，蜜又吃尽，即大嗔云："何意吃我䭔蜜?"弟子云："和尚去后，闻此䭔香，实忍馋不得，遂即取吃。畏和尚来嗔，即服瓶中毒药，望得即死，不谓至今平安。"僧大嗔曰："作物生，即吃尽我尔许䭔!"弟子即以手于钵盂中取两个残䭔，向口连食，报云："只做如此吃即尽。"此僧下床大叫，弟子因即走去。

——《启颜录·嘲诮》"泻蜜吃䭔"

光启年中，左神策军四军军使王卞出镇振武。置宴，乐戏既毕，乃命角抵。有一夫甚魁岸，自邻州来此较力，军中十数辈，躯貌膂力，悉不能敌。主帅亦壮之，遂选三人，相次而敌之。魁岸者俱胜，帅及座客，称善久之。时有一秀才坐于席上，忽起告主帅曰："某扑得此人!"主帅颇骇其言。所请既坚，遂许之。秀才降阶，先入厨，少顷而出，遂掩绾衣服，握左拳而前。魁梧者微笑曰："此一指必倒矣。"及渐相逼，急展左手示之，魁岸者懵然而倒，合座大笑。秀才徐步而出，盥手而登席焉。主帅诘之："何术也?"对曰："顷年客游，曾于道店逢此人，才近食案，踉跄而倒。有同伴曰：'怕酱，见之辄倒。'某闻而志之。适诣设厨，求得少酱，握在手中，此人见之，果自倒。聊助宴设之欢笑耳。"有边岫判官，目睹其事。

——《玉堂闲话·振武角抵人》

以上两则作品都具有出奇制胜、趣味盎然的特点，故事主人公均系无姓名者，一为寺院弟子，一为秀才。前一则写的是寺院生活中的一个小插曲，却描述得如此有趣，如此引人入胜。故事主人公善于抓住师僧的一句哄人谎话，即兴发挥，处处显示出其人随机应变的能力和超群的智慧。后一则写的是在摔跤的较量中，一秀才轻而易举地战胜无敌勇士的故事。其人克敌制胜的本领出自机智——既得益于平素的积累，又得益于临场发挥，因而方能在一挥手之间使对手懵然倒下。

这个时期的一般机智故事，尚有写寺院弟子让老僧无法饮用热酒，却不会受罚的《启颜录》"温酒"；写一口才敏捷之少年随难即对，左右逢源，使法师既怒且惭的《启颜录》“赵小儿”；写一好吃爊牛头之士人梦拘至地府，了无畏惮，竟用妙语得以被放回阳间的《大唐传载》“爊牛头”等。

隋唐五代的破除迷信故事，大都通过陈述实例，具体揭示出由于笃信鬼神、法箓而造成的各种灾难和不幸，让人猛醒，因而产生破除迷信思想的社会效应。此类作品，数量不太多，这在当时亦颇为珍贵。试看：

李长源常服气导引，并学禹步[①]方术之事。凡数十年，自谓得灵精妙，而道已成。远近辈亲敬师事者甚多。洪州昼日火发，风猛焰烈，从北来。家人等狼狈，欲拆屋倒篱，以断其势。长源止之，遂上屋禹步禁咒。俄然火来转盛，长源高声诵咒，遂有迸火飞焰先着长源身，遂堕于屋下。所居之室，烧荡尽，器用服玩，无复孑遗。其余图箓持咒之具，悉为灰烬。

——《辨疑志·李长源》

天宝中，河南缑氏县东太子陵仙鹤观，常有道士七十余人，皆精专修习，法箓斋戒皆全。有不专者，自不之住矣。常每年九月三日夜，有一道士得仙，已有旧例。至旦，则具姓名申报以为常。其中道士，每年到其夜，皆不扃户，各自独寝，以求上升之应。后张竭忠摄缑氏令，不信。至时，乃令二勇者以兵器潜觇之，初无所睹，至三更后，见一黑虎入观来，须臾，衔出一道士。二人遂射，不中，奔弃道士而往。至明，并无人得仙。具以此白竭忠。竭忠申府，请弓矢大猎，于太子陵东石穴中格杀数虎。有金简玉箓洎冠帔，或人之发骨甚多，斯皆谓每年得仙道士也。自后仙鹤观中即渐无道士。今并休废，为守陵使所居也。

——《博异志·张竭忠》

以上两则作品均录写于唐代，是破除迷信、倡导求真务实精神的名篇。前一则描述自诩精通道家禹步方术者在大火蔓延的危急关头，妄图诵

① 禹步：巫师、道士作法时的一种步法。

咒灭火，竟堕于屋下，不独其居所及财物一无幸免，甚至连他使用的图箓、法器也化为灰烬，极具讽刺意味。它借助作法者的自我暴露，使世人，尤其是那些亲近师事其人者因而警醒。后一则叙写一兼理县令探明猛虎食人的惨剧，揭开“升天”之谜，不但挽救了许许多多妄想升仙者的性命，而且擦亮了世人的眼睛，认识到盲目虔诚的危害性，在当时无疑会产生积极的社会影响。

这个时期的破除迷信故事，尚有写西京连续降雨二月有余，一胡僧设法场读经咒止雨，其雨更盛，乃被驱逐的《朝野佥载》“胡僧宝严”；写一僧自云数百岁，耗资巨万为天后制长生药，服药后二年天后即驾崩的《朝野佥载》“胡超僧”；写华州虎暴，一华山道士以金水分形之法驱虎，竟为猛虎所食的《辨疑志·明思远》；写每岁大斋夜长安仕女争往灵应台合声礼念，观看观世音菩萨之身光，后有人被虎拽去，方知所见者乃是虎目光的《辨疑志·双圣灯》；写一子谋称其父化鹤飞去，骗得官府厚赏，后竟探明其人缚父尸沉于河水，遂被杖杀的《辨疑志·石老化鹤》；写一书生回到某地寺院，见村人礼施求福之“五台山圣琵琶”乃是自己年前绘制，遂将其拭去的《原化记·画琵琶》；写某郎中借居据传素多凶怪之宅，一夕忽闻吼声令家人怖惧，后发现所见精怪竟是头入油器之黄狗的《玉堂闲话·袁继谦》等。

隋唐五代的人兽情故事，大都讲述世人与各种通灵性的动物（包括长期喂养的家畜和偶然相遇的野兽）之间的情谊。这种情谊既体现为家畜在主人面临凶杀、灾难，处境危急之时竭诚搭救，甚至献出生命，亦体现为野兽向世人报恩或给予各种关照和帮助，情至意尽，颇为感人。此类故事，往往借动物抒发感情，以曲折的艺术手法呼唤互相关爱、互相帮助的美好人际关系和见义勇为、知恩图报的崇高道德风尚，无不具有积极的社会意义。

试看，分别出自《集异记》与《宣室志》的两则作品：

郑韶者，隋炀帝时左散骑常侍，大业中，授闽中太守。韶养一犬，怜爱过子。韶有从者数十人，内有薛元周者，韶未达之日已事之。韶迁太守，略无恩恤。元周忿恨，以刃久伺其便，无得焉。时在闽中，隋炀帝有使到，韶排马远迎之。其犬乃衔拽衣襟，不令出宅。馆吏驰告云："使入郭。"韶将欲出，为犬拽衣不放。韶怒，令人缚之于柱。韶出使宅大门，其犬乃掣断绳而走，依前拽韶衣不令去。韶抚犬曰："汝知吾有不测之事乎?"犬乃嗥吠，跳身于元周队内，咬杀薛元周。韶差人搜元周衣下，果藏短剑耳。

——《集异记·郑韶》

扶风县西有天和寺，在高岗之上，其下龛宇轩豁，可居穷者，赵叟家焉。叟无妻孥，病足而伛，常策杖行乞于市。里人哀其老病而穷无所归，率给以食。叟得食，必先聚群犬以食之。后岁余，叟病寒，卧于龛中。时大雪，叟贫无衣，裸形就地，且战且呻。群犬俱集于叟旁，摇尾而嗥。已而环其衽席，竞以身卫叟肢体，由是寒威稍解。后旬余，竟以寒死于龛中。群犬哀鸣，昼夜不歇，数日方去。

——《宣室志》卷二"赵叟"

以上两则作品均为义犬护卫恩人的故事，尽管两位恩人的身份、境况差异很大，却都传达出义犬对其人的深情厚意，令人感佩。前一则叙写主人怜爱过子的那只犬，在反复制止主人外出未能凑效时，断然咬死意欲谋害主人的从者，使主人幸免于难，表现出爱犬的高度警惕性和责任感。后一则叙写一群野犬与贫病老叟之间的非同寻常的感情。对于那群野犬而言，这个老叟不是主人，胜似主人。当老叟病寒卧地时，群犬争相为其暖身，当老叟冻死时，群犬数日哀鸣不止，都远超过一般的亲情，感人至深。

再看，出自《广异记》的两则作品：

唐建中初，青州北海县北有秦始皇望海台。台之侧有别浔泊，泊边有取鱼人张鱼舟结草庵止其中。常有一虎夜突入庵中，值鱼舟方睡。至欲晓，鱼舟乃觉有人，初不知是虎，至明方见之。鱼舟惊惧，伏不敢动。虎徐以足扪鱼舟，鱼舟心疑有故，因起坐。虎举前左足示鱼舟。鱼舟视之，见掌有刺可长五六寸，乃为除之。虎跃然出庵，若拜伏之状，因以身劘鱼舟。良久，回顾而去。至夜半，忽闻庵前坠一大物。鱼舟走出，见一野豕腯甚，几三百斤，在庵前。见鱼舟，复以身劘之，良久而去。自后每夜送物来，或豕或鹿。村人以为妖，送县，鱼舟陈始末，县使吏随而伺之。至二更，又送麋来，县遂释其罪。鱼舟为虎设一百一斋功德，其夜，又衔绢一匹而来。一日，其庵忽被虎拆之，意者不欲鱼舟居此。鱼舟知意，遂别卜居焉。自后虎亦不复来。

——《广异记·张鱼舟》

凤翔府李将军者为虎所取，蹲踞其上。李频呼大王乞一生命，虎乃弭耳如喜状。须臾，负李行十余里，投一窟中。二三子见人喜跃，虎于窟上俯视，久之方去。其后入窟，恒分所得之肉及李。积十余日，子大如犬，悉能陆梁乳，虎因负出窟，至第三子，李恐去尽，则已死窟中，乃因抱之云："大王独不相引。"虎因垂尾，李持之，遂得出窟。李复云："幸已相佑，岂不送至某家？"虎又负李至所取处而诀。每三日，一至李舍，如相看。经二十日，前后五六度。村人怕惧，其后又来，李遂白云："大王相看甚善，然村人恐惧，愿勿来。"经月余，复一来，自尔乃绝焉。

——《广异记·虎恤人》

以上两则有关野兽报恩与野兽恤人的作品，故事性较强，各有特点，无不把故事主角老虎的形象刻画得鲜活可爱，具有较高的艺术水平。前一则围绕老虎报答渔人来展开故事，有两点值得着重提及：其一，擅长细节描写，通过各种富有表现力的细节，将老虎从向渔人求助到促使渔人迁居的全过程描绘得活灵活现，突显出这只老虎很有灵性，虽不会言语却善与渔人沟通，对恩人关心备至，体贴有加。其二，故事情节富于变化，由刺引出送野物酬谢，由酬谢引出吃官司，由平息官司引出渔人迁居，环环相和，颇有情致。后一则围绕老虎对李将军的态度变化来展开故事，最初作为猎物来对待，将其背回投入虎穴之中；见其给虎子带来快乐，便分给肉食，并无伤害之意；接着又将其带出虎穴，并且送还原地；后来甚至成为朋友，常到家中看望，因乡邻惧怕才不复往来。作品从平实的描述中，将这只通人性、重情谊的老虎刻画得非常可爱。

这个时期的人兽情故事，尚有写大象求人为其拔取足中碎块，后以象牙相报的《朝野佥载》“象报恩”；写主人被杀后义犬前去守护，并告发凶手，让其受到严惩的《广古今五行记·崔仲文》；写二犬分别咬死欲行凶之家奴父子，使主人获免的《广异记·姚甲》；写杨妻与姘夫欲杀其夫，家犬伤二人救主，并让二人受到法办的《集异记·杨褒》；写义犬啮杀欲谋主之二奴，使主人免遭毒害的《集异记·柳超》；写邻店失火时义犬急登床衔衣拽出醉卧之主人，使其免难的《集异记·卢言》；写阍者因过失被司空鞭笞，群犬争相护卫，令司空深为感动，遂将阍者释放的《宣室志》“郭钊”；写猩猩跨白象扣门求蒋某射杀大巴蛇，事后献象牙跪谢的《传奇·蒋武》；写某都督家犬随其外出，忽咬死藏有匕首欲行刺报复之从者，主人因得免难的《松窗杂录·刘巨麟》；写家犬咬虎鼻将其惊走，并使被擒之主人复苏，因而累死的《原化记·章华》等。

隋唐五代的奇闻故事，涉及出现在各个社会层面的异闻逸事，传奇色彩较为浓烈，具有一定的思想意涵，通过其引人入胜的描述，可以增进对当时的社会状况和民众好恶的了解。

譬如，《酉阳杂俎》前集卷十二《语资》“柜中熊”：

> 宁王常猎于鄠县界，搜林，忽见草中一柜，扃锁甚固，王命发视之，乃一少女也。问其所自，女言姓莫氏，父亦曾作仕，叔伯庄居。昨夜遇光火贼，贼中二人是僧，因劫某至此。动婉含嚬，冶态横生。王惊悦之，乃载以后乘。时慕荦者方生获一熊，置柜中，如旧锁之。时上方求极色，王以莫氏衣冠子女，即日表上之，具其所由。上令充才人。
>
> 经三日，京兆奏鄠县食店有僧二人，以钱一万，独赁店一日一夜，言作法事，唯舁一柜入店中。夜久，腷膊有声，店户人怪日出不启门，撤户视之，有熊冲人走出，二僧已死，骸骨悉露。上知之，大笑，书报宁王云：“宁哥大能处置此僧也。”莫才人能为秦声，当时号“莫才人啭”焉。

此则作品，情节曲折多变，环环相扣，前后呼应，结构颇为完整。其中有关僧劫少女的描写，从将少女藏入柜中到二僧为柜中熊啮死，既具有传奇色彩，又富于戏剧性，读来甚感痛快。但是，令人慨叹的是，那美貌天真的少女虽然获救，免受贼僧蹂躏，却又被送入皇宫充当才人，常年受到禁锢，是福是祸，只有她心里最为清楚。

又如，《稽神录》卷六《食黄精婢》：

> 临川有士人，虐遇其所使婢。婢不堪其毒，乃逃入山中。久之粮尽。饥甚，坐水边，见野草枝叶可爱，即拔取，濯水中，连根食之，甚美。自是恒食。久之遂不饥，而更轻健。夜息大树下，闻草中兽走，以为虎而惧。因念得上树杪乃佳也，正尔念之，而身已在树杪矣。及晓，又念当下平地，又欻然而下。自是意有所之，身即飘然而去，或自一峰之一峰顶，若飞鸟焉。
>
> 数岁，其家人伐薪见之。以告其主，使捕之，不得。一日，遇其在绝壁下，即以细绳三面围之。俄腾上山顶。其主益骇异，必欲致之。或曰："此婢也，安有仙骨？不过得灵药饵之尔。试以盛馔，多其五味，令甚香美，值其往来之路，观其食之否？"如其言，果来就食。食讫，不复能远去，遂为所擒。具述其故。问其所食草之形状，即黄精也。复使寻之，遂不能得。其婢数年亦卒。

这是一则以虐婢为题材的奇闻故事，基调凄婉，令人感慨良多。婢女之所以变为在绝壁下、山顶上腾飞若鸟的野人，数年间与世隔绝，只不过是为了躲避主人的残酷虐待。其后主人用盛馔美食引诱婢女回归，并非动了恻隐之心，完全是出于探问所食灵药的目的。而改变婢女生存环境的结果，只能是加快婢女死亡的速度，真是何其毒也！

这个时期的奇闻故事，尚有写权贵张某三兄弟食鹅、鸭、驴、犬、马等皆别有其法，惨不忍睹，后受到恶报一一被诛的《朝野佥载》"张易之兄弟"；写一养鸭人因在鸭粪中汰得黄金，后来遂致巨富的《朝野佥载》"陈怀卿"；写虎嗅一临崖而睡之醉汉，竟被其人喷嚏惊扰而落崖的《朝野佥载》"醉人惊虎"；写一妇人被取为老虎之妻十余载，逃出后被伐木人送还其家，终憨戆无神的《广异记·虎妇》；写某生入京成名归时，一虎负其将被迫另嫁他人之未婚妻到跟前来，二人始得团聚的《原化记·中朝子》；写一极贪狠之富商夜行时杀死寝息树下者，取其衣幞而去，天晓方知所杀者为己子的《野人闲话·章邵》等。

隋唐五代的写实故事，除了上述几类之外，还有《启颜录》"痴人买帽"、《启颜录》"不识羊"、《启颜录》"驴鞍桥"等呆子故事，《启颜录》"通马毛色"、《启颜录·刘道真》等巧女故事，《法苑珠林》"葛由"、《朝野佥载》"刻木作僧"、《杜阳杂编·韩志和》等工匠故事，《朝野佥载》"京师三豹"、《投荒杂录·胡浙》、《玉堂闲话·安道进》等酷吏故事，《朝野佥载》"史崇玄"、《唐国史补》"苏州游僧"、《稽神录·僧十朋》等僧道故事，《酉阳杂俎》"僧盗"、《剧谈录·田膨郎》、《玉堂闲话·发冢盗》等盗贼故事，《干馔子·梅权衡》、《玉泉子·杜羔妻》、《桂苑丛谈·青龙寺客》等诗对故事。这些类别的故事，进一步展示出隋唐五代写实故事涉及面甚广、内容丰富多彩的特点。

第二节　隋唐五代的民间笑话与民间寓言

一、隋唐五代的民间笑话

中国民间笑话在隋唐五代时期有了一定程度的发展。这个时期的笑话，作品有所增加，题材更为生活化、世俗化，因而越发受到世人关注。这个时期录有民间笑话的书籍，某些早已失传，如隋·魏澹撰《笑苑》四卷、唐·何自然撰《笑林》三卷。现存录有民间笑话的书籍，计有《启颜录》、《朝野佥载》、《封氏闻见记》、《纪闻》、《大唐新语》、《酉阳杂俎》、《因话录》、《乾馔子》、《谐噱录》、《笑言》、《北梦琐言》等。其中，《启颜录》所收的作品数量最多，艺术成就最为突出，对后世笑话的发展影响最为显著。

《启颜录》是继三国魏·邯郸淳撰《笑林》之后，在中国笑话发展史上具有里程碑意义的一部笑话故事集。它所收录的绝大多数作品都包含着笑的因素，倘若宽泛一些讲，它们都可以称为笑话；但严格地说来，内中比较典型的笑话不足半数，此外还有不少其他类别的民间故事。隋唐五代的民间笑话，可分为嘲讽笑话、劝诫笑话、谐趣笑话三类，其中嘲讽笑话的数量最多。

1. 隋唐五代的嘲讽笑话

这个时期的嘲讽笑话，大多以讽刺官吏昏庸无道，讥笑世人趋炎附势为内容，语意辛辣，颇有锋芒。

试看，分别出自《启颜录》与《朝野佥载》的两则笑话：

隋柳真为洛阳令，恍忽多忘。曾有一人犯罪，合决杖。柳真见其罪状，大嗔，索杖欲打，即脱犯罪人衣裳于庭中。坐讫，犹未行杖，即有一客来觅柳真，柳真引客向房中语话。当时寒月，其犯罪人缘忍寒不得，即蜑起向厅屋头向日，取袄子散披蹲地。柳真须臾送客出厅门，还，遥见此人，大叫嗔曰："是何物人，敢向我厅边觅虱？"此人出门径走，更不寻问。

——《启颜录·昏忘》"洛阳令"

五原县令阎玄一为人多忘。曾至州，于主人舍坐。州佐史[①]前过，以为县典也，呼欲杖之。典曰："某是州佐也。"玄一惭谢而止。须臾县典至，一疑其州佐也，执手引坐。典曰："某是县佐也。"又愧而止。

曾有人传其兄书者，止于阶下。俄而里胥白录人到，玄一索杖，遂鞭送书人数下。其人不知所以，讯之。一曰："吾大错。"顾直典回宅取杯酒暖疮。良久，典持酒至。玄一既忘其取酒，复忘其被杖者，因便赐直典饮之。

——《朝野佥载》卷三"阎玄一"

① 佐史：隋、唐时期州郡低级官员的泛称。

以上两则均为嘲诮官吏昏忘的笑话。前一则讥讽的对象是隋代一县令，其人恍惚多忘，在执行公务时，转瞬间便忘却惩处罪犯之事，让罪犯逍遥法外却浑然不知。后一则讥讽的对象是唐代一县令，其人昏聩到了连自己的下属都记不住的地步，接连错认。当发现误打送书信者时，忙令县典取酒安慰，竟又忘却取酒何为，甚至将其赐给县典饮用。其人忘性之大胜过隋代那位县令，更令人发噱。朝廷任用此等人物做父母官，足见当时某些地方的吏治腐败到了何等程度。

再看，分别出自《启颜录》和《谐噱录》的两则笑话：

> 唐有姓房人，好矜门地，但有姓房为官，必认云亲属。知识疾其如此，乃谓之曰："丰邑公相①，是君何亲？"曰："是姓某乙再从伯父。"人大笑曰："君既是方相②侄儿，只堪吓鬼。"
>
> ——《启颜录·姓房人》

> 江夏王义恭，性爱古物，常遍就朝士求之。侍中何勖，已有所送，而王征索不已，何甚不平。尝出行于道中，见狗枷、犊鼻，乃命左右取之还，以箱擎送之，笺曰："承复须古物，今奉李斯狗枷，相如犊鼻。"
>
> ——《谐噱录·狗枷犊鼻》

以上两则均为讥刺恶劣社会风气的笑话。前一则写某人戏称一心攀附显贵者是旧时作驱逐疫鬼和出丧开道之用的方相侄儿，对好夸耀门第之人给予无情嘲弄。后一则写某人故意将道中狗枷、犊鼻称为"古董"，对喜好古物而疯狂勒索他人的高官加以调侃和奚落。两则笑话笔锋犀利，一针见血，让被嘲讽者处于十分难堪的境地，读来无不使人感到异常开心、解气。

这个时期的嘲讽笑话，尚有嘲诮某都督活似饿夜叉，"判事驴咬瓜，

---

① 《太平广记》卷二六〇原注：丰邑坊在上都，是凶肆，出方相也。

② 方相：原为职掌驱鬼之官。旧时出殡，以纸竹等糊扎其狰狞可怕的形象，作为开路神。

唤人牛嚼沫，见钱满面喜，无镪从头唱”的《朝野佥载》“王癞獭”；讥讽某县丞刚到任时，一次又一次问县典何姓，其人都答姓王，便惊愕说县中佐史总姓王的《朝野佥载》“南皮县丞”；讥刺一中书舍人奉命整饬时，因署吏持库钥他去，竟破窗检寻旧本的《朝野佥载》“斫窗舍人”；讪笑陆某不识藻豆供洗手面之用途，每旦均将婢女所送藻豆沃水吞服，不胜其苦的《酉阳杂俎》“陆畅”；奚落一书生奔驰入京，人问求何事，竟称应“不求闻达科”的《因话录·照应书生》等。

2. 隋唐五代的劝诫笑话

隋唐五代的劝诫笑话，大多以讥刺世人粗疏、浅薄、愚昧的行为和猜疑、妒忌、浮躁的心态为内容，藉以达到净化心灵、匡正世风的目的。譬如，《启颜录》“倾麦饭[①]”：

> 隋初有同州人负麦饭入京粜之。至渭水上，时冰正合，欲食麦饭，须得水和，乃穿冰作孔取水，而谓冰孔可就中和饭，倾饭于孔中。倾之总尽，随倾即散，其人但知叹惜，竟不知所以。良久，水清，照见其影，因叫曰：“偷我麦饭者只是此人。此贼犹不知足，故自仰面看我。”遂向水打之，水浊不见，因大嗔而去，云：“此贼始见在此，即向何处？”至岸，见有砂，将去便归。

此则笑话简短而生动，通过蠢人的自我暴露，嘲讽某些人生性愚笨、懒怠，办事不动脑子，却自以为是，不思反省，或许能让人们从笑声中有所警觉。

又如，《朝野佥载》卷二“钥匙尚在”：

> 昔有愚人入京选皮袋，被贼盗去，其人曰：“贼偷我袋，将终不得我物用。”或问其故，答曰：“钥匙今在我衣带上，彼将何物开之。”

① 麦饭：麦屑做的饭。俗称“麦屑饭”。

此则笑话，奚落愚人被盗却满不在乎，竟用自我解嘲的方式来寻求心理上的安慰，既可笑又可叹。读了这则笑话，使人不禁联想到维吾尔族的阿凡提故事《灌肺法》。它们在故事情节、表现手法、艺术风格上都颇为相似。两者是否有渊源关系，尚待考证。

这个时期的劝诫笑话，尚有写某子入市买奴，见镜中人影少壮，乃将镜购回。其父照镜以为奴老，欲打其子；其母抱孙女照镜以为购得子母婢，即欣喜；因谓奴藏未肯出，便请巫婆作法，悬镜落地分为两片，巫婆取照各见其影，乃欢呼“神明与福，令一奴而成两婢”的《启颜录》“买奴购镜”。写县中诸官妇相聚时，县令妇讯问各妇姓氏后，即勃然入内对县令道“赞府（县丞）妇云姓陆，主簿妇云姓漆，以吾姓伍，故相弄耳，余官妇赖吾不问，必曰姓八姓九”的《封氏闻见记·失误》。写严生误将京兆尹庞严作严庞，自称从侄登门拜谒，竟出乖露丑的《因话录·姓严人》。写韩某性粗质，请人为其讲《论语·为政篇》“三十而立”后，乃称“仆近方知古人淳朴，年至三十，方能行立”的《北梦琐言·韩简》等。

3. 隋唐五代的谐趣笑话

隋唐五代的谐趣笑话，大多以诙谐逗趣为主旨，娱乐性甚强，虽不一定具有警世意义，但往往也能使人得到某些教益。譬如，《启颜录·昏忘》“多忘者”：

> 鄠县有一人多忘，将斧向田斫柴，并妇亦相随。至田中遂急便转，因放斧地上。旁便转讫，忽起见斧，大欢喜云：“得一斧。”仍作舞跳跃，遂即自踏着大便处，乃云：“只应是有人因大便遗却此斧。”其妻见其昏忘，乃语之云：“向者君自将斧斫柴，为欲大便，放斧地上，何因遂即忘却？”此人又熟看其妻面，乃云：“娘子何姓，不知何处记识此娘子？”

此则笑话，经过巧妙的艺术构思，汇集了一些日常生活中的昏忘行为，并加以夸饰，从而塑造出一个健忘者的典型形象，颇为引人发噱。世人在讥笑其昏忘时，亦不可不自省，引为鉴戒。

又如，《大唐新语》卷十三《谐谑》“益州长史”：

> 益州每岁进柑子皆以纸裹之。他时长吏嫌纸不敬，代以细布。既而恐柑子为布所损，每怀忧惧。俄有御史甘子布使于蜀，驿使驰白长吏：“有御史甘子布至。”长吏以为推[①]布裹柑子事，惧曰：“果为所推！”及子布到驿，长吏但叙以布裹柑子为敬。子布初不知之，久而方悟。闻者莫不大笑。

这是一则因误解御史姓名而引出的笑话，让人忍俊不禁。其中误会越大，产生的逗乐的效果越强烈。作品将为进贡土特产煞费苦心的益州郡守唯恐触怒皇上的惴惴不安心境表现得淋漓尽致。世人在发噱之后，亦不能不有所感悟。

这个时期的谐趣笑话，尚有写老佐史为试新县令强弱，在差丁点名时故意超越次第，呼唤“张破袋成老鼠宋郎君向明府”的《启颜录·山东佐史》；写某县令常畏见嘲其口无一齿，理事时佐史称其“书处其疾”，误谓称己之善，后经人指点始知受辱的《启颜录·安陵佐史》；写何某至京访其从叔，竟误入赵郎中宅，遂岁余不敢出门的《唐国史补》“何儒亮”；写萧某忽患寒热去国医王某家求诊，误入给事郑某第具说其状，郑某云“据脉候是心家热风，若觅王医东邻是也”的《乾朘子·萧俛》；写邻人夫妇谐和，夫自外归，见妻吹火，乃吟诗相谑“吹火青唇动，添薪黑腕斜，遥看烟里面，恰似鸠盘荼[②]”的《笑言·邻夫》等。

二、隋唐五代的民间寓言

隋唐五代的民间寓言，无论人事寓言或拟人寓言，仍然处于不发达的状态。它们散见于这个时期的一些笔记小说集、笑话集或史籍之中，其数量略多于魏晋南北朝时期的民间寓言。

隋唐五代民间寓言中的人事寓言，一部分为幻想性作品，一部分为写

---

① 推：追问。

② 荼：“茶”的古体字。鸠盘荼：佛教恶神，因其貌丑陋，因用比喻妇人老丑之状。

实性作品；多数取材于民众熟悉的日常生活事件，完全出自艺术虚构，也有一些则涉及当时的真实人物，带有一定的传说色彩。这些民间寓言，无不通过富有情趣的故事来阐发不同的寓意，对世人有所启示和教益。譬如，《广异记·颍阳里正》：

颍阳里正说某不得名，曾乘醉还村，至少妇祠醉，因系马卧祠门下。久之欲醒，头向转，未能起。闻有人击庙门，其声甚厉。俄闻中问是何人，答云："所由令觅一人行雨。"庙中云："举家往岳庙作客，今更无人。"其人云："只将门下卧者亦得。"庙中人云："此过客，哪得使他?"苦争不免，遂呼某令起。随至一处，濛濛悉是云气。有物如骆驼，其人抱某上驼背，以一瓶受之。诫云："但正抱瓶，无令倾侧。"其物遂行，瓶中水纷纷然作点而下。时天久旱，下视见其居处，恐雨不足，因尔倾瓶。行雨既毕，所由放还。至庙门，见己尸在水中，乃前入，便活，乘马还家。以倾瓶之故，其宅为水所漂，人家尽死。某自此发狂，数月亦卒。

这一寓言写天旱时某里正代天神行雨，唯恐其居处雨水不足，竟倾瓶而下，带来严重后果。它说明执行公务一则必须遵守法度，掌握分寸，切不可凭主观臆断而妄为，一则应当杜绝私心，排除杂念，否则很可能害人害己，甚至造成难以弥补的损失。又如，《原化记·张老》：

荆湘有僧寺背山近水，水中有龙。时或雷风大作，损坏树木。寺中有撞钟张老者，术士也，而僧不知。张老恶此龙损物，欲禁杀之，密为法。此龙已知，化为人，潜告僧曰："某实龙也。住此水多年，或因出，风雨损物。为张老所禁，性命危急，非和尚救之不可。倘救其命，奉一宝珠，以伸报答，某即移于别处。"僧诺之，夜唤张老，求释之。张老曰："和尚莫受此龙献珠否？此龙甚穷，唯有此珠。性又吝恶，今若受珠，他时悔无及。"僧不之信，曰："君但为我放之。"张老不得已，乃放。龙夜后送珠于僧，而移出潭水，张老亦辞僧去。后数日，忽大雷雨，坏此僧舍，夺其珠，果如张老之言。

这一寓言写僧人贪图恶龙的宝珠，置忠告于不顾，让禁杀恶龙之人手下留情，非但一无所得，而且使寺院遭毁，后悔莫及。它告诫世人，贪欲使人闭明塞聪，丧失理智，对凶残、邪恶者网开一面，势必养虎贻患，自食恶果。再如，《稽神录》卷一《茅山牛》：

庚寅岁，茅山有村中儿牧牛，洗所著汗衫，暴于草上而假寐。及寤失之，唯一邻儿在傍，以为窃去，因相喧竞。邻儿父见之，怒曰："生儿为盗，将安用之！"即投水中。邻儿匍匐出水，呼天称冤者数四。复欲投之。俄而雷雨暴至，震死其牛，汗衫自牛口中呕出。儿乃得免。

这是一则揭示调查研究重要性的寓言。它描述父亲在不明情况时，一怒之下采取极端举措，几乎使蒙冤小儿丧命，从而告诫世人遇事当沉着冷静，弄清事实真相后再作处置，倘若不问青红皂白贸然行事，很可能带来严重伤害，后悔莫及。

这个时期的人事寓言，尚有写夫妇二人取酒时见瓮中人影，均以为瓮内藏人而厮打不休，当其人打破酒瓮后方知是一场误会，说明妒意使人丧失理智，势必遭人耻笑的《法苑珠林》"酒瓮人影"；写儿子用大棒驱赶蚊子，竟将父亲打死，说明做事不讲究方式方法，便会好心办坏事，以致铸成大错的《法苑珠林》"愚儿驱蚊"；写王皎性迂缓，征战时因坐骑覆盖白霜误以丢失，待日出霜尽方知坐骑尚在，说明遇事不可被表面现象迷惑，否则庸人自扰，贻笑大方的《北史》"赤马蒙霜"；写相传润州因万岁楼上出烟而刺史不死即贬，后探知井中蚊蚋作团而上，遥看类烟，从此刺史无虑，说明凡遇怪异现象必须深究，以免徒生疑惧，贻害无穷的《辨疑志·润州楼》；写田父失牛，忽见山穴中有钱，便负十斤归，后又往取，即迷不知途，乃悟而归，说明为人不可贪心妄取，迷途知返，善莫大焉的《纪闻·牛》；写裴旻尝一日毙三十一虎，四顾自若，后往见势猛真虎使坐骑惊退，弓矢皆坠，自惭不复射虎，说明艺无止境，习武之人不可自满的《唐国史补》"裴旻射虎"；写蒋生好神仙，遇乞丐谈及神丹化金之事，受到讥笑，后乞丐以仙丹化石砚为金，始悟其人果仙，惭恚不已，说明不应以貌取人，否则可能错失良机，抱憾终生的《宣室志》“好神仙而不识神仙”；写三狐分别化为高生、王生、道士登门为裴生诊治，多受骚扰，一旦鞭杀三狐乃愈，说明遇事当追本穷源，找出症结所在，否则非徒无益，反而添乱的《宣室志》“三狐治病”；写某节度使获一巨橘将表献朝廷，监军中表以为不可轻进，剖之中有一数寸赤蛇，说明行事应当慎重，切忌轻举妄动，否则事与愿违，甚至引来杀身之祸的《稽神录·贾潭》等。

隋唐五代民间寓言中的拟人寓言，数量比同时期的人事寓言少。它们均以动物寓言的形态出现，不论作品长短，都颇为生动活泼，具有较高的艺术性。值得指出的是，在这个时期的拟人寓言中，有的作品首先见诸当时的汉译佛经，有的作品相继见诸当时的汉文典籍与汉译佛经。这些无不显示出这个时期的汉译佛经对我国的民间故事发展，仍然产生了较大的影响。

譬如，《法苑珠林》卷五十三《愚戆篇·杂痴部》“分鲤”：

> 一河曲中有二獭，河中得大鲤鱼，不能分，二獭守之。有野干[①]来饮水，见獭语言：“外甥，是中作何等？”獭答言：“阿舅，是河曲中得此鲤鱼，不能分，汝能分不？”野干言：“能。是中说偈[②]，分作三分。”即问獭言：“汝谁喜入浅？”答言：“是某獭。”“谁喜入深？”答言：“是某獭。”野干言：“汝听我说偈：入浅应与尾，入深应与头；中间身肉分，应与知法者。”野干衔鱼身来，雌者说偈：“汝何处衔来，满口河中得。如是无头尾，鲤鱼好肉食。”雄野干说偈言：“人有相言击，不知分别法。能知分别者，如官藏所得。无头尾鲤鱼，是故我得食。”

此则寓言，写两个水獭捕到一尾大鲤鱼，不知如何分配为好，请求一形似狐狸的野兽帮忙操持。此野兽将头、尾分给它俩，竟独吞了中间的那

① 野干：兽名。似狐而小，形色青黄，如狗群行，夜鸣如狼。
② 偈（jì 计）：“偈陀”的简称。义译为“颂”，乃是佛经中的唱词。

段鱼肉，扬扬得意，喜形于色。作品通过分鲤的故事告诫世人，在处理财物纷争时应当发扬互谅互让的精神，力避旁人从中渔利。不仅对待财产问题如此，处理其他纠纷也应当互谅互让，以求圆满解决，绝不让别有用心者插手。

又如，《朝野佥载》佚文“狮子王与豺”[①]：

昔有师[②]子王于深山获一豺，将食之，豺曰：“请为王送二鹿以自赎。”师子王喜。周年之后，无可送。王曰：“汝杀众生亦已多，今次到汝，汝其图之。”豺默然无应，遂为杀之。

这一则写狮王食豺的寓言，原书征引时本用以说明武则天朝的那个专事酷刑逼供，先后族杀冤死者达千余家的奸幸来俊臣之辈，何异豺也，将其处死，罪有应得。但此则寓言，尚另有含意。倘若就狮王的作为来讲，亦可说明强权者横行霸道，为所欲为。他们想干任何事情总是可以找到冠冕堂皇的理由来作借口的。

再如，唐·义净译《根本说一切有部毗奈耶破僧事》“老猫”[③]：

乃往昔时，有异方所，有一鼠王，与五百鼠为眷属。有一猫子，名曰火焰。其猫少年之时，所有鼠等，悉皆杀害，后年老迈，便作是念：“我昔少时，气力强盛，以力捉鼠而食。我今年既朽迈，气力微薄，不能捉获。设何方便，而捉获鼠?”

作是念已，遍观其地，乃见一鼠王与五百鼠而为眷属，住此方所。即就鼠穴，诈作坐禅。时诸群鼠出穴游行，乃见老猫安然坐禅，其问曰：“阿舅，今何所作?”老猫答曰：“我昔少年，气力盛壮，作无量罪。今欲修福，除其旧罪。”

时群鼠等闻是语已，皆发善心：“今此老猫，修行善法。”即与鼠

① 见《太平广记》卷二六三《宋之悫》。

② 师：通“狮”。

③ 转引自王邦维选译《佛经故事选》，重庆出版社1985年版，127—128页。

等，右绕老猫，行于三匝，便入于穴。其老猫取其最末后者而食。不经多时，其鼠渐少。鼠王既见此已，便作是念："我鼠等渐渐数少，其老猫气力肥盛，是事必有缘由。"其鼠王即便观察，乃见老猫于其粪中有鼠毛骨，心即知："老猫食我鼠等，我今深观捉鼠之时。"

作是念已，便即于窟而看老猫，乃见老猫捉最末后鼠而食。鼠王见已，避远而立，遂说颂曰："老猫身渐肥，群鼠积减少；食苗实根叶，粪不应毛骨。汝今修禅不谓善，为利诈作修善人；愿汝无病安稳住，我今群鼠汝食尽！"

此则寓言，虽出自佛经，却非常注重人物形象的刻画和细节描写，具有很高的文学性。它通过鼠王揭穿老猫伪装坐禅，以欺骗手段食鼠的行径，提醒善良的人们，歹徒往往秉性难移，切不可轻信花言巧语，被假象蒙蔽。一旦丧失警惕，就可能大祸临头。这一类民间寓言，往往包含多重意蕴。此则作品又告诉世人，只要有警惕性，而且善于观察与分析，无论搞阴谋诡计者如何狡猾，其本来面目终归会被人识破。

这个时期的拟人寓言，尚有写老虎衔刺猬被刺受惊奔走，后遇橡子竟吓得连忙躲避，说明粗心大意者不善总结经验教训，以至草木皆兵，枉受惊扰的《启颜录》"遭见贤尊"；写猕猴王见井中月影大惊失色，群猴奉命辗转相捉入井救月，因树枝折断竟堕井中，说明既未弄清情况，又不考虑后果，凭一时冲动贸然行事，势必闯祸的《法苑珠林》"猴子救月"等。

隋唐五代是我国作家寓言的一个重要发展时期，涌现出一批在寓言创作上卓有成就的作家。值得提及的是，在这个时期的作家寓言中，有不少篇什善于吸取民间寓言的养分，包括借鉴民间寓言的故事情节、艺术形象、结构模式、表现手法等，从而使其具有一定程度的民间寓言和韵味，受到了世人的关注和赞许。在这方面，唐代古文运动巨匠柳宗元的寓言创作最为突出。他的《蝜蝂传》、《哀溺文》、《大鲸》、《鞭贾》、《三戒》、《罴说》等，都具有一定的代表性。试看《三戒》中的《黔之驴》[1]：

---

① 见《柳宗元集》第十九卷，中华书局1979年10月版。

黔无驴，有好事者船载以入。至，则无可用，放之山下。虎见之，庞然大物也，以为神。蔽林间窥之，稍出，近之，慭慭然[①]莫相知。他日，驴一鸣，虎大骇，远遁，以为且噬己也，甚恐。然往来视之，觉无异能者。益习其声。又近出前后，终不敢搏。稍近，益狎，荡倚冲冒，驴不胜怒，蹄之。虎因喜，计之曰："技止此耳！"因跳踉大，㘎其喉㘎[②]，尽其肉，乃去。

噫！形之庞也类有德，声之宏也类有能，向不出其技，虎虽猛，疑畏卒不敢取；今若是焉，悲夫！

这是一则意蕴深刻的寓言。它之所以如此生动活泼，富有表现力，在很大程度上得益于民间寓言的滋养。不难看出，这一则寓言不但在创作题材、动物形象方面具有较为鲜明的民间寓言韵味，而且还采用了民间寓言的写作技巧和结构模式——三段体（新到之驴长鸣将虎惊走；虎熟悉驴声后与其嬉戏、冲撞；驴愤怒踢虎而被吃掉），无疑是一则带有民间故事色彩的动物寓言[③]。千百年来，它一直为世人传诵，并且演化出"黔驴技穷"这一成语。

此外，像唐·裴炎撰《猩猩铭序》、唐·李翱撰《国马说》、唐·韩愈撰《毛颖传》、唐·罗隐撰《荆巫》、唐·皮日休撰《悲挚兽》、唐·林慎思撰《梁大夫》"以鸩醉人"等，我们从中也不难发现民间寓言故事的影响。

---

① 慭慭（yìnyìn 印印）然：谨慎貌。

② 㘎（hǎn 喊）：同"阚"。虎怒貌。

③ 季羡林的《柳宗元〈黔之驴〉取材来源考》（见季羡林著《比较文学与民间文学》，北京大学出版社，1991 年 7 月版）认为，《黔之驴》这篇寓言"有所本"。他在印度梵文的《五卷书》、《嘉言集》、《故事海》和巴利文的《本生经》等书中，都找到一个"以驴为主角蒙了虎皮或狮皮的故事"，不相信《黔之驴》与这个故事没有关系。笔者以为，季羡林先生的考证，很有见地。对于《黔之驴》的来源问题，值得进一步探究。

第三章　隋唐五代的民间故事类型

在隋唐五代时期将近三百八十年间，原有的民间故事类型大多有了新的演变和发展，并且新出现了近五十个民间故事类型。就数量而言，这个时期新出现的故事类型不及魏晋南北朝时期多，却包含了不少有名的、甚至令国内外学界瞩目的新的故事类型。

这个时期出现的新的民间故事类型，主要见诸下列典籍：《启颜录》（服“毒”寻死型故事、学狗叫型故事、健忘者型故事、痴人买帽型故事首见于此书）、《朝野佥载》（智审匿产案型故事、寡妇讼子型故事、放驴捉贼型故事、觇妪获贼型故事、麻疯女型故事、钥匙尚在型故事、见屈原型故事、狮子与豺型故事首见于此书）、《集异记》（枯井尸案型故事、虎妻子型故事、虎为媒型故事、蛇精行淫型故事首见于此书）、《酉阳杂俎》（灰姑娘型故事、长鼻子型故事、画中人型故事、柜中熊型故事首见于此书）、《玉堂闲话》（换刀擒凶型故事、无头尸案型故事、银人求宿型故事首见于此书）、《疑狱集》（烧猪判案型故事、断绢得奸型故事、举哀还儿型故事首见于此书）。此外尚有《冥报记》（逆妇恶报型故事首见于此书）、《晋书》（唐·房玄龄等撰，书家题扇型故事、换鹅书型故事首见于此书）、《广异记》（制伥灭虎型故事、虎送亲型故事首见于此书）、《南史》（破鸡辨食型故事、鞭丝破案型故事首见于此书）、《博异志》（除恶虎型故事、白蛇传型故事首见于此书）以及《十道四蕃志》（唐·梁载言撰，梁山伯祝英台型故事首见于此书）、《纪闻》（入仙洞型故事首见于此书）、《唐国史补》（夜宿听棋型故事首见于此书）、《历代名画记》（唐·张彦远撰，画像募缘型故事首见于此书）、《书断》（唐·张怀瓘撰，书僧笔冢型故事首见于此书）、《北史》（拷打羊皮型故事首见于此书）、《根本说一切有部毗奈耶被僧事》(猫喇嘛型故事首见于此书)、《续玄怪录》(定婚店型故事首见于此书)、《河东记》(旅客变驴型故事首见于此书)、《幽闲鼓吹》(巧求笔迹型故事首见于此书)、《原化记》(江中宝镜型故事首见于此书)、《志怪录》(燕化女子型故事首见于此书)、敦煌古藏文写本《白噶白喜和金波聂基》和《金波聂基兄弟俩和增巴辛姐妹仨》(狼外婆型故事首见于此书)等。

第一节　隋唐五代的写实故事类型

隋唐五代时期新出现的故事类型，以写实故事方面的类型居多，共二十个，占总数的五分之二强，其中半数以上是涉及案狱的故事类型，计有智审匿产案型故事、寡妇讼子型故事、放驴捉贼型故事、觇妪获贼型故事、破鸡辨食型故事、鞭丝破案型故事、拷打羊皮型故事、枯井尸案型故事、换刀擒凶型故事、无头尸案型故事、烧猪判案型故事、断绢得奸型故事、举哀还儿型故事等。

这一批案狱故事类型，有好些不断见诸这个时期及后世的各种书籍，至现当代仍多有流布，颇为活跃。譬如，破鸡辨食型故事，这个时期见诸《南史》、《疑狱集》，此后又见诸《折狱龟鉴》、《智囊补》、《夜航船》、《不用刑审判书》、《中国侦探案》等，现当代仍在宁夏、甘肃、陕西、四川、河南、河北、江苏、上海、福建等地汉族和个别少数民族聚居区流布。

也有一些案狱故事类型，文献记载很多，但现当代却流传不广，甚至不再流传。譬如，智审匿产案型故事，这个时期见诸《朝野佥载》、《唐阙史》、《疑狱集》，此后又见诸《折狱龟鉴》、《棠阴比事》、《雪涛小说》、《智囊补》、《志异续编》、《北东园笔录》、《客窗闲话》、《棠阴比事续编》、《中国侦探案》、《清稗类钞》等，现当代仅流传于河南、上海等地。枯井尸案型故事，这个时期见诸《集异记》，此后见诸《涑水记闻》、《折狱龟鉴》、《智囊补》、《龙图公案》等，现当代未见流传。

这一批案狱题材的故事类型的出现，进一步以其浓郁的中国特色而引人注目，从而确立了它们在中国古代民间故事类型中的地位。

除此以外，这个时期写实故事方面新出现的，尚有婚姻、官吏、僧侣等题材的故事类型。其中，有一些故事类型，如像麻疯女型故事、定婚店型故事、服“毒”寻死型故事、学狗叫型故事等，不但后世多有记载，而且仍然在各地流布，广为人知。以服“毒”寻死型故事为例，它在这个时期见诸《启颜录》，此后又见诸《嘻谈录》、《笑林广记》等，现当代仍在西藏、新疆、湖北、浙江等地汉族、藏族、维吾尔族、土家族聚居区流布。又如，麻疯女型故事，这个时期见诸《朝野佥载》，此后又见诸《癸辛杂识》、《秋灯丛话》、《小豆棚》、《客窗闲话》、《香草淡荟》、《虫鸣漫录》、《夜雨秋灯录》、《近人笔记大观》、《近五十年见闻录》等，当代仍在江西、福建、上海、湖南、湖北、河南、河北、四川、山东、辽宁等地汉族和个别少数民族聚居区流布。

第二节 隋唐五代的幻想故事类型与民间传说类型

隋唐五代时期新出现的幻想故事方面的故事类型共十四个，数量虽不算很多，但却包含有好些著名的故事类型。首先要提及的是灰姑娘型故事和狼外婆型故事这两个世界性的著名故事类型。它们都比国外同一故事早出现八九百年之久。前者最早见于《酉阳杂俎》，此后又见于藏族班贡帕巴·鲁珠撰《尸语故事》等，现当代仍在广西、云南、贵州、四川、西藏、新疆、甘肃、宁夏、陕西、湖北、海南、上海、辽宁、吉林、黑龙江等地的汉族和藏、苗、彝、壮、哈尼、哈萨克、朝鲜、佤、黎、纳西、东乡、锡伯、普米、俄罗斯等少数民族聚居区广为流布。后者最早见诸大约成于吐蕃时期（7—9世纪）的敦煌古藏文写本《白噶白喜和金波聂基》和《金波聂基兄弟俩和增巴辛姐妹仨》，此后又见于《尸语故事》、《广虞初新志》等，现当代仍在云南、四川、贵州、广西、广东、福建、台湾、海南、湖南、湖北、安徽、江苏、上海、浙江、河南、河北、陕西、内蒙古、辽宁、吉林、黑龙江、北京、山西、宁夏、甘肃、新疆、青海等地的汉族和回、藏、苗、彝、壮、布依、朝鲜、傈僳、白、满、侗、瑶、土家、纳西、毛南、畲、仫佬、达斡尔、土、东乡、普米等少数民族聚居区广为流布。

这个时期新出现的幻想故事类型，涉及神异、精怪、宝物等题材，像长鼻子型故事、画中人型故事、制伥灭虎型故事、入仙洞型故事、逆妇恶报型故事、银人求宿型故事，也比较有影响。它们大多不断见诸文字记载，现当代也相当活跃。试看：

画中人型故事，这个时期见诸《酉阳杂俎》、《志怪录》、《闻奇录》，此后又见诸《夷坚志》、《辍耕录》、《玉芝堂谈荟》、《情史》、《阅微草堂笔记》、《此中人语》等，现当代则在辽宁、黑龙江、河北、山西、山东、河南、陕西、新疆、宁夏、上海、浙江、广东、湖南、四川等地汉族和苗、朝鲜、畲等一些少数民族聚居区流布。

虎妻子型故事，这个时期见诸《集异记》、《河东记》、《原化记》，此后又见诸《虎荟》、明隆庆《海州志》、《坚瓠集》、《祇可自怡》、《跰鏖笔记》、《古今情海》等，现当代则在江苏、上海、浙江、福建、贵州、重庆、四川、陕西、河北、黑龙江等地汉族和苗、朝鲜、畲等一些少数民族聚居区流布。

逆妇恶报型故事，这个时期见诸《冥报记》、敦煌写本《孝子传》、《独异志》，此后又见诸《夷坚志》、《湖海新闻夷坚续志》、《稗史汇编》、《縠山笔麈》、《昨非庵日纂》、《聊斋志异》、《北东园笔录》、《古今情海》等，现当代则在山西、河北、河南、江苏、上海、浙江、福建、湖南、湖北、重庆、四川、甘肃、吉林等地流布。

这个时期新出现的民间传说方面的故事类型将近十个，数量不算多，但有两点值得关注。其一，孟姜女的传说和梁山伯祝英台的传说均为中国四大民间传说之一，有关它们的两个故事类型，都正式形成于这个时期，而有关中国四大民间传说之一的白蛇传传说的故事类型，在这个时期已有雏型出现。这些无不说明，这个时期的民间传说类型在中国民间故事类型发展史上具有重要地位。其二，这个时期新出现一批有关书画家传说方面的故事类型，其故事主人公不但有前一个时期的王羲之、顾恺之，即分别见诸《晋书》、《书断》、《图书会粹》的书家题扇型故事与换鹅书型故事和见诸《历代名画记》的画佛募缘型故事，而且有这个时期的书法家张旭、智永、怀素，即见诸《幽闲鼓吹》的巧求笔迹型故事和分别见诸《书断》、

《唐国史补》的书僧笔冢型故事。这些有关书画家的故事类型，除书家题扇型故事现当代流布较广外，差不多都仅在某些地区流布，甚至不复流布。比如，书家笔冢型故事现当代仅流传于湖南一地，换鹅书型故事现当代已不见流传。

这个时期的其他传说类型，以见屈原型故事最为活跃，这个时期分别见诸《朝野佥载》、《酉阳杂俎》、《云仙杂记》：

> 敬宗时，高崔巍喜弄痴，大帝令给使捺头向水下，良久，出而笑之。帝问，曰："见屈原，云：'我逢楚怀王无道，乃沉汨罗水；汝逢圣明主，何为来?'"帝大笑，赐物百段。
>
> ——《朝野佥载》卷六"见屈原"

> 散乐高崔嵬善弄痴，大帝令没首水底。少顷，出而大笑，上问之，云："臣见屈原，谓臣云：'我遇楚怀无道，汝何事亦来耶?'"帝不觉惊起，赐物百段。
>
> ——《酉阳杂俎》续集卷四"见屈原"

> 相传玄宗尝令左右捉黄幡绰入池水中，复出，幡绰曰："向见屈原笑臣，尔遭逢圣明，何尔至此?"
>
> ——《酉阳杂俎》续集卷四"屈原笑臣"

> 玄宗尝令左右捉翻绰入水池中，复出曰："向见屈原笑臣，尔遭逢圣明，何尔至此?"
>
> ——《云仙杂记》卷九《翻绰入水》

此后又见诸《群居解颐》、《山中一夕话》、《舌华录》，现当代仍在北京、河北、山东、上海、湖北、四川等地流布。

第三节　隋唐五代的民间寓言类型与民间笑话类型

隋唐五代时期和新出现的民间寓言、民间笑话的故事类型，数量都很少。值得提及的是，这个时期新出现的民间寓言类型，全是拟人寓言（包括动物寓言与非生物寓言）的类型，进一步显示出中国古代寓言方面的故事类型，逐渐改变以人事寓言为主的发展趋势。

猫喇嘛型故事，是这个时期新出现的著名寓言方面的故事类型，初见于《根本说一切有部毗奈耶破僧事》这部汉译佛经。十五世纪、十八世纪又先后见诸藏文古籍《益世格言注释》和蒙古文古籍《学习宝贝珠》，现当代仍在西藏、四川、甘肃、新疆、福建等地汉族和藏族、维吾尔族、门巴族、珞巴族等少数民族聚居区流布。

这个时期新出现的民间笑话类型，以昏忘、痴愚者为主要嘲笑对象。其中，健忘者型故事、钥匙尚在型故事比较有影响。举例来讲，健忘者型故事首见于《启颜录》，即《启颜录·昏忘》“多忘者”[①]。此后又见诸《艾子后语》、《五杂俎》、《雪涛谐史》、《笑府》、《雅谑》、《鹖林子》、《笑得好》、《笑林广记》、《滑稽故事类编》、《笑林博记》等。譬如：

> 齐有病忘者，行则忘止，卧则忘起，其妻患之，谓曰：“闻艾子滑稽多知，能愈膏肓之疾，盍往师之？”其人曰：“善。”于是乘马挟弓矢而行，未一舍，内逼，下马而便焉。矢植于土，马系于树，便讫，左顾而睹其矢，曰：“危乎！流矢奚自，几乎中予！”右顾而睹其马，喜曰：“虽受虚惊，乃得一马。”引辔将旋，忽自践其所遗粪，顿足曰：“踏却犬粪，污吾履矣，惜哉！”鞭马，反向归路而行，须臾抵家，徘徊门外曰：“此何人居，岂艾夫人所寓邪？”其妻适见之，知其又忘也，骂之。其人怅然曰：“娘子素非

① 此则已见于本编第三章第二节隋唐五代的民间笑话与民间寓言。

相识，何故出语伤人？”

——《艾子后语·病忘》

有健忘者，置扇于树解裤，就此出粪。仰见树上扇，辄欣然取之，曰：“是何人遗扇于此？”因而失脚践粪，辄忿然怒曰：“是谁家病痢的在此拉粪污我鞋？”

——《雪涛谐史》“健忘者”

一人携刀往竹园取竹，偶内急，乃置刀于地，就园中出恭。忽抬头曰：“家中正要竹用，此处好竹，惜未带刀耳。”已解毕，见刀喜曰：“天随人愿，适有刀在此。”方择竹下刀，见所遗粪，愠曰：“何人沿地出痢，几污我足。”

——《笑府·善忘》

这一故事类型，现当代仍在四川、重庆、贵州、福建、浙江、上海、山东、河南、陕西、山西、河北、黑龙江等地汉族和个别少数民族聚居区流布。

第四节 敦煌写本对民间故事类型的贡献

隋唐五代时期的民间故事手抄本以及变文手抄本，即十九世纪末在敦煌石窟中发现的唐、五代时期的汉文和古藏文的有关内容手抄本，在中国古代民间故事类型的形成、发展过程中，有着不可忽视的作用。

首先应当看到，这些手抄本，有不少对先秦两汉、魏晋南北朝两个时期出现的许多故事类型的发展、演变多有贡献。

譬如，句道兴本《搜神记》“田章”的出现，使羽衣仙女型故事的故事情节更加曲折丰富，人物形象更加鲜活动人，充分显示出民间故事的独特魅力，成为此故事类型发展的一个里程碑。

又如，古藏文写本《金波聂基兄弟俩和增巴辛姐妹仨》与《白噶白喜和金波聂基》[①] 中有关的民间故事，使田螺女型故事的故事情节带上了鲜明的藏族特色，迈出了让此类民间故事类型传入少数民族聚居区的可喜的一步。

再如，句道兴本《搜神记》与敦煌写本《孝子传》的有关故事，大多以具体的细节描写和人物心态的刻画，使董永行孝型故事、郭巨埋儿型故事、丁兰刻木型故事等故事类型得到了充实和发展。

不仅如此，敦煌遗书中的有关汉文、古藏文写本，还在隋唐五代时期新产生的故事类型方面发挥了重要的、不可替代的作用。最为突出的是古藏文写本《金波聂基兄弟俩和增巴辛姐妹仨》与《白噶白喜和金波聂基》的有关故事，是世界上现存的两则最早的狼外婆型故事。它们的被发现，在世界范围内将狼外婆型故事的产生提前了很长一段时间。此外，敦煌写本《孝子传》"向生妻"是逆妇恶报型故事最早的文本，而敦煌变文写本《茶酒论》则是茶酒争高型故事的雏型，其价值和意义也是不言而喻的。

---

① 这两则藏族古代民间故事，都是由田螺女型故事和狼外婆型故事组成的复合故事。

第四章　隋唐五代的民间故事采录

第一节　民间故事采录步入成熟期

隋唐五代是中国民间故事采录步入成熟期的一个重要发展阶段。这个时期收录有民间故事的书籍众多，数量为魏晋南北朝时期的几倍，包括笔记小说集、笑话集、史籍等，此外尚有汉文和少数民族文字的写本出现。

这个时期的民间故事的录写者，仍然保持了以上层社会有识之士为主的格局，其中最多的是文学家、小说家，如侯白、张鷟、刘悚、牛肃、牛僧孺、李肇、李复言、郑还古、薛用弱、韦绚、段成式、卢肇、温庭筠、张读、裴铏、皇甫松、李玫、杜庭光、王仁裕、王定保、孙光宪。也有史学家、书学家，如房玄龄、李延寿、张怀瓘、张彦远；政治家、各级官员，如唐临、郎馀令、窦维鋈、戴孚、陆长源、封演、李德裕、郑处海、陆勋、康骈、高彦休、刘恂、王毂、苏鹗、刘崇远、景涣、徐铉。此外尚有下层知识分子如句道兴，僧人如释道世。由于年代久远，有的采录人生平不详，如刘肃、薛渔思、焦璐、丁用诲、皇甫氏、沈汾、尉迟偓、周珽；有的著作的作者已佚名，如《琱玉集》、《会昌解颐录》、《玉泉子》、《闻奇录》、《灯下闲谈》。

隋唐五代的有关著述、写本在汇集民间故事时，大体上沿用了《搜神记》提出的两种方式：一是采用前人的成果，即“承于前载”，“广收遗逸”；一是自己进行采录，即“采访近世之事”，录写“耳目所受”。总的看来，这个时期利用前人成果的比重甚小，而自己采录的作品比重很大。这无疑是这个时期民间故事走向成熟的一个重要标志。

隋唐五代收有前人所录民间故事的集子约十来种，最值得提及的是

《酉阳杂俎》与《独异志》。《酉阳杂俎》在民间故事采录方面成绩卓著，为世所公认，但其成书时也曾多处引用前人采录的故事。兹举数例：

前集卷四《异境》“解形之民”，引自《王子年拾遗记》。

前集卷十《物异》“石驼溺”，引自《论衡》。

前集卷十四《诺皋记上》“鬼仙”，引自《太真科经》。

前集卷十六《毛篇》“猳”，引自《搜神记》。

续集卷四《贬误》“见屈原”，引自《朝野佥载》及《北齐书》。

续集卷四《贬误》“鹅笼书生”，引自《续齐谐记》及《杂譬喻经》。

段成式在《酉阳杂俎》中采用前人采录的故事，有的为直接引用，有的则用以和自己采录的作品进行对比。而所引用的前人成果，文字一般都经过改动，并非照录原文。

试看“猳玃”条：

> 猳玃，蜀西南高山上有物如猴状，长七尺，名猳玃，一曰马化。好窃人妻，多时形皆类之，尽姓杨，蜀中姓杨者往往玃爪。
>
> ——《酉阳杂俎》前集卷十六《毛篇》“猳玃”

> 蜀中西南高山之上，有物与猴相类，长七尺，能作人行，善走逐人，名曰“猳国”，一名“马化”，或曰“玃猨”。伺道行妇女有美者，辄盗取将去，人不得知。若有行人经过其旁，皆以长绳相引，犹故不免。此物能别男女气臭，故取女，男不取也。若取得人女，则为家室。其无子者，终身不得还。十年之后，形皆类之，意亦迷惑，不复思归。若有子者，辄抱送还其家。产子皆如人形，有不养者，其母辄死，故惧怕之，无敢不养。及长，与人不异，皆以杨为姓。故今蜀中西南多诸杨，率皆是猳国、马化之子孙也。
>
> ——《搜神记》卷十二《猳国马化》

显而易见，《酉阳杂俎》的此条是由《搜神记》缩写而成的。而《搜神记》的此条，又出自《博物志》卷三《异兽》“猳玃”。

《独异志》采用前人录写的故事，数量远超过《酉阳杂俎》，所征引先秦至魏晋南北朝的典籍达二三十种之多，亦有引自唐代某些典籍者，具有一定的数据价值。其引文大都经过改写，偶有引文不准确之处。兹举例如下：

卷上："斑竹"，出自《博物志》。

卷上："干宝母妒"，出自《搜神后记》。

卷上："七寸人"，出自《神异经》。

卷上："刘伶袒露"，出自《世说新语》。

卷上："庖丁解牛"，出自《庄子》。

卷上："秦始皇观日"，出自《三齐要略》。

卷上："历阳为湖"，出自《淮南子》高诱注。

卷中："句践揖怒蛙"，出自《韩非子》[①]。

卷中："相思树"，出自《搜神记》。

卷中："夜郎侯"，出自《华阳国志》。

卷中："余响绕梁"，出自《列子》。

卷中："陶答子妻"，出自《列女传》。

卷下："救盾郎"，出自《史记》。

卷下："支解人"，出自《晏子春秋》。

卷下："张广定女"，出自《异闻记》。

这个时期收有前代故事的笔记小说集、笑话集、写本，尚有《启颜录》、《琱玉集》、《集异志》、《穷神秘苑》、《岭表录异》、句道兴本《搜神记》、《疑狱集》等，恕不一一例举。

应当指出，隋唐五代的有关著作、写本所记载的民间故事，绝大多数是新采录的。这里面包含着两层含意：其一，从整体上看，收有前人作品的集子只是少数，绝大部分集子中的故事都是这个时期录写的；其二，在收有前人作品的集子中，多数集子新采录的作品的数量都远超过"承于前载"的作品。这有力地说明，隋唐五代在民间故事采写方面有了很大的发展，已经进入了成熟期。

这个时期采录者录写的民间故事，数量巨大，采录的地区更为广阔，

① 此条又见《吴越春秋》，《独异志》称出自《越绝书》，有误。

其中不但有汉民族的作品，而且有少数民族的作品，甚至还有从异域流传到中国的作品，充分显示出这个时期民间故事采录的繁荣景象。

这个时期有一批笔记小说集、笑话集、写本，包括《启颜录》、《朝野佥载》、《广异记》、《纪闻》、《续玄怪录》、《博异志》、《集异记》、《酉阳杂俎》、《逸史》、《宣室志》、《原化记》、《玉堂闲话》、《稽神录》以及敦煌藏卷中的《搜神记》写本（即句道兴本《搜神记》）、古藏文写本等，在采集民间故事方面颇为突出，在我国民间故事采录史上都有一定的地位。这里着重介绍其中的几种。

《广异记》，作者戴孚，谯郡（今安徽亳州）人。唐肃宗至德二年（757）进士，曾任校书郎、饶州录事参军，卒时五十七岁。此书约作于代宗大历年间（766—779），二十卷。唐、宋各书目未见著录，久已亡佚。有旧抄本六卷，似后人辑佚。《太平广记》存佚文近三百条，共约十万言[①]。商务印书馆1933年版吴曾祺编《旧小说》已集收有《广异记》一百三十三则，计五万余字。今有《全唐小说》本等。

《广异记》所载民间故事篇什甚多，在唐代笔记小说集中颇为突出。其中的民间故事，采自皖、苏、浙、闽、粤、赣、湘、鄂、川、陕、甘、豫、鲁、冀、晋等地，以幻想故事为主，作品的情节大多曲折生动，有头有尾，相当完整，比较接近于口传形态。书中保存了不少唐代民间故事的名篇佳作，诸如：精怪故事《稽胡》、《虎妇》、《笛师》（以上为虎精）、《上官翼》、《韦明府》、《李黁》（以上为狐精）、《忻州刺史》、《余干县令》、《海州猎人》（以上为蛇精）；鬼魂故事《张琮》、《张果女》、《杨准》、《商乡人》、《宣州儿》、《天宝矿骑》、《李光远》、《商顺》；神异故事《麻阳村人》、《句容佐史》、《破山剑》、《宝珠》、《石巨》、《巴人》、《南海大蟹》；写实故事与寓言《勤自励》、《张鱼舟》、《天宝樵人》、《蒲城人》、《颍阳里正》。该书可谓集初唐至中唐，尤其是开元、天宝时期流布的幻想故事之大成。在民间故事采录方面，对后世颇有影响。遗憾的是，长期以来，学界对于它在民间故事采录上的成就及影响没有引起足够的重视，给予充分

---

① 参见《中国古代小说百科全书》编辑委员会：《中国古代小说百科全书》《广异记》条。中国大百科全书出版社1993年版，第131页。

的肯定。

《酉阳杂俎》，作者段成式，晚唐临淄邹平（今山东邹平东北）人。大约生于德宗贞元十九年（803）或稍后，卒于懿宗咸通四年（863），享年六十岁左右。曾任秘书省校书郎，出为庐陵、缙云、江州刺史，仕至太常少卿。《酉阳杂俎》前集二十卷，续集十卷，《新唐书·艺文志》列入子录小说家类，成于公元九世纪中期。今有明刻本、《稗海》本、《津逮秘书》本、《学津讨源》本及中华书局点校本。[①]

《酉阳杂俎》涉猎广博，内容非常丰富，凡天文、地理、历史、文学、医药、民族、民俗、佛道、书画、音乐、建筑，等等，无所不包，具有很高的数据价值和科学价值。从民间文学的视角来考察，它较为忠实地录写了大量的神话、传说、故事。见于前集的《忠志》、《天咫》、《玉格》、《壶史》、《怪术》、《盗侠》、《语资》、《诺皋记》，续集的《支诺皋》、《贬误》、《金刚经鸠异》等篇，都录写了大量的民间故事。其中的《诺皋记》二卷、《支诺皋》三卷所记载的民间故事，不但数量多，而且艺术质量高，尤为引人注目。

《酉阳杂俎》所采录的民间故事，既有流布于国内陕、甘、川、湘、鄂、赣、桂、贵、闽、浙、苏、皖、豫、鲁、冀、晋等地的作品，也有流布于境外的波斯、天竺、新罗、交趾、真瞒等国的作品。该书所录写的好些作品，诸如《盗侠》的“老人舞剑”、“僧盗”，《语资》的“柜中熊”，《诺皋记》上的“长须国”、“龙兴寺僧”、“屏妇踏歌”，《诺皋记》下的“白首妇”、“守宫”、“巨手乞饼”，《支诺皋》上的“叶限”、“旁㐌”、“周乙擒怪”，《支诺皋》中的“乌郎与黄郎”、“登娘”、“成都老姥”，《支诺皋》下的“李简复生”、“冤魂夜诉”、“花精与风神”，《贬误》的“见屈原”、“中岳道士”等，都颇为有名。譬如，《支诺皋》上“叶限”系现存最早的一篇“灰姑娘型故事”文本，故事完整，情节生动，描写细腻，非常接近后世口传形态，充分显示出段成式的录写相当忠实可靠。不仅如此，这则故事还记有故事讲述人的姓名及其身份，并且点出故事的流传地区——邕州，辖境相当今广西南宁、邕宁、武鸣、隆安、大新、崇左、上

① 参见方南生点校《酉阳杂俎·前言》，中华书局1981年版，第1—4页。

思、扶绥等地，说明这一则世界闻名的民间故事一千两百多年前已在中国南方汉、壮等族先民中流布。这对于民间故事研究很有价值。又如，《支诺皋》上“旁㐌”系现存最早的一篇“长鼻子型故事”文本。它是从朝鲜半岛流传到中国的。与后世的口传形态的诸多异文相比较，亦不难看出段成式的记录相当忠实可靠。这篇作品，对于民间故事类型研究和中外民间文学交流研究，同样很有价值。总之，《酉阳杂俎》对后世的民间故事采录影响深远，它在中国古代民间故事采录史上无疑具有里程碑的意义。

《稽神录》，作者徐铉，广陵（今江苏扬州）人。官至南唐吏部尚书，南唐灭后入宋，封太子率更令，后迁右散骑常侍等。宋太宗太平兴国初直学士院，参与编修《太平广记》、《文苑英华》等。著有《骑省集》等。《稽神录》成书于徐铉入宋之前，其后又有所增补。编修《太平广记》时，他征得主编李昉同意，将此书收了进去。故《太平广记》所引《稽神录》甚多，有超出今本之作品。《稽神录》原书十卷，现存传本均为六卷。商务印书馆排印本（1919）有补遗四十六条，较为完备。①

《稽神录》记有五代时期流布的众多民间故事，采录地以苏、皖、赣为主，兼及浙、闽、湘、鄂、川、陕、晋、鲁等地。它所录写的作品，大多为幻想故事，文字未经雕饰，平实无华，接近民间故事本色。像精怪故事《蔡彦卿》、《熊为》、《苏长史》、《宋氏》，鬼魂故事《周洁》、《田达诚》、《法曹吏》、《清源都将》、《刘璠》、《陈勋》，神异故事《梅真君》、《徐仲宝》、《陈师》、《杜鲁宾》、《建州村人》、《酤酒王氏》，写实故事《渔人》、《食黄精婢》、《蜂余》等，都颇有特色，在五代时期的民间故事里面，具有相当的代表性。此书在民间故事采录方面，对后世，尤其是对宋代（如《江淮异人录》、《睽车志》、《夷坚志》）产生了一定的影响。

---

① 参见《中国古代小说百科全书》编辑委员会：《中国古代小说百科全书》《稽神录》条。中国大百科全书出版社 1993 年版，第 197 页。

第二节　开启记载民间故事讲述人及流传情况的风气

隋唐五代在采录民间故事方面的发展，还体现在最早对讲述人的广泛关注和作品流传情况的记载上。在采录民间故事的时候，记下讲述人，甚至记下故事流布的相关信息，不但使其有别于作家的小说创作，而且有助于后世对民间故事的产生、传播等相关情况的了解，增强了作品的可信度和研究价值。这标志着我国古代民间故事采录朝理性化、科学化迈进了一大步，更加走向成熟。

当然，这个时期并非所有录写民间故事的书籍、写本都有讲述人及流布信息的记载，而且即令有此类记载的书籍、写本，也不是每一则故事都有此类记载。但是，在中国古代民间故事采录史上，这个时期首先记载了讲述人以及有关故事的流布情况，并且这方面的记载不是个别现象，具有显著的普遍性，由此而蔚然成风，一直影响到后世民间故事采录的发展，其意义不可等闲视之，值得予以充分肯定。

这个时期现存最早记载讲述人及流布情况的，是成于初唐的《冥报记》。作者唐临为京兆长安（今陕西西安）人，先后在唐代高祖、太宗、高宗三朝为官。此书《旧唐书》、《新唐书》皆作二卷，宋元后亡佚。从现存残本可以看到，它录写的近六十则故事，大都记有讲述人，甚至记有流布情况。这在中国古代民间故事采录史上，无疑是一个创举，对唐、五代和以后的采录均具有示范作用，影响深远。

《冥报记》所记故事讲述人，计有采录者的亲属，如兄、嫂、舅氏、外祖父，还有士人、僧道、医生、乡人、船夫等，而最为常见的则是中央和地方的各级官吏，如殿中丞相里玄奘、驸马守国公萧锐、大理卿李适裕、光禄卿柳亨、监察御史郑余庆、东宫右监门率兵曹参军郑师辩、雍州司马卢华京、括州刺史任义方、杭州别驾张德玄。内中传讲二三则故事的讲述人有：监察御史卢文励、中书令岑文本、大理丞蔡宣明、尚书崔敦礼、大理主簿韦孝偕、智力寺僧慧永、龙门僧法端、扬州针医飘陁、高阳许仁则、舅氏高莒州等。

《冥报记》有关故事的流传情况的记述，有一些较为详尽，譬如，描述一幽州沙门凿石室磨四壁写经而得神助的卷上《隋释智苑》，末尾交代："殿中丞相里玄契、大理丞采（蔡）宣明等皆为临（即作者唐临，下同）说云尔。临以十九从车驾幽州，问乡人，亦同云尔，而以军事不得之。"又如，写大理丞董雄被人牵连系于御史台时，由于专念佛经而锁自解落，后乃得雪的卷中《唐董雄》，末后交代："临时病笃在家，玄（曾经与董雄同时系狱之大理丞李敬玄）来说疾，具说其事。临病愈摄职，问台内官吏，与玄说不殊。雄亦自说其事，而精厉弥笃。雄今见在，为周至令。"再如，写魏州刺史崔某至一邑，惊谓从者言往昔尝在邑中为人妇，入一家后所言之事无不应验的卷中《隋崔彦武》，末后交代："崔尚书敦礼说云然。往年见卢文励，亦同。但言齐州刺史，不得姓名，不（下缺一字）崔具，故依崔录。"

隋唐五代，在记载故事讲述人和流布情况方面，最为突出的当数段成式撰《酉阳杂俎》。此书不但记载的故事讲述人数量更多，其身份更为多种多样，而且对于故事流布情况的记载也更为多样化，其中有的记载较为详实，科学价值更高。

《酉阳杂俎》记载的讲述人，涉及家族、亲属传承与社会传承两大渠道，计有：采录者的三从叔、姑婿；采录者的家人、女工、乳母、友人、邻人；知识分子如博士、秀才、处士、医生；宗教徒如僧人、道长、女道士；中央及地方各级官吏如相国、大理丞、户部郎中、集贤学士、司马、司徒、司户、都官司、县尉、书吏。其中传承二至五则故事的讲述人有：工部员外郎张周封、兴州刺史韦行规、盐州从事郑宾于、处士许卑、医僧行儒等。

《酉阳杂俎》有关故事流布情况的记载，最有研究价值的莫过于对现存世界上最早的一则"灰姑娘型故事"——续集卷一《支诺皋》上"叶限"的记载。前文已作论析，不赘述。另外一些记载亦值得关注，诸如：续集卷二《支诺皋》中"黑鱼谷"，末后交代："元和中，处士赵齐约尝至谷中，见村人说。"续集卷三《支诺皋》下"石枕"，末后交代："阿贺今住洛阳会节坊，成式家雇其纫针，亲见其说。"续集卷三《支诺皋》下

“梦身为鱼”，末后交代：“成式书吏沈郅家在越州，与堰相近，目睹其事。”续集卷三《支诺皋》下“李怀玉”，末后交代：“成式见台州乔庶说，乔之先官于东平，目击其事。”续集卷七《金刚经鸠异》“村女还阳”，末后交代：“王从贵能治木，尝于公安灵化寺起造，其寺禅师曙中，尝见从贵说。”

这个时期载有故事讲述人及相关情况的书籍不下二三十种，除《冥报记》、《酉阳杂俎》外，尚有《冥报拾遗》、《法苑珠林》、《广异记》、《玄怪录》、《续玄怪录》、《前定录》、《会昌解颐录》、《逸史》、《乾臊子》、《宣室志》、《玉泉子》、《定命录》、《剧谈录》、《阙史》、《云溪友议》、《杜阳杂编》、《原化记》、《岭表录异记》、《报应录》、《玉堂闲话》、《开元天宝遗事》、《金华子杂编》、《野人闲话》、《稽神录》、《北梦琐言》等。其中《冥报拾遗》、《法苑珠林》、《广异记》、《续玄怪录》、《稽神录》的记载较多。兹举数例如下：

《冥报拾遗》“刘善经”，末后交代：“隰州沙门善抚与善经知旧，见善经及乡人所说，为馀令（即作者郎馀令）言之。”

《冥报拾遗》“信都元方”，末后交代：“河东薛大造寓居滏阳，前任吴山县令，自云具识名远，智力寺僧慧永、法真等说之。”

《冥报拾遗》“任五娘”，末后交代：“吴兴沈玄法说，净土寺僧智整所说亦同。”

《法苑珠林》“李校尉外婆”，末后交代：“东宫率梁难迪，并州人，改任怀州，墩下折冲，具见说之也。”

《法苑珠林》“徐茶”，末后交代：“时与荣同船者沙门支道蕴，谨笃士也，亦具其事，为傅亮言之，与荣所说同。”

《广异记·李叔霁》，末后交代：“吴郡朱敖尝于陈留贼中识一军将，自言索得李霁妇云。”

《广异记·天宝矿骑》，末后交代：“御史大夫尝为邯郸尉崔懿，亲见其事，懿再从弟恒说之。”

《广异记·南海大鱼》，前面交代：“岭南节度使何履光者，朱崖人也。所居傍大海，云：……”

《续玄怪录·钱方义》，末后交代：“复言（即作者李复言）顷亦闻之，未详其实。大和二年秋，与方义从兄及河南兄不旬求岐州之荐，道途授馆，日夕同之，宵话奇言，故及斯事，故得以备书焉。”

《续玄怪录·驴言》，末后交代：“和（即故事主人公张和）东邻有右金吾郎将张达，其妻，李之出也，余尝造焉。云见驴言夕。遂闻其事，且以戒欺暗者，故备书之。”

《续玄怪录·木工蔡荣》，末后交代：“有李复者，从母夫杨曙为中牟团户于三异乡，遍闻其说。召荣母问之，回以相告。泛祭之见德者，岂其然乎？”

《续玄怪录·梁革》，末后交代：“其年秋，友人高损之，以其元舅为天官郎，日与相闻，故熟其事而言之，命余纂录耳。”

《续玄怪录·尼妙寂》，末后交代：“太和庚戌岁，陇西李复言游巴南，与进士沈田会于蓬州，田因话奇事，持以相示，一览而复之。录怪之日，遂纂于此焉。”

《原化记·韦氏》，末后交代：“后数十年，韦氏表弟裴纲，贞元中犹为洪州高安尉，自说其事。”

《稽神录·青州客》，末后交代：“时贺德俭为青州节度使，与魏博节度使杨思厚有亲，因遣此客使魏，具为思厚言之。魏人范宣古亲闻其事，至为余言。”

《稽神录·康氏》，末后交代：“有李浔者，为江都令，行县至新宁乡，见大家即平平家也。其父老为李言如此。”

以上所引各书材料充分说明，这个时期对故事讲述人及故事流布情况的记载，绝非个别现象，而是开一代风气的普遍现象。

第三节　民间故事异文更为丰富多彩

民间故事的异文，即同一故事在流传过程中，其故事情节产生各种不同变化而形成的若干情节大同小异的口传文本。一般来讲，故事流传的时间越长，扩布的地域越广，产生变化的可能性越大，出现异文的机会也越多。但是，民间故事在流传过程中出现的各种变异，总是处于不断发生变动的状态之下，只有被采录者录写成文字，才产生“定格”的效果，因而得以保存并传世，具有一定的数据价值和研究价值。

民间故事的各种异文，无不显示出民间故事的流传、变异特征，历来都受到学术界的重视。而采录者在采集民间故事的时候，对异文的关注程度以及录写异文的丰富程度，都能够反映出一个时期民间故事采录活动的发展状况和发展水平。同先秦两汉、魏晋南北朝时期相比，隋唐五代录写的民间故事异文，数量大为增加，变化多种多样，涉及的书籍达三四十种，成为这个时期民间故事采录走向成熟的又一个重要标志。

隋唐五代所录写的民间故事异文，有的载于同一种书籍，有的载于不同的书籍，有的则既见于同一种书，又见于不同的书籍。各种异文之间的变化情况大致有三类：其一，情节相同，繁简有别；其二，情节相似，变化的幅度一般都不大；其三，主要情节相似，变化的幅度较大。下面，通过若干例证，具体论析这个时期民间故事异文的不同变化情况和不同的记载情况。

一、见于同一种书籍的民间故事异文

这个时期见于同一种书籍的民间故事异文，数量不太多，通常在同一作品之后，以“又”、“复一说”、“又一说”等方式录写和展示异文。诸如，《博异志·张不疑》及《又》，《河东记·李敏求》及“又一说”、《定命录·沈七》及《又一则》、《灵怪集·张不疑》及《又》。也有一些民间故事异文，是以不同的篇名出现于同一种书籍之中的。诸如，《冥报记·唐杜通达》与《冥报记·唐邢文宗》、《广异记·晁良贞》与《广异记·李氏》及《又》。

试看，《博异志·李黄》及其异文：

> 元和二年，陇西李黄，盐铁使逊之犹子也。因调选次，乘暇于长安东市，瞥见一犊车，侍婢数人，于车中货易。李潜目车中，因见白衣之姝，绰约有绝代之色。李子求问，侍者曰：“娘子孀居，袁氏之女，前事李家，今身依李之服。方除服，所以市此耳。”又询：“可能再从人乎?”乃笑曰：“不知。”李子乃出与钱帛，货诸锦绣。婢辈遂

传言云："且贷钱买之，请随到庄严寺左侧宅中，相还不负。"李子悦。时已晚，遂逐犊车而行，碍夜方至所止。

犊车入中门，白衣姝一人下车，侍者以帷拥之而入。李下马，俄见一使者，将榻而出，云："且坐。"坐毕，侍者云："今夜郎君岂暇领钱乎！不然，此有主人否？且归主人，明晨不晚也。"李子曰："乃今无交钱之志，然此亦无主人，何见隔之甚也！"侍者入，复出曰："若无主人，此岂不可。但勿以疏漏为诮也。"俄而侍者云："屈郎君。"李子整衣而入，见青服老女郎立于庭，相见曰："白衣之姨也。"中庭坐。少顷，白衣方出，素裙灿然，凝质皎若，辞气闲雅，神仙不殊。略序款曲，翻然却入。姨坐谢曰："垂情与货诸彩色，比日来市者，皆不如之，然所假如何？深忧愧。"李子曰："彩帛粗缪，不足以奉佳人服饰，何敢指价乎！"答曰："渠浅陋，不足侍君子巾栉，然贫居有三十千债负，郎君傥不弃，则愿侍左右矣。"李子悦，拜于侍侧，俯而图之。李子有货易所先在近，遂命所使取钱三十千，须臾而至。堂西间门，砉然而开，饭食毕备，皆在西间。姨遂延李子入座，转盼炫焕。女郎旋至，命坐，拜姨而坐。六七人具饭，食毕，命酒欢饮。一住三日，饮乐无所不至。第四日，姨云："李郎君且归，恐尚书怪迟，后往来亦何难也。"李亦有归志，承命拜辞而出。上马，仆人觉李子有腥臊气异常。

遂归宅，问："何处，许日不见？"以他语对。遂觉身重头旋，命被而寝。先是婚郑氏女，在侧云："足下调官已成，昨日过官，觅公不得，某二兄替过官，已了。"李答以愧佩之辞。俄而郑兄至，责以所往行。李已渐觉恍惚，祇对失次，谓妻曰："吾不起矣。"口虽语，但觉被底身渐消尽。揭被而视，空注水而已，唯有头存。家大惊慑，呼从出之仆考之，具言其事。及去寻旧宅所，乃空园，有一皂荚树，树上有十五千，树下有十五千，余了无所见。问彼处人，云："往往有巨白蛇在树下，便无别物。"姓袁者，盖以空园为姓耳。

复一说。元和中，凤翔节度李听，从子琯，任金吾参军，自永宁里出游，及安化门外，乃遇一车子，通以银装，颇极鲜丽，驾以白牛，从二女奴，皆乘白马，衣服皆素，而姿容婉媚。琯贵家子，不知检束，即随之，将暮焉。二女奴曰："郎君贵人，所见莫非丽质。某皆贱质，又粗陋，不敢当公子厚意。然车中幸有姝丽，诚可留意也。"琯遂求女奴，乃驰马傍车，笑而回曰："郎君但随行，匆舍去，某适已言矣。"琯既随之，闻其异香盈路。

日暮，及奉诚园，二女奴曰："娘子住此之东，今先去矣。郎君且此回翔。某即出奉迎耳。"车子既入，琯乃驻马于路侧。良久见一婢，出门招手，琯乃下马，入座于厅中，但闻名香入鼻，似非人世所有。琯遂令人马入安邑里寄宿。黄昏后，方见一女子，素衣，年十六七，姿艳若神仙。琯自喜之心，所不能谕。及出，已见人马在门外，遂别而归。才及家，便觉脑疼，斯须益甚。至辰巳间，脑裂而卒。其家询问奴仆昨夜所历之处，从者具述其事，云："郎君颇闻异香，某辈所闻，但蛇臊不可近。"举家冤骇，遽命仆人于昨夜所止之处覆验之。但见枯槐树中，有大蛇蟠屈之迹。乃伐其树，发掘，已失大蛇，但有小蛇数条，尽白，皆杀之而归。

这一组异文，写的是蛇精化为美女残害青年男子的故事，基本情节相同，却又有许多不同之处。两者不但某些情节有出入，而且细节描写亦多有差别。例如，前一则故事主人公进蛇窟一住三日，与蛇精尽欢。后一则故事主人公入座厅中两个时辰，仅与蛇精见过一面；前一则故事主人公回家后身重头旋，就寝后身渐消尽，唯有头存。后一则故事主人公归家便觉脑疼，不久便脑裂而卒。

再看，《冥报记》佚文中的两则异文：

齐州高苑人杜通达，贞观年中，县承命令送一僧向北。通达见僧经箱，谓意其中是丝绢，乃与妻共计，击僧杀之。僧未死，闻诵咒三两句，遂有一蝇飞入其鼻，久闷不出。通达眼鼻遽喘，眉鬓即落。迷惑失道，精神沮丧。未几之间，便遇恶疾，不经一年而死。临终之际，蝇遂飞出，还入妻鼻。其妻得病，岁余复卒。

——《冥报记·唐杜通达》

唐河间邢文宗，家接幽燕，秉性粗险。贞观年中，忽遇恶风疾，旬日之间，眉鬓落尽。于后就寺归忏。自云：近者向幽州，路逢一客，将绢十余匹。迥泽无人，因即劫杀。此人云将向房州，欲买经纸终不得免。少间，属一老僧复欲南去，遇文宗。惧事发觉，挥刀拟僧。僧叩头曰："乞存性命，誓愿终身不言。"文宗杀之，弃之草间。经二十余日，行还，过僧死处。时当暑月，疑皆烂坏。试往观之，俨若生日。文宗因以马下策筑僧之口。口出一蝇，飞鸣清彻，直入宗鼻，久闷不出。因得大病，岁余而死。

——《冥报记·唐邢文宗》

这一组异文，写的是某人为夺丝绢杀人；后竟得报而大病身亡的故事，主要情节相同，但出入较前面一组明显。前一则为直叙，文字较简约；后一则为倒叙，描写较细致。其故事情节的差异主要是，前一则为夫妻共谋杀僧，二人先后遭报而死，后一则先杀路客又杀僧人，其人后遭报而死。

二、见于不同书籍的民间故事异文

这个时期见于不同书籍的民间故事异文，只要细心查阅，随处可以发现，数量相当大，远胜过这个时期见于同一种书籍记载的民间故事异文。其中，以见于两种书籍的民间故事异文数量最多。

譬如，《广异记》、《宣室志》有关鼠异房塌故事的两则异文：

崔怀嶷，其宅有鼠数百头；于庭中两足行，口中作呱呱声。家人无少长，尽出观，其屋轰然而塌坏。嶷外孙王汶自向余说。

——《广异记·崔怀嶷》

宝应中，有李氏子，亡其名，家于洛阳。其世以不好杀，故家未尝蓄狸，所以宥鼠之死也。迨其孙，亦能世祖父意。尝一日，李氏大集其亲友，会食于堂上，而门外有群鼠数百，俱人立，以前足相鼓，如甚喜状。家僮惊异，告于李氏。李氏亲友乃空其堂而纵观，人去且尽，堂忽摧圮，其家无一伤者。堂既摧而群鼠亦去。

——《宣室志》卷三“李氏子”

这一组异文，写群鼠以怪异举动吸引众人出屋，使其全都躲过房塌之灾，基本情节相似，但具体描写各异。前一则甚为简略，仅仅交代了基本故事情节；后一则的描述稍为详细一些，不但交代了群鼠救人的因由，而且情节比较具体生动，有头有尾。

又如，《广异记》、《纪闻》有关猎者救象故事的两则异文：

安南人以射猎为业，每药附箭镞，射鸟兽，中者必毙。开元中，其人曾入深山，假寐树下，忽有物触之。惊起，见是白象，大倍他象，南人呼之为将军。祝之而拜，象以鼻卷人上背，复取其弓矢药筒等以授之。因尔遂骋行百余里，入邃谷，至平石。迥望十里许，两崖悉是大树，围如巨屋，森然隐天。象至平石，战惧，且行且望。经六七里，往倚大树，以鼻仰拂人。人悟其意，乃携弓箭，缘树上。象于树下望之，可上二十余丈，欲止。象鼻直指，意如导令复上。人知其意，径上六十丈，象视毕走去。其人夜宿树上。

至明，见平石上有二目光，久之，见巨兽，高十余丈，毛色正黑。须臾清朗，昨所见大象，领凡象百余头，循山而来。伏于其前。巨兽躩食二象，食毕，各引去。人乃思象意，欲令其射。因傅药矢端，极力射之，累中二矢。兽视矢吼奋，声震林木，人亦大呼引兽。兽来寻人，人附树，会其开口，又当口中射之。兽吼而自掷，久之方死。俄见大象从平石入，一步一望，至兽所，审其已死。以头触之，仰天大吼。

顷间，群象五六百辈，云萃吼叫，声彻数十里。大象来至树所，屈膝再拜，以鼻招人。人乃下树，上其背，象载人前行，群象从之。寻至一所，植木如陇，大象以鼻揭楂，群象皆揭，日旰而尽。中有象牙数万枚，象载入行，数十步内，必拔一枝，盖示其路。讫，寻至昨寐之处，下人于地，再拜而去。其人归白都护，都护发使随之，得牙数万。岭表牙为之贱。使人至平石所，巨兽但余骨存，都护取一节骨，十人舁致之，骨有孔，通人来去。

——《广异记·安南猎者》

张景伯之为和州，淮南多象。州有猎者，常逐兽山中。忽有群象来围猎者，令不得去。有大象至猎夫前，鼻绞猎夫，置之于背。猎夫刀仗坠者，象皆为取送还之。于是驮猎夫径入深山，群象送于山口而返。入山五十里，经大磐石，石际无他物，尽象之皮革，余血肉存焉。猎夫念曰："得无于此啖我乎?"象负之且过，去石五十步，有大松树。象以背依树，猎夫因得登木焉。弓坠于地，象又鼻取仰送之。猎夫深怪其故。

象既送猎夫讫，因驰去。俄而有一青兽，自松树南细草中出，毳毛鬖髵，爪牙可畏，其大如屋，电目雷音，来止磐石，若有所待。有顷，一次象自北而来，遥见猛兽，俯伏膝行，既至磐石，恐惧战栗。兽见之喜，以手取之，投于空中，投已接取，犹未食啖。猎夫望之叹曰："畜兽之愚，犹请救于人，向来将予于山，欲予毙此兽也。予善其意，曷可不救?"于是引满，纵毒箭射之，洞其左腋。兽既中箭，来趋猎夫，又迎射贯心，兽踣焉，宛转而死。小象乃驰还，俄而诸象二百余头，来至树下，皆长跪。展转猎夫下，前所负象，又以背承之，负之出山。诸象围绕喧号，将猎夫至一处，诸象以鼻破阜，而出所藏之牙焉，凡三百余茎，以示猎夫。又负之至所遇处，象又皆跪，谢恩而去。猎夫乃取其牙，货得钱数万。

——《纪闻·淮南猎者》

这一组异文，写大象驮猎人入深山除掉巨兽，保山林平安，基本情节也很相似。两者不同之处在于：前一则故事情节较为丰富，在以毒矢射杀巨兽之前，描述了大象对猎人友善的情节；在射杀巨兽之后，又交代了赠送象牙致谢和都护取象牙、舁巨兽余骨等情节。首尾呼应，颇为完整。后一则故事情节较为单纯，主要突出射杀巨兽的情节，描述比前一则更为具体生动，尤其是对巨兽的外貌与动作，以及射杀巨兽的过程，都做了绘声绘色的描述。

这个时期见于两种书籍的民间故事异文，尚有关于盗窃受惩故事的《冥报记·隋冀州小儿》与《玉泉子·孙季贞》、关于见屈原故事的《朝野佥载·高崔嵬》与《酉阳杂俎·黄幡绰》、关于不是错喉故事的《次柳氏旧闻·喷帝》与《松窗杂录·黄幡绰》、关于烈妇复仇故事的《集异记·贾人妻》与《原化记·崔慎思》、关于定婚店故事的《续玄怪录·定婚店》与《玉堂闲话·灌园女婴》、关于三封书信故事的《逸史·李君》与《会昌解颐录·牛生》、关于酷吏遭报故事的《报应记·徐可苑》与《玉泉子·李詹》、关于鱼念佛故事的《宣室志·当徐民》与《报应录·熊慎》、关于某生遇仙故事的《原化记·陆生》与《会昌解颐录·张卓》等。

第四节　隋唐五代民间故事的结构模式

隋唐五代时期，民间故事的结构模式大体上保存了魏晋南北朝时期的状况，具有二段体、三段体、四段体和多段体等形态，而以三段体最为常见。

采用二段体的故事，例如《原化记·浔阳猎人》有关施弓弩杀虎的描述，形成一个二段体：

> 浔阳有一猎人常取虎为业，于径施弩弓焉。每日视之，见虎迹而箭已发，未曾得虎。旧说云："人为虎所食，即作伥鬼之事。"即于其侧，树下密伺。二更后，见一小鬼青衣，髡发齐眉蹩躄而来弓所，拔箭发而去。后食顷，有一虎来，履弓而过。既知之，更携一只箭而去。复如前状。此人遽下树，再架箭，而登树觇之。少顷虎至，履弓箭发，其虎贯胁而死。其伥鬼良久却回，见虎死，遂鼓舞而去也。

这个时期采用二段体的故事，尚有《博异志·张不疑》（尊师第一次作法，以水向东而噀者三，怪物大体上保持原貌，略有短小；尊师又一次作法，以水向门而噀者三，怪物仆地作声，化为冥器）、《广异记·崔昌》（狐精所化小儿来向崔讨教学问，崔不推却；狐精所化小儿引来之老狐作乱，被崔赶走)、《集异记·僵僧》（士兵郝某不信佛，以刀刺僵僧之心，不三四步即捧心大叫一声而绝；士兵陈某不信佛，以刀挑去僵僧二齿，不三四步即捧颐大叫一声而绝)、《酉阳杂俎》“旁㐌”（胞兄忠厚，得到群鬼宝物，多有所获，因以致富；胞弟狡诈，欲得群鬼宝物，受到惩罚，被拔长鼻子)、《宣室志》补遗“刘宪”（白衣鬼第一次要刘宪去冥府被叱走；白衣鬼第二次要刘宪去冥府，遂随之而去)、《原化记·柳并》（深夜，柳将一小鬼刚插于书吏头边的小幡拔去，少顷一虎来嗅遍所有睡者而去；须臾，柳又将一小鬼新插于书吏头边的小幡拔去，少顷一虎再来嗅遍所有睡者而去）等。

这个时期采用三段体的故事，作品较多。例如《宣室志》卷二“王熏”，写故事主人公三次对待驴精的不同态度，形成一个三段体：

天宝初，有王熏者，居长安延寿里中。尝一夕，有三四辈挈食会熏所居。既饮食，烛前忽有巨臂出烛影下，熏与诸友且惧，相与观之。其臂色黑，而有毛甚多。未几，影外有语曰：“君有会，不能一见呼耶？愿得少肉致掌中。”熏莫测其由，即与之。其臂即引去。少顷，又伸其臂曰：“君幸与我肉，今食具尽，愿君更赐之。”熏即又置肉于掌中，已而又去。于是相与谋曰：“此必怪也。俟其再来，当断其臂。”顷之果来，拔剑斩之。臂既堕，其声亦远。俯而视之，乃一驴足，血满于地。明日，因以血踪追寻之，入里中民家。既以事问民，民曰：“家有一驴，且二十年矣。夜失其足，有似刃而断者焉。方骇之。”而熏又以事而告其民，若符所怪。即杀而食之。

又如，《逸史·李主簿妻》共包含两个三段体——李妻气绝而倒后，请叶仙师书符施救，形成一个三段体；金天王接到叶仙师三道符态度的变化，又形成一个三段体：

选人李主簿者，新婚。东过华岳，将妻入庙，谒金天王。妻拜次，气绝而倒。惟心上微暖。过归店，走马诣华阴县求医卜之人。县宰曰：“叶仙师善符术，奉诏投龙回，去此半驿，公可疾往迎之。”李公单马奔驰五十余里，遇之。李生下马，拜伏流涕，具言其事。仙师曰："是何魅怪敢如此?"遂与先行，谓从者曰："鞍驮速驰来，待朱为及笔。"至店家，已闻哭声。仙师入，见事急矣，且先将笔墨及纸来，遂画符焚时，以水噀之。符化，北飞去，声如旋风。良久无消息。仙师怒，又书一符，其声如雷。又无消息。少顷，鞍驮到。取朱笔等，令李左右煮少许薄粥，以候其起。乃以朱书一道符，喷水叱之。声如霹雳。须臾，口鼻有气，渐开眼能言。问之，某初拜时，金天王曰："好夫人。"第二拜，云："留取。"遣左右扶归院。适已三日。亲宾大集，忽闻敲门。门者走报王，王曰："何不逐却?"乃第一符也。逡巡，门外闹甚。门者数人，细语于王耳。王曰："且发遣。"第二符也。俄有赤龙飞入，正扼王喉。才能出声，曰："放去。"某遂有人送，乃第三符也。李生罄装以谢。叶师一无所取。是知灵庙，女子不得入也。

这个时期采用三段体的故事，尚有《广异记·李元恭》（李子第一次引一老人来授崔经史，让其颇通诸家大义；第二次引一人来授崔书法，让其以工书著称；第三次引人来教崔音乐，让其备尽诸曲妙）、《广异记·李氏》（第一次小狐让少女掐指节，使大狐无法用媚药加害；第二次小狐让少女投其所给药丸于路，使大狐不敢再来追赶；第三次小狐以朱书桃板钉于少女家门上，永绝大狐之患）、《纪闻·苏无名》（武则天命洛州长史捕盗："三日不得盗，罪"；长史命两县主盗官捕盗："两日不得盗，死"；两县主盗官命吏卒游徼捕盗："一日必擒之，擒不得，先死"）、《纪闻·郑宏之》（狐精所化贵人来到堂前怒斥何人敢居于此？郑不搭理；狐精所化贵人命长人前去灭灯，郑用杖剑将其击走；郑邀狐精所化贵人同坐，乘其不备，用杖剑将其击走）、《宣室志》"陈越石"（陈与张氏夜饭时，一怪伸青黑毛手乞食，陈厌而投以少量肉食令去；怪食讫又伸手来乞，陈怒斥之，怪若有所惧，乃去；俄顷，怪又伸手向张氏乞食，张氏亦不与，怪即显出夜叉面目将其击倒）、《宣室志》"裴氏子"（一狐精称高生者，登门以符术为裴氏子驱狐治病，不见起色；数日后一狐精称王生者，登门以呵禁除狐为裴氏子治病，竟与高生互相诟辱；不多时，一狐精所变道士来为裴氏子治病，与高、王闭户斗殴，三狐倒地后被裴家鞭杀，裴氏子乃愈)、《会昌解颐录·牛生》(牛生饥寒贫困时，开冥使所与第一信书，得到叔父寄存之钱；牛生求名失路时，开冥使所与第二信书，果登上第；牛生疾病缠身时，开冥使所与第三信书，乃得善终)等。

采用四段体的故事，例如《广异记·魏元忠》写故事主人公对待猿、狗、群鼠、鸺鹠的不同态度，形成一个四段体：

唐魏元忠本名真宰，素强正，有干识，其未达时，家贫，独有一婢，厨中方爨，出汲水还，乃见老猿为其看火。婢惊白之，元忠徐曰："猿愍我无人力，为我执爨甚善户。"又常呼苍头，未应，狗代呼之。又曰："此孝顺狗也。乃能代我劳。"又独坐，有群鼠拱手立其前，又曰："鼠饥，就我求食。"乃令食之。夜中，鸺鹠鸣其屋端，家人将弹之，又止之曰："鸺鹠昼不见物，故夜飞。此天地所育，不可使南走越，北走胡，将何所之?"其后遂绝无怪矣。元忠历官至侍中中书令仆射。则天崩，中宗在谅闇，诏元忠摄冢宰，百官总己以听三日。年八十余方薨。始元忠微时，常谒张景藏，景藏待之甚薄，就质通塞，亦不答也。乃大怒曰："仆千里裹粮而来，非徒然也。必谓明公有以见教，而乃金口木舌以相遇，殊不尽勤勤之意耶？然富贵正由苍苍，何预公事。"因拂衣长揖而去。景藏遽牵止之曰："君相正在怒中，后当贵极人臣。"卒如其言。

采用多段体的故事，比较少见。例如《广异记·张铤》写故事主人在返四川中，被巴西侯（巨猿）邀请至府内设宴款待，陪客的六雄将军（熊）、白额侯（虎）、沧浪君（狼）、五豹将军（豹）、巨鹿侯（鹿）、玄丘校尉（狐）到达之时，形成一个小六段体：

前有六人皆黑衣，赑然其状，曰"六雄将军"。巴西侯起而拜，六雄将军亦拜。又一人衣锦衣，戴白冠，貌甚狞，曰"白额侯"也。又起而拜，白额侯亦拜。又一人衣苍，其质魁岸，曰"沧浪君"也。巴西侯又拜，沧浪亦拜。又一人被斑文衣，似白额侯也而稍小，曰

“五豹将军”也。巴西又拜，五豹将军亦拜。又一人衣褐衣，首有三角，曰“巨鹿侯”也。巴西揖之。又一人衣黑，状类沧浪君，曰“玄丘校尉”也。巴西侯亦揖之。

又如，《河东记·李知微》写故事主人公某个月夜在古槐树下，见众多鼠精出来分别报自己的官职，形成一个小小的八段体：

有一人，白长者曰：“某当为西阁舍人。”一人曰：“某当为殿前录事。”一人曰：“某当为司文府史。”一人曰：“某当为南宫书佐。”一人曰：“某当为驰道都尉。”一人曰：“某当为司城主簿。”一人曰：“某当为游仙使者。”一人曰：“某当为东垣执戟。”